浙江省哲学社会科学规划课题成果（19NDJC278YB）

复社研究

闻学峰　著

上海交通大学出版社
SHANGHAI JIAO TONG UNIVERSITY PRESS

内容提要

复社是 1937 年由中共党员胡愈之在上海发起成立的出版机构,出版过中国第一部《鲁迅全集》(20 卷本)、世界名著《红星照耀中国》的第一个中文全译本《西行漫记》,历史影响较大。本书除绪论和结语部分外,全书共分八章,第一章复社创办的缘起,第二章复社的成立及组织结构,第三章复社的社员,第四章复社的社外关系,第五章复社的革命系列图书出版,第六章《鲁迅全集》的出版,第七章复社社员与"洋旗报",第八章复社的解散。本书读者对象为新闻传播学、文学和历史学等学科的学习者与研究者。

图书在版编目(CIP)数据

复社研究 / 闻学峰著. 上海: 上海交通大学出版社,2024.6. ISBN 9787313309341

Ⅰ. I209.6

中国国家版本馆 CIP 数据核字第 2024E83Z60 号

复社研究
FUSHE YANJIU

著　　者:闻学峰			
出版发行:上海交通大学出版社	地　　址:上海市番禺路 951 号
邮政编码:200030	电　　话:02164071208
印　　制:上海万卷印刷股份有限公司	经　　销:全国新华书店
开　　本:710 mm×1000 mm　1/16	印　　张:15.25
字　　数:287 千字	
版　　次:2024 年 6 月第 1 版	印　　次:2024 年 6 月第 1 次印刷
书　　号:ISBN 9787313309341	
定　　价:78.00 元	

在去年十二月间，经过几个朋友的发起，成立了一个新的出版机关，名叫复社，复社是按照合作社的方式，印行书籍的。

——胡愈之

复社是一个纯粹的为读者们而设立的一个出版机关，并没有很多的资本。社员凡二十人，各阶层的人都有。

——郑振铎

据我所了解，复社是由读者自己组织起来的非营利性质的出版机关。

——埃德加·斯诺

绪　论

中国历史"两千年看西安,五百年看北京,一百年看上海",上海在一定程度上浓缩了近代中国的文明和文化①。自1843年开埠以后,由于特殊的城市地位和环境,近代上海在短短数十年间从一座人口仅20万左右的县城快速成长为国际性都市,被称为"亚洲最大的大都市"②,人口在1900年已达百万以上,1930年更是突破300万。到20世纪30年代中期,上海已被赋予众多"头衔"——"西方的纽约""东方的巴黎""东方好莱坞"等,成为中国工业中心、金融中心、对外贸易中心、美术中心、出版中心……工商业发达,文化业兴盛。但这种经济发展、文化繁荣的局面在1937年被打破。

1937年8月13日,"八·一三"事变爆发。同年11月12日,淞沪会战结束,上海华界及苏州河以北的公共租界全部失守。苏州河以南的公共租界和法租界(以下简称"公共租界""法租界"),因受英、美、法等欧美国家的庇护,仍能够独立地存在着,在一定程度上维持着欧美自由式的经济社会发展秩序和生活方式,直至1941年12月8日太平洋战争爆发。在这四年多时间里,公共租界和法租界相对和平,是一个特殊而复杂的场域,为进步新闻出版机构的诞生或重生提供了条件。

1937年12月,在中国共产党领导下,胡愈之等一批中共党员和进步人士在上海租界发起成立一家名为"复社"的出版机构。该机构先后翻译出版过《红星照耀中国》(《西行漫记》)、《红色中国内幕》(《续西行漫记》)和《列宁选集》等系列革命图书,编辑出版过中国第一部《鲁迅全集》。复社社员活跃于"星二聚餐会""救国会""救亡协会"等沪上知名救亡组织,还有不少复社社员是《每日译报》《上海周报》《华美》等"洋旗报"的创办或编撰主力。1942年10月前后,复社留沪社员开会决定解散复社。复社前后办了4

---

① 本书中的"近代"是指我国晚清民国时期。
② ［爱尔兰］格雷戈里·布拉肯:《上海里弄房》,孙娴、栗志敏、吴咏蓓译,上海:上海社会科学院出版社,2015年,第22—23页。

年多时间,存续时间不算长,但在我国近代新闻传播史、文学史、中国革命史乃至中共党史上都发挥过重要作用,影响深远。

复社是进步出版机构,也是现代社团组织。之所以称之为社团,是因为复社具有现代社团的典型特征,即非营利性、民间性、正式组织性和开放性(成员的出入自由)①。复社首先是非营利性的组织。埃德加·斯诺在为复社版《西行漫记》所作的序言中写道:"据我所了解,复社是由读者自己组织起来的非营利性质的出版机关。"②郑振铎在 1939 年 4 月复社举行的第一届年会上说:"本社主要工作为推动文化界在抗建期内对出版等事业做些有力的工作,如出版《鲁迅全集》、筹备出版百科全书等。因上项原则,所以本社所主持的出版事业决不与他家竞争。"③复社的工作宗旨决定了其非营利的性质,"决不与他家竞争"是其非营利性的表征。复社是在中国共产党领导下由一批中共党员、失联党员及其他进步人士发起成立的民间组织,有别于一般性的政党及其附属组织,更不隶属于上海租界当局或蒋介石国民政府。复社成立前后制定了章程(《社约》),设立有"创立会""社员会议""常务委员会""监察委员"等决策、执行和监察机构,具有鲜明的正式组织性。复社的《社约》对于社员入社和出社的条件、程序等虽有明确规定,但社员的出入是自由的。在中国近代史上,陈独秀领导的新青年社、以鲁迅为核心的语丝社、以胡适为精神领袖的新月社等社团一度都兼具出版机构属性。复社不是第一家具社团与出版机构双重属性的组织,但它有着自己的特殊性,在宗旨、组织机构和运行方式上都不同于其他社团组织或出版机构。

自复社诞生后,许广平、胡愈之、郑振铎、胡仲持等复社重要社员都曾撰文介绍过它,或多或少,或详或略。1938 年 7 月 7 日,恰逢"七七事变"一周年,此时 20 卷本《鲁迅全集》已出版,许广平专门写下《〈鲁迅全集〉编校后记》一文。该文简要介绍了复社接手出版《鲁迅全集》的缘起与过程,并称"复社诸君子,尽海上名士","董其事者"有胡愈之、张宗麟、黄幼雄、胡仲持、郑振铎和王任叔等 6 人。④ 在纪念鲁迅逝世两周年的时候,《新华日报》刊发了胡愈之的《鲁迅全集刊行的经过》。该文在介绍《鲁迅全集》出版背

① 《绪论》,中国社团研究会编著:《中国社团发展史》,北京:当代中国出版社,2001 年,第 4 页。

② [美]埃德加·斯诺:《一九三八年中译本作者序》,《西行漫记》,董乐山译,北京:中国人民解放军战士出版社,1979 年,第 10 页。

③ 上海市档案馆:《有关复社的两件史料》,《历史档案》1983 年第 4 期。

④ 许广平:《〈鲁迅全集〉编校后记》,北京鲁迅博物馆鲁迅研究室编:《鲁迅研究资料》第 15 辑,天津:天津人民出版社,1986 年,第 16 页。

景和经过的同时,交代了复社的创办时间、运作方式和最初的出版品。① 上述两文是目前已知较早的涉及复社的追述性文章。

《记复社》是迄今唯一一篇由复社核心社员撰写的关于复社的专文。作者郑振铎在太平洋战争爆发后不久即被迫"蛰居",1945年8月在其走出"蛰居"生活后写下此文。该文记述了他与胡愈之等创办复社的动机、复社社员人数,以及复社最终解散的缘由与大致经过。② 在抗战胜利后不久,复社另一核心社员胡仲持也在文章中提及过复社。他的《〈鲁迅全集〉出世的回忆》③为我们揭示了更多关于复社创办者的信息,该社创办人除胡愈之和胡仲持兄弟外,还有许广平、周建人、冯宾符(仲足)等10人。该文还披露了复社的办公地点——胡愈之和胡仲持(合住)寓所楼下。在新中国成立后,胡仲持谈及复社的文章还有《回忆一九三八》④。该文说复社成立于"一九三八年春初",这个时间与前述胡愈之《鲁迅全集刊行的经过》所述复社成立时间(1937年12月)有出入。该文又称创办复社"原初的动机只是要出版《西行漫记》",此说与郑振铎在《记复社》中的有关说法不一致,后者称复社创办的目的是为了出版《鲁迅全集》。在新中国成立后,王任叔、黄定慧、卢广绵等复社社员在自述中都曾提及过有关复社的一些情况,我们后文再述,此处不赘。

除了前述复社社员的文章外,目前关于复社的史料中还有三种原始资料,均收藏于上海市档案馆。它们分别是复社《社约》、复社《第一届年会记录(1939年4月1日)》和复社秘书处《致吴耀宗的信》。其中《社约》和《第一届年会记录》已经被整理出来并发表。⑤ 这三种史料为我们深入研究复社的宗旨、组织结构和社员等提供了直接证据。

从整体上看,目前关于复社的史料无论是有关当事人的回忆录还是原始资料,都偏少,且大多比较简略,以致连关于复社的一些基本问题都尚待厘清。比如,复社成立于何年何月何日?复社到底有多少社员,他们都是在什么时候加入复社的?黄幼雄、胡仲持、郑振铎和王任叔等几位核心社员分

① 复生:《鲁迅全集刊行的经过》,《新华日报》1938年10月19日第4版。本书直接引用了民国时期不少报刊文章(含广告),对于文章标题中标点符号的标注方式均遵照原文。
② 郑振铎:《记复社》,《郑振铎全集》第2卷,石家庄:花山文艺出版社,1998年,第448—451页。该文实际写作时间系笔者参照郑振铎《蛰居散记》"自序"的写作时间判定。
③ 署名"宜闲",刊于1946年12月香港出版的《文艺丛刊》第2辑,后收录于北京鲁迅博物馆鲁迅研究室编辑的《鲁迅研究资料》第15辑。
④ 署名"胡仲持",原载1956年10月11日《人民日报》,后收录于北京鲁迅博物馆鲁迅研究室编辑的《鲁迅研究资料》第15辑。
⑤ 参见《历史档案》1983年第4期。

别在复社中担任什么职务? 复社办公地址前期设在胡愈之和胡仲持家里,但在胡氏兄弟相继离沪后,其迁移到了哪里? 对于以上这些问题,笔者将努力挖掘史料予以解决。

作为中国近代史上一家有影响的出版机构,复社也引起了目前学界的关注,分别从出版学、文学和翻译学等学科对其进行了研究。有关研究成果主要集中在下述几个方面:

一是复社创办的动机、成立时间等有关复社组织的基本问题。邢科专门对"创建复社的缘起""复社的成员有哪些""复社成立时间""复社出版了哪些著作""复社何时停止活动"等五个方面的问题进行过考察。该研究者认为,对于复社创办的动机,存在"鲁迅全集说"和"西行漫记说"两种说法,其中"西行漫记说"可信度更高;复社社员是不断变化的,先后参加复社的有许广平等31人,其中许广平、周建人、陈鹤琴、孙瑞璜等4人可能是早期社员,共产党员陈明很可能是复社成员;对于复社成立的时间,目前有"1937年12月""1938年2月""1938年4月"等三种说法,但它们之间并不矛盾;复社出版的著作有《西行漫记》《续西行漫记》《鲁迅全集》《列宁选集》及列宁著作单行本,也为《高尔基全集》和百科全书的出版作过准备;至于复社停止活动的时间,由于复社具有出版机构和社团双重属性,1939年胡愈之家被查抄意味着复社的出版活动暂告一段落,但复社作为一个社团则一直活动到1941年太平洋战争爆发。① 前述研究比较深入,但其部分观点也有可推敲之处。这些观点不仅与现有史料的有关记载存在出入,在学界也未完全获得共识。比如,对于复社社员人数及复社停止活动的时间,有人提出25人说,并认为在胡愈之家被查抄后复社即停止活动。②

梁志芳还考察了复社的组织结构和性质。该研究者撰文指出,复社的性质相当复杂,它既是上海爱国知识分子组织的一个进步群众团体,也是一个团结各种力量集体翻译进步书籍的翻译机构,又是一个读者自发组织起来翻译出版其所需书籍的读者组织,还是一个"出版社"。③

二是复社版图书的出版过程及价值。这方面的研究成果主要集中在《西行漫记》和《鲁迅全集》的出版。胡国枢考察了《西行漫记》英文稿本的来源,翻译及译者,出版、印刷、发行及胡仲持家被搜查等情况。④ 张小鼎全

① 邢科:《关于"孤岛"时期上海复社的几个问题》,《中国出版史研究》2021年第3期。
② 黄超:《复社的红色文献和史料价值研究》,《图书与情报》2023年第3期。
③ 梁志芳:《翻译·文化·复兴——记上海"孤岛"时期的一个特殊翻译机构"复社"》,《上海翻译》2010年第1期。
④ 胡国枢:《〈西行漫记〉的出版与"复社"》,《学术月刊》1983年第7期。

面考述了《西行漫记》成书前的"传播"方式、《西行漫记》雏形本《外国记者西北印象记》的主要内容、复社版《西行漫记》的成书过程及影响、含"第十三章"的两种《西行漫记》的特殊译本，以及香港所出的各种版本的《西行漫记》等。① 阳鲲则从翻译学角度比较深入地分析了《西行漫记》的翻译赞助人、译者、出版社，以及译本特色。② 在《鲁迅全集》研究方面，除了各种记述复社编辑出版《鲁迅全集》过程的研究成果外，近年来还出现了新的研究视角。比如，郭刚提出了复社在出版《鲁迅全集》过程中的涉嫌"侵权"问题③，王应平归纳了复社在编辑出版《鲁迅全集》过程中的编纂模式、编撰体例及编撰技术处理方法等④。尽管目前学界关于复社版《西行漫记》和《鲁迅全集》出版过程及价值的研究成果视角多样，数量可观，但其中有不少重复研究。

除《西行漫记》和《鲁迅全集》外，近年来学界对复社出版的其他著作也有所关注。邢科考证了《列宁选集》的出版问题，认为在 1939 年 4 月之前，复社共出版 4 卷《列宁选集》⑤。黄超对新近发现的由复社出版的《中国革命性质及动力》一书进行了考证，认为该书是《续西行漫记》的节译本，具有重要的文献价值。⑥

三是胡愈之、郑振铎、张宗麟、王任叔等复社成员在复社中的地位和作用。这类研究在胡愈之等人的年谱（年表）和传记中均有所涉及，比较零散，这里不再展开论述。

概而言之，目前学界对于复社的研究已经从多个学科展开，发表（出版）的成果在数量上也不算少，其中部分成果颇具新意或史料价值，为后续进一步研究提供了铺垫和参考。但现有研究的局限性也非常明显，与复社在中国近代新闻传播史、文学史和中共党史上的重要地位不相称。主要表现在：一是对复社的本体关注偏少，且重复性研究成果多，对复社的客体——《西行漫记》《鲁迅全集》等出版物的研究数量较多，尽管其中也有不少重复研究。二是研究的深入程度还不够，目前连关于复社的一些基本问题都还未完全厘清，如复社成立时间、社员人数等，其他比较重要的问题如复社的内

① 张小鼎：《〈西行漫记〉在中国的流传和影响——〈红星照耀中国〉重要中译本 50 年书话》，《图书馆学通讯》1988 年第 3 期。
② 阳鲲：《复社译本〈西行漫记〉的翻译学解读》，《广东外语外贸大学学报》2018 年第 3 期。
③ 郭刚：《1938 年版〈鲁迅全集〉的版权问题》，《鲁迅研究月刊》2017 年第 4 期。
④ 王应平：《拓荒与垂范：1938 年复社版〈鲁迅全集〉编纂论》，《鲁迅研究月刊》2017 年第 9 期。
⑤ 邢科：《关于"孤岛"时期上海复社的几个问题》，《中国出版史研究》2021 年第 3 期。
⑥ 黄超：《复社的红色文献和史料价值研究》，《图书与情报》2023 年第 3 期。

外关系、复社社员的报刊活动等也需要进一步研究。三是研究的系统性不够，总体上看比较零碎，且重复研究多，缺少从时代背景、组织关系、社员活动等多个面向对复社的全面系统梳理，未能深入发掘和完整呈现其历史价值和意义。

本书拟从整体上全面系统地对复社展开研究。综合运用新闻传播学、文学、中共党史和翻译学等多种学科的理论知识，广泛搜集有关日记、书信、档案、报刊、回忆录等史料，主要围绕复社成立的缘起，复社的组织结构、社员、社外关系、图书出版活动等命题，梳理和分析其诞生、发展与解散过程。

具体研究内容包括八章。

第一章，复社创办的缘起。复社的创办离不开上海租界的经济和文化环境。上海租界经济在淞沪战事结束后逐步复苏，以及租界文化的低落是培植复社的土壤。胡愈之、胡仲持和郑振铎等人创办复社是他们沿袭文人结社传统、深受文人开办书局之风影响的结果和表现。复社创办的直接因素是图书出版的迫切需求，对此有"《西行漫记》说"和"《鲁迅全集》说"两种说法。

第二章，复社的成立和组织结构。关于复社的成立尚存在一些待厘清的问题，比如它的发起者（创办者）有哪些人，具体在何时何地成立，设址（办公地点）何处等。复社设立的组织机构比较健全，包括决策、执行与监察机构，决策机构为"创立会"和"社员会议"，执行机构是"常务委员会"，监察机构是"监察委员"。复社设置有社长、秘书、监察委员、编辑主任、出版主任、发行主任等岗位（职务）。复社一度在香港成立了分支机构。复社以合作社的某些方式运作，但不是严格意义上的合作社。

第三章，复社的社员。复社由社员和社友构成，社员需要缴纳社费，承担一定的经济责任，社友系复社的外围读者。复社到底有多少社员，也是一个需要考证的问题。在加入复社前复社不少社员之间形成了多种强关系，如兄弟、叔嫂、夫妻等亲属关系，师生与同学关系，同乡关系，同事关系，同好关系等。

第四章，复社的社外关系。复社是在中国共产党领导下成立的，但这个领导机关不是中共江苏省委，也非八路军驻上海办事处。在党的领导下，一些党员、失联党员联合沪上其他进步人士创办了复社。复社与"星二聚餐会""救国会"（"救亡协会"）、生活书店、鲁迅全集出版社等沪上社团组织或出版机构都存在着密切的关系。

第五章，复社的革命系列图书出版。在复社存续期间，其先后出版了《西行漫记》《列宁选集》《续西行漫记》《联共党史》等革命系列图书。英文版《红星照耀中国》的第一个中文全译本即为《西行漫记》，该书在一年多时间里共出版过五版（含增订本），在上海和内地都产生了重大影响。《列宁选集》是复社以"中华出版社"名义出版，紧随《西行漫记》之后问世。《续西行漫记》是英文版《红色中国内幕》的中文全译本，仍以复社名义出版。

第六章，复社的文学图书出版——《鲁迅全集》。起初北新书局拟出版《鲁迅全集》，未成。在许寿裳、马裕藻和胡适等人的努力下，许广平已与商务印书馆签订了出版合同，但由于多种因素的作用，许广平最终与商务印书馆解除合同，将《鲁迅全集》的出版责任交付给复社。复社历时三个多月，前后动用上百人次，终于使《鲁迅全集》得以面世。

第七章，复社社员与"洋旗报"。上海华界失守后，在上海租界兴起了各种背景的"洋旗报"。胡愈之、胡仲持、黄幼雄、王任叔和黄定慧等多名复社社员都参与创办或编撰过"洋旗报"。就编辑权而言，复社社员对《每日译报》《华美》《上海周报》的涉入最深。这三种"洋旗报"在太平洋战争爆发前先后停刊。

第八章，社员的转移与复社的解散。太平洋战争的爆发使上海全部被占领，复社又艰难地办了一段时间。在太平洋战争爆发前，复社有近半社员因各种原因先后离开上海，创办人之一胡咏骐病逝。太平洋战争爆发后，一部分留沪社员或隐蔽，或生活艰难，或忙于商业事务；一部分社员在短暂留沪后又离沪，加上大环境的恶化，最终复社走向解散。

目　　录

第一章　复社创办的缘起

复社在上海租界的诞生,并非是一个偶然的、孤立的历史事件。租界的特殊环境是孕育复社的土壤,胡愈之等人承继文人结社的传统,弘扬文人兴办书局之风,以回应《西行漫记》《鲁迅全集》的出版需求为切入点,创办兼具社团与出版机构性质的复社。

第一节　上海租界的经济与文化

从地理上看,由公共租界和法租界共同构成的租界范围并不算太大,东达黄浦江,西抵法华路和大西路,北靠苏州河,南至肇家浜,实际面积只有方圆数十公里。租界原本就是迥异于华界的特殊地区,华界的失守更凸显了其特殊性。

一、租界经济的复苏与畸形繁荣

"八·一三"事变爆发以后,上海华界地区到处是战火,租界地区也连带遭受流弹袭击。战争的波及使得租界内部分企业或停产或外迁,租界地区一度呈现萧条状态。但相较于华界,租界总体上和平稳定,是躲避战乱、生产交易、投机冒险的首选之地,在淞沪会战结束后,租界原本萧条的经济很快便走向复苏,甚至一度呈现"繁荣"景象。

租界经济的复苏首先得益于并表现在人口的激增上。从"八·一三"事变爆发到淞沪会战结束战事西移,环境相对安定的租界像强大的磁场一样,吸引着上海华界及江浙等地的居民纷纷迁入,租界人潮汹涌。到 1938 年下半年,租界人口已从战前的 167 万猛增至 400 多万,构成空前规模的消费市场。[1]

---

[1] 熊月之主编,潘君祥、王仲清:《上海通史》第 8 卷:民国经济,上海:上海人民出版社,1999 年,第 362 页。

涌入上海的外来人口多为工人、职员和城市贫民,也有不少难民,他们的到来为租界经济的恢复和发展提供了充足的劳动力和消费者。在工业生产领域,随着战事的西移,外来人口的涌入,租界内此前停业的工厂陆续恢复开工,江浙地区及上海华界也有不少工厂和商埠源源不断地迁至租界,重启生产经营。租界各厂工人数与日俱增,到 1938 年 3 月增至 86 000 多人,已恢复"八·一三"事变前工人总数的三分之一。① 另据公共租界当局统计,到 1938 年底,租界内工厂数量达 4 700 余家,超过战前两倍以上。② 在商业方面,淞沪战争甫停,即有不少商店移至租界复业或开业。在 1938 年,租界新设饮食店 129 家、日用品店 85 家、服装店 58 家。③ 租界商铺林立,从南京东路、广东路、金陵东路延伸至霞飞路、西藏路、静安寺路、同孚路一带。一时间租界内灯红酒绿,"茶室舞厅,无日不宣告客满"。

当然,租界的灯红酒绿折射的是一种畸形繁荣。表面上的歌舞升平无法掩盖另一种图景,即租界广大下层市民、工人的生活困顿,大批难民的无家可归。租界工业和商业等行业的迅速复苏和发展一度吸纳了不少下层市民的就业,但由于失业人口基数庞大,直至 1939 年 7 月,公共租界和法租界的失业者仍有 60 万之多④。工人是为租界繁荣贡献最大的群体,但由于工资水平低下(1937 年底至 1938 年工人的工资低于"八·一三"事变之前)、物价飞涨等原因,租界工人阶级的生活实际上处于贫困状态。淞沪战争期间大批难民涌入租界,在华界被占领后的第 5 天(1937 年 11 月 16 日),公共租界难民数量已达 9 万人,法租界有 9.4 万名难民(尚未包括露宿街头者)。⑤ 数量众多的难民群体对粮食消费有着巨大需求,租界粮食缺口大。当时上海对米粮入市限制严格,再加上米商囤积居奇,造成米价居高不下,进一步加剧了粮食危机。租界空间拥挤,粮食稀缺,广大穷苦工人、下层市民及难民衣食无着,居无定所,每天因饥饿和露宿街头而死者都不少。"上海——纸醉金迷和穷愁潦倒之地。"⑥

租界经济的复苏和发展为包括出版业在内的整个文化事业的重振提供

---

① 熊月之主编,潘君祥、王仰清:《上海通史》第 8 卷:民国经济,上海:上海人民出版社,1999 年,第 365 页。

② 《后方投资问题》,《新华日报》1940 年 3 月 11 日头版。

③ 熊月之主编,潘君祥、王仰清:《上海通史》第 8 卷:民国经济,上海:上海人民出版社,1999 年,第 367 页。

④ 《租界失业人数约有六十万名》,《时报》1939 年 8 月 1 日第 3 版。

⑤ 熊月之主编,罗苏文、宋钻友:《上海通史》第 9 卷:民国社会,上海:上海人民出版社,1999 年,第 89 页。

⑥ [保]安吉尔·瓦根施泰:《别了,上海》,余志和译,上海:上海三联书店,2021 年,第 7 页。

了强劲的市场动力和坚实的经济基础,租界激增的人口为出版业带来了绝对数量比较可观的读者群体。饥饿难民、穷苦工人和失业市民的大量存在,使沪上居民情感复杂,包括对战争的恐惧,对和平的渴望,以及对侵略者的厌恶与仇恨。这为中国共产党在租界领导进步力量持续开展抗日救亡运动打下了良好的群众基础,也为租界出版业的恢复和发展提供了丰富的思想文化素材。

二、1937 年底租界文化事业的低谷

晚清以降,上海的文化发展空间比较开阔,逐渐成为中国的文化中心。以出版业为例,据 1936 年出版的英文《中国年鉴》的调查统计,当年上海出版的新图书达 5 721 种,而全国其他地方所出新图书加起来只有 464 种,上海出版的图书占全国总量的 90%以上,其中商务印书馆、中华书局和世界书局等 3 家出版机构的出版物,就占全国整个出版物的 60%以上。[①] 而上海图书、报刊出版机构的商业活动则集中在租界的望平街和棋盘街这两个中心街区,此地遂有"文化街"之称。"文化街"的形成吸引和凝聚了大批知识分子在此徜徉,上海一度成为全国南北文化人士的汇聚地。"文化街"鳞次栉比的出版机构也吸纳了数以万计的专业人员从事编辑(译)、印刷和发行工作。

淞沪战争对上海文化事业的破坏是空前的,昔日的全国文化中心陡然从高峰滑进低谷。有论者认为,从 1937 年 11 月淞沪战争结束至 1938 年 1 月,是上海"文化界的僵死时期、恐慌时期"[②]。在淞沪会战期间及战事结束后的一段时间,《申报》《大公报》《救亡日报》等上百种报刊或通讯社停刊、关闭、南迁和西移,其中包括原本在租界内创办的报刊或通讯社。至 1937 年 12 月底,租界有 30 多种出版物停刊,4 家通讯社关闭,甚至上海日报公会也停止了会务[③]。上海不少文化机构或自动歇业或毁于战火或被非法占用,撤离上海者则更多,其中包括商务印书馆、中华书局、生活书店等大型出版机构。大部分文艺界和出版界人士也陆续离开上海,如郭沫若、茅盾、邹韬奋、王云五、夏衍、金仲华等。郑振铎曾感叹:"那时候(指 1937 年 11 月后——引者注),整个上海的出版界都在风雨飘摇之中,根本不想出版什么书"。[④] 一句

---

① 熊月之、周武主编:《上海:一座现代化都市的编年史》,上海:上海书店出版社,2009 年,第 381 页。
② 陶尚文:《孤岛上文化界的动态》,《大众言论》1939 年第 3 期。
③ 熊月之主编,许敏:《上海通史》第 10 卷:民国文化,上海:上海人民出版社,1999 年,第 53 页。
④ 郑振铎:《记复社》,《郑振铎全集》第 2 卷,石家庄:花山文艺出版社,1998 年,第 449 页。

话,从 1937 年 11 月至 1938 年初,上海文化空前地呈现出停滞和衰微的状态①。

尽管文化事业陷入低潮,但租界的救亡运动没有停止。此时的救亡运动不像淞沪战争时期那样轰轰烈烈、大张旗鼓,而是向着更深入、更持久的方向发展,并呈现出复杂化和策略化的特征。② 救亡运动的长期开展离不开文化事业尤其是宣传系统的支持。当时上海各个救亡团体都非常重视宣传工作,如成立于 1937 年 7 月 28 日的上海文化界救亡协会即设立有宣传部,宣传部又下设国际宣传委员会并附有演讲股、播音股、出版股和宣传股等工作部门。换言之,上海各个救亡团体和各界群众救亡运动的开展,对于宣传工作的需求是旺盛的,但文化上的低谷局面显然不能满足这种需求,亟待新闻出版界和文艺界通过办报办刊、出版图书、创作文艺作品等途径予以积极回应。因此在经历了一个短暂的沉寂时期后,留沪的文化界进步人士在租界先是发刊《译报》,后又陆续创办《每日译报》《文汇报》《导报》等"洋旗报",商务印书馆、中华书局、生活书店等出版机构在经受了炮火的摧残后又努力在上海租界恢复和扩大营业,复社即在这种背景下诞生。

1940 年底,胡愈之在追悼上海宁绍人寿保险公司总经理、复社社员胡咏骐时写道:"我在上海的时候,觉得一切政治活动已受极大限制。但上海过去终久是全国文化的中心。文化工作本有普遍与深厚两方面发展的必要,文化不普遍,则文化之深厚工作为无意义;文化无深厚的基地,则普遍工作为不可能。此时的上海环境,我认为是最适宜于做些文化工作的。就与梁、胡诸先生组织一出版社,名曰复社。"③胡愈之是在 1938 年 4 月下旬离开上海的,他写作该文时人已在新加坡。"此时的上海环境"即指 1937 年底上海租界的经济和文化环境,这种环境呼唤着包括复社在内的进步新闻出版机构的诞生或重振。

第二节　文人结社传统与兴办书局之风

中国自古即有文人结社的传统。文人结社的渊源可追溯至汉代的梁园

① 周而复:《孤岛上的文化》,《文艺突击》1939 年第 2 期。
② 陈丽凤、王瑶、周耀虹:《上海抗日救亡运动》,上海:上海人民出版社,2015 年,第 353 页。
③ 胡愈之:《忆咏骐先生》,上海市保险业党史资料征集组编:《上海市保险业职工运动史料(1938—1949)》,上海:中共上海市委党史资料征集委员会,1987 年,第 158—159 页。

雅集①。学界一般认为,古代文人结社现象在明末时达到鼎盛,至清朝前期呈现衰落之势,自近代又重新兴起。古代文人偏重于文化型或学术型结社,结社的基本形式为诗文社,以砥砺文艺、切磋学问为主。在朝政日非、世风日下时期,古代部分文人社团还兼具清议与社会批判功能。

近代文人结社活动非常普遍,文人社团的数量之多难以准确统计,有资料说是 300 余个②。这个数字恐不足信,或者说它主要指近代传统型的文人社团。进入近代,除了文人结社传统得以沿袭和发扬外,文人办书局(也称"书店""书社""书馆",以下通称"书局")之风也比较盛行。文人或受雇于传教士办书局,或相互之间合伙办书局,或与工商界、政界人士集资合股办书局,不一而足。

一、近代的文人结社活动

受国人救亡图存和西风东渐等多种因素的影响,近代文人结社与古代相比,在结社目的和形式等方面都发生了较大变化。一方面,从古代承袭下来的传统诗文社仍蓬勃发展,这些诗文社可分为家族吟咏型(如光绪北京的榆社)、师友唱和型(如民国江苏武进的兰社)、地缘纽带型(如咸丰福州的聚红榭词社)、官员同僚酬唱型(如民国溧淩诗社)等多种类型③。另一方面,新型会社大量涌现。晚清时期出现的不少新型会社其成员虽以文人为主体,但也吸收了非文人群体。如 1895 年由维新派发起成立的强学会,除康有为、梁启超、麦孟华等维新派文人外,也有陈炽(军机处章京)、沈曾植(刑部郎中)、沈曾桐(翰林院编修)等官员,他们均为举人或进士出身,具有文人和官员双重身份。当时袁世凯也参加了强学会,不久即赴天津小站训练新军,袁早年考中过秀才,后来投身行伍,强学会时期的他恐不能再被为文人。维新派另一团体南学会的成员身份构成情况与强学会类似。随着晚清科举制度的废除,新式学堂兴起。进入民国尤其是在新文化运动之后,很多会社由学校教师或学生发起成立,如 1918 年、1919 年分别以北大学生为主体创办的国民社、新潮社,它们具有鲜明的现代性,其很多成员并非传统意义上的文人,而是新型知识分子。

近代不少新型会社在结社宗旨方面也有别于传统诗文社,文艺或学术不再是其追求的主要目标,其活动宗旨与内容或呼应时局,或结合时代主

①　陈宝良:《中国的社与会》(增订本),北京:中国人民大学出版社,2011 年,第 297 页。
②　袁志成:《文人结社与晚清民国地域文学传统的建构》,《文学评论》2016 年第 4 期。
③　关于晚清民国时期传统文人社团的分类,参见袁志成:《晚清民国文人结社的组织类型及其特点》,《湖南社会科学》2015 年第 1 期。

题。维新派的强学会和南学会除了传播西学新知,在政治上鼓吹和推动变法维新是其成立的主要目的。而同为维新派社团的译书公会则以"采泰西东切用书籍为宗旨"①,致力于西文和日文书籍的译介工作。北大新潮社与《新潮》杂志一体共生,该杂志"专以介绍西洋近代思潮,批评中国现代学术上、社会上各问题为职司"②。组织管理趋于完善,是近代很多新型会社不同于传统诗文社的另一特征。新型会社的会(社)约更规范,一般都订立有章程或类似于章程性质的文件,有的还将此类文件登报广而告之。新型会社的组织机构更为健全。强学会上海分会设有提调、坐办、会办和董事等职位。北大新潮社下设编辑部和干事部两大部门,编辑部再配置主任编辑、编辑和书记,干事部也配置主任干事、干事和书记。

近代新型会社在成员特征、活动宗旨与内容,以及组织管理等方面都与古代社团存在一定差异,但从性质和指向上看,它仍属于近代文人结社的基本形式,是古代文人结社活动的延续和发展。近代文人继承了古代文人结社的基本精神与内在品质,赋予新型会社以时代话语和现代性。

二、从传教士办书局到文人办书局

晚清时期中国较早的书局为传教士所办,如上海的土山湾印书馆、墨海书馆。中国文人自办书局现象是在他们帮助传教士办书局基础上产生的。1873 年,王韬在香港联合黄胜等人集资购进英华书院的设备,创办中华印务总局,既出版《循环日报》也编印了不少图书。戊戌变法时期,时务报馆、昌言报馆和澳门知新报馆等集报馆、书局于一体,兼营办报和出书两种业务,在办报的同时出版了不少西学新知方面的书籍③,维新派文人还创设有大同译书局。

进入民国,文人兴办书局之风更盛。中华书局创办人陆费逵出身书香门第,1905 年后陆续担任过汉口《楚报》主笔、上海《图书月报》主编、上海文明书局编辑,以及上海商务印书馆国文部编辑等职,1912 年他以"养成中华共和国国民"等"四大纲"为宗旨创办中华书局④。生活书店的前身为生活周刊社。1932 年邹韬奋以生活周刊社同人为班底,把该杂志的书报代办部

① 《上海新立译书公会章程》,《湘学报》1897 年第 21 册。
② 《新潮杂志社启事》,《北京大学日刊》1918 年 12 月 3 日第 2 版。
③ 关于《时务报》《昌言报》《知新报》等报刊所出版的图书目录及摘要(部分)参见熊月之主编:《晚清新学书目提要》,上海:上海书店出版社,2007 年,第 11—158 页。
④ 陆费逵:《中华书局宣言书》,宋应离、袁喜生、刘小敏:《20 世纪中国著名编辑出版家研究资料汇辑》第 2 辑,开封:河南大学出版社,2005 年,第 243 页。

改组扩大为合作社性质的生活书店(定名为"生活出版合作社",对外简称"生活书店")。文人办书局的另一典型代表是章锡琛及其创办的开明书店,后文再述。

兴办书局,是近代文人介入社会的另一重要途径,是近代社会文化活动的重要组成部分,与文人结社活动一道共同推动了晚清民国时期文化事业的发展。胡愈之、郑振铎等人自幼时起一直为新型会社的潮涌和文人兴办书局之风浸润与熏陶,对他们经国济世的方式产生了相当的影响。

三、胡愈之、郑振铎等人的结社与兴办书局

复社社员尤其是核心成员多是文人出身,如胡愈之、郑振铎、王任叔等,在创办复社之前他们都长期从事报刊出版或教育工作,也都共同发起或参与过结社活动。

1921 年 1 月,郑振铎与沈雁冰、叶圣陶等 12 人在北京发起成立了在中国现代文学史上占有重要地位的文学研究会,该会"以研究介绍世界文学整理中国旧文学创造新文学为宗旨"①。1922 年 7 月 8 日,文学研究会在上海召开"南方会员年会",会后发表了会议纪要。根据该纪要,胡愈之、周建人(复社创办人之一)和周予同(复社第一次年会时获批加入该社)都参加了这次年会②。这说明此 3 人在该年会举行前即已加入文学研究会。郑振铎发起成立文学研究会时刚从北京铁路管理学校毕业,主编《批评》半月刊,1921 年 4 月进入上海《时事新报》编辑《学灯》副刊(同年 7 月成为该刊主编),次月又主编该报另一副刊《文学旬刊》,不久即加入商务印书馆编译所。1921 年至 1922 年胡愈之在商务印书馆编译所担任《东方杂志》的编辑。周建人于 1921 年 9 月经胡适介绍进入商务印书馆编译所当编辑。文学研究会成立之际,周予同在北京高等师范学校附中当教师,后又在厦门大学任教数月,1921 年夏到商务印书馆国文部任编辑,直至 1932 年 2 月离开该馆。继胡、周、周三人之后,大约在 1922 年底郑振铎又亲自介绍王任叔加入文学研究会③。后来成为复社社员的胡仲持(复社创办人之一)和李健吾(复社第一次年会时获批加入该社)也先后加入过文学研究会,入会号数分别为 128、163④。胡仲持

---

① 张宝明主编:《〈新青年〉百年典藏》3:语言文学卷,郑州:河南文艺出版社,2019 年,第 379 页。

② 《文学研究会记事》,《文学旬刊》1922 年第 43 期。

③ 王克平:《郑振铎与王任叔》,《新文学史料》1989 年第 4 期。

④ 苏兴良:《文学研究会会员考录》,贾植芳、苏兴良、刘裕莲等编:《文学研究会资料》(上),北京:知识产权出版社,2010 年,第 24 页。

加入文学研究会的具体时间不详，从编号上看，应晚于胡愈之，早于李健吾，后者在 1926 年经王统照的介绍入会①。

青年胡愈之、郑振铎、王任叔等人发起或参与文学研究会，为他们了解和研究文学、深入接触文化界提供了机会与平台，为日后成立文化有关社团积累了资历和经验。胡愈之晚年在回忆文学研究会这段历史时说："在这一时期，由于我著译了不少文章，也由于我积极参加文化团体的社会活动，使我在文化界广泛地结识了许多朋友，我在文化界也小有名气和影响了。"②王任叔就是胡愈之在文学研究会结识的众多朋友之一。胡愈之此时的"小有名气和影响"至 20 世纪 30 年代中期已经发生巨大变化，彼时他已成为沪上名士。

除文学研究会外，胡愈之、郑振铎、王任叔、张宗麟、周予同等还共同发起过其他文化社团。1927 年 2 月，郑振铎、胡愈之、叶圣陶等人发起成立"上海著作人公会"，该公会宗旨为"增进著作人之福利及促进出版物之改良"③，郑振铎、胡愈之和周予同等 7 人被选为执行委员④。1937 年 7 月，上海文化界救亡协会在沪成立，胡愈之、郑振铎和张宗麟均参加了成立大会并当选为理事⑤。

青年胡愈之、郑振铎参与创办的第一个书局是上海朴社。上海朴社成立于 1923 年 1 月，该社发起人有胡愈之、郑振铎、茅盾、叶圣陶、王伯祥、顾颉刚、周予同、谢六逸、陈达夫和常燕生等 10 人，其中陈达夫和常燕生是叶圣陶在上海中国公学工作时的同事，其余 8 人为文学研究会成员。在上海朴社的发起人中，后来成为复社社员的就有 3 人即胡愈之、郑振铎和周予同。上海朴社成立后又陆续有多人入股该社，他们中有的是文学研究会成员，如傅东华和俞平伯，有的并没有加入过文学研究会，如陈乃乾和陈万里。在上海朴社成立不久，由于该社"北京同人"和"上海同人"在经营管理方面产生分歧等多种原因，1924 年 12 月宣告停办，后来顾颉刚又发起成立了北京朴社。

胡愈之、郑振铎和周予同参与发起成立上海朴社的经历激发了他们对

---

① 李维音：《李健吾年谱》，太原：北岳文艺出版社，2017 年，第 34 页。

② 胡愈之：《我的回忆》，《胡愈之文集》第 6 卷，北京：读书·生活·新知三联书店，1996 年，第 327 页。

③ 刘勇、李怡总主编：《中国现代文学编年史》第 6 卷，北京：文化艺术出版社，2017 年，第 15 页。

④ 《上海著作人公会成立》，《新闻报》1927 年 2 月 18 日第 3 版。

⑤ 参见《上海文化界昨日成立救亡协会》，《申报》1937 年 7 月 29 日第 10 版；《本市各界救亡会议》，《申报》1937 年 7 月 30 日第 10 版。

于出版事业的热情。在上海朴社解散后不久,他们又参与筹办了开明书店。1925 年 1 月,章锡琛同商务印书馆当局因《妇女杂志》的编辑问题而发生矛盾,并在同年 12 月被商务印书馆辞退。1926 年 1 月,在胡愈之、郑振铎和周建人的支持下,章锡琛出版了《新女性》杂志。以该杂志为基础,同年 8 月章锡琛正式创办开明书店。胡愈之后来说,从办杂志开始,靠几个知识分子办起来的书店,开明书店是第一家。① 此说不一定准确,但它说明了文人兴办书局有多种方式和途径。章锡琛在回顾开明书店创办过程时说过,"那时主张办书店最有力的是胡愈之、吴觉农两先生;尽力帮助创办的是钱经宇、郑振铎诸先生"。② 可见,在筹办开明书店过程中胡愈之是最积极提倡者之一。在开明书店筹办之前,郑振铎即将文学研究会的《文学周报》和该会拟出版的丛书委托章锡琛印行,为开明书店的创办打下了一定基础。郑振铎还和周予同、周建人等人为开明书店的创建出钱出力支持③。据吴觉农介绍,胡仲持也是开明书店的发起人之一④。换言之,在开明书店筹办过程中,胡愈之、郑振铎、周建人、胡仲持和周予同均参与其中,除周予同外,他们后来都成了复社的创办人。在开明书店创办 6 年后,胡愈之又参与了生活书店(生活出版合作社)的创办,为之起草章程,郑振铎、王任叔则为该书店编辑过杂志和丛书。

同近代许多文人一样,在面对共同的人生和事业追求时,胡愈之、郑振铎等人沿袭了古代文人结社传统,先后在不同历史时期发起成立各种社团,以联络同好,交流思想,整合资源,积聚力量,进而完成他们所预设的使命和任务。从上海朴社、开明书店到生活书店,胡愈之、郑振铎等人一直保持着对于出版事业的兴趣、热情和憧憬,躬身于创办书局的前沿实践,也加深了对出版事业特点和规律的认识,这一切都为日后他们携手创办新的出版机构奠定了基础。

第三节　图书出版的迫切需求

胡愈之等人之所以发起成立复社,还缘于当时一项急迫的任务——《鲁

---

① 胡愈之:《纪念开明书店创建六十周年》,中国出版工作者协会编:《我与开明》,北京:中国青年出版社,1985 年,第 40 页。
② 《章雪村先生关于店史的报告》,《出版史料》1986 年第 6 辑。
③ 章雪峰:《中国出版家章锡琛》,北京:人民出版社,2016 年,第 99 页。
④ 吴觉农:《我与开明书店的关系》,中国出版工作者协会编:《我与开明》,北京:中国青年出版社,1985 年,第 82 页。

迅全集》或《西行漫记》的出版,斯为复社创办的最初动机。当然,复社的成立到底是为了出版《鲁迅全集》(以下简称"《鲁迅全集》说")还是《西行漫记》(以下简称"《西行漫记》说"),有关当事人后来的说法不一,迄今学界的观点也尚未完全达成一致。

一、复社创办的"《鲁迅全集》说"

1945 年 8 月,郑振铎在《记复社》一文中写道:"当初,几个朋友所以要办复社的原因,目的所在,就是为了要出版《鲁迅全集》。这提议,发动于胡愈之先生。"①根据此说可知,是胡愈之首先发出了创办复社的倡议,其动机就是为了出版《鲁迅全集》。郑振铎接着写道:"那时候,整个上海的出版界都在风雨飘摇之中,根本不想出版什么书。象《鲁迅全集》,也许有几家肯承印,肯出版,但在条件上也不容易谈得好。'还是我们自己来出版吧'。留在上海的几位鲁迅先生纪念委员会的人这样的想着。先来组织一个出版机关,这机关便是复社。"由于沪上几家出版机构难以承担并落实《鲁迅全集》的出版工作,胡愈之等"鲁迅先生纪念委员会"成员才决定成立复社。郑振铎系复社发起人之一,又属于该社核心成员,《记复社》一文专门追述复社的历史,且其成文距离复社的成立仅间隔几年时间。他的前述说法相当可信,也为后来部分研究者所认同②。

复社的另一名核心社员王任叔也曾在追记郑振铎一生的革命斗争经历时写道:"他还积极参加为了出版《鲁迅全集》而成立的复社的出版工作。"③这一记述出自王任叔的《怀念郑振铎》,该文发表于 1959 年 10 月 18 日的《光明日报》,此时距离复社的创办已愈 20 年,但由于王任叔在复社创办之初即为该社核心社员,且担纲《鲁迅全集》的编辑工作,其前述说法仍相当可信。

二、复社成立的"《西行漫记》说"

此说出现在新中国成立以后,最早由胡仲持提出。1956 年 10 月 11 日,胡仲持在《人民日报》上发文说:"承办全集(指《鲁迅全集》——引者注)出版业务的复社是一九三八年春初留在上海租界的一群不甘寂寞的知识分子

---

① 郑振铎:《记复社》,《郑振铎全集》第 2 卷,石家庄:花山文艺出版社,1998 年,第 449 页。
② 比如福州市地方志编纂委员会编的《郑振铎志》(福州:海潮摄影艺术出版社,2006 年,第 97 页)在介绍郑振铎编辑《鲁迅全集》一事时即采用此说。
③ 巴人:《怀念郑振铎》,上海鲁迅纪念馆编:《郑振铎纪念集》,上海:上海社会科学院出版社,2008 年,第 102 页。

因偶然的机会组织起来的一个具有社会主义萌芽性质的合作社。原初的动机只是要出版《西行漫记》。"①在胡仲持的记忆里，复社仅因《西行漫记》的出版需要而诞生。胡仲持是复社发起人之一，属于该社核心社员，参与了《红星照耀中国》的翻译工作，在《鲁迅全集》出版期间他和黄幼雄共同主持该书出版环节的工作。若抛开记忆和政治语境的因素，胡仲持的前述说法是可信的。

"《西行漫记》说"的另一提出者是胡愈之。新中国成立后他不止一次地回忆当年复社创办时的有关情况。1972年胡愈之在一场关于鲁迅的座谈会上说："当时斯诺的《西行漫记》在美国刚出版，我首先从斯诺那里借来看了。后来在星期二座谈会上商量，通过群众，把这本书翻译出来，编辑、印刷、发行都是依靠抗日救亡的群众。大概一个月时间把这本书印出来了。书上印着是由'复社'出版的。'复社'是临时想出来的名称，根本没有一个出版机关，是通过个人集资并发卖的。……有了出版《西行漫记》的经验，才考虑到用群众力量来出版《鲁迅全集》。"②根据胡愈之的此一记述，复社仅是《西行漫记》出版前后临时杜撰的一个虚名，并未真正成立过。因为《西行漫记》在出版方面的成功，胡愈之等人"才考虑"《鲁迅全集》的出版。

1978年，胡愈之又对三联书店的人回忆了《西行漫记》的翻译出版经过："这本书是通过群众直接出版的，但对外总也得要一个出版名义。我临时想了一个'复社'的名义。在书上没印'复社'的地址，实际上它就在我家里。"③胡愈之此时虽然仍称复社的创办缘于《西行漫记》出版的需要，但他的说法已与1972年的叙述有一定差异，即复社不再是一个虚构出来的名称，而是一家实体出版机构，其办公地点就在胡愈之的家里。1984年胡愈之与编辑吴承琬的谈话④、1985年与侄子胡序文的谈话⑤，胡愈之都称复社的名称是临时"想"出来的，在《西行漫记》将要出版时成立了复社，也正是《西行漫记》的成功出版与发行，促使胡愈之和"鲁迅先生纪念委员会"成员

① 胡仲持：《回忆一九三八》，北京鲁迅博物馆鲁迅研究室编：《鲁迅研究资料》第15辑，天津：天津人民出版社，1986年，第39页。
② 胡愈之、冯雪峰：《谈有关鲁迅的一些事情》，鲁迅研究资料编辑部编：《鲁迅研究资料》第1辑，北京：文物出版社，1976年，第84页。该文根据作者1972年12月25日在鲁迅博物馆座谈记录整理，1975年8月经本人修改定稿。
③ 《胡愈之谈〈西行漫记〉中译本翻译出版情况》，《读书》1979年第1期。
④ 吴承琬：《我国第一部〈鲁迅全集〉是怎样出版的——记胡愈之同志一席谈》，浙江省上虞县政协文史资料委员会编：《上虞文史资料：纪念胡愈之专辑》第6辑，上虞：浙江省上虞县政协文史资料委员会，1991年，第111—112页。
⑤ 胡愈之：《我的回忆》，《胡愈之文集》第6卷，北京：读书·生活·新知三联书店，1996年，第368页。

决定由复社出版《鲁迅全集》。胡愈之前述几次回忆几乎都反映了当时因为要出版《西行漫记》而成立复社的迫切性。

胡愈之和胡仲持的前述"《西行漫记》说"一直被学界广泛采用①。

郑振铎和王任叔皆称复社的创办是为了出版《鲁迅全集》,那么,作为鲁迅终身伴侣、复社创办人之一的许广平是如何看待这个问题的?1938年7月7日,许广平在为《鲁迅全集》撰写的编校后记中写道:"良以敌人亡我,首及文化。开战以来,国内文化机关,图籍古物,被毁灭者,不知凡几。出版先生全集,保卫祖国文化,实为急不容缓之事。……幸胡愈之先生本其一向从事文化工作之热忱,积极计划全集出版事宜,经几许困难,粗具规模。且拟以其手创之复社,担当斯责,广平亦即欣然承诺。"②这里表达了两层意思,一是战争时期敌人对国内包括图书典籍在内的文化事业破坏严重,《鲁迅全集》的出版就是出于保护祖国文化的目的,亟需尽快完成;二是胡愈之积极谋划《鲁迅全集》的出版事宜,在复社成立后经许广平同意,该社承担了《鲁迅全集》的出版任务。许广平的这段文字采用了文学性的叙述手法,我们难以据此判断复社创办的最初动机就是为了出版《鲁迅全集》。

值得一提的是,胡愈之在新中国成立后称创办复社是因为要出版《西行漫记》,但此说与他1938年时的说法出入较大。该年10月,在纪念鲁迅逝世两周年时,胡愈之撰文追记:"在去年(指1937年——引者注)十二月间,经过几个朋友的发起,成立了一个新的出版机关,名叫复社,复社是按照合作社的方式,印行书籍的。……第一部出版的是斯诺的《西行漫记》。……这次试验,算是成功,因知才和鲁迅先生纪念委员会商妥,负担起刊行《鲁迅全集》的责任。"③

胡愈之上述文章发表的时间是1938年10月19日,距离复社的成立时间很近,且他当时在武汉蒋介石国民政府军事委员会第三厅任处长,其对有关复社的事实在记忆上应该是清晰的,也无政治语境因素的干扰,因此这个说法可靠、可信。胡愈之此说可以从两个方面来进行解读,一是在印行《西行漫记》成功后,胡愈之才和"鲁迅先生纪念委员会"商量并决定由复社承揽出版《鲁迅全集》任务,这意味着复社可能是为了出版《西行漫记》而创办;二是在印行《西行漫记》之前即复社成立时胡愈之已和"鲁迅先生纪念

---

① 比如郑尔康:《星陨高秋——郑振铎传》,北京:京华出版社,2002年,第255—256页;胡国枢:《〈西行漫记〉的出版与"复社"》,《学术月刊》1983年第7期。

② 许广平:《〈鲁迅全集〉编校后记》,北京鲁迅博物馆鲁迅研究室编:《鲁迅研究资料》第15辑,天津:天津人民出版社,1986年,第15—16页。

③ 复生:《鲁迅全集刊行的经过》,《新华日报》1938年10月19日第4版。

委员会"达成出版《鲁迅全集》的初步意向,由于《西行漫记》的成功出版发行,复社有了一定的经济基础和出版经验,胡愈之才和"鲁迅先生纪念委员会""商妥"《鲁迅全集》的出版事宜。也就是说因为出版《鲁迅全集》的需要而创办复社这一情况可能是存在的。

新中国成立后,胡仲持称复社创办"原初的动机只是要出版《西行漫记》",但是,1946 年他在香港《文艺丛刊》上撰文记述《鲁迅全集》诞生经过时写道:"许广平,周建人,吴耀宗,沈体兰,陈鹤琴,张宗麟,孙瑞璜,郑振铎,黄幼雄,胡愈之,冯仲足和我早就用小资本组织了一个'复社',出了几本书,赚了些钱,刊行《鲁迅全集》的资金,主要是靠发行预约筹集的,同时也动用复社的资金。"①"出了几本书"指复社出版的第一种图书《西行漫记》,"早"字说明复社的创办或许在《西行漫记》出版之前。胡仲持的这段记述并没有明指或暗示复社成立的"原初动机"是来自《西行漫记》,也未明确传递出版《鲁迅全集》与复社创办存在着直接因果关系的信息。

另外,复社社员倪文宙 1988 年回忆:"我编的《新中华》杂志(中华书局主办——引者注)停刊,我当然被裁。随后我在 3 所中学任课,同时参加胡愈之他们组织的复社。我们常常聚会便餐,谈谈文化人如何为抗战出点力。聚会地点主要是在今延安东路的都益处。有一天胡愈之说及与美国名记者斯诺联系,要把他的新著《红星照耀中国》一书翻译出版……他决定尽快翻译出版此书,并将售得款项来出版鲁迅全集。"②如果倪文宙的回忆无误,我们可据此推断,在胡愈之决定出版《西行漫记》之前复社即已成立,胡愈之在新中国成立后所说的临时"想""出""复社"这个名称的情况不一定存在。

综上所述,我们可以得出如下基本结论:第一,根据现有史料尚难以完全确定复社创办的最初动机是缘于《西行漫记》还是《鲁迅全集》。第二,无论是《西行漫记》还是《鲁迅全集》,都具有急需出版的现实迫切性,需要一家可靠的并能够负起完全责任的出版机构使之尽早出版。

---

① 宜闲:《〈鲁迅全集〉出世的回忆》,原载香港《文艺丛刊》1946 年 12 月第 2 辑,转引自北京鲁迅博物馆鲁迅研究室编:《鲁迅研究资料》第 15 辑,天津:天津人民出版社,1986 年,第 36 页。

② 倪文宙:《关于〈西行漫记〉的翻译和出版》,中国史沫特莱·斯特朗·斯诺研究会编:《〈西行漫记〉和我》,北京:国际文化出版公司,1991 年,第 114 页。

第二章　复社的成立和组织结构

1937年12月,胡愈之、胡仲持和郑振铎等在上海租界发起成立复社。复社出版发行图书和报刊,但其并非营利性质的机构。它没有设立门市部,不拥有自己的印刷厂,它的办公地点和场所也很特殊。如同文学研究会等社团和生活书店等书局一样,复社的发起者制定了具有"宪章"性质的《社约》。复社的规模并不大,但它的组织结构相对完整,并在香港设有分社。

第一节　复社的成立

复社具体成立于何时何地? 发起人或创办人都有谁? 复社的《社约》是如何诞生的,由谁起草? 复社的办公地点在哪里,前后有无变化? 这些看似很基础的问题,目前并未得到根本解决。

一、复社的成立之谜

复社到底创办于哪年哪月? 这个问题看似简单,但目前学界对之尚存在分歧。之所有争议,因为有关当事人的说法多不一致。1938年10月胡愈之称"在去年十二月间"他与"几个朋友"发起成立了一个"名叫复社"的"新的出版机关"。胡愈之此说为部分研究者如俞筱尧等人所认可。① 但1956年胡仲持在《人民日报》发表文章称复社创办于"一九三八年春初",这个说

---

① 俞筱尧:《照人肝胆情犹昔、共欣文史得津梁——郑振铎诞辰100周年和殉难40周年》,宋应离、袁喜生、刘小敏编:《20世纪中国著名编辑出版家研究资料汇辑》第4辑,开封:河南大学出版社,2005年,第645页。李浩称"1937年12月,在胡愈之的倡议下,由郑振铎、许广平、周建人、胡愈之、张宗麟、胡仲持等组织了一个出版机构复社",参见李浩编绘:《许广平画传》,上海:上海社会科学院出版社,2008年,第116页。

法也为很多研究者采纳①。

上述两种说法中哪一个更可靠或可信？前述胡愈之的说法出自其撰写的《〈鲁迅全集〉刊行的经过》一文，发表于 1938 年 10 月 19 日的《新华日报》。该文发表时间距离复社的创办只有几个月时间，且复社就是在胡愈之提议下创办的，他当时对有关复社成立的基本事实的记忆应该是清晰的。胡愈之所说的"去年十二月间"是不是指 1937 年农历 12 月？若是指农历，刚好与胡仲持的"一九三八年春初"（公历）契合。但是，从胡愈之上述文章所发表的时间——1938 年 10 月 19 日来看，这个日期正好是鲁迅逝世两周年纪念日，指公历，此文是胡愈之专为纪念鲁迅而作，因此"去年十二月间"应指的是公历 1937 年 12 月。另外，1941 年 10 月，一个笔名为"越民"的作者在谈及《鲁迅全集》出版情况时称鲁迅全集出版社（复社）"成立于廿六年冬季（1937 年冬季——引者注），正当国军西撤，上海出版事业无形停顿之日"②。"越民"此说的提出虽距复社创办的时间已有数年，但他对有关事实的记忆可能不模糊，1937 年"冬季"在公历上就是指 1937 年 12 月。至于胡仲持"一九三八年春初"之论是在复社创办之后近 20 年提出，因年代较为久远，记忆欠准确属于正常。综合判断，笔者采信胡愈之的前述说法——复社成立于 1937 年 12 月。

1937 年 12 月仍是一个概数。复社成立于这个月的哪一天？复社的成立应该有一个标志性事件，就是复社"创立会"或发起人会议的召开，这个标志性事件发生在哪一天？现仅知道复社第一次"常务委员会"会议召开于 1938 年 4 月 1 日，会议通过了复社的"办事规约"和 1938 年的"营业方针及总数"。③ 1936 年 12 月，吴耀宗应邀赴美讲学，后又留美从事学术研究，直至 1938 年 3 月中旬才返国回到上海。④ 同年 4 月 6 日，"复社秘书处"致函吴耀宗，向他报告复社第一次"常务委员会"会议议决的事项，并提醒他缴纳"社费五十元"，"复社秘书处"还随信附寄了"社约一份、第一次社员会议记录一份"。⑤ 从此信可以判断，在 1938 年 4 月 1 日前，复社的第一次"社员

---

① 《上海出版志》就采用了这个说法。参见宋原放、孙颙主编：《上海出版志》，上海：上海社会科学院出版社，2000 年，第 240 页。冯绍霆在《有关复社的两件史料》一文的序言中称复社"1938 年成立，存在约四年"，参见《历史档案》1983 年第 4 期。

② 越民：《关于鲁迅先生遗著的印行》，北京鲁迅博物馆鲁迅研究室编：《鲁迅研究资料》第 15 辑，天津：天津人民出版社，1986 年，第 58 页。从该文对于《鲁迅全集》等鲁迅遗著出版发行过程的翔实记述来看，"越民"应为复社的核心社员，可能是张宗麟。

③ 参见上海市档案馆藏《复社秘书处致吴耀宗信》（1938 年 4 月 6 日），档案号：Q173—19—11。

④ 参见《吴耀宗君放洋》，《同工》1936 年第 157 期；《吴耀宗在美工作情形》，《同工》1937 年第 164 期；《吴耀宗先生返国》，《上海青年》1938 年第 38 卷第 6 期。

⑤ 参见上海市档案馆藏《复社秘书处致吴耀宗信》（1938 年 4 月 6 日），档案号：Q173—19—11。

会议"已经召开,会议并通过了《社约》(《社约》内容有修改痕迹,应为会议讨论时修改);吴耀宗既没能参加第一次"社员会议",也没有参加第一次"常务委员会"会议。标志复社成立的会议,是在上海公共租界还是法租界召开的? 是在社员家里(比如胡愈之家里)还是在酒楼、会馆等公共场所召开的? 现有史料尚无法回答这些问题。

就复社的创办人而言,据郑振铎记述,是胡愈之首先提议成立复社,因此他是复社的主要创办人。除胡愈之外,还有哪些人参与了复社的创办? 胡愈之在悼念胡咏骐时说,1937 年底他"与梁、胡诸先生组织一出版社,名曰复社"。"梁"即梁士纯,"胡"指胡咏骐,据此可判断,梁士纯、胡咏骐也是创办人。胡仲持在回忆《鲁迅全集》出版过程时记述,许广平、周建人、吴耀宗、沈体兰、陈鹤琴、张宗麟、孙瑞璜、郑振铎、黄幼雄、胡愈之、冯仲足和他早就用小资本成立了复社。据此可知,许广平、周建人、吴耀宗、沈体兰、陈鹤琴、张宗麟、孙瑞璜、郑振铎、黄幼雄、冯仲足(宾符)和胡仲持均参与了复社的创办。许广平在《〈鲁迅全集〉编校后记》中称,复社中"董其事者,为胡愈之、张宗麟、黄幼雄、胡仲持、郑振铎、王任叔诸先生"。王任叔没有被胡仲持提及参与了复社的创办,却能够跻身于复社的领导层;他在复社翻译《红星照耀中国》的过程中,参与过翻译队伍的组建。综合判断,笔者认为王任叔也是复社创办者之一。因此复社的创办人至少有 15 位,分别为胡愈之、张宗麟、黄幼雄、胡仲持、郑振铎、王任叔、梁士纯、胡咏骐、许广平、周建人、吴耀宗、沈体兰、陈鹤琴、孙瑞璜和冯宾符等。在 15 位发起人中,胡愈之、张宗麟、黄幼雄、胡仲持、郑振铎和王任叔等 6 人为核心社员。另外,从黄定慧在复社中担任的职务(监察委员)和任期(从第一届时开始担任,第二届连任),以及她为《每日译报》《鲁迅全集》鼎力筹款等行为来看,她也应归为复社的核心社员。

作为出版机构和社团兼具的组织,复社是否有"总部"之类的办公地方,或者说其设址在哪里? 胡愈之早在 1938 年即在报纸(《新华日报》)上说"复社没有资本,没有铺面,也没有老板伙计之类"。如果单从胡愈之此言来看,复社并非一个实体机构,没有所谓的"总部"或办公场所,也就谈不上其坐落于哪条街几号。复社出版的《西行漫记》和《鲁迅全集》(纪念本)均仅在版权页标注"复社印行"字样并加盖复社印章,并没有说明复社的具体办公地点。实际上,胡愈之的前述说法是在打掩护,出于保密的需要他不可能在公开发行的报纸上完全透露有关复社的任何真实情况,复社出版物上未标注该社的具体地址也是为了麻痹敌人。1949 年后,胡愈之多次指出复社的办公场所就设址在他的家里①，胡仲持之女胡德华更进一步指出复社是在他和他的伯父胡愈之家里（胡仲持和胡愈之同住一处）办公，具体地址是上海公共租界和法租界交界处，他们家前门是巨籁达路 174 号，后门是福熙路安乐村。②

　　然而，若据此认为复社的"总部"一直就开设在胡愈之和胡仲持家里，好像也不正确。据胡德华说，1939 年秋，复社因遭受公共租界巡捕房的搜查而"全部撤离"胡家③。而胡愈之、胡仲持分别于 1938 年 4 月和 1940 年 12 月先后离开上海，都没有在沪实际参与复社的工作。迁出胡家的复社最后落在了哪里？后文我们将会论及，在胡愈之、胡仲持和王任叔等复社社员离沪后，作为复社秘书的张宗麟一直留沪并主持复社工作，直到 1942 年 9 月他离开上海时才把该社事务交给许广平、陈巳生等负责④。复社从胡家迁出后很可能转移至张宗麟家或别处，而在张宗麟离沪后，复社可能又转移到许广平或陈巳生家甚至别的地方，确切情况目前难以考证。

二、复社的《社约》

　　民国时期数量众多的社团大体上可以分为正式社团和非正式社团两种。该时期正式社团不少已完成现代转型，一般在创立前后都订立章程或规约，以之作为指导社员行动的"宪章"或"宪法"。如"文学研究会"在 1921 年成立时即公布《文学研究会简章》，1927 年"上海著作人公会"在成立大会上通过了自己的"会章"⑤，1936 年"全国各界救国联合会"在成立前后制定了《全国各界救国联合会章程》。非正式社团通常都是松散或临时性的组合，大多没有书面章程或规约，如 1937—1945 年在上海、重庆等地出现的"星期二聚餐会""星期五聚餐会"等。

　　民国时期仅上海一地创办的大大小小的书局就有上千家。其中由文人或知识分子发起成立的书局在开办前后制定章程或规约者也不少。比如，上海朴社成立后由顾颉刚起草了"社约"，生活书店在成立时邹韬奋等不仅委托胡愈之为其起草了章程（1933 年 7 月生活出版合作社第一次社员大会

①　胡愈之：《我的回忆》，《胡愈之文集》第 6 卷，北京：读书·生活·新知三联书店，1996 年，第 368 页；《胡愈之谈〈西行漫记〉中译本翻译出版情况》，《读书》1979 年第 1 期。

②　胡德华：《复社与胡仲持》，北京鲁迅博物馆鲁迅研究室编：《鲁迅研究资料》第 15 辑，天津：天津人民出版社，1986 年，第 42 页。

③　胡德华：《复社与胡仲持》，北京鲁迅博物馆鲁迅研究室编：《鲁迅研究资料》第 15 辑，天津：天津人民出版社，1986 年，第 51 页。

④　张沪：《张宗麟年表》，浙江省绍兴县政协文史资料工作委员会编：《绍兴文史资料选辑》第 10 辑，绍兴：浙江省绍兴县政协文史资料工作委员会，1991 年，第 110 页。

⑤　《上海著作人公会成立》，《新闻报》1927 年 2 月 18 日第 3 版。

通过),而且此后又对社章进行了多次修订。作为社团和出版机构兼具的组织,从现有史料看,复社在创办伊始尽管面临经费不足等问题,但仍然制定了《社约》。

民国时期无论是社团还是书局,其章程或规约通常都载有成立宗旨、组织结构、运行方式、经费收支等内容,社团章程还规范成员出入问题,书局规约也声言具体业务范围。上述内容在复社的《社约》中均有所体现。

复社的《社约》称:"本社约于本社成立之日起实施,并得于社员会议修正之"。① 从目前留存下来的该《社约》原件看,《社约》应该是在复社成立前起草,并在复社第一次"社员会议"上获得修正通过。该《社约》原件上有多处文字上的改动,说明其是修正稿,"复社秘书处"将该修正稿连同复社第一次"社员会议"记录一起寄给刚回国的吴耀宗,并称其为"社约",可见其已经复社第一次"社员会议"通过。② 从"复社秘书处"致吴耀宗的信,以及《社约》内容可推测,复社正式成立的时间可能就是复社第一次"社员会议"召开的那一天。

复社的《社约》共包括13条内容,不烦琐,篇幅也不长。《社约》第1条明确了复社的宗旨和业务范围,第2条至第6条是有关复社社员纳退的规定,包括社员加入复社的条件、程序,社员的规模、责任,以及社员脱离复社的程序等。第7条至第9条内容涉及的是复社的组织结构,即决策机构、执行机构和监督机构的权力、责任及运行方式等。第10条和11条均明载的是复社财产问题,前者对该社"基金来源"作了规范,后者说明了复社解散时的财产处理办法。第12条指出了复社总社和分社的设立问题,第13条规定了《社约》的实施时间和修正权责机构,即《社约》在复社成立时施行,只有复社"社员会议"才有权力修正《社约》。

从复社的《社约》看,复社成立时的宗旨和业务范围都非常明确,该社对于社员的进出有严格程序,对于社务的运行也设计了一套规范而完整的决策、执行和监督机制,《社约》对于复社的发展具有"宪法"性的规范与指导作用。

三、复社的宗旨

复社的《社约》第一条开宗明义地指出,"本社本促进文化、复兴民族之

---

① 本书关于复社《社约》内容的引用,若无特殊说明,均出自上海市档案馆:《有关复社的两件史料》,《历史档案》1983年第4期,不再一一标注。

② 参见上海市档案馆藏《复社秘书处致吴耀宗信》(1938年4月6日),档案号:Q173—19—11。

宗旨"。这里以简洁的文字提出了复社的宗旨。围绕该宗旨,复社确立了战时的三大事业——"编印各项图书""发行定期刊物""搜集抗战史料并整理保存之"。复社的创办人胡愈之、张宗麟、郑振铎、梁士纯、胡仲持、黄幼雄、吴耀宗等多来自出版界、教育界和宗教界,出版、教育和宗教属于文化范畴或与文化邻接。胡愈之说,1937年11月后的上海租界环境"最适宜于做些文化工作"。复社成立时把"促进文化"作为宗旨,与胡愈之等人的身份背景密切相关。民族思想文化的发展与繁荣是胡愈之们长期从事出版、教育和宗教活动的追求和目标,更是其在战时以自身擅长领域开展救亡活动的必然选择。

据胡德华说,在上海租界成立的复社之所以名为"复社","既是学习明末江南爱国志士的'复社',又是复兴中华之意。"①然而,成立于明朝崇祯二年(1629年)以张溥为首领的复社,其宗旨是"兴复古学","学习明末江南爱国志士的'复社'"之说恐怕是一种曲解。前述"复兴中华"的说法可能才是胡愈之们将上海租界复社取名"复社"的真正用意。"复社"之名与其"复兴民族"宗旨互相呼应。在战时国土不断沦丧的背景下,"复兴民族"这一宗旨具有特别的含义——救亡,追求民族解放和国家富强。若把"促进文化"和"复兴民族"结合起来看,前者是途径和出发点,后者是目标和落脚点。

在胡愈之、郑振铎等参与发起的社团和出版机构中,大多都会阐明其成立宗旨。"文学研究会"在该会简章中明载其宗旨是"以研究介绍世界文学整理中国旧文学创造新文学",专注于文学领域;开明书店的宗旨是"创造良好的文化氛围,倡导新式思想和生活潮流,扶植新生作家"②,致力于思想和文学领域;生活书店也在章程中声明该社"以促进文化、服务社会为主旨"③。它们的共同点是都聚焦文化领域。这也正说明胡愈之、郑振铎等的结社或兴办书局活动在理念上具有继承性与延续性。生活书店的章程系胡愈之起草,其宗旨的第一句话与复社宗旨的第一句话在内容上相同,甚至连表述方式也一致。只是在民族危机空前加深的背景下,相较于生活书店的"服务社会"宗旨,复社的"复兴民族"宗旨更反映了胡愈之、郑振铎等人强烈的时代使命感。

---

① 胡德华:《复社与胡仲持》,北京鲁迅博物馆鲁迅研究室编:《鲁迅研究资料》第15辑,天津:天津人民出版社,1986年,第42页。

② 白槐:《金仲华传》,上海:文汇出版社,2013年,第42页。

③ 《生活书店史稿》编委会编:《生活书店史稿》,北京:生活书店出版有限公司,2013年,第34页。

第二节　复社的组织结构

组织结构即组织内部的机构设置及职能分配。由于复社兼具现代社团和出版机构的属性,其组织结构与一般的社团有所差异,也不同于那些公司化或合作社式的出版机构。

一、复社的决策、执行与监察机构

从复社《社约》看,复社在创办与发展过程中设立有"创立会""社员会议""社员会议常务委员会""监察委员"等机构,除"创立会"外,《社约》对其他几个机构的设置及职能都作了专门规定。

决策机构:"创立会"与"社员会议"。

《社约》对复社"创立会"的设置与职能未进行专门规定,但仍有两处内容涉及"创立会"。其中,第 2 条约定"经本社创立会或社员会议推选、负本社完全责任者为社员",第 3 条又约定"本社社员额定二十人,由本社创立会推选之。社员有缺额时,由社员会议补选之"①。除前述两处外,《社约》中再无其他条款涉及"创立会"。

民国时期"创立会"原是工商领域的一个概念,指股份有限公司在成立过程中集合各认股人,使其参与关于公司设立之事务的会议,它是公司设立行为中的 重要组成部分。根据南京国民政府 1929 年 12 月公布的《公司法》规定,在第一次股款缴足后,公司发起人应于 3 个月内召开"创立会"②。"创立会"的主要职能有公司设立事项的报告、董事监事的选任、设立事项的调查、报酬等事项的裁减、公司章程的修改、公司设立或废止的决议等③。除股份公司设有"创立会"外,民国时期不少银行、合作社甚至社团都组织并召开过"创立会"。从"创立会"的职责看,它应属于公司、银行、合作社和社团中的决策机构。

复社的"创立会"应是在初创时设立。从《社约》看,"创立会"的主要职能是负责推选复社社员,在该社"社员会议"机制建立后,"创立会"的职能为"社员会议"所行使。复社的"创立会"成立于何时,由什么人组成,召开过几次会议? 对于这些问题,目前尚无史料能够回答。

---

① 上海市档案馆在 1983 年第 4 期《历史档案》中刊发的《有关复社的两件史料》一文中,把《社约》中的"本社社员额定二十人"写为"本社社员额定三十人",经笔者查阅该馆所藏《社约》原件,"三十人"之说是错误的。
② 王效文编著:《公司法》,上海:商务印书馆,1929 年,第 12 版,第 20 页。
③ 《工商名词浅析·创立会》,《益友》1940 年第 1 期。

　　从《社约》中不难发现，该社成立时设置了"社员会议"这一机构。《社约》中明确规定了"社员会议"的七项职权，包括决定复社的改组、扩充或解散；通过预算、决算；选举"社员会议"的常务委员；决定社员的入社和出社；通过复社"计划大纲"；修改《社约》，以及其他由《社约》规定的事项等。对于"其他事项"，《社约》中也有具体涉及，如选举"监察委员"、在各地设立复社分支机构、决定复社解散时的财产处理办法等。一言以蔽之，"社员会议"决定的都是复社的重大事项。《社约》第7条规定："本社社员会议至少每三个月开会一次，由常务委员会召集之；但经社员五人之要求亦得召集之；社员会议以至少须有总社所在地社员三分之二以上之出席，社长或其代表人任主席。社员如因故不能出席，可请其他社员为代表。"这里对"社员会议"召开的时间、程序，以及参会人数、会议的主持者和社员参会义务等作了详细规定。综合判断，"社员会议"应是复社的全体社员大会，系该社的决策、立法和权力机构，类似于股份公司的"股东大会"。

　　需要补充的是，按照前述规定"社员会议以至少须有总社所在地社员三分之二以上之出席，社长或其代表人任主席"，在复社社员"额定"的20人中至少应有14位社员出席"社员会议"。1939年4月1日，复社第一届年会在公共租界上海银行俱乐部召开，出席会议者皆系社员或其代表人，所讨论通过的事项都是重大事项。该年会相当于复社的"社员会议"，在沪参加该会议的社员或社员所委托的代表人有16人，达到了上述规定中的"总社所在地社员三分之二以上"。

　　执行机构："常务委员会"。

　　《社约》第8条写道："社员会议选出常务委员五人，其中社长一人、秘书一人、编辑主任一人、出版主任一人、发行主任一人，组织常务委员会向社员会议负责，掌管本社一切事务。常务委员任期一年，连选得连任。"此条规定显示，在复社的组织结构中设置有"常务委员会"，该机构共有5名"常务委员"组成，包括社长、秘书、编辑主任、出版主任和发行主任等各1人。从"常务委员会"的产生来源——由"社员会议"选出、负责对象——"社员会议"、职权——"掌管"复社"一切事务"等方面来判断，其应该是复社的行政和执行机构，类似于股份公司中的"董事会"。"常务委员会"的组成人员尽管任职期限仅一年，但可以连选连任。在复社第一届年会上，会议组织者提出的一项重要议程是"选举社长、秘书及各部主任案"，当时的选举结果是"上届职员全体连任"。① "上届职员"即"社长、秘书及各部主任"，他们是

① 上海市档案馆：《有关复社的两件史料》，《历史档案》1983年第4期。

复社的"常务委员"。

从复社第一届年会记录看,胡愈之自复社成立起一直担任社长,在第一届年会上仍当选为社长,尽管他当时离沪已近一年时间。复社第一届年会还作出决议,在社长离沪期间,其职务由秘书及"编辑主任"共同代理。在复社第一届年会召开期间,张宗麟担任会议"主席"并向大会作"主席报告",大会还讨论了"致送秘书张宗麟酬报案"。不难判断,张宗麟在复社成立后一直担任秘书,在胡愈之离沪后其与"编辑主任"共同履行社长职责,主持该社日常工作。我们需要进一步追问的是,复社的其余 3 名"常务委员"即"编辑主任""出版主任"和"发行主任"分别由谁担任。

复社有胡愈之、张宗麟、黄幼雄、胡仲持、郑振铎和王任叔等 6 位核心社员负责该社日常事务,其中统揽全局工作的是胡愈之和张宗麟。从《鲁迅全集》的出版过程来看,除胡愈之承担的是总策划和总指挥角色外,张宗麟的全部精力"几尽放在发行方面",郑振铎、王任叔在编辑工作方面"用力为多",黄幼雄"负出版全责",胡仲持和黄幼雄共同主持《鲁迅全集》"出版部"工作。① 换言之,负责《鲁迅全集》出版工作的也主要是前述 6 位复社的核心社员。其中,胡愈之的作用自不待言,至于其他几位,张宗麟以复社秘书的身份分管发行。郑振铎和王任叔负责编辑,但又以王任叔为主,同时王任叔还参与编辑《每日译报》等报刊。黄幼雄和胡仲持倾力于出版,但胡仲持是协助黄幼雄工作。值得注意的是,根据复社第一届年会记录,针对复社工作向大会作报告者(不计入"社员消息"报告),除张宗麟作"主席报告"外,郑振铎也进行了报告(重申了复社在战时的宗旨和使命),可见郑振铎在复社中的地位也相当重要。倪文宙在忆及《红星照耀中国》(《西行漫记》)的翻译和出版情况时写道:"当时从事出版工作的有 2 人:一是黄幼雄,一是张宗麟。黄是我在东方杂志时的老同事,精于出版工作。"②《西行漫记》是复社出版的第一种书,黄幼雄因长于出版而负责《西行漫记》的出版工作,而其在《鲁迅全集》出版过程中又"负出版全责",这说明他极有可能在复社中负责整个出版工作。

综合以上分析,笔者初步推断,上述五名"常务委员"中,社长、秘书分别为胡愈之、张宗麟,这一点目前无争议,但编辑主任很可能是王任叔而非郑振铎,出版主任可能是黄幼雄而非胡仲持,至于发行主任则可能是胡仲持。

---

① 许广平:《〈鲁迅全集〉编校后记》,北京鲁迅博物馆鲁迅研究室编:《鲁迅研究资料》第 15辑,天津:天津人民出版社,1986 年,第 19、22 页。

② 倪文宙:《关于〈西行漫记〉的翻译和出版》,中国史沫特莱·斯特朗·斯诺研究会编:《〈西行漫记〉和我》,北京:国际文化出版公司,1991 年,第 115 页。

监察机构：监察委员。

《社约》第 9 条规定："社员会议选举监察委员二人,负监察本社会计账目之责。监察委员任期一年,连选得连任;并得列席常务委员会议,但无表决权。"此条款说明复社除了设立了决策机关和执行机关,还有监察机关——"监察委员"。"监察委员"与"社员会议常务委员会"是平行机关,都经"社员会议"选举产生,二者任期也一致,均为一年且"连选得连任"。就职权来说,"监察委员"的任务是监察复社的财务运行问题,因此其对于"社员会议常务委员会"会议仅"列席"而非"出席",无表决权。也就是说,对于"社员会议常务委员会"所掌管及处理的社务,除了财务问题外,"监察委员"无权干预。

从"监察委员"产生的来源看,"监察委员"应该是由复社社员兼任的。复社第一届年会会议记录在记载"致送秘书张宗麟酬报案"这一条内容时标注"监察黄定慧代社长胡愈之提"。这说明黄定慧是复社"监察委员"。《社约》中称"社员会议选举监察委员二人",目前仅知黄定慧一人为"监察委员",至于另一名"监察委员"是谁,笔者认为可能是郑振铎。

二、复社的分支机构

胡愈之等人在筹办复社时并不仅仅满足于上海租界这个狭小的地方,而是打算把复社的救亡文化事业进一步做大,努力向全国其他地方发展。《社约》第 12 条就明载："本社暂设总社于上海,经社员会议之通过,得在其他各地设立分社。"复社发起人把该社在上海的机构称作"总社",在外埠设立的分支机构叫"分社"。这种"总社—分社"发展模式普遍存在于 20 世纪二三十年代的一些大中型出版机构,如生活书店总社在上海(后相继迁至汉口、重庆,上海生活书店则改为分社),在广州等地设立多家分社。北新书局在上海、北京分别有总社、分社(1926 年北京北新书局为总局、上海北新书局为分局,1927 年后上海北新书局转为总局,北京北新书局在被查封复业后成为分局)。复社在发展过程中是否实现了其创办者最初设计的目标——在全国各地设立分社?

据复社社员王纪元回忆,他在 1937 年上海华界失守不久即离沪南下负责筹办国际新闻社,次年春国际新闻社在香港成立,1939 年复社在香港成立分社,由他兼任分社经理,复社香港分社没有另行设立门市部,而是与国际新闻社合署办公,不再另外挂牌;复社的总社和分社当时发挥了"三联书店"(三联书店成立于 1948 年 10 月,这里说的"三联书店"应该是指生活书店)的作用,可以说是"三联"的一个分支机构,做"三联"一部分出版发行工作。① 王纪元关于复社与生活书店尤其是香港书店关系的说法不完全正确。生活书店香港分店成立于 1938 年 7 月,设址在香港皇后大道中 175 号,在地理位置上与复社香港分社和香港国际新闻社相距较远,三者实际上并非一家机构。

曾在 1937 年 12 月与王纪元一起赴港筹办国际新闻社的郑森禹,也基本上证实了王纪元关于复社香港分社与香港国际新闻社关系的说法。他称,香港国际新闻社位于香港九龙弥敦道 49 号,该社一度成为当时"新闻文化界人士的活动中心",也是"以上海复社名义出版的《西行漫记》和《鲁迅全集》的'经销处',《世界知识》杂志和《战时日本全貌》的编辑部、香港中国新闻学院和中国青年记者学会香港分会的'筹备处'",但它们均未挂牌。② 这里的"经销处"即相当于王纪元口中的复社香港分社,只是"未挂牌"而已。《世界知识》杂志隶属于生活书店,由复社社员、生活书店骨干成员金仲华在武汉失守后将其从汉口迁至香港出版。《战时日本全貌》一书系吴斐丹(吴汝勋)、刘思慕主编,由香港生活书店于 1939 年出版,吴、刘二人均为香港国际新闻社成员③。简而言之,按照郑森禹的记述,复社香港分社与香港国际新闻社实际上是一个机构,《世界知识》和《战时日本全貌》编辑部在复社香港分社内办公。

1939 年 4 月,复社出版了海伦·斯诺的《续西行漫记》。在该书问世前由王任叔主编的理论刊物《民族公论》刊登了其预约征订广告,广告称该书"总发行处"为"香港复社九龙弥敦道四九号"④。这里公开打出了"香港复社"的旗号,且其地址与郑森禹所说的香港国际新闻社的地址一致,即香港九龙弥敦道 49 号。

综合王纪元、郑森禹的回忆及《民族公论》上有关《续西行漫记》的广告,我们认为复社的分社——香港复社应该是存在的,其主要承担的是上海复社总社所出书刊的发行任务。王纪元说香港复社成立于 1939 年,而前述《续西行漫记》广告则刊登在《民族公论》第二卷第一期,该期刊物 1939 年 3 月 20 日出版⑤,以此推断,香港复社创办时间不会晚于 1939 年 3 月。除香

---

① 王纪元:《我与"三联"》,生活·读书·新知三联书店香港分店编:《生活·读书·新知三联书店成立三十周年纪念集》,香港:生活·读书·新知三联书店香港分店,1978 年,第74 页。

② 郑森禹:《国新社香港分社创建的前前后后》,广西日报新闻研究室编:《国际新闻社回忆》,长沙:湖南人民出版社,1987 年,第 119 页。

③ 郑森禹:《关于〈世界知识〉的若干史料》,《世界知识》1994 年第 18 期。

④ 《红藏进步期刊总汇(1915—1949)民族公论 3》,湘潭:湘潭大学出版社,2014 年,第 6 页。

⑤ 《红藏进步期刊总汇(1915—1949)民族公论 3》,湘潭:湘潭大学出版社,2014 年,第 2 页。

港分社外,复社在其他地方是否还设立过分支机构? 现有资料暂时尚不能揭开这个谜底。

三、复社的合作社性质辨析

早在 1938 年胡愈之就曾说过"复社是按照合作社的方式,印行书籍的",1956 年胡仲持也称:"复社是一九三八年春初留在上海租界的一群不甘寂寞的知识分子因偶然的机会组织起来的一个具有社会主义萌芽性质的合作社。"复社的两位创办人在不同时期均称复社为"合作社"。复社是否具有合作社性质? 能否视其为真正意义上的合作社?

晚清以后,西风东渐,西方合作经济思想逐渐传入中国,民国初年合作社组织开始在我国兴起,北京、上海和长沙等地陆续出现消费合作社、信用合作社和生产合作社等各种类型的合作社组织。20 世纪 20 年代是合作社组织在我国的迅速发展期,尤其是南京国民政府成立以后,国民党政府在全国推行合作社运动,设立管理合作社组织的政府部门,制定有关合作社的法规,到 20 世纪 30 年代初期合作社组织的数量和种类在我国都已相当可观。为规范合作社组织的发展,1934 年 3 月 1 日南京国民政府公布了《中华民国合作社法》(以下简称《合作社法》),次年 9 月 1 日施行,1939 年 11 月 17 日再次修正公布实施。这里我们不妨以 1934 年版《合作社法》来考察复社是否具有合作社性质。

对照 1934 年版《合作社法》,作为复社"宪章"的《社约》有些条款与该法相符合,至少不违背该法。《合作社法》第 1 条称:"本法所称合作社,谓依平等原则,在互助组织之基础上,以共同经营方法,谋社员经济之利益与生活之改善,而其社员人数及股金总额均可变动之团体。"[1]该法第 2 条又确定合作社为"法人"。从这两条规定可以看出,在 20 世纪 30 年代,尽管合作社是一种经济组织,但在法律上仍被定性为"公益的营利社团"[2],平等、互助和共同经营是其基本特点。《合作社法》第 3 条明确列举了合作社的业务范围:"合作社之业务得为下列各款之一种或数种:一、为谋农业之发达,置办社员生产上公共或个人之需要设备,或社员生产品之联合推销。二、为谋工业之发展,置办社员制造上公共或各个需要设备,或社员制造品之联合推销。三、为谋社员消费之便利,置办生产品与制造品,以供给社员

---

① 《中华民国合作社法》(1934 年 3 月 1 日公布),郑厚博:《中国之合作运动》,"附录",杭州:农村经济月刊出版社,1936 年,初版,第 735 页。以下引用《中华民国合作社法》各条款均出自该书,不再一一标注。
② 钮长耀编著:《合作社》,上海:商务印书馆,1937 年,初版,第 1 页。

之需要。四、为谋金融之流通,贷放生产上或制造上必要之资金于社员,并收受社员之存款。五、为谋互相之扶助,办理社员各种保险。六、其他不违反第一条之规定。"按照此条款的规定,当时的合作社可以划分多种类型,基本类型包括农业生产与销售型、工业生产与销售型、消费服务型、金融流通型、社会保障型及其他类型,合作社的种类非常丰富,特别是"其他不违反第一条之规定"更为文化领域合作社的成立和发展提供了法理上的依据。

复社是一个具有社团与出版机构双重属性的组织,以"促进文化、复兴民族"为宗旨,其业务范围是编印图书、发行刊物、搜集并整理保存抗战史料。从宗旨和业务范围看,复社的公益性质非常明显,甚至可以说完全是以社会公益为鹄的。埃德加·斯诺和郑振铎都说复社是非营利性机构。复社致力于文化方面的经营和活动,其业务活动与《合作社法》第三条中的"其他不违反第一条之规定"相符。复社也讲究获得经济收益,但这种收益不是用来满足社员个人的经济利益,而是用来补偿成本以维持事业发展。换言之,若从合作社角度审视,复社基本上满足上述《合作社法》的前三项条款。

再从合作社的社员和组织来看,《合作社法》第 8 条规定:"合作社非有七人以上,不得设立。"而复社《社约》明确指出该社社员"额定二十人"。该法第 9 条称"合作社设立人应召集创立会,通过章程"。复社创办之初设立有"创立会",制定了该社的章程《社约》。《合作社法》第 32 条称"合作社理事至少三人,监事至少三人,由社员大会就社员中选任之。"第 46 条说"社员大会由理事会召集之。"复社的"社员会议"即社员大会,该会议选举产生"社员会议常务委员"和"监察委员",社员会议由"社员会议常务委员会"负责召集。因此,从产生的程序和管理功能上看,复社的"社员会议常务委员"和"监察委员"分别相当于前述"理事"和"监事"。《合作社法》第 33 条规定"理事任期一年至三年,监事任期一年,均得连任",复社"社员会议常务委员"和"监察委员"的任期问题与前述规定不冲突。《合作社法》第 48 条规定,合作社的"社员大会应有全体社员过半数之出席,始得开会",而复社《社约》对于该社社员会议出席人数的规定更严格,即"至少须有总社所在地社员三分之二以上"出席。以上皆为复社《社约》与《合作社法》相符或不抵触之处。

复社《社约》也有一些内容与《合作社法》不符之处,或《合作社法》规定的一些事项复社《社约》未载明。如《合作社法》第 1 条规定合作社"社员人数及股金总额均可变动",但《社约》称复社"额定二十人"、股金"合计一千五百元"。《合作社法》第 16 条规定"社股金额每股至少国币 2 元,至多国币 10 元",但《社约》要求社员入社时"一次缴纳社费五十元"。《合作社法》

第 9 条要求合作社的"社务会"在一个月内"向所在地主管机关为成立之登记",应登记的事项包括名称、社址等共 13 项,而复社是半公开机关,应该没有向上海租界当局登记过。《合作社法》第 32 条规定合作社的监事"至少三人",但《社约》规定复社设"监察委员二人"。《合作社法》要求合作社成立"社务会",由理事和监事组成,但复社并没有设立这个机构。《合作社法》第 39 条对于监事的职权有明确规定,即"监查合作社之财产状况""监查理事执行业务之状况",而复社的"监察委员"仅监督会计财务方面的问题。

　　若严格从《合作社法》来审视,复社的确具有合作社的某些特征,它也在一定程度上按照合作社方式运作。但由于复社《社约》部分条款与《合作社法》的规定不相符,因此复社并非真正意义上的合作社。真正完全采用合作社模式运作且符合《合作社法》规定的典型出版机构是生活书店(生活出版合作社)。

第三章　复社的社员

许广平说，"复社诸君子，尽海上知名之士"。这些"知名之士"都有谁？他们之间有着怎样的关系，这种关系对于复社的成立和发展起着什么作用？

第一节　社员与社友

复社社员是复社内有"编制"的成员，进出复社需要一定的门槛和程序。复社社友系复社"编外人员"，处于该社外围，对于他们来说，接近复社的门槛较低，甚至只要买复社出版的一本书即可成为该社的朋友。

一、社员的入社与出社

复社《社约》第2条称"复社由社员与社友组成"。何为社员，如何才能成为复社社员？该条款又说："经本社创立会或社员会议推选、负本社完全责任者为社员"。第3条进一步指出："本社社员额定二十人，由本社创立会推选之。社员有缺额时，由社员会议补选之。"《社约》的这两条内容对社员的内涵和资格进行了界定，并规定了社员加入复社的程序。具体地说，在复社初创时一个人若要加入复社，需要经该社"创立会"推选，复社正式成立后如果出现社员缺额情况，欲加入者需要走"社员会议"补选程序。可见，复社吸收社员的严肃性强，程序规范且规格高。这也是复社社员之间关系平等的体现，是复社内部民主的重要表征。此外，社员加入复社还有一个前提——在经济方面履行一定的义务。《社约》第4条规定"社员入社时一次缴纳社费五十元"，这种50元的社费也被后人称为入股复社的股金①。

---

① 胡德华：《胡愈之与复社》，胡序威主编，胡序威等编：《胡愈之文化现象研究》，北京：生活·读书·新知三联书店，2016年，第260页。

　　前述第 2 条称加入复社的社员要对该社负"完全责任"。何谓"完全责任"？《社约》没有具体阐释。由于复社具有合作社的某些特征，若从《合作社法》的角度审视，该法称合作社社员的责任可以分为三种：第一种是"有限责任"，"社员以其所认股额为限，负其责任"。第二种是"保证责任"，"社员以其所认股额及保证金额为限，负其责任"。第三种是"无限责任"，"合作社财产不足清偿债务时，由社员连带负其责任"。《社约》中仅要求社员入复社时缴纳社费而未提及保证金，从其他资料中也没发现该社社员要缴纳保证金之说，前述社员对该社应负"完全责任"不可能是指"保证责任"，可能是"有限责任"或"无限责任"。当然，复社是具共同志向——促进文化、复兴民族的文人聚合体，社员非因经济利益或为改善生活而媾和在一起，该社非典型的合作社，负"完全责任"是复社对社员提出的一种工作担当方面的要求，要社员直接参与复社各项事业和事务的经营或管理工作，而不是经济上的债务债权关系。

　　社员在加入复社后若要退出复社或被复社开除，复社有着怎样的处理程序？《社约》第 5 条对于社员出社问题的处理分为两种情况，第一种情况是对于"自愿出社者"，"须由社员会议过半数通过，于缺额社员入补后发还其社费"；第二种情况是对于"遭开除出社者"，"须经社员会议一致通过，其社费没收之"。无论社员主动脱离复社还是被复社开除出社，其门槛都相当高。尤其是若要开除一名社员，必须征得出席社员会议的每位社员的同意。当然，与社员入社一样，社员出社程序的严格和高门槛，也体现了复社的平等性和民主性，以及该社对每一位社员权利的充分尊重。

二、"不纳社费"的社友

　　复社《社约》称复社由社员和社友组成，并对社员和社友作了明确区分。那么何为社友，社友和社员的区分在哪里？《社约》第 2 条和第 6 条对社友的角色及权利进行了界定和说明。第 2 条称："凡购买本社出版物之读者，以及参加本社工作之作者、编者、印刷发行者为本社社友。"第 6 条列举了社友所享有的各种权利，包括"享受购买本社出版物之便利"、向复社"提供意见"、不缴纳社费、"对于本社业务不负责任"等。复社以开放性和包容性姿态面向社会，只要是该社出版物的读者、作者、编印者及发行者，复社均将其视为社友，不需要经过该社的决策机关或执行机关推选和批准。与社员相较，复社对社友条件的限定极少。《社约》对于社友权利的规范，既是对复社服务社会理念的生动诠释，也有助于增强复社的社会吸引力和凝聚力，为其与社会各界形成良性互动奠定了制度基础。

民国时期有些社团或出版机构并没有社员与社友之分,比如南社。1940 年柳亚子在其所撰写的《南社纪略》中附加了《南社社友姓氏录》一文,将南社社员称为"社友"。还有一些出版机构如生活书店仅由社员构成而无社友,生活书店的《生活出版合作社章程》虽含 10 章 61 条,但通篇无一处涉及"社友"字样。但是,将社员与社友加以区分并非复社首创。1923 年天津女星社创办时就在其社章中规定了社员和社友的权利与责任,"社员对于本社一切进行,负完全责任,有发言权及表决权";"对于本社宗旨表示深刻的同情,也愿意遵守本社社规,经社员一人的介绍或自行函告本社的,经全体大会通过,就可以为本社社友。社友对于本社负援助的责任,但有建议权而无表决权。"该社还规定社员、社友都有为该社经费"设法筹划的责任"。① 与复社相较,女星社的社友虽也享受一定权利,但在加入该社时要遵守严格的程序,且一旦加入该社,还需要承担"援助"责任尤其是经济责任。而对于这些,复社都没有设限。

三、社员人数之谜

复社在其存续期间有多少社员?关于这个问题,在复社社员中似乎只有郑振铎给出过明确的回答。他在《记复社》中说,复社社员"凡二十人,各阶层的人都有","那时,社费每人是五十元;二十个人,共一千元";复社"虽然只有二十个社员,而且决不公布其组织与社员们的名单,而在当时,这二十位社员的本身,便也代表了'自由上海'的各阶层'开明'的与'正直'的力量";复社的"这二十个社员,虽然不常常聚合,但团结得象铁一样的坚固"。② 这里郑振铎反复强调复社有"二十人",说明他对这个数字的记忆可能是准确的。从语境上判断,郑振铎口中的"二十人"似乎也不是复社创办之初的人数,而是该社整个存续期间的社员恒数。与郑振铎的记忆相一致的是复社《社约》,《社约》中称"本社社员额定二十人"。

根据复社第一届年会记录,当时出席该年会的有以下社员:郑振铎、胡咏骐、胡仲持、黄幼雄、张宗麟、倪文宙、卢广绵(卢广绵夫人代)③、王任叔、

① 《女星社的简章》,中共天津市委党史资料征集委员会、天津市妇女联合会编:《邓颖超与天津早期妇女运动》,北京:中国妇女出版社,1987 年,第 302 页。

② 郑振铎:《记复社》,《郑振铎全集》第 2 卷,石家庄:花山文艺出版社,1998 年,第 448—451 页。

③ 卢广绵夫人即姜漱赛,生卒年月不详,辽宁人,抗战时期与卢广绵一起在中国西北从事工合运动。早年担任过女青年会全国协会干事、燕京大学助教、北平贝满女子中学教学等职。卢广绵等编:《回忆中国工合运动》,北京:中国文史出版社,1997 年,第 202 页。

冯宾符、沈体兰(沈体兰夫人代)①、吴耀宗(胡咏骐代)、胡愈之(胡仲持代)、黄定慧、萧宗俊、姚惠泉、严景耀。出席复社第一届年会的社员有16位。该次年会的一个重要议程是出席会议的社员报告部分未参会社员的有关消息,比如张宗麟在年会上报告了"王纪元、金仲华、吴涵真、林旭如社员在香港,胡愈之社员在桂林之消息",严景耀报告了"士纯社员在国外之消息",冯宾符报告了邵宗汉在桂林筹办新闻记者协会的消息。②

根据复社第一届年会的记录,在复社第一届年会召开之前即成为复社社员的有:胡愈之、郑振铎、张宗麟、黄幼雄、胡仲持、王任叔、梁士纯、胡咏骐、吴耀宗、沈体兰、冯宾符、倪文宙、卢广绵、黄定慧、萧宗俊、姚惠泉、严景耀、王纪元、金仲华、吴涵真、林旭如、邵宗汉等22人。在复社第一届年会上还有一个重要议程,即"介绍新社员案(常务委员会提)",大会议决通过陈志皋、周予同、李健吾、吴承禧、孙礼榆等5人为复社社员。前文已述,复社的创办人至少有15位,他们都是复社社员。在15位创办人中,有10位亲自参加或委托代表参加了第一届年会,梁士纯身在国外,许广平、周建人、陈鹤琴和孙瑞璜等4人都没参加。

在复社第一届年会上,因胡愈之和吴耀宗都不在沪,他们分别委托参会的胡仲持和胡咏骐代为参会,卢广绵和沈体兰也因分处中国西北和欧洲而各自委托其夫人代为参会。许广平、周建人、陈鹤琴和孙瑞璜当时是否因不在上海而未参加年会?

许广平是胡仲持在回忆中首个提及的复社创办人。在上海华界失守后,中共党组织考虑到许广平的安全,曾建议她转移至苏北新四军开辟的根据地,也有朋友劝她以教书作为掩护到南洋去搞党的工作,但她坚持留下来。③ 许广平认为:"我这一个家,丝毫没有贵重的物品,在有些人眼里是看不起的。但我把这里的一桌一椅,一书一物,凡是鲁迅先生留下来的,都好好地保存起来。这不是我的私产,这是革命的财富,是全中国人民的财富,是要了解这一时代的文化,要了解鲁迅生平和业绩的人们的财富。当然请别人看守也许有可能的,但是倘使连我也不能看守而要求别人冒着生命危险看守这些遗物,是没有理由的。由此我不敢在任何危难的时候交托任何人。"④换

---

① 沈体兰夫人即金江蘅,生卒年月不详,曾任教于上海麦伦中学,长期服务于中国基督教青年会,任劳工委员。陈一鸣:《继承发扬沈体兰的献身精神》,《我的心在高原——陈一鸣文集》,南京:南京师范大学出版社,2014年,第196页。

② 上海市档案馆:《有关复社的两件史料》,《历史档案》1983年第4期。

③ 陈漱渝:《许广平传》,北京:人民日报出版社,2011年,第92页。

④ 陈漱渝:《许广平与鲁迅》,西北大学鲁迅研究室编:《鲁迅研究年刊(1981)》,西安:陕西人民出版社,1982年,第360页。

言之,许广平之所以坚持留沪而不撤离,主要是为保护鲁迅的遗物,她不放心将这些遗物委托给他人看守,宁愿自己冒着生命危险留下来看护。留沪的许广平在保护鲁迅遗物的同时,整理和编辑出版《鲁迅全集》等鲁迅著作。

在复社第一届年会召开前后,许广平仍留居上海。既然许广平未参加复社第一届年会,年会上的"社员消息报告"这个环节为何没有安排他人报告有关许广平的情况? 深入考察不难发现,当时名列"社员消息报告"名单的都是身在香港、桂林、西北和欧洲等地的外埠社员,而张宗麟、郑振铎等 16位出席年会的留沪社员(含代表人)与许广平经常通过"星二聚餐会"等途径交往,对她的近况都比较熟悉,不需要在年会上另外专门安排"消息报告"。

再谈周建人。在胡仲持回忆与他一起创办复社的人中第二个提及的就是周建人。除胡仲持外,目前有的传记作者也称周建人参加过复社。谢德铣说,复社"倡议者是胡愈之,成员有许广平、周建人、郑振铎、胡仲持、张宗麟、黄幼雄等二十人"。[1] 但是,周建人本人在其所有文章和回忆中从未谈及过复社,更没有提及自己参加过复社的问题。1983 年第 1 期的《绍兴师专学报》刊登过《周建人同志小传》一文,内中记述了抗战时期周建人在上海的工作和生活,包括在商务印书馆工作、去储能中学教书等,但未记述他参加复社一事。周建人阅读该文后又对其进行了"补记",称其"内容属实",并补充了自己于 1938 年前后在上海法租界与孙冶方、冯宾符等人组织"读书会"的往事。[2] 周建人的"补记"同样未涉及复社问题。如果一个人曾参加过在历史上有一定影响的进步组织而在后来绝口不提,其原因需要深究。查阅 1984 年周建人逝世后当时新华社播发的有关周建人生平的新闻稿,其中也未提及周建人参加过复社的事情[3]。

尽管如此,笔者仍认为当时居留上海租界的周建人不仅参加过复社,而且是复社的创办人之一。因为除胡仲持称周建人参加了复社的创办外,郑振铎和王任叔都说过复社是因出版《鲁迅全集》而创办,若为了出版《鲁迅全集》而必须成立复社,周建人没有不加入其中的道理。周建人后来之所以未再提及其早年参加复社的事,可能是因其对复社事务涉足较浅,随着岁月的流逝而遗忘的缘故。

陈鹤琴自 1928 年至 1939 年离沪前一直担任上海公共租界工部局华人

---

① 谢德铣:《周建人同志小传》,《绍兴师专学报》1983 年第 1 期。
② 周建人:《〈周建人同志小传〉补记》,《绍兴师专学报》1983 年第 3 期。
③ 《周建人同志的生平》,《新华社新闻稿》1984 年第 5304 期。

教育处处长。他与胡愈之、胡仲持一起创办复社之事是可信的。首先,他们三人均为浙江上虞人,系同乡,且在沪接触频繁。陈鹤琴与胡愈之同为"星二聚餐会"成员。其次,陈鹤琴与张宗麟既是同乡(张宗麟为浙江绍兴人)也是师生关系。1921 年冬张宗麟入南京高等师范教育科学习,师从陶行知和陈鹤琴。1927 年 6 月张宗麟自杭州到南京为陈鹤琴当助手。① 二人后来到了上海不仅保持了师生之谊,而且同为"星二聚餐会"成员。陈鹤琴生前未公开说过他是否参加复社,但他的女儿陈秀霞则撰文称陈鹤琴在 1938 年"资助'复社'出版斯诺《西行漫记》中文版",在新中国成立后他仍希望陈秀霞"再找一本英文版的《西行漫记》给他,他想读读",直到 1975 年她才在外交部的资料室里帮他找到该书。② 陈秀霞的这段记述应该是真实的。由陈鹤琴子女编写的《陈鹤琴生平年表》也说陈鹤琴参加了复社③。1939 年 10 月陈鹤琴被迫离沪去浙江宁波隐蔽④,次年初又受邀赴江西办学。

　　自 1930 年 10 月起孙瑞璜一直担任上海新华银行副总经理,"星二聚餐会"成立后他是该聚餐会的常客。除了胡仲持称孙瑞璜参与过复社的创办外,与孙瑞璜在新华银行时期一起工作过的同事吾新民也撰文回忆孙瑞璜和郑振铎、王任叔等组织复社出版《西行漫记》,后来又以鲁迅全集出版社的名义集资出版了《鲁迅全集》二十卷⑤。吾新民 1940 年进入新华银行担任襄理及第一营业部主任⑥,与孙瑞璜长期共事,对他比较了解,其前述说法有一定可信度。综合胡仲持和吾新民的记述,笔者认为孙瑞璜参与过复社的创办。

　　许广平、周建人、陈鹤琴和孙瑞璜都参与了复社的创办,在复社第一届年会召开时他们身在上海而未与会,原因待解。

　　前文述及张宗麟在离沪之前曾把复社事务委托给许广平和陈巳生等

① 张沪:《张宗麟年表》,浙江省绍兴县政协文史资料工作委员会编:《绍兴文史资料选辑》第 10 辑,绍兴:浙江省绍兴县政协文史资料工作委员会,1991 年,第 103 页。
② 陈秀霞:《父亲对我的教育和培养》,陈秀云选编:《我所知道的陈鹤琴》,北京:金城出版社,2011 年,第 338 页。
③ 蔡怡曾、陈一鸣、陈一飞编:《陈鹤琴生平年表》,陈秀云、陈一飞编:《陈鹤琴全集》第 6 卷,南京:江苏教育出版社,2008 年,第 587 页。蔡怡曾是陈一鸣的妻子、陈鹤琴的儿媳。参见陈虹:《陈鹤琴与活教育》,长春:东北师范大学出版社,2010 年,第 220 页。
④ 蔡怡曾、陈一鸣、陈一飞编:《陈鹤琴生平年表》,陈秀云、陈一飞编:《陈鹤琴全集》第 6 卷,南京:江苏教育出版社,2008 年,第 587 页。
⑤ 吾新民:《奋斗终生的银行家孙瑞璜》,许涤新主编:《中国企业家列传》第 6 册,北京:经济日报出版社,1993 年,第 201 页。
⑥ 参见吾新民:《积极支持国货运动的新华银行》一文注释,潘君祥主编,全国政协文史办等编:《中国近代国货运动》,北京:中国文史出版社,1996 年,第 473 页。

人,这说明陈巳生当时应该是复社社员。据陈巳生之子陈守中撰写的《"西行漫记"和"鲁迅全集"的出版简要经过》一文记述,许广平在上海曾冒死掩护过陈巳生家,让陈家"永世难忘",在复社成立时陈巳生与其哥哥陈森生共同"认缴"了50元社费,《鲁迅全集》出版后许广平将该书赠送陈巳生并亲笔签名。① 因此笔者认为陈巳生在复社第一届年会前就已参加复社,系复社社员。

有研究认为,共产党员陈明很可能也是复社社员②,这种说法难以成立。从复社第一届年会的会议记录看,陈明虽然也参加了此次会议,但他是以"列席"身份参加的,若他当时是复社社员,应该与王任叔、胡仲持、冯宾符和倪文宙等社员一样以"出席"身份参会。在复社第一届年会结束后不久即1939年5月,陈明被中共江苏省委调到上海崇明岛从事建党和对敌武装斗争工作,后又被派往江苏海门,1942年1月不幸牺牲。没有资料能够佐证陈明在牺牲前加入过复社。

综上所述,在复社第一届年会召开前,包括许广平、周建人、陈鹤琴、孙瑞璜和陈巳生等5人在内,复社共有27位社员。复社第一届年会又批准了5位社员的加入申请,前后共计32位社员,多于郑振铎在《记复社》一文中所称的"二十人",也突破了复社《社约》中"额定二十人"的规定。在32位社员中,胡愈之、张宗麟、王任叔、黄幼雄、胡仲持、郑振铎和黄定慧等7名社员为核心社员。复社32位社员的基本情况参见表3-1。

表 3-1 复社社员基本情况

序号	姓 名	生卒年	字、笔名等	籍 贯	新闻出版经历/复社成立时社会职务
1	胡愈之	1896—1986	复生、陈仲逸等	浙江绍兴	《东方杂志》《世界知识》等编辑
2	胡仲持	1900—1968	胡学志、宜闲	浙江绍兴	《申报》编辑
3	黄幼雄	1894—1968	黄惟志、微之	浙江绍兴	《东方杂志》《申报月刊》编辑
4	陈鹤琴	1892—1982	不详	浙江绍兴	公共租界工部局华人教育处处长 Δ

① 朱善九、凌惠良、姜惠民:《共商国是海宁人——陈巳生、陈震中》,北京:中国文史出版社,2019年,第37—39页。

② 邢科:《关于"孤岛"时期上海复社的几个问题》,《中国出版史研究》2021年第3期。

续　表

序号	姓　名	生卒年	字、笔名等	籍　贯	新闻出版经历/复社成立时社会职务
5	周建人	1888—1984	乔峰等	浙江绍兴	商务印书馆编辑
6	倪文宙	1898—?	哲生等	浙江绍兴	商务印书馆编辑、中华书局编辑
7	张宗麟	1899—1976	宗麟、麟	浙江绍兴	国难教育社骨干 △
8	吴涵真	1894—1949①	不详	浙江绍兴	香港九龙和广州儿童书局创办人
9	王任叔	1901—1972	巴人、八戒等	浙江宁波	中共江苏省委"文委"成员 △
10	冯宾符	1914—1966	仲足等	浙江宁波	商务印书馆编辑
11	胡咏骐	1898—1940	志昂	浙江宁波	宁绍人寿保险股份有限公司总经理 △
12	孙礼榆	1912—?	史惠康、理喻	浙江宁波	浙江兴业银行经济研究室研究员② △
13	严景耀	1905—1976	不详	浙江宁波	上海公共租界工部局助理典狱长 △
14	金仲华	1907—1968	华君等	浙江嘉兴	《东方杂志》《世界知识》编辑
15	陈巳生	1892—1953	不详	浙江嘉兴	宁绍人寿保险股份有限公司副总经理 △
16	陈志皋	?—1988	不详	浙江嘉兴	律师 △
17	王纪元	1910—2001	不详	浙江金华	《申报月刊》《世界知识》编辑

① 据黄炎培记载，1949 年 4 月 10 日吴涵真在香港病逝。参见黄炎培著，中国社会科学院近代史研究所整理：《黄炎培日记》第 10 卷（1947.9—1949.12），北京：华文出版社，2008 年，第 233 页。

② 1937 年至 1941 年孙礼榆长期任职于浙江兴业银行经济研究室。史惠康：《忆揆公》，刘平编纂：《稀见民国银行史料四编：浙江兴业银行〈兴业邮乘〉期刊分类辑录（1932—1949）》，上海：上海书店出版社，2017 年，第 2090 页。但 1939 年 3 月《申报》"经济专刊"在有关启事中标注其单位为"中央银行"。《本刊第一次座谈会启事》，《申报》1939 年 3 月 20 日第 8 版。

序号	姓　名	生卒年	字、笔名等	籍　贯	新闻出版经历/复社成立时社会职务
18	周予同	1898—1981	周毓懋、予同	浙江温州	商务印书馆编辑、暨南大学教授△
19	郑振铎	1898—1958	西谛等	福建长乐	商务印书馆编辑、暨南大学教授△
20	许广平	1898—1968	景宋、平林	广东番禺	无
21	吴耀宗	1893—1979	不详	广东顺德	中华基督教青年会全国协会编辑主任
22	萧宗俊	不详	不详	广东香山	新新公司经理△
23	孙瑞璜	1900—1980	祖铭、瑞璜	上海	新华银行副总经理△
24	姚惠泉	1895—1988	文达、心水	上海	上海第四中华职业补习学校主任
25	沈体兰	1899—1976	流芳	江苏吴县	上海麦伦中学校长△
26	邵宗汉	1907—1989	宗汉	江苏武进	《大晚报》记者、生活书店编辑
27	梁士纯	1903—1984①	休伯特·梁	江西南昌	燕京大学新闻系教授
28	黄定慧	1907—2017	黄慕兰、淑仪	湖南浏阳	通易信托公司副总经理△
29	卢广绵	1906—?	不详	辽宁海城	全国农产调整委员会委员△
30	李健吾	1906—1982	刘西渭	山西运城	暨南大学教授△
31	吴承禧	1909—1958	不详	安徽歙县	浙江兴业银行襄理△
32	林旭如	不详	林暐	不详	中国银行人事室主任②△

资料来源：作者根据各种史料整理而成。标注△者表示复社成立时的社会职务。

---

① 梁士纯出生于 1903 年之说参见王晓乐、赵波：《民国时期公共关系的布道者与践行者：梁士纯生平考述》，《新闻与传播研究》2019 年第 7 期，该文中还另有 1902 年之说。

② 《信托部经理林旭如先生访问记》，虞和平主编：《中国抗日战争史料丛刊》(515)：经济、金融和财政，郑州：大象出版社，2016 年，第 576 页。

第二节　社员的强关系网络

社会关系网络理论认为,人与人之间的关系呈网络结构。人际关系的联结强度,取决于"认识时间的长短""互动的频率""亲密性"和"互惠性服务的内容"等四种因素的组合。① 亲属、同事、同学和朋友之间因在共同生活和工作中经常交往与互动,关系紧密且以较强的情感维系,这种关系被称为强关系网络。血缘、地缘、学缘等容易形成强关系网络。普通相识、陌生人之间因交往和互动偏少,关系松散且以较弱甚至没有情感维系,这种关系被称为弱关系网络。当然,关系强弱的划分还要与具体的社会、文化环境相结合②。

在胡愈之发起创办复社之前,不少复社社员之间因生活、学习、工作和有着共同的志趣等因素而形成了强关系网络。这种强关系网络可以分为亲属、师生与同学、同事、同乡与同好等几种类型。

一、亲属

亲属是因血缘、婚姻、收养或承继而产生的人际关系,包括直系亲属和旁系亲属。从心理距离上讲,亲属关系通常属于强关系,尤以直系亲属的关系为最强。在复社社员中,既存在关系最强的直系亲属,也有关系强度次之的旁系亲属。

兄弟与表兄弟。

在复社社员中,胡愈之和胡仲持是亲兄弟。胡愈之共有兄弟五人,他为长兄,胡仲持排行老二。兄弟五人在族谱中的辈分为"学"字辈,胡愈之、胡仲持的学名分别为胡学愚、胡学志。胡愈之在 1914 年 10 月(18 岁)进入上海商务印书馆编译所当"练习生"③。胡仲持在 19 岁(1919 年)时到上海谋职业,起初"管了邮政供应处的栈房一个月",随后考到《新闻报》当"外勤记者",一年后转入《商报》担任"内勤记者"。④ 在该报工作期间,胡仲持还和

---

① [美]马克·格兰诺维特:《镶嵌——社会网与经济行动》,罗家德译,北京:社会科学文献出版社,2007 年,第 69 页。

② 姚小涛、张田、席酉民:《强关系与弱关系:企业成长的社会关系依赖研究》,《管理科学学报》2008 年第 1 期。

③ 胡愈之:《我的回忆》,《胡愈之文集》第 6 卷,北京:读书·生活·新知三联书店,1996 年,第 324 页。

④ 胡仲持:《最有进益也最有兴味的一年》,王文彬编:《报人之路》,上海:三江书店,1938 年,初版,第 158—159 页。

胡愈之共同在上海编辑出版《上虞声》报,并寄回家乡浙江上虞发行。在文学研究会成立后,胡愈之和胡仲持相继加入。1932 年夏,法国哈瓦斯社在上海成立远东分社,当时"没有正式工作"的胡愈之经《申报》编辑胡仲持介绍,受聘为该社的中文部编辑。① 1934 年 9 月由胡愈之参与发起的《世界知识》杂志创刊,胡仲持受邀担任该杂志"特约撰稿人"②。1937 年 1 月胡愈之主编开明书店的大型文摘性期刊《月报》,胡仲持协助编撰该刊的"学术栏"。自 1919 年后就一起在上海生活的胡愈之和胡仲持,是一对相互支持、患难与共的亲密兄弟。

复社的另一名社员黄幼雄与胡愈之和胡仲兄弟有亲戚关系。黄幼雄,原名黄惟志,"幼雄"乃其笔名,另一笔名为"微之",浙江绍兴(上虞)人,年龄上长于胡愈之和胡仲持,是胡愈之的表兄③,也是胡仲持的表兄。1920 年1 月黄幼雄入职商务印书馆编译所④,协助编撰《东方杂志》,其时该杂志主编为钱经宇(智修),胡愈之系编辑之一。1932 年 6 月 5 日,《申报》刊登消息称该报定于该年 7 月 15 日出版《申报月刊》,"已聘定前国立中央大学商学院专任教授俞颂华、前《东方杂志》编辑黄幼雄、比国首都大学法学博士凌其翰等着手筹备,并约国内著名学者担任撰稿"。⑤ 该消息意味着在《申报月刊》正式出版前,《申报》高层已决定由黄幼雄、俞颂华和凌其翰三人共同编辑该刊。据凌其翰说,是胡愈之向史量才推荐了俞颂华担任《申报月刊》总编辑,俞颂华到《申报》后又延揽黄幼雄加入该刊编辑部。⑥ 但从前述《申报》报道看,俞颂华与黄幼雄在《申报月刊》正式发刊前即已受到《申报》邀请,二人同为《申报月刊》筹备人。胡愈之既然推举俞颂华担任该刊主编,难道他没有举荐黄幼雄任该刊编辑? 因为当时《东方杂志》已休刊,黄幼雄也随之失业,无论从私人关系还是工作情谊角度讲,都存在着胡愈之推荐黄幼雄去《申报月刊》的可能性。

叔嫂、夫妻。

复社社员中的"叔嫂",指周建人和许广平。"夫妻"即黄定慧与陈志

---

① 胡愈之:《我的回忆》,《胡愈之文集》第 6 卷,北京:读书·生活·新知三联书店,1996 年,第 342 页。

② 《生活书店最新发行三大杂志》,《申报》1934 年 9 月 16 日头版。

③ 《商务印书馆编辑黄幼雄》,绍兴鲁迅纪念馆编:《鲁迅与他的乡人三集》,杭州:西泠印社出版社,2016 年,第 278 页。

④ 上海档案馆藏《商务印书馆编译所职员录》,1922 年 4 月编印,档案号:Y8—1—652。

⑤ 《本报筹备发行申报月刊》,《申报》1932 年 6 月 5 日第 18 版。

⑥ 凌其翰:《邹韬奋同志给我的教育(摘要)》,邹嘉骊编著:《忆韬奋》,北京:生活·读书·新知三联书店,2015 年,第 425 页。

皋。黄定慧，又名黄慕兰，湖南浏阳人，1926 年加入中国共产党。1927 年 3 月，黄定慧在武汉与中共早期党员、汉口《民国日报》主编宛希俨结婚，1928 年宛希俨牺牲后，黄定慧奉调到上海担任中共中央政治局书记处秘书兼机要交通员和中央特科成员，在潘汉年和周恩来领导下开展工作。1929 年春黄定慧与贺昌结婚，后者当时在上海向中共中央汇报工作。陈志皋，浙江海宁人，沪上知名律师。陈志皋父亲陈其寿为前清官员，长期担任上海法租界会审公廨刑事庭庭长，在上海有一定影响。1931 年 5 月，为营救被捕的中共中央政治局候补委员、中央军委常委关向应，黄定慧奉命打入上海上层社会，进而结识陈氏父子。1935 年 3 月贺昌牺牲，同年 5 月黄定慧与陈志皋结婚。婚后陈志皋曾明确表示，他早就知道黄定慧的共产党员身份，且没有真正脱过党。①

在"七七事变"前，受黄定慧的影响，陈志皋在政治上倾向进步，同情共产党，多次参与营救共产党人。1937 年初，黄定慧出任上海通易信托公司常务董事、副总经理。她应该是在复社创办之初即加入复社并担任监察委员一职，复社第一届年会又选她继续担任该职位。陈志皋之所以加入复社，应该与黄定慧的影响有很大关系。

二、师生与同学

师生、同学均属于因学缘而产生的人际关系。一般而言，师生关系和同学关系也属于强关系。

陈鹤琴与张宗麟的师生之情。

在复社社员中有一对特殊关系即陈鹤琴与张宗麟的师生关系。张宗麟，笔名宗麟、麟，虽然出生于江苏宿迁，但 1 岁时即迁回浙江绍兴（山阴）原籍，并在绍兴成长和读书。1915 年秋张宗麟自绍兴敬敷高等小学堂考入绍兴浙江省立第五师范学校，1917 年冬因参加学校的罢课活动被迫转入宁波浙江省立第四师范学校，1921 年夏被南京高等师范学校教育科录取。南京高等师范学校创办于 1915 年 8 月，1920 年 12 月该校与国立东南大学开始逐步整合，到 1923 年 7 月，南京高等师范学校全部归并到原本由自己派生的东南大学②。陈鹤琴也为浙江绍兴（上虞）人。1911 年秋考入清华学堂高等科，1914 年夏毕业并考取庚款留美，1919 年夏回国，同年 9 月任南京高等师范学校教育科教授，从事心理学和儿童教育学方面的教学③，与陶行知同

---

① 黄慕兰：《黄慕兰自传》，北京：中国大百科全书出版社，2016 年，第 133 页。
② 王德滋主编：《南京大学百年史》，南京：南京大学出版社，2002 年，第 71 页。
③ 《陈鹤琴生平年表》，陈秀云、陈一飞编：《陈鹤琴全集》第 6 卷，南京：江苏教育出版社，2008 年，第 574 页。

事。1921 年进入南京高等师范学校就读的张宗麟遂成为陶行知和陈鹤琴的学生①。

1925 年秋张宗麟自东南大学毕业后留校任助教,并协助陈鹤琴办幼稚园。期间,张宗麟与陈鹤琴共同撰写了《一年来南京鼓楼幼稚园试验概要》一文,发表于《新教育评论》杂志。1927 年 2 月,张宗麟赴杭担任浙江女子高级中学教务主任,同年 7 月,陈鹤琴函邀他出任南京市教育局学校教育科(科长系陈鹤琴)幼稚教育指导员。此后陈鹤琴与张宗麟合著过《幼稚教育丛刊》(包括《幼稚园的读法》《幼稚园的故事》《幼稚园的课程》)等著作。1936 年后张宗麟在上海协助陶行知主办国难教育社,并兼任光华大学教授(公开职业)。因都在上海从事教育方面的工作,且志趣相近,陈鹤琴与张宗麟长期保持着较密切的师生关系。

张宗麟与王任叔、倪文宙的同窗之谊。

复社中有几位社员之间系同学关系。1917 年张宗麟因参加学生运动被迫从绍兴浙江省立第五师范学校转入宁波浙江省立第四师范学校读书,王任叔成为其同学②。王任叔,字任叔,号愚庵,笔名巴人、屈铁、八戒等,浙江宁波(奉化)人。据王任叔自述,1915 年他进入宁波浙江省立第四师范学校,五四运动期间,他和张宗麟等同学参加了抵制日货运动并被选为代表,驻居宁波,负责跟学校教师联络。③ 1923 年在东南大学(此时南京高等师范学校与东南大学已合并)读书的张宗麟参加了王任叔等发起的"雪花社"。1924 年因东南大学闹学潮,学校停课,张宗麟返回浙江,途经宁波时为王任叔编辑的《甬江日报》撰稿。1937 年 7 月 28 日上海文化界救亡协会成立,张宗麟被选为理事,胡愈之任该协会宣传部副部长,王任叔在宣传部从事秘书工作④。此后在中国共产党领导下,王任叔在上海主要从事文化工作(如编辑《鲁迅全集》)、"上海文化界救亡协会"的群众工作及统一战线工作,王任叔后来指出这些工作几乎都是和张宗麟共同进行的⑤。张宗麟和王任叔的同窗之谊既是以地缘乡情为基础长期形成的,也是革命同志式的。

---

① 张沪:《张宗麟年表》,浙江省绍兴县政协文史资料工作委员会编:《绍兴文史资料选辑》第 10 辑,绍兴:浙江省绍兴县政协文史资料工作委员会,1991 年,第 101—102 页。

② 张沪:《张宗麟年表》,绍兴市政协文史和学习委员会编:《绍兴文史资料》第 10 辑,绍兴:绍兴市政协文史和学习委员会,1996 年,第 101 页。

③ 巴人:《自传》,浙江省社科院《巴人文集》编委会编:《巴人文集·回忆录卷》,宁波:宁波出版社,1997 年,第 473 页。

④ 巴人:《自传》,浙江省社科院《巴人文集》编委会编:《巴人文集·回忆录卷》,宁波:宁波出版社,1997 年,第 489 页。

⑤ 巴人:《自传》,浙江省社科院《巴人文集》编委会编:《巴人文集·回忆录卷》,宁波:宁波出版社,1997 年,第 489 页。

倪文宙,字哲生,笔名澄迁、悉幻,与张宗麟同为绍兴人,前者系绍兴会稽人,后者是绍兴山阴人。1911 年上半年倪文宙考入绍兴府中学堂,不久因家庭经济困难转入"不必交纳学杂费"的山会初级师范学堂。根据倪文宙自述,无论在绍兴府中学堂还是在山会初级师范学堂,鲁迅都是他的老师。① 山会初级师范学堂创办于 1909 年(清宣统元年正月),首任督学杜海生,起初学制二年,次年(1910 年)改为五年学制②。民国成立后不久,绍兴废府制,原山阴、会稽两县被合并为绍兴县,山会初级师范学堂遂改名为绍兴初级师范学堂。1913 年 9 月绍兴初级师范学堂改归省办,易名为浙江省立第五师范学校。③ 倪文宙自称张宗麟是他中学和大学时期的同学。④ 从二人的求学轨迹看,1916 年倪文宙毕业于浙江省立第五师范学校,1918 年考入南京高等师范学校⑤,而张宗麟 1915 年考入浙江省立第五师范学校,二人在浙江省立第五师范学校有一年的交集,应该算是同校同学;先入南京高等师范学校的倪文宙与 1921 年考入南京高等师范学校的张宗麟,在同一学校至少共同学习过 1 年时间,亦为同校同学。二人 20 世纪 30 年代又同在上海从事新闻出版、教育等工作,彼此相互信任,感情深厚,经常交往。这从倪文宙的回忆中即可看出,"他对我颇信任,常引我到他的住所去叙谈"⑥。

三、同事

同事系因在同一单位工作而产生的人际关系。同事之间可能是亲密的熟人,也可能仅普通相识而没有更多的交流和互动,前者属于强关系,后者基本上是弱关系。复社有多个社员或因同期在商务印书馆共事,或因共同编撰《世界知识》杂志,或因同时执教于上海暨南大学,他们之间意气相投,志趣相近,成为亲密的同事。

同在商务印书馆编译所"屋檐下"。

① 倪文宙:《深情忆念鲁迅师》,上海鲁迅纪念馆编:《回忆鲁迅在上海》,上海:上海书店出版社,2017 年,第 577 页。
② 王德林:《鲁迅在山会初级师范学堂》,西北大学鲁迅研究室编:《鲁迅研究年刊》(1975、1976 年合刊),西安:西北大学鲁迅研究室,1977 年,第 463 页。
③ 沈雨梧:《浙江师范教育》,天津:天津古籍出版社,2002 年,第 310 页。
④ 倪文宙:《关于〈西行漫记〉的翻译和出版》,中国史沫特莱·斯特朗·斯诺研究会编:《〈西行漫记〉和我》,北京:国际文化出版公司,1991 年,第 115 页。
⑤ 《山会师范学生倪文宙》,绍兴鲁迅纪念馆编:《鲁迅与他的乡人三集》,杭州:西泠印社出版社,2016 年,第 249 页。
⑥ 倪文宙:《关于〈西行漫记〉的翻译和出版》,中国史沫特莱·斯特朗·斯诺研究会编:《〈西行漫记〉和我》,北京:国际文化出版公司,1991 年,第 115 页。

在复社社员中，至少有 8 人曾几乎同期在商务印书馆编译所工作过。除胡愈之外，还有郑振铎、黄幼雄、周建人、倪文宙、金仲华、周予同及冯宾符。在这 8 人中，胡愈之进入商务印书馆最早。1914 年夏天，胡愈之经人介绍见到张元济，通过自己写的几篇作文获得张的肯定，就算"考上了"商务印书馆。① 同年 10 月，胡愈之正式进入商务印书馆担任编译所理化部"练习生"。虽然在工作的前两年工资低，但胡愈之吃住都由商务印书馆提供。在当"练习生"期间，胡愈之主要协助编辑和翻译工作，也经常到印刷所看排版，帮助校对。1915 年他在《东方杂志》上发表了第一篇译文。《东方杂志》由商务印书馆创办于 1904 年，编译所主办。该刊主编先后有徐珂、孟森、杜亚泉等人，胡愈之进入商务印书馆时，该刊正处于杜亚泉主编时期。杜亚泉与胡愈之同乡，也是浙江上虞人，他一面放手让胡愈之在实际工作中锻炼，一面又细心指导，使得胡愈之迅速成长②。在当"练习生"一年后他成为《东方杂志》的编辑，从杜亚泉主编该刊后期起至钱经宇主编时期，胡愈之始终是该刊的主要编辑之一。1924 年后，由于主编钱经宇还兼任商务印书馆函授部主任等职，对《东方杂志》具体编务过问较少，该刊编辑工作实际上由胡愈之负全责。③

1927 年"四一二"反革命政变后，胡愈之因和郑振铎等 7 人联名发表公开信抗议南京国民党当局的屠杀行为而处于危险境地。郑振铎在离沪赴英国后建议胡愈之远走法国。在郑振铎的劝说下，胡愈之向商务印书馆请假并和《东方杂志》约定继续从国外向该刊供稿④，于 1928 年春离沪赴法。有资料称，胡愈之到法国后担任《东方杂志》驻巴黎的特约通讯员⑤。这种说法似乎暗示在国外的胡愈之已经脱离《东方杂志》，成为该刊的"编外"人员，但根据胡愈之的自述，其是以"请假"名义离开商务印书馆的，也就是说在国外期间胡愈之仍是商务印书馆的正式"在编"工作人员，"在编"身份的保留使其在 1931 年回国后得以继续在该馆工作。

1931 年 1 月胡愈之取道苏联返国，同年 2 月回到上海后继续在商务印

① 胡愈之：《我的回忆》，《胡愈之文集》第 6 卷，北京：读书·生活·新知三联书店，1996 年，第 324 页。
② 范岱年：《胡愈之与〈东方杂志〉》，胡序威主编，胡序威等编：《胡愈之文化现象研究》，北京：生活·读书·新知三联书店，2016 年，第 266 页。
③ 胡愈之：《我的回忆》，《胡愈之文集》第 6 卷，北京：读书·生活·新知三联书店，1996 年，第 327 页。
④ 胡愈之：《我的回忆》，《胡愈之文集》第 6 卷，北京：读书·生活·新知三联书店，1996 年，第 331 页。
⑤ 范岱年：《胡愈之与〈东方杂志〉》，胡序威主编，胡序威等编：《胡愈之文化现象研究》，北京：生活·读书·新知三联书店，2016 年，第 270 页。

书馆工作,编辑《东方杂志》,此时该刊主编仍为钱经宇。但钱经宇年龄偏大且又被时任国民政府监察院院长于右任邀请去监察院工作,钱经宇和商务印书馆即把《东方杂志》的编辑事务基本上都交给胡愈之处理。1932 年"一·二八"事变后,商务印书馆因被炸而损毁严重。该馆被迫解雇员工,停业半年①,以致胡愈之一度没有正式工作。同年 8 月商务印书馆复业,并决定恢复《东方杂志》的出版,王云五聘请胡愈之出任该刊主编。胡愈之主编该刊的时间为 1932 年第 29 卷第 4 号至 1933 年第 30 卷第 6 号②。但在编辑 1933 年第 30 卷第 1 号(新年号)期间,因该期"新年的梦想"专栏拟刊登一些被王云五认为需要删除或修改的文章,胡愈之与王云五产生严重分歧,胡愈之在继续编辑该刊 5 期后被迫辞职③。从 1914 年 10 月入职到 1933 年 3 月最终离开,胡愈之在商务印书馆工作了近 20 年,把人生中的青春和黄金时间几乎都献给了该馆。

黄幼雄 1920 年入职商务印书馆编译所,主要工作是编辑《东方杂志》。其进入商务印书馆的时间比胡愈之晚,但比周建人、郑振铎、周予同、金仲华、倪文宙和冯宾符等人都早。据笔者不完全统计,从 1921—1932 年,黄幼雄在《东方杂志》以"黄惟志""微之""幼雄"等为笔名,先后发表数百篇文章,其中仅 1921—1922 年就多达 23 篇,笔耕勤奋。他在商务印书馆工作 10 余年后又迎来了新的工作机会。1932 年 6 月,黄幼雄受聘进入申报馆,参与筹备《申报月刊》。同年 7 月 15 日,《申报月刊》正式创刊,俞颂华主编,黄幼雄是该刊编辑之一。

复社的另一核心人物郑振铎与商务印书馆编译所的关系比较深。这主要表现在两个方面,一是郑振铎在该编译所工作近 10 年时间,二是编译所所长高梦旦之女高君箴为郑振铎夫人,高梦旦是郑振铎岳父。郑振铎祖籍福建长乐,在浙江温州出生和成长,从小学到中学一直在温州就读。1921年初,郑振铎从北洋政府交通部下辖的北京铁路管理专科学校毕业,被分配到上海西火车站当见习生,不久即离职赴《时事新报》主编副刊《学灯》,同年 5 月经茅盾介绍入职商务印书馆编译所。在此前的 1920 年 10 月,商务

① 王学哲、方鹏程:《商务印书馆百年经营史(1897—2007)》,武汉:华中师范大学出版社,2010 年,第 121 页。

② 陶海洋:《〈东方杂志〉(1904—1948)研究》,合肥:合肥工业大学出版社,2014 年,第 81 页。另一说为第 30 卷第 4 号,范岱年:《胡愈之与〈东方杂志〉》,胡序威主编,胡序威等编:《胡愈之文化现象研究》,北京:生活·读书·新知三联书店,2016 年,第 273 页。

③ 胡愈之:《我的回忆》,《胡愈之文集》第 6 卷,北京:读书·生活·新知三联书店,1996 年,第 343 页。

印书馆总经理张元济和编译所所长高梦旦亲自到北京招贤纳才①,与郑振铎多次见面,高梦旦希望郑振铎到商务印书馆编译所工作,并对该馆刊物《小说月报》进行革新,但他当时没有应允高梦旦的邀约。

郑振铎进商务印书馆编译所原本是为了筹办《儿童世界》周刊②,1922年1月该刊正式创刊,系当时全国第一种儿童文学刊物,郑振铎主编该刊并在《学灯》等报刊上发表《〈儿童世界〉宣言》,推介《儿童世界》,该刊很快为商务印书馆当局所认可③。但郑振铎在编辑《儿童世界》一年后,1923年1月又接替茅盾主编《小说月报》。郑振铎在主编该刊期间,仍坚持茅盾时期的编辑宗旨和方针。1927年5月,迫于国内政治形势的险恶,郑振铎远赴欧洲游历。在他出国后,《小说月报》自18卷5号起由叶圣陶和徐调孚代理编辑,但郑振铎仍为名义上的主编,且时常从欧洲寄稿给该刊发表。1928年9月底郑振铎自欧洲返国,继续主编《小说月报》。1931年9月,郑振铎向商务印书馆请假半年,赴北平担任燕京大学与清华大学合聘教授,同年10月底,商务印书馆编译所工会召开第16次干事会常会,"复议郑振铎辞职问题,决定准予辞职"④,自此在商务印书馆编译所工作近十年的郑振铎正式脱离商务印书馆。在商务印书馆编译所工作期间,郑振铎结识了胡愈之,二人建立了深厚的友谊,"几乎天天在一起"⑤。

如果仅从工作时间长短角度来审视,复社社员中,周建人在商务印书馆编译所工作时间最久。1921年9月,周建人经胡适介绍,并在高梦旦和钱经宇的协助下,到上海商务印书馆编译所工作。⑥周建人在商务印书馆编译所从事过多种工作,参与《妇女杂志》《东方杂志》《自然》等刊物的编撰工作,编辑中小学教科书和关于自然科学方面的丛书,从1938年至1944年长期编辑《辞源》和翻译自然科学著作。⑦自入职商务印书馆编译所后,周建

---

① 高梦旦(1870—1936),原名高凤谦,字梦旦,晚年以字行,福建长乐人。参见胡适:《高梦旦先生小传》,《胡适精品散文集》(上),南昌:二十一世纪出版社,2017年,第84、86页;汪家熔:《民族魂——教科书变迁》,北京:商务印书馆,2008年,第106页。

② 茅盾:《〈小说月报〉革新前后》,茅盾、韦韬:《茅盾回忆录》(上),北京:华文出版社,2013年,第161页。

③ 柳和城:《挑战和机遇——新文化运动中的商务印书馆》,北京:商务印书馆,2019年,第173页。

④ 陈福康编著:《郑振铎年谱》,北京:书目文献出版社,1988年,第177、178页。

⑤ 郑振铎:《忆愈之》,《蛰居散记》,太原:三晋出版社,2015年,第116页。

⑥ 孙玉祥:《周建人去商务》,王涛等编:《商务印书馆一百一十年(1897—2007)》,北京:商务印书馆,2009年,第64—66页;上海档案馆藏《商务印书馆编译所职员录》,1922年4月编印,档案号:Y8—1—652。

⑦ 谢德铣:《周建人评传》,重庆:重庆出版社,1991年,第373—374页。

人几乎一直居留在上海,期间仅短暂地在安徽大学教书,偶尔也回过北京探亲。1944 年底,商务印书馆总经理王云五宣布,凡是当年从上海商务印书馆辞职的职员可得一笔退职金,过了 1945 年元旦后再辞职者即不发退职费。① 用周建人的话说,这是"暗示"周建人等商务印书馆员工辞职,他和另外 6 个人遂辞职。② 自此,周建人离开了工作二十多年的商务印书馆。

文学研究会成员、复社社员周予同在商务印书馆编译所的工作时间也长达十年以上。周予同,原名周毓懋,字予同,以字行,浙江瑞安人。1920 年周予同"以第一名的成绩"从北京高等师范学校(北京师范大学前身)毕业③,1921 年 9 月进入商务印书馆编译所任国文部编辑④,几乎与郑振铎同时入职商务印书馆。此后他又主编过《教育杂志》。周予同在该馆一直工作到 1931 年 12 月⑤,仅比郑振铎离开商务印书馆的时间晚了 2 个月。在商务印书馆工作期间,周予同和郑振铎都居住在上海闸北永兴路同一幢楼,"日夕相见,结下深厚友谊。"⑥该时期周予同不仅与郑振铎相知相惜,其和胡愈之的交往也比较密切。1923 年 1 月周予同和胡愈之、郑振铎等发起成立朴社,1926 年 3 月周予同、胡愈之、郑振铎等同游无锡⑦,1927 年 2 月周予同、郑振铎和胡愈之等发起成立上海著作人公会,1928 年 3 月胡愈之赴法国留学离沪时,周予同与友人到黄浦码头送行。

金仲华、冯宾符、倪文宙等复社社员在商务印书馆编译所当编辑的时间长短不一。金仲华,1907 年生,笔名有华君、孟如、仰山等,浙江嘉兴(桐乡)人。1927 年金仲华从杭州之江大学毕业后赴上海,次年春考入商务印书馆编译所⑧,担任《妇女杂志》的助理编辑,当时该杂志的主编为杜就田⑨。

①　谢德铣:《周建人年谱简编》,浙江省绍兴市政协文史资料委员会编:《绍兴文史资料》第 4 辑,杭州:浙江人民出版社,1988 年,第 175 页。

②　《周建人遗札七封》,绍兴市鲁迅研究学会编:《绍兴鲁迅研究》(专刊)1989 年第 9 期。

③　周予同:《周予同自传》,晋阳学刊编辑部编:《中国现代科学家传略》第 1 辑,太原:山西人民出版社,1982 年,第 233 页。

④　上海市档案馆藏《商务印书馆编译所职员录》,1922 年 4 月编印,档案号:Y8—1—652。

⑤　1931 年 12 月周予同返乡奔丧,1932 年 1 月 28 日下午返沪,当晚"一·二八"事变爆发,商务印书馆因损毁严重而被迫停业,解雇全部员工,周予同遂返乡教书。成棣:《周予同先生年谱》,上海社会科学院《传统中国研究集刊》编辑委员会编:《传统中国研究集刊》,上海:上海社会科学院出版社,2019 年,第 209 页。

⑥　陈福康编著:《郑振铎年谱》,北京:书目文献出版社,1988 年,第 59 页。

⑦　张廷银、刘应梅整理:《王伯祥日记》第 2 册,北京:中华书局,2020 年,第 398 页。

⑧　华平、黄亚平编著:《金仲华年谱》,上海:上海孙中山故居、宋庆龄故居和陵园管理委员会,1994 年,第 11 页。

⑨　杜就田,生卒年月不详,浙江山阴(绍兴)人,杜亚泉堂弟。吴小鸥:《启蒙之光——浙江知识分子与中国近现代教科书发展》,杭州:浙江工商大学出版社,2016 年,第 80 页。

1930 年夏，叶圣陶接任《妇女杂志》主编，尽管此前金仲华与他不相识，但二人"一见如故，协作得很好，情谊宛如亲弟兄"①。同年底，叶圣陶从商务印书馆辞职，金仲华继任《妇女杂志》主编。1932 年初商务印书馆停业后，金仲华也被解雇。从入职到被解雇，金仲华在商务印书馆编译所全职工作了 4 年时间。胡愈之曾说他与金仲华相识于"三十年代初期"②。在金仲华入职商务印书馆编译所之时恰逢胡愈之出国，二人在 20 世纪 30 年代以前几乎没有什么交集。1932 年 10 月《东方杂志》复刊后，胡愈之邀请金仲华担任该刊"妇女与家庭"专栏编辑，但金仲华已于 1932 年夏到苏联塔斯社上海分社工作，他只能"在馆外负责编辑，按期将文稿送来"③。在胡愈之从商务印书馆辞职后，金仲华仍继续编辑"妇女与家庭"专栏，直至 1934 年 7 月才辞去该职务④。1934 年 1 月 1 日，《东方杂志》出版了一期"三十周年纪念号"（第 31 卷第 1 号），该期以图片的形式介绍了每位"东方编者"，其中包括"妇女栏编者金仲华先生"⑤。从全职到兼职，金仲华与商务印书馆编译所的工作关系长达 6 年以上。

冯宾符，1915 年生，原名赛吾，后改名宾符，学名贞用，字仲足，浙江慈溪人，幼时被称为神童⑥。1932 年秋，冯宾符考入《东方杂志》当校对，彼时该杂志刚刚复刊不久。据倪文宙说，冯宾符在该杂志工作期间，黄幼雄、倪文宙也在该刊担任编辑。⑦ 前文已述，黄幼雄因商务印书馆停业被解雇后，已于 1932 年 6 月入职申报馆，冯宾符应该没有与黄幼雄在《东方杂志》共同工作过，倪文宙的记忆有误。冯宾符入职后，《东方杂志》主编胡愈之不仅教育冯宾符如何做好编辑出版工作，而且身体力行指引他走正确的人生道路⑧。冯宾符在《东方杂志》从事校对工作持续了较长一段时间，该杂志

① 叶圣陶：《追念金仲华兄》，张承宗主编：《金仲华纪念文集》，上海：上海市政协文史资料编辑部，1997 年，第 16 页。

② 胡愈之：《忆金仲华同志及其他》，中国人民大学新闻系编：《中国新闻事业史教学参考资料（新民主主义革命时期）》下册（校内用书），北京：中国人民大学新闻系，1981 年，第 800 页。

③ 张明养：《一位杰出的国际问题专家——纪念金仲华同志逝世十五周年》，张承宗主编：《金仲华纪念文集》，上海：上海市政协文史资料编辑部，1997 年，第 45 页。

④ 华平、黄亚平编著：《金仲华年谱》，上海：上海孙中山故居、宋庆龄故居和陵园管理委员会，1994 年，第 15 页。

⑤ 《东方编者》，《东方杂志》1934 年第 31 卷第 1 号。

⑥ 倪文宙：《关于〈西行漫记〉的翻译和出版》，中国史沫特莱·斯特朗·斯诺研究会编：《〈西行漫记〉和我》，北京：国际文化出版公司，1991 年，第 115 页。

⑦ 倪文宙：《关于〈西行漫记〉的翻译和出版》，中国史沫特莱·斯特朗·斯诺研究会编：《〈西行漫记〉和我》，北京：国际文化出版公司，1991 年，第 115 页。

⑧ 张明养、郑森禹、杨学纯：《深切怀念冯宾符同志》，《新华文摘》1987 年第 3 期。

1934 年第 31 卷 1 期("三十周年纪念号")对于其校对人员"冯仲足先生"还以图片形式进行了介绍。冯宾符在《东方杂志》具体工作到何时,依据现有资料尚难判断。

在前述回忆中倪文宙声称他与黄幼雄同期在《东方杂志》工作过,但没提及自己是何时入职商务印书馆编译所的。倪文宙于 1922 年从南京高等师范学校(东南大学)毕业,毕业后曾在东南大学附中、绍兴浙江省立第五中学、福建集美学校等校任教。1922 年 8 月,章锡琛发起成立了"妇女问题研究会",并在《妇女杂志》上公布了 17 位成员名单,其中除周作人、胡仲持、陈德徵等少数成员为文化出版界名人外,大部分成员系商务印书馆编译所同人,如胡愈之、沈雁冰、黄惟志(黄幼雄)、夏丏尊、杨贤江、吴觉农等,倪文宙也忝列其中。对于一个初出茅庐的大学毕业生来说,这非常难得。《妇女杂志》1922 年第 8 卷共刊登了倪文宙的《花》《恋爱之伦理的意义》《听孟加拉歌以后:慕寇易"辛酸的沉寂"中的一首》等 6 篇文章。上述史实说明,此时倪文宙至少是《妇女杂志》的"特约撰稿人"或"馆外撰稿人"。1927 年倪文宙正式入职商务印书馆编译所,参与编辑《东方杂志》。① 其在该编译所的工作时间长达 6 年,1933 年 1 月中华书局主办的《新中华》杂志创刊,倪文宙进入该刊当编辑。

尽管胡愈之等 8 人进入商务印书馆编译所的时间先后不一,在该馆工作的年限有长有短,但他们在此结下了深厚的情谊。胡愈之、黄幼雄、郑振铎和周予同之间的关系亲密无间,金仲华为胡愈之主编的《东方杂志》"妇女与家庭"栏目撰稿,是二人事业合作之时,冯宾符加盟《东方杂志》的时间较晚且属于校对人员,但胡愈之对这个晚辈却给予了不少关注与提携。

"世界知识派"。

《世界知识》是生活书店于 1934 年 9 月 16 日出版的时事政治性杂志,系"国际政治经济文化半月刊"②。该刊的创办和发展与胡愈之密不可分,它是"经胡愈之为首的一批国际问题专家的倡议筹办的"③。这批国际问题专家有胡愈之、金仲华、王纪元等 10 多人④。胡愈之倡议创办《世界知识》,

① 《山会师范学生倪文宙》,绍兴鲁迅纪念馆编:《鲁迅与他的乡人三集》,杭州:西泠印社出版社,2016 年,第 249 页。
② 《生活书店最新发行三大杂志》,《申报》1934 年 9 月 16 日头版。
③ 徐伯昕:《〈世界知识〉与生活书店》,世界知识出版社编:《世界知识创刊五十周年纪念集》,北京:世界知识出版社,1984 年,第 33 页。
④ 钱俊瑞:《回顾与前瞻——祝贺〈世界知识〉创刊五十周年》,世界知识出版社编:《世界知识创刊五十周年纪念集》,北京:世界知识出版社,1984 年,第 30 页。

是该刊的"主要设计者"①,也是该刊首任主编(公开的发行人兼主编人是毕云程②)③,他撰写了"创刊辞"。在胡愈之主编时期,《世界知识》编辑部只有胡愈之和毕云程两个人,胡主持撰述,毕侧重编务。④ 当时供职于哈瓦斯社远东分社的胡愈之在《世界知识》的公开身份为"特约撰稿人",除胡愈之之外,金仲华、王纪元、邵塚寒(邵宗汉)、周建人、胡仲持等均受邀担任该刊"特约撰稿人"⑤。他们后来均加入了复社。他们每半月聚餐一次,"共同讨论国际形势,拟定论文题目"⑥。

胡愈之主编《世界知识》大约半年后,1935 年 2 月,经胡愈之推荐,张仲实接编《世界知识》(公开的发行人兼主编仍是毕云程),1936 年 1 月,经张仲实引荐,该刊由钱亦石主编。⑦ 金仲华是《世界知识》的发起人和撰稿人之一,该刊的创办使胡愈之和金仲华二人成了"反帝、反法西斯、反国民党独裁的亲密战友"⑧。《世界知识》创刊之初,金仲华尚在开明书店编辑《中学生》杂志,1935 年 4 月,他脱离开明书店,正式入职生活书店,11 月受聘为生活书店编辑部主任。1937 年 4 月,继钱俊瑞之后⑨,金仲华开始担任《世界知识》主编。上海华界失守后,金仲华先后将《世界知识》迁移至汉口、广州(大约只出三期⑩)和香港出版,1941 年 12 月香港失守后该刊被迫停刊。抗战胜利前,在《世界知识》的历任主编中,金仲华编辑该刊的时间最长。

① 金仲华:《〈世界知识〉十五年》,张承宗主编:《金仲华纪念文集》,上海:上海市政协文史资料编辑部,1997 年,第 385 页。

② 毕云程(1891—1971),浙江海盐人,1927 年获聘为《生活》周刊特约撰述,1932 年任生活书店(生活出版合作社)常务理事,1935 年被选为该书店总经理,1938 年 10 月赴重庆任该书店总稽核。贾树枚主编,《上海新闻志》编纂委员会编:《上海新闻志》,上海:上海社会科学院出版社,2000 年,第 708 页。

③ 参见 1978 年 8 月 6 日张仲实写给范用的信,范用编:《存牍辑览》,北京:生活·读书·新知三联书店,2015 年,第 27 页。

④ 毕云程:《记〈世界知识〉创刊》,世界知识出版社编:《世界知识创刊五十周年纪念集》,北京:世界知识出版社,1984 年,第 135 页。

⑤ 《生活书店最新发行三大杂志》,《申报》1934 年 9 月 16 日头版。

⑥ 毕云程:《记〈世界知识〉创刊》,世界知识出版社编:《世界知识创刊五十周年纪念集》,北京:世界知识出版社,1984 年,第 135 页。

⑦ 参见 1978 年 8 月 6 日张仲实写给范用的信,范用编:《存牍辑览》,北京:生活·读书·新知三联书店,2015 年,第 27 页。

⑧ 胡愈之:《忆金仲华同志及其他》,中国人民大学新闻系编:《中国新闻事业史教学参考资料(新民主主义革命时期)》下册(校内用书),北京:中国人民大学新闻系,1981 年,第800 页。

⑨ 金立勤:《〈世界知识〉的抗战传奇》,吉晓蓉主编,上海韬奋纪念馆编著:《书韵流长——老三联后人忆前辈》(上),北京:生活·读书·新知三联书店,2015 年,第 182 页。

⑩ 钱小柏:《抗战时期的〈世界知识〉》,世界知识出版社编:《世界知识创刊五十周年纪念集》,北京:世界知识出版社,1984 年,第 137 页。

王纪元,浙江义乌人,1932 年考入上海沪江大学商学院新闻科,同年在上海参加"社联",1933 年初进入《申报》①,之后担任《申报月刊》记者,与编辑该刊的黄幼雄同事。王纪元也属于《世界知识》的发起人,并以"特约撰稿人"身份为该刊撰稿。1936 年 3 月前后王纪元辞去《申报月刊》职务,随邹韬奋赴香港办《生活日报》②。"八·一三"事变之前王纪元自日本回国,除参与编辑生活书店主办的《国民》杂志外,又再次参与《世界知识》的编撰③。邵宗汉,又名邵塚寒,江苏武进人。自 1931 年进入新闻界后,邵宗汉长期在上海《大晚报》担任编辑,直至 1937 年。《世界知识》创刊后,邵宗汉应聘担任"特约撰稿人",自此"开始了用马克思主义观点分析时局的写作实践"④。在《世界知识》创刊之初,胡仲持在《申报》当编辑,他以"特约撰稿人"的身份,利用业余时间为《世界知识》的"世界民族巡礼"和"文化动向"两个专栏供稿⑤。据钱俊瑞回忆,在他主编《世界知识》期间,王纪元、邵宗汉和胡仲持均是该刊作者队伍中的骨干⑥。

在《世界知识》的创办与发展史上,不能不提后来成为复社社员的冯宾符。他参与该刊的撰稿、编辑和行政管理工作的时间最长,在该刊初创时他主要写短文章,后来就写政论式的专文。⑦ 1945 年《世界知识》复刊后,冯宾符起初协助金仲华工作,不久在实际上承担主编大任。

《世界知识》诞生于救亡运动的怒潮中,它聚焦"世界的中国",抨击所谓"文明世界"的丑恶、肮脏、暗黑和"崎岖不平",在 20 世纪 30 年代的中国产生了很大影响,国民党当局称《世界知识》的编撰团队为"世界知识派"⑧。

---

① 《沉痛悼念王纪元同志》,千仞、梁俊祥编:《生活报的回忆》,广州:世界图书出版公司,2013 年,第 194 页。

② 王纪元:《我与"三联"》,生活·读书·新知三联书店香港分店编:《生活·读书·新知三联书店成立三十周年纪念集》,香港:生活·读书·新知三联书店香港分店,1978 年,第 72 页;王纪元:《忆韬奋先生(一)》,王依夏编:《王纪元文选》,广州:世界图书出版广东有限公司,2013 年,第 16 页;邹嘉骊编著:《韬奋年谱 1933—1937》中卷,上海:上海文艺出版社,2005 年,第 581 页。

③ 王纪元:《我与"三联"》,生活·读书·新知三联书店香港分店编:《生活·读书·新知三联书店成立三十周年纪念集》,香港:生活·读书·新知三联书店香港分店,1978 年,第 73 页。

④ 杨学纯:《邵宗汉同志革命的一生》,黄书海主编:《忘不了的岁月——印尼苏岛华侨抗日斗争"九·二〇"事件六十周年暨华侨爱国民主运动纪念特辑》,北京:世界知识出版社,2003 年,第 439 页。

⑤ 胡序介:《胡仲持与〈世界知识〉》,《世界知识》2000 年第 7 期。

⑥ 钱俊瑞:《回顾与前瞻——祝贺〈世界知识〉创刊五十周年》,世界知识出版社编:《世界知识创刊五十周年纪念集》,北京:世界知识出版社,1984 年,第 30 页。

⑦ 张明养:《怀念三位老编辑——金仲华 冯宾符 吴景崧》,《世界知识》1984 年第 13 期。

⑧ 王纪元:《在不平凡的年代中苗壮成长——祝贺〈世界知识〉创刊五十周年》,世界知识出版社编:《世界知识创刊五十周年纪念集》,北京:世界知识出版社,1984 年,第 85 页。

在这个"世界知识派"中,历经血与火的战斗征程,胡愈之、金仲华和冯宾符先后成为它的核心,胡仲持、王纪元、邵宗汉和周建人则是它早期的骨干。

暨南大学三教授。

郑振铎和周予同二人几乎同时进入和离开商务印书馆,在商务印书馆有着近十年的同事之谊。1935 年 8 月,郑振铎被上海暨南大学校长何炳松聘为文学院院长兼中文系主任、教授。紧随郑振铎之后,1935 年秋,在郑振铎和王伯祥的力劝之下,周予同从安徽大学转入暨南大学任教,兼史地系主任、南洋研究馆主任①,1937 年 7 月后调任该校教务长②。郑振铎在暨南大学任教长达 6 年多时间,直到 1941 年 12 月他坚持上完"最后一课"才离开③。周予同在暨南大学也任教至 1941 年 12 月,此后并没有到已迁至福建建阳的暨南大学继续担任教职④。李健吾,笔名刘西渭,山西运城人。虽然李健吾和郑振铎、周予同是同时代人,但年龄上要比他们小得多。李健吾和郑振铎相识于 1932 年底或 1933 年初。1933 年 10 月李健吾结婚时,郑振铎受邀参加了婚礼并赠送其铜镇尺一对⑤。1934 年 1 月,郑振铎、巴金和靳以等发起的《文学季刊》在北京创刊,李健吾受邀担任该刊的编撰人员。1935 年 8 月,郑振铎担任暨南大学文学院院长,刚被聘为院长就邀约李健吾到该校文学院任教,李健吾当月即从北京赴暨南大学报到。1937 年 8 月,暨南大学迁入公共租界,李健吾也搬到法租界巨籁达路居住,常到郑振铎家里⑥。1939 年秋,李健吾离开暨南大学转往上海孔德研究所工作。⑦

郑振铎、周予同和李健吾三人因郑振铎的关系,几乎同时进入暨南大学,在该校同事四年多时间,相互之间经常进行教学、学术和生活上的交往,

---

① 成棣:《周予同先生年谱》,上海社会科学院《传统中国研究集刊》编辑委员会编:《传统中国研究集刊》,上海:上海社会科学院出版社,2019 年,第 212 页;周予同:《周予同自传》,晋阳学刊编辑部编:《中国现代科学家传略》第 1 辑,太原:山西人民出版社,1982 年,第 233 页。

② 参见 1952 年 3 月周予同在复旦大学"思想改造运动"中的"交代",葛剑雄编:《谭其骧日记》,上海:文汇出版社,1998 年,第 314 页。

③ 陈福康编著:《郑振铎年谱》,北京:书目文献出版社,1988 年,第 326—327 页。

④ 成棣:《周予同先生年谱》,上海社会科学院《传统中国研究集刊》编辑委员会编:《传统中国研究集刊》,上海:上海社会科学院出版社,2019 年,第 217 页;周予同:《周予同自传》,晋阳学刊编辑部编:《中国现代科学家传略》第 1 辑,太原:山西人民出版社,1982 年,第 233 页。

⑤ 陈福康编著:《郑振铎年谱》,北京:书目文献出版社,1988 年,第 195 页。

⑥ 李健吾:《李健吾自传》,运城市政协文史资料研究委员会编:《运城文史资料》第 8 辑,运城:运城市政协文史资料研究委员会,1989 年,第 4 页。

⑦ 李健吾:《给冯锦划的信》(1939 年 11 月 27 日),李维音编:《李健吾书信集》,太原:北岳文艺出版社,2017 年,第 119 页。

结下了不寻常的友谊。

四、同乡

同乡是因地缘而产生的人际关系。同乡关系不一定属于强关系，但同乡之间若身处异地互动较多，且同质性较高，关系仍较强。复社社员中绍兴人多，具有浙江背景的人多。

复社有个"绍兴帮"。

晚清民国时期，由于上海工商业和文化的发达，内地移沪民众在此逐步形成了多个帮口，如"广东帮""山西帮""安徽帮""绍兴帮""宁波帮""苏州帮"等。这种以"帮"为标记的群体不仅存在于工商业领域，文化行业也常见，比如商务印书馆编译所就有"常州帮"和"绍兴帮"之分。曾在商务印书馆编译所工作多年的绍兴人章锡琛说，绍兴人杜亚泉在当该编译所理化部部长期间，理化部编辑都是他的同乡，因而在编译所里被称为"绍兴帮"，与国文部的"常州帮"并称。① 茅盾刚进商务印书馆编译所时也听该所编辑谢冠生介绍说，国文部专门编辑中小学教科书的人是"清一色的常州帮"，而理化部的人多属于"绍兴帮"。② 商务印书馆等文化部门中的帮派多没有所谓的帮规帮纪，往往是一种借称甚至戏称，用来指代那些因同乡关系而聚集起来的具有一定社会影响的群体。若从这个角度看，复社内部也存在着一个"绍兴帮"。

在复社 32 名社员中，绍兴籍有 8 人，人数占社员总数的四分之一。这 8 人分别是胡愈之、胡仲持、黄幼雄、陈鹤琴、周建人、倪文宙、张宗麟、吴涵真。在 8 位绍兴籍社员中，上虞占 4 人，即胡愈之、胡仲持、黄幼雄和陈鹤琴；会稽 2 人即周建人和倪文宙，张宗麟系山阴人，吴涵真的籍贯隶属于哪个县，不详。绍兴同乡长期工作和生活在异地上海，他们之间相互引荐，自然容易相识、走近。乡情黏结着同乡的社会交往，有利于扩大同乡的社会交往圈层。胡仲持在《申报》工作期间结识了在商务印书馆编译所当编辑的倪文宙。1929 年 5 月，胡仲持又通过倪文宙结识了鲁迅。倪文宙是鲁迅在绍兴山会初级师范学堂教书时的学生，长期与鲁迅有交往。同年 5 月 5 日鲁迅在日记中记载："晚倪文宙、胡仲持来，赠以《译丛》。"③此为胡仲持首次见

---

① 章锡琛：《漫谈商务印书馆》，商务印书馆编：《商务印书馆九十年》，北京：商务印书馆，1987 年，第 112 页。

② 茅盾、韦韬：《茅盾回忆录》（上），北京：华文出版社，2013 年，第 96 页。

③ 鲁迅著，陈漱渝、王锡荣、肖振鸣编：《日记全编》（下），广州：广东人民出版社，2019 年，第 98 页。

鲁迅。

绍兴同乡除保持经常的社会交往外,也喜好在工作之余相互支持,发起共同的社会事业。1921 年在南京的陈鹤琴与在上海的胡愈之,为发展家乡教育事业,共同发起创办上虞昌明国民学校,此前陈鹤琴还支持过由胡愈之主编的《上虞声》报,为该报撰稿。① 在复社成立前,胡愈之和陈鹤琴还共同参与过"救国会"的筹组等救亡活动。张宗麟与吴涵真也共同参与过不少社会活动。据说吴涵真是黄兴女婿,与何香凝有深厚的革命情谊。② 目前尚不清楚张宗麟与吴涵真相识于何时,但在 1937 年 9 月 16 日,由国难教育社等团体部分社员发起成立了"上海战时普及教育服务团",张宗麟和吴涵真均参与其中,并被推定为理事③。在复社成立后,1938 年 9 月,张宗麟、吴涵真还共同参与了由陶行知发起的晓庄学院的创办,吴涵真出任该学院常务董事,张宗麟任董事。④ 1938 年 12 月生活教育社正式成立后,张宗麟和吴涵真都被选为干事。

复社是个"浙江村"。

作家叶兆言发现,民国初年在蔡元培主政北大期间,北大"差不多就是个浙江村",该校 15 个系的领导人半数以上是浙江人,如数学系主任冯祖荀和物理系主任夏元瑮都是浙江杭县人,哲学系主任陈大齐和史学系主任朱希祖皆为浙江海盐人,中文系主任马裕藻、经济系主任马寅初、化学系主任俞同奎和地质系主任王烈分别是浙江鄞县人、嵊县人、德清人和萧山人,后来增加的几个系的负责人仍有浙江人,如教育系主任蒋梦麟是浙江余姚人,"浙江人果然厉害,文武俱佳,一百年前已证明"。⑤ 不仅上述系主任是浙江人,当时还有许多教师(专兼任)也是浙江人,如"三沈二马"中的"三沈"(沈尹默、沈兼士、沈士远)系吴兴人、"二马"(马裕藻、马衡)是鄞县人;钱玄同、周树人分别为吴兴人、绍兴人。这种"浙江村"现象还存在于民国时期的其他单位或组织。笔者认为,复社也是个"浙江村"。

从表 3 – 1 可以看出,在 32 名复社社员中,有 18 名社员是真正的浙江

① 《陈鹤琴生平年表》,陈秀云、陈一飞编:《陈鹤琴全集》第 6 卷,南京:江苏教育出版社,2008 年,第 575 页。

② 林焕平:《何香凝赠梅小记》,《林焕平文集》编辑委员会编:《林焕平文集》第 6 卷,桂林:广西师范大学出版社,2000 年,第 362 页。茅盾:《在香港编〈文艺阵地〉》,《新文学史料》1984 年第 1 期。

③ 《上海战时普及教育服务团概况》,上海社会科学院历史研究所编:《"八·一三"抗战史料选编》,上海:上海人民出版社,1986 年,第 233 页。

④ 陶行知等:《为创办晓庄学院校董会请予立案呈文》,方明主编:《陶行知全集》第 4 卷,成都:四川教育出版社,2005 年,第 597 页。

⑤ 叶兆言:《北大是个浙江村》,《三峡文学》2005 年第 8 期。

籍人士。其中,绍兴 8 人,前文已述;宁波 5 人,分别为王任叔(奉化)、冯宾符(慈溪)、胡咏骐(鄞县)、孙礼榆(鄞县)和严景耀(余姚);嘉兴 3 人,分别为金仲华(桐乡)、陈巳生(海宁)、陈志皋(海宁);金华和温州各 1 人,即王纪元(义乌)、周予同(瑞安)1 人。郑振铎籍贯为福建长乐,但在他出生前三年,其祖父已迁居浙江温州永嘉县,郑振铎即在这里出生和成长,直到中学毕业后才离开永嘉到北京读书,在北京读大学时还曾回永嘉参加爱国运动,因此他也可以算作浙江人。如此算来,在 32 位复社社员中具浙江背景者多达 19 位,占复社社员总数近 60%,复社可谓是个典型的"浙江村"。

这些同期在上海生存和发展的浙江人士,地缘相近、口音相似,年龄相仿或差别不是很大,若再有共同的兴趣、理念和理想,很容易走近、串联和集聚。以胡愈之和胡咏骐为例,胡愈之在悼念胡咏骐时写道:"梁先生(指梁士纯——引者注)他们组织了一个座谈会,时时邀我去参加,讲演国内外政治时事,座中也有咏骐先生。因为我的故乡和宁波相邻近,五四时候,胡咏骐先生任宁波青年会干事,在宁波社会相当活动,我是知道的。"①胡愈之的家乡上虞虽在行政上隶属于绍兴,但紧邻宁波,与胡咏骐的家乡宁波鄞县相距不远,胡愈之在离开家乡之前即耳闻胡咏骐之名。浙江同乡关系、"座谈会"的"牵线"加上气味相投,让胡愈之和胡咏骐从相知、相识到相熟,在沪上共同参与了不少组织或活动。胡咏骐病逝后,羁身香港的胡愈之专门写下《忆咏骐先生》一文,表达哀悼之情。

五、同好

同好是因志趣相同而产生的人际关系。同好关系也不一定是强关系,但同好之间若有一定的交流就会形成强关系。在复社成立之前,有多位社员或因对文学创作与研究感兴趣,或因躬于新闻出版事业而成为同好,前文已有所论述,这里再举两例。

胡愈之、梁士纯:抗日国际宣传的同路人。

胡愈之和梁士纯,一个是浙江绍兴人,一个是江西南昌人,前者长期在南方上海活动,后者"七七事变"前在多个地方工作和生活过,原本没有什么交集。梁士纯又名休伯特·梁,自幼受过良好的教育,1920 年赴美留学,在美期间先后在鲍德温华莱士学院、芝加哥大学、密歇根福特工业学校等多校就读,1926 年起在《底特律新闻报》任国际新闻编辑。1928 年梁士纯回国担

---

① 胡愈之:《忆咏骐先生》,上海市保险业党史资料征集组编:《上海市保险业职工运动史料(1938—1949)》,上海:中共上海市委党史资料征集委员会,1987 年,第 158 页。

任《底特律新闻报》驻上海通讯员,1934 年 2 月,受聘为燕京大学新闻系教授,同年出任新闻系主任。在掌舵燕京大学新闻系期间,梁士纯邀请埃德加·斯诺到该系任教。1936 年 6 月斯诺赴西北红区采访,梁士纯是"北平少数几个知道这次旅行的人之一",4 个月后当斯诺从西北回到北京时,当晚即住在梁士纯家里。① 由此可见二人关系亲密的程度。梁士纯与斯诺交好,既与其留美经历和身为新闻人有关,也可能缘于其肩负国际宣传任务。有史料表明,最迟在 1931 年 8 月前梁士纯已经成为国民党中央宣传部下设的国际宣传委员会成员②。

　　1937 年 7 月 28 日,上海文化界救亡协会成立。成立大会通过了"组织国际宣传委员会扩大对外宣传"的提案,胡愈之被选为协会理事。③ 在"国际宣传委员会"组建后,胡愈之专门负责对外宣传,争取国际上对中国同情和支持④。1937 年 9 月,梁士纯受宋子文的邀请在上海开展国际宣传。期间,经斯诺引见,梁士纯认识了宋庆龄,宋庆龄又介绍胡愈之协助梁工作,继而张宗麟也参与其中,梁与胡愈之共同拟定了宣传工作计划,并得到国民党当局国际宣传处的批准与经费支持。⑤ 此后,胡愈之和梁士纯通过举办座谈会、记者招待会等形式进行国际宣传。胡愈之在悼念胡咏骐时写道:"我在'八·一三'时参加过文化界救亡协会的工作,而犹能安身沪上者,也仅赖有职业为隐蔽,但因此梁士纯先生却找上门来了。梁先生他们组织了一个座谈会,时时邀我去参加,讲演国内外政治时事"。

　　国际宣传上的合作使胡愈之和梁士纯拥有共同的"朋友圈",斯诺夫妇、路易·艾黎(新西兰人)等一批国际友人成为二人共同的朋友。自 1937 年底开始,梁士纯、胡愈之共同参与了由斯诺夫妇和路易·艾黎发起的"工合"("工业合作社"的简称)运动。

　　"青年会"的同道⑥。

　　这里的"青年会"指的是"上海青年会"和"中华基督教青年会全国协

①　梁士纯:《关于埃德加·斯诺的回忆》,裘克安编集:《斯诺在中国》,北京:生活·读书·新知三联书店,1982 年,第 359 页。

②　王晓乐、赵波:《民国时期公共关系的布道者与践行者:梁士纯生平考述》,《新闻与传播研究》2019 年第 7 期。

③　编者:《上海文化界救亡协会的成立》,《文化批判》1937 年第 4 期。

④　胡愈之:《我的回忆》,《胡愈之文集》第 6 卷,北京:读书·生活·新知三联书店,1996 年,第 366 页。

⑤　此情况来自梁士纯在"文革"期间的自述材料,转引自王晓乐、赵波:《民国时期公共关系的布道者与践行者:梁士纯生平考述》,《新闻与传播研究》2019 年第 7 期。

⑥　"同道"是基督教信徒之间的称呼。参见聂其良:《宗教研究理论与实践》,北京:宗教文化出版社,2021 年,第 121 页。

会"。"上海青年会"是"上海中华基督教青年会"的简称,1900 年 1 月 6 日成立,系"基督教青年会"在华设立的城市协会。"基督教青年会"是 1844年由英国人乔治·威廉斯创办于伦敦的基督教新教社会活动机构,此后该机构在世界各地广设分支机构。1895 年中国成立了第一个"城市青年会"即"天津青年会",1910 年上海被确认为中国所有"基督教青年会"组织的中心,1912 年 12 月全国"基督教青年会"组织第六次大会决议把总会定名为"中华基督教青年会全国协会",下设"城市青年会"和"学校青年会"两大系统,总会内设市会组、学校组以及宗教、庶务、职工等部门。"上海青年会"即"中华基督教青年会全国协会"下属的"城市青年会"之一,也是当时中国最大的"城市青年会"。

在复社社员中,有多人加入过"青年会"系统,并成为该组织的骨干,如陈鹤琴、沈体兰、吴耀宗、陈巳生、胡咏骐、梁士纯、林旭如等,他们在"青年会"中互为同道。

陈鹤琴早年在杭州蕙兰中学读书时就以耶稣为"模范",并受洗礼成为基督徒。① 陈鹤琴与"青年会"系统的渊源可追溯至其在清华学堂读书时。1913 年他与该校同学王正序等人成立了"学校青年会",出任干事,自此几乎一直活跃于"青年会"系统。1914 年在美国霍普金斯大学留学的陈鹤琴担任该校"基督教青年会"外国学生部主席,1917 年他在哥伦比亚大学攻读硕士学位期间又被选为北美"基督教青年会"中国学生会会长。自 1919 年回国后,陈鹤琴在从事教学和研究之余,仍服务于"上海青年会",担任该会重要职务,并于 1935 年 3 月被选为董事,任期三年,至 1938 年止②。

沈体兰,又名流芳,江苏吴县人。沈体兰加入"青年会"系统是在东吴大学读书期间(1918—1922 年),当时担任该校"基督教青年会"会长,并在毕业前夕受聘为"中华基督教青年会全国协会"学校组干事,直至 1931 年 9 月辞去该职③。但沈体兰在该会中的会务活动并未间断,比如他曾与胡咏骐等共同发起成立了"上海基督徒团契"。吴耀宗,广东顺德人,1908—1913年他在北京税务学校读书期间就常去北京"基督教青年会"参加一些活动。1918 年吴耀宗受洗礼加入基督教,不久辞去北京海关总税务司署的工作,

---

① 陈鹤琴:《我的半生》,陈秀云、陈一飞编:《陈鹤琴全集》第 6 卷,南京:江苏教育出版社,2008 年,第 515 页。

② 《新任董事就职》,《上海青年》1935 年第 35 卷第 13 期。

③ 上海市继光(麦伦)中学校友会、上海市继光中学编:《沈体兰先生年谱》,上海市政协文史资料委员会、中国民主同盟上海市委员会、上海市继光(麦伦)中学校友会编:《沈体兰纪念文集》,上海:上海市政协文史资料编辑部,1999 年,第 172 页。

加入北京"基督教青年会"。① 1924 年吴耀宗赴美国学习神学和哲学,1927
年回国,受邀参加"中华基督教青年会全国协会",担任校会组干事②。1934
年 5 月后吴耀宗已担任该协会书局编辑主任(也称"文字事业部主任"或
"编辑部主任")③。

陈已生加入"青年会"系统也比较早。1908 年在陈已生还是"一个十六
岁的乡曲少年"时即"得着人家的指导"而加入"上海青年会"。④ 彼时他在
上海同兴洋布店当学徒,并在"青年会"附属夜校学习文化知识。1914 年陈
已生离开商务印书馆在"上海青年会"担任专职干事⑤,任职于该会"童子
部"⑥。1920 年 9 月,因"郑州青年会"成立,陈已生调至该会任总干事。
1929 年经余日章推介⑦,陈已生从郑州到欧美各国留学和游历,先后进入美
国哈佛大学、俄亥俄州州立大学进修学习。1931 年 1 月,陈已生回国后担任
余日章的助手和"中华基督教青年会全国协会"的助理干事⑧。也就是说陈
已生已由此前的"城市青年会"系统转入至"青年会"的全国总部工作。但
查阅 1934—1937 年历年"上海青年会"的会友"征求会"有关报道可以发
现,在每年的"征求会"上陈已生都担任"队长"一职。这意味着自海外返
国后,陈已生的"组织关系"可能仍在隶属于"城市青年会"系统的"上海
青年会"。

胡咏骐与"青年会"系统的渊源应该比较早,在上海沪江大学读书时即
已加入该系统⑨。1917 年沪江大学毕业后他即回到宁波参与筹划"宁波青
年会",该会成立后出任总干事⑩。在"宁波青年会"服务若干年后,胡咏骐

① 沈德溶:《吴耀宗先生生平——在吴耀宗先生逝世十周年纪念会上的讲话》,中国基督教
三自爱国运动委员会编:《吴耀宗先生逝世十周年纪念文集》,北京:中国基督教三自爱国
运动委员会,1989 年,第 1 页。

② 边文:《吴耀宗生平纪略》,上海市政协文史资料委员会编:《上海的宗教》,上海:上海市
政协文史资料编辑部,1996 年,第 303 页。

③ 《吴耀宗君放洋》,《同工》1936 年第 157 期;《吴耀宗在美工作情形》,《同工》1937 年第
164 期。

④ 陈已生:《青年会与我》,《上海青年》1937 年第 37 卷第 16 期。

⑤ 《陈已生年表》,朱善九、凌惠良、姜惠民:《共商国是海宁人—— 陈已生、陈震中》,北京:
中国文史出版社,2019 年,第 113 页。

⑥ 《青年会陈已生临别演讲》,《申报》1920 年 9 月 30 日第 10 版。

⑦ 《陈已生年表》,朱善九、凌惠良、姜惠民:《共商国是海宁人——陈已生、陈震中》,北京:
中国文史出版社,2019 年,第 114 页。

⑧ 《陈已生年表》,朱善九、凌惠良、姜惠民:《共商国是海宁人——陈已生、陈震中》,北京:
中国文史出版社,2019 年,第 114 页。

⑨ 胡咏骐:《宁波青年会筹备会之原起及其经过》,《青年进步》1918 年第 13 期。

⑩ 《胡咏骐先生》,《保联》1939 年第 1 卷第 8 期;陆士雄:《忆念胡咏骐先生》,《人寿季刊》
1941 年第 30 期。

又转入"中华基督教青年会全国协会",担任过该协会的董事、书记、司库等职①。1929 年自美国留学归国后,又出任过"上海青年会"的干事和董事。梁士纯在 1928 年后除担任《底特律新闻报》驻上海通讯员外,还兼任"中华基督教青年会全国协会"的"新闻秘书"②,深受总干事余日章的信赖,后任该协会执行干事。梁士纯在该协会任职颇有几年时间,1932 年 9 月底他陪同余日章赴美访问③,在美停留长达数月④。

目前关于林旭如的资料极少,其籍贯不详,生卒年月未知。尽管我们不了解林旭如在什么时候加入"青年会"系统,但从"上海青年会"历年征求会友的活动来看,他在该会应属于资深会员,至少是个主任干事。在"上海青年会"第 34 届(1934 年)、35 届(1935 年)、36 届(1936 年)和 37 届(1937年)的"征求会"上,林旭如分别担任过第 1 队、32 队、36 队和 24 队的队长。陈已生在前述各届"征求会"上也出任过队长,而能在征求活动中被选拔为队长者,均为"青年领袖"⑤。

尽管"青年会"系宗教性社会服务团体,但其并非纯粹的传教组织,除宗教外,"青年会"活动还涉及政治、教育、医疗、文化和社会等领域,比较宽泛。陈鹤琴、沈体兰、林旭如等在"青年会"系统的兼职活动,使他们产生了不少交集,也密切了彼此间关系,进而为共同发起或参与其他活动奠定了基础。沈体兰和吴耀宗都在青年时代即加入"基督教青年会"组织,且先后都进入该协会全国协会工作,都出任过协会的学校组干事。1927 年刚入职"中华基督教青年会全国协会"不久的吴耀宗即和沈体兰等在南京集会,发起组织基督教学生运动筹备委员会。1931—1932 年,沈体兰、吴耀宗、胡咏骐和陈已生等发起组织"时事座谈会",参加该座谈会的还有张宗麟。⑥ 1933 年 6月,吴耀宗和沈体兰等在上海成立"东北社",旨在为收复东北尽力⑦。1935年 12 月 17 日,沈体兰、吴耀宗与刘湛恩等 28 位基督教界著名人士联合发

① 林震峰、杜伯儒:《怀念胡咏骐同志》,中共上海市委党史研究室编:《上海党史资料汇编》第 5 集:党史人物,上海:上海书店出版社,2018 年,第 388 页。
② 见于梁士纯晚年撰写的英文履历,转引自王晓乐、赵波:《民国时期公共关系的布道者与践行者:梁士纯生平考述》,《新闻与传播研究》2019 年第 7 期。
③ 《协会近讯》,《同工》1932 年第 116 期。
④ 梁士纯:《同余先生在美国几个月的追忆》,《上海青年》1936 年第 36 卷第 13 期。
⑤ 《上海青年会今日举行卅五周年纪念大会》,《时事新报》1935 年 3 月 16 日头版。
⑥ 上海市继光(麦伦)中学校友会、上海市继光中学编:《沈体兰先生年谱》,上海市政协文史资料委员会、中国民主同盟上海市委员会、上海市继光(麦伦)中学校友会编:《沈体兰纪念文集》,上海:上海市政协文史资料编辑部,1999 年,第 172 页。
⑦ 边文:《吴耀宗生平纪略》,上海市政协文史资料委员会编:《上海的宗教》,上海:上海市政协文史资料编辑部,1996 年,第 304 页。

表对时局的宣言,呼吁各界共纾国难,挽救危亡。在复社成立前后沈体兰、吴耀宗、陈鹤琴和胡咏骐等共同参加的组织还有"星二聚餐会""星四聚餐会"等。

人与人之间关系的强弱往往是发展变化的,在一定条件下弱关系有时可以转化为强关系。在复社成立之前或在加入复社之前,有的复社社员之间的关系原本属于"弱关系",他们相互不熟悉,只是普通相识甚至不认识,如姚惠泉和张宗麟、黄定慧之间的关系即是如此。姚惠泉,字文达,曾用心水、一之、剑心等笔名,上海市人。1928年姚惠泉应黄炎培邀请参加中华职业教育社,协助邹韬奋编辑《教育与职业》月刊和《生活》周刊,在中华职业教育社先后担任总务主任、劳工服务部主任、第四中华职业补习学校主任等职。1937年8月后,中华职业教育社内迁,受黄炎培之托,姚惠泉留在上海主持职教社上海办事处工作。据姚惠泉回忆,在1937年后他经陶行知介绍结识张宗麟,再通过张宗麟的引荐认识了黄定慧,后来又通过黄定慧会见了刘少文,姚惠泉第一次见到刘少文即是在黄定慧家里。①

概而言之,胡愈之、张宗麟和郑振铎等20余名复社社员在复社成立前或加入复社之前,已形成亲属、师生、同学、同事、同乡和同好等各种强关系网络。强关系网络似黏合剂,它是复社成立和发展的基础。我们可以说,复社是血缘、学缘和地缘关系的组合,是深厚情谊、共同志趣的组合,是一群拥有共同理想和崇高目标——促进文化、复兴民族的战士的阵地。

---

① 姚惠泉:《跟着党冲破黑暗走向光明》,全国政协文史资料研究委员会《文史资料选辑》编辑部编:《文史资料选辑》第4辑,北京:中国文史出版社,1985年,第166页。

第四章　复社的社外关系

复社在历时四年余的发展过程中,与在上海租界活动的政党、社团组织和单位等产生了各种联系,尤其与中国共产党、"星二聚餐会""救国会"(救亡协会)和生活书店等有着特殊的关系。

第一节　复社与中国共产党

目前有不少资料称,复社与中国共产党的关系紧密,它接受中共地下党组织领导或是在中共地下党组织领导下成立的。这种说法散见于各类论著、传记和回忆录中。

一、复社与中共江苏省委

现有资料中关于复社系中共地下党组织领导创办的说法不胜枚举。这里开列几例。学人阳鲲称,复社是"上海地下党领导的、有各界人士参加的一个出版机构。"①此处的"上海地下党"具体名称为何? 论者语焉不详。郑振铎之子郑尔康在《郑振铎》一书中记述,1937 年底上海"出现过一个由中共地下党领导的,叫'复社'的秘密组织"。② 这里把复社与"中共地下党"的关系定位为被领导者与领导者关系,但未解释"中共地下党"是指中共的哪一级党组织。有一种关于谢寿天的传记如是写道:"在胡咏骐的影响下,谢寿天秘密参加了中共上海地下党文委领导的'复社',并积极为'复社'出版发行《西行漫记》和《鲁迅全集》筹集资金"③我们姑且不论此处有关谢寿

---

① 阳鲲:《翻译中的博弈与历史书写——〈红星照耀中国〉汉译研究》,广州:中山大学出版社,2019 年,第 82 页。

② 郑尔康:《郑振铎》,北京:北京交通大学出版社,2008 年,第 255 页。

③ 赵守兵:《谢寿天:"潜伏"人生》,《仰望百年——中国保险先驱四十人》,北京:中国金融出版社,2014 年,第 297 页。

天加入复社之说是否正确,该文作者显然认为"中共上海地下党文委"就是复社的领导机关,只是没有具体指出"中共上海地下党"是中共在上海的哪个党组织。学者沈鹏年在悼念作家金性尧时说,1937年后"党要胡愈之、王任叔、张宗麟、郑振铎等创办'复社',由张宗麟任经理"。① 沈鹏年认为,中共要求和指示胡愈之、张宗麟和郑振铎等成立复社,但此处的"党"是指中共的哪个组织? 作者未明确。就连1937年至1941年和胡愈之、张宗麟、王任叔等有过交往的扬帆也说:"地下党还领导了一个出版社——复社,由胡愈之出面负责,张宗麟、王任叔、吴子良(吴佐臣)、方行等搞具体工作。"② 作为在上海长期坚持通过文艺工作从事救亡运动的老党员、老战士,扬帆此说有一定可信度,但他同样未明确这个"地下党"是中共的哪个组织。简而言之,现有资料普遍认为复社是由中共地下党领导创办的,但几乎都没具体指出该"地下党"是指哪个党组织。

在"复社"成立前后,在上海活动的中共地下党组织是中共江苏省委及其附属党组织,复社的创办是否与其有关?

1931年中共六届四中全会后,国民党统治区内中共党的工作出现一系列非常情况,党组织遭到严重破坏。③ 1931年9月临时中央在上海成立,1933年初临时中央离沪转移至江西中央革命根据地。随后中共又成立了上海中央局,领导国民党统治区党的工作。但是,自1934年3月至1935年2月上海中央局接连遭到破坏,1935年7月被迫停止活动。成立于1927年6月的中共江苏省委,是中共在上海地方的秘密领导机构,也因屡遭国民党破坏而于1935年1月后即不复存在。当然,也有一部分中共党组织和党员分散隐蔽在党的外围组织和群众团体中。这些保存下来的党组织因缺乏党中央的统一领导而各自独立地开展工作,相互之间无横向联系。④ 自1936年至1937年中共中央着手恢复和重建上海地方党组织。1937年6月中共中央派遣刘晓到上海,根据中央指示,7月,刘晓、冯雪峰和王尧山组成中共上海"三人团"(以下简称"三人团")。"七七事变"后由"三人团"建立的

---

① 沈鹏年:《文以载道 秀出天南——悼文史大家金性尧先生》,董瑞兴主编:《文以载道:金性尧先生纪念集》,上海:上海古籍出版社,2008年,第65页。
② 扬帆:《抗战初期上海抗日救亡运动的一些回忆》,中共上海市委党史研究室编:《上海党史资料汇编》第3编:全民族抗日战争时期(上),上海:上海书店出版社,2018年,第126页。
③ 《中国共产党简史》编写组编著:《中国共产党简史》,北京:人民出版社、中共党史出版社,2021年,第56页。
④ 刘晓:《上海地下党恢复和重建前后》,刘晓纪念文集编辑组编:《肃霜天晓——刘晓纪念文集》,北京:中共党史出版社,2008年,第252页。

"群委"（群众团体工作委员会）和"工委"（工人工作委员会）按系统建立支部干事会,在救亡团体中建立党团。到9月,上海党组织的恢复重建工作初见成效,党的各级组织得到进一步健全。①

1937年10月,"三人团"致电中共中央,建议成立中共江苏省委。11月初,中共江苏省委正式成立。省委委员有刘晓、刘长胜、王尧山、沙文汉、张爱萍等,刘晓任书记,副书记为刘长胜,王尧山、沙文汉、张爱萍分任组织部长、宣传部长、军委书记。在领导关系上,中共江苏省委以上海市为中心同时领导江苏和浙江两省沪宁、沪杭铁路沿线重要城市党的工作;省委既直属中共中央领导又受南京中共代表团领导。省委下设6个委员会,包括"工委"（工人运动委员会）、"文委"（文化运动委员会）、"军委"（军事运动委员会）、"职委"（职员运动委员会）、"学委"（学生运动委员会）和"妇委"（妇女运动委员会）,同年12月后又相继建立了"难委"（难民工作委员会）、"教委"（教育界运动委员会）和情报工作委员会等多个专门委员会。1942年8月至12月,中共江苏省委机关全部转移至新四军淮南根据地,"文委""学委""工委"等6个组织系统留在上海坚持斗争。

自1937年12月到1941年12月,中共江苏省委及其附属党组织在上海的活动都是非公开的,处于地下状态,目前各种资料上所指称的上海"中共地下党"主要是指该组织。

复社创办于1937年12月,若该社系中共江苏省委及其附属党组织领导成立,这个成立责任应是由省委"文委"来担负的。孙冶方②曾担任过"文委"成立后的第一任书记。他在《整风自传》中说,当时"文委"主要领导新闻出版、戏剧、文学、教育等领域的工作,兼管一部分上层统战工作;在"文委"直接领导下公开出版的报刊有《译报》《译报周刊》《上海周报》《学习》《求知丛刊》,秘密出版的有《时论丛刊》。③ 在前述"自传"中,孙冶方并未提及"文委"领导成立复社之事,对于复社出版《西行漫记》和《鲁迅全集》等工作也没有涉及。孙冶方另一篇专门回忆"文委"的文章——《抗战初期上海文委的一些情况》也未涉及关于复社的情况。而孙冶方担任"文委"第一任书记的时间正是1937年11月至1940年10月,与复社的成立及发展在时间上有不少交集,"文委"领导成立复社系重要

---

① 中共上海市委党史研究室编:《上海党史知识读本——建党100周年（1921—2021）》,上海:上海人民出版社,2021年,第21页。
② 孙冶方（1908—1983）,原名薛萼果,又名宋亮等,孙冶方为笔名,江苏无锡人。
③ 孙冶方:《整风自传》,《孙冶方文集》第3卷,北京:知识产权出版社,2018年,第279页。

事件,作为"文委"主要负责人的孙冶方不可能不知道此事。前述"自传"写于1945年2月①,此时距离复社成立仅间隔几年时间,他将此事遗忘的可能性较小;《抗战初期上海文委的一些情况》作于1982年或1983年②,若说因为年代久远孙冶方在写作该文时或许忘记了有关"文委"领导成立复社一事,但他在两篇文章中都将此事遗忘的可能性不大。

再查阅中共江苏省委宣传部部长沙文汉、组织部部长王尧山甚至省委书记刘晓等时任中共江苏省委领导人的回忆性文章,他们都没有说过复社是在中共江苏省委领导下创办的。③ 因此我们可以初步推断,若说复社是在中共江苏省委领导下创办的,证据并不充分,也不能轻易断言二者在组织上发生过领导与被领导关系。

二、复社与八路军驻上海办事处

1937—1939年,上海还存在另外一个由中共领导的组织机构——八路军驻上海办事处(以下简称"上海'八办'")。复社与其有什么关系?

上海"八办"的组建早于1937年11月成立的中共江苏省委。1936年7月,中共中央决定成立中共上海办事处。同年9月,该办事处成立,主要开展统战工作和情报工作,潘汉年任办事处主任,冯雪峰任副主任。④ 该办事处运行大约一年后,1937年8月与红军驻上海办事处合并改组而成上海"八办",李克农为主任,刘少文任秘书长。同年9月,因李克农调到八路军驻南京办事处工作,潘汉年担任上海"八办"主任。上海"八办"的公开合法活动仅4个月时间,期间的主要任务是进行上层统战、文化宣传、营救和安排出狱的政治犯、情报机要工作⑤。上海"八办"起初设址于福煦路多福里,1937年11月后搬至法租界萨坡赛路从事半公开活动,1939年11月被迫

---

① 参见孙冶方:《整风自传》一文的脚下注,《孙冶方文集》第3卷,北京:知识产权出版社,2018年,第255页。

② 该文原载《党史资料》1983年第2期,参见孙冶方:《抗战初期上海文委的一些情况》一文的脚下注,《孙冶方文集》第8卷,北京:知识产权出版社,2018年,第310页。

③ 参见沙文汉:《解放前上海地下党的若干情况》,上海市政协文史资料工作委员会编:《文史资料选辑》1980年第3辑,上海:上海人民出版社,1980年,第36—37页;王尧山:《关于上海地下党重建的经过》,《王尧山文稿选》,上海:上海科学普及出版社,2000年,第139—143页;刘晓:《上海地下党恢复和重建前后》,刘晓纪念文集编辑组编:《肃霜天晓——刘晓纪念文集》,北京:中共党史出版社,2008年,第252—260页。

④ 中共上海市委党史资料征集委员会主编:《中共上海党史大事记(1919.5—1949.5)》,北京:知识出版社,1988年,第408页。

⑤ 中共上海市委党史研究室编:《上海党史知识读本——建党100周年(1921—2021)》,北京:中共党史出版社,2008年,第19页。

撤销。

这里我们先厘清上海"八办"与中共江苏省委的关系。对于地下党组织和八路军驻各地办事处关系,周恩来指出,地下党和"八办"在工作上、组织上是两个独立系统,双方负责人可以就有关大政方针作有准备地讨论;地下党可以利用"八办",但不能依靠"八办",地下党不能和"八办"经常、公开联系。① 也就是说,地下党和各地"八办"是两个相互独立的系统,二者不是领导与被领导关系,它们之间可以进行合作,就某方面重大问题展开协商,但不是经常性的。中共江苏省委和上海"八办"即是此种关系。

据刘少文记述,上海"八办"在半公开期间的主要活动内容如下:同各种抗日团体的上层人士保持联系,并参加这些团体上层人士所举行的座谈会;继续印发党的各种宣传刊物和书籍,承担新四军各种刊物的印刷和发行,与中共江苏省委"文委"协同出版《译报》(后改为《每日译报》)等报纸,在救亡团体内部编印《团结》杂志和《内地通讯》,建立秘密印刷厂;联系江南地区的人民抗日武装;支援新四军等。② 不难看出,这些记述均未涉及复社。曾在上海"八办"负责出版和印刷工作的张纪恩,以及该办事处另一名工作人员向枫(编辑上海"八办"刊物《内地通讯》《江南通讯》)在日后的回忆中均未提及上海"八办"领导创办复社之事。③ 因此如果从组织机构角度来论,尚不能确定上海"八办"领导创办了复社,上海"八办"与复社之间是否存在着领导与被领导的关系也还不能肯定。当然,上海"八办"在复社出版《西行漫记》和《鲁迅全集》的过程中,都曾给予指导和支持。

三、特别党员、地下党员、失联党员与复社的成立

复社的创办由胡愈之倡议并带头发起,从筹备到成立均由胡愈之"总其事"。在发起创办复社之前,胡愈之可谓阅历丰富,担任过商务印书馆编辑、哈瓦斯社远东分社编辑、《世界知识》杂志编辑、上海文化界救亡协会常务理事等。但自1933年9月后,胡愈之还获得了另一个身份,即中共特别党员

---

① 刘晓:《上海地下党恢复和重建前后》,刘晓纪念文集编辑组编:《肃霜天晓——刘晓纪念文集》,北京:中共党史出版社,2008年,第256页。

② 刘少文:《八路军驻上海办事处的情况》,中共"一大"会址纪念馆、上海革命历史博物馆筹备处编:《上海革命史资料与研究》第5辑,上海:上海古籍出版社,2005年,第586页。

③ 参见张纪恩:《有关上海八路军办事处的一些情况》、向枫:《关于"八办"的点滴情况》,上海社会科学院历史研究所编:《"八一三"抗战史料选编》,上海:上海人民出版社,1986年,第361—365页。

（秘密党员）。

1933 年初，经与中共关系友好的法学家张志让介绍，胡愈之认识了张庆孚。张庆孚（1901—1968），又名张由嘉，笔名张琴扶，江苏江阴人。1930年"中国左翼社会科学家联盟"（简称"社联"）在上海成立后，张庆孚担任"社联"党团书记。在第一届"社联"解散后，1932 年 3 月，张庆孚被调到上海中共中央特别任务委员会。[1]"特别任务委员会"简称"特委"，下设"特科"，"特科"又再分为"一科"和"二科"等，"特委"是决策机构，"特科"是执行具体任务的机关。[2] 也就是说，"特委"和"特科"实际上是同一单位或部门。

当胡愈之获知张庆孚是中共党员后，就和他作过几次长谈，向他表达了入党的愿望，张庆孚即让胡愈之为党搜集情报。1933 年 9 月，以张庆孚作为介绍人，中共中央组织部批准胡愈之加入中共。自此，胡愈之在组织上受党的秘密机关中央"特科"直接领导，属于特别党员。他不需要参加党的基层组织生活，也不能以党员身份参加公开活动。作为特别党员，胡愈之的主要任务是为党搜集各类情报，并且只和介绍人张庆孚进行单线联系。[3] 夏衍在晚年说过，中央"特科"归党中央直接领导，和上海地下党不发生任何联系，关于胡愈之入党一事就连他们这些与其来往密切者也是不知道的。[4]换言之，胡愈之的中共党员身份是秘密的，除了与其单线联系的上级领导，极少有人了解他的这一真实身份。

1934 年 11 月，张庆孚受上海中央局派遣以中央代表的身份离沪赴陕甘特委任职。[5] 他在离沪时将胡愈之交予王学文单线联系[6]，王学文离沪时又

---

[1] 张庆孚：《我的革命生涯》，中共中央党史研究室编：《中共党史资料》第 40 辑，北京：中共党史出版社，1992 年，第 81—82 页。

[2] 洪扬生：《中央特科一科的工作情况》，中共上海市委党史研究室编：《上海党史资料汇编》第 2 编：土地革命战争时期（上），上海：上海书店出版社，2018 年，第 83 页。

[3] 胡愈之：《我的回忆》，《胡愈之文集》第 6 卷，北京：读书·生活·新知三联书店，1996 年，第 345—347 页。

[4] 夏衍：《中华民族的脊梁——胡愈之》，袁鹰、姜德明编：《夏衍全集·文学》（下），杭州：浙江文艺出版社，2005 年，第 660 页。

[5] 张庆孚：《我的革命生涯》，中共中央党史研究室编：《中共党史资料》第 40 辑，北京：中共党史出版社，1992 年，第 82—83 页。

[6] 王学文（1895—1985），江苏徐州人，1927 年加入中国共产主义青年团，不久转为中共党员，1930 年加入"左联"，参与发起组织中国社会科学家联盟，任中共党团成员，1932 年调至中共江苏省委工作，次年调入中央"特科"，1935 年被疏散到香港。参见王学文：《三十年代上海文化战线的一些斗争情况》，中共上海市委党史研究室编：《上海党史资料汇编》第 2 编：土地革命战争时期（下），上海：上海书店出版社，2018 年，第 566—574 页；《王学文同志谈有关"两个口号"争论的一些情况》，范用等：《"三联"忆旧》，贵阳：贵州人民出版社，2010 年，第 191 页。

让其单线联系宣侠父①。1935 年 3 月宣侠父离沪赴港后严希纯成为胡愈之的单线联系人,但同年 11 月严希纯被捕②。严希纯的被捕使胡愈之与党组织的联系暂时中断,胡愈之被迫于同年 12 月赴港再次找到宣侠父。在宣侠父的指示和联络下,胡愈之于 1936 年 2 月经法国抵达莫斯科,向中共驻共产国际代表团团长王明汇报了国内情况。同年 4 月,王明指示胡愈之与在莫斯科的潘汉年一同返回香港,并向胡愈之说明其今后在党内就由潘汉年直接领导。③ 此后潘汉年成为胡愈之在党内的单线联系人。潘、胡二人在同年 5 月初抵达香港。

在香港工作期间,潘汉年对胡愈之说:"以后你只管救国会的事,别的不要管,有什么问题来找我。没有问题你就自己去干吧。"④潘汉年于 1931 年 5 月调入中央"特科",1933 年 5 月离沪赴江西瑞金,在中央苏区先后担任过苏区中央局宣传部部长、赣南省委宣传部部长,长征开始后又担任红军总政治部宣传部部长兼地方工作部部长等职。⑤ 遵义会议后,受中央指派,1935 年 9 月潘汉年经上海抵达莫斯科。此行他使中共中央恢复了与共产国际的联系,并向共产国际报告了遵义会议情况和红军近况。在香港,胡愈之在潘汉年的领导下开展了一些抗日救亡工作,如帮助"救国会"起草文件《团结御侮的几个基本条件与最低要求》,协助邹韬奋办《生活日报》,以及与潘汉年一起同国民党人士就停战抗日事宜举行谈判等。1936 年 7 月后,潘汉年离港,先后在南京、西安、陕北等地活动,"七七事变"前参与国共合作谈判。上海"八办"成立后,潘汉年再次回到上海工作,但与胡愈之见面的时间不多⑥。

胡愈之称自己 1938 年离开上海后其党的工作改由廖承志领导⑦。胡愈

---

① 宣侠父(1899—1938),浙江诸暨人,1923 年 7 月加入中国共产党,1934 年调入中央"特科",1935 年赴香港联络抗日反蒋。参见《宣侠父》,杨元忠主编,中共甘肃省委党史研究室、甘肃省党史纪念馆编:《甘肃党史资料选编》第 1 辑:甘肃党组织的创建及其活动,兰州:甘肃文化出版社,2015 年,第 187—188 页。

② 严希纯(1897—1965),贵州印江人,1922 年加入中共,中央"特科"成立后在"特科"从事秘密工作。参见杨再荣整理:《革命先驱严希纯》,印江土家族苗族自治县政协文史资料委员会编:《印江文史资料》,印江:印江土家族苗族自治县政协文史资料委员会,1989 年,第 54—58 页;陈沂:《关于遵义县党史的上溯问题及其他》,杨生国主编:《历史的记忆——纪念中共遵义县委成立 75 周年》,贵阳:贵阳快捷印刷有限公司,2011 年,第 122 页。

③ 胡愈之:《我的回忆》,《胡愈之文集》第 6 卷,北京:读书·生活·新知三联书店,1996 年,第 347—356 页。

④ 胡愈之:《伟大的不平凡的斗争的一生——忆潘汉年同志》,《人民日报》1983 年 7 月 14 日第 8 版。

⑤ 武在平:《潘汉年全传》,天津:天津人民出版社,1985 年,第 73、87 页。

⑥ 胡愈之:《伟大的不平凡的斗争的一生——忆潘汉年同志》,《人民日报》1983 年 7 月 14 日第 8 版。

⑦ 胡愈之:《伟大的不平凡的斗争的一生——忆潘汉年同志》,《人民日报》1983 年 7 月 15 日第 8 版。

之离沪时间是 1938 年 4 月下旬,在香港短暂停留后又转到汉口。而廖承志在 1938 年 1 月从汉口到香港,并担任八路军驻香港办事处负责人。① 胡愈之在党内的单线联系人由潘汉年改由廖承志的具体时间应该是在 1938 年 4 月底以后。

在复社成立前,张宗麟长期一直以失联党员的身份从事革命工作。关于其早年加入中国共产党的经历鲜为人知。1927 年 2 月,张宗麟到杭州浙江女子高级中学担任教务主任。同年 4 月,经该校中共党员姜秘书介绍张宗麟加入共产党,同年底张宗麟在南京晓庄师范学校任教期间也有中共地下党员联系他一次,但从此再无党组织来联系他,张宗麟与党就断了联系。② 张宗麟在上海工作期间虽与不少中共党员较多接触,但由于他对自己党员身份存有疑惑,就没有贸然联系党。③ 因此他一直被视作"民主人士"④,直接由上海"八办"领导⑤。1946 年 5 月,经徐特立和谢觉哉介绍,中共中央西北局批准张宗麟重新入党。⑥

在复社核心成员中,王任叔是一个身份比较特殊的社员。王任叔虽和张宗麟是同乡同学,但前者正式加入共产党的时间比后者要早很多。1925 年初王任叔在浙江宁波《四明日报》工作期间,经由上海中共党组织派到宁波指导建党的张秋人介绍加入共产党。⑦ 1931 年 10 月王任叔与党组织失去联系,直到 1936 年 11 月他才与被中共中央派到上海负责指导地下党工作的冯雪峰取得联系。⑧ 但此时王任叔的组织问题仍未得到根本解决。在 1937 年 11 月前后,经过审查,王任叔成为中共江苏省委"正式承认并接上党的关系"的第一批党员中的一员。⑨ 也就是说,在 1937 年 12 月复社成立

---

① 卢学志主编:《廖承志的一生》,北京:新华出版社,1984 年,第 177 页。

② 张沪:《张宗麟年表》,浙江省绍兴县政协文史资料工作委员会:《绍兴文史资料选辑》第 10 辑,绍兴:浙江省绍兴县政协文史资料工作委员会,1991 年,第 103 页。

③ 《1947 年 7 月 24 日宗麟先生给季平的复信》,刘季平著,张彦博等编:《刘季平文集》,北京:北京图书馆出版社,2002 年,第 37—38 页。

④ 巴人:《自传》,浙江省社科院《巴人文集》编委会编:《巴人文集·回忆录卷》,宁波:宁波出版社,1997 年,第 489 页。

⑤ 孙冶方:《抗战初期上海文委的一些情况》,《孙冶方文集》第 8 卷,北京:知识产权出版社,2018 年,第 311—312 页。

⑥ 张沪:《张宗麟年表》,浙江省绍兴县政协文史资料工作委员会:《绍兴文史资料选辑》第 10 辑,绍兴:浙江省绍兴县政协文史资料工作委员会,1991 年,第 110 页。

⑦ 王克平:《王任叔(巴人)传略》,《晋阳学科》1985 年第 4 期。

⑧ 巴人:《自传》,浙江省社科院《巴人文集》编委会编:《巴人文集·回忆录卷》,宁波出版社,1997 年,第 486、488 页。

⑨ 王尧山:《关于上海地下党重建的经过》,《王尧山文稿选》,上海:上海科学普及出版社,2000 年,第 139 页。

之际,王任叔已是具有明确党组织关系的中共党员。受中共江苏省委宣传部部长沙文汉①的邀请,1938 年 1 月王任叔正式参加了"文委"工作②。

在复社 7 名核心社员中,在复社成立之前有 4 位系中共党员或失联党员。至于参加复社的其他社员,均为同情甚至倾向共产党的进步人士,如胡咏骐。

胡咏骐与沙文汉是同乡,均为浙江鄞县人,他也是沙文汉负责直接联系的上海实业界人士。在沙文汉的引导下,胡咏骐逐步增强了对中国共产党的了解、信任和向往,并在思想上接受了马克思主义真理。③ 胡咏骐倾向共产党的另一案例是他掩护中共江苏省委书记刘晓。刘晓在沪重建并领导中共江苏省委期间,为便于其开展工作,胡咏骐一度帮助他在宁绍人寿保险公司安排了一个经理的职务作为掩护④。因为长期向共产党靠拢并积极支持党的革命事业,在沙文汉的介绍下,1939 年初中共中央特别批准胡咏骐为中共秘密党员。

综上,胡愈之系中共特别党员,在复社成立前夕直属潘汉年单线领导,胡愈之倡议并发起成立复社,即便没有获得过潘汉年的明确指示,也是经过其默许的。因为潘汉年曾对胡愈之说过有什么问题就去找他,若"没有问题你就自己去干吧"。而且从胡愈之与潘汉年二人在党内的组织领导关系角度论,潘汉年代表党。另外,作为地下党员的王任叔、黄定慧,他们参加复社之举也应得到了其所属党组织的批准。因此我们可以说,复社是在中国共产党领导下,由中共特别党员胡愈之联合王任叔、张宗麟和胡咏骐等一批地下党员、失联党员和进步人士自发创办。

第二节　复社与社团组织

从 1937 年到 1941 年,沪上有两种知名社团即"星二聚餐会"和"救国

---

① 沙文汉(1908—1964),原名沙文沅,字文舒,又名陈孟石、陈元阳、张登等,浙江鄞县人,1925 年加入中国共产党,1937 年 11 月中共江苏省委成立后任省委宣传部部长,主管学委和文委。参见中共宁波市委党史研究室编:《宁波中共党史人物:1925—1949》,宁波:宁波出版社,2015 年,第 22 页。

② 巴人:《自传》,浙江省社科院《巴人文集》编委会编:《巴人文集·回忆录卷》,宁波:宁波出版社,1997 年,第 489 页。

③ 中共上海市委党史研究室:《中国共产党上海历史》第 1 卷(1921—1949)下册,北京:中共党史出版社,2022 年,第 537 页。

④ 林震峰、杜伯儒:《怀念胡咏骐同志》,中共上海市委党史研究室编:《上海党史资料汇编》第 5 编:党史人物,上海:上海书店出版社,2018 年,第 391 页。

会"（"救亡协会"），不少复社社员都分别参与了这两种社团的活动。

一、复社与"星二聚餐会"

在"八·一三"事变尤其是上海华界失守后，沪上各界上层人士陆续发起了各种形式的聚餐会，或讨论时局，或交流业务，或增进与会者的联络。这种聚餐会往往固定在每周一至周六的某一天举行，被称为"星期聚餐会"，其中在周一举行的称之为"星一聚餐会"，在周二举行的为"星二聚餐会"，以此类推。不同的"星期聚餐会"其组织者往往不同，比如"星五聚餐会"由工商界名流举办。从组织形式上看，当时上海的这类聚餐会属于比较松散的一种社团，一般没有正式的规约和相对稳定的组织机构，参会者的流动性也较大。有资料认为，在各种"星期聚餐会"中，"星二"和"星四"聚餐会发挥着上层领导核心作用。① 这里我们主要考察"星二聚餐会"与复社的关系。

关于"星二聚餐会"的来历，目前有多种版本。一是抗战期间的说法。1937 年"上海青年会"会刊《上海青年》第 29 期"会务要讯"栏目刊发的一篇题为《发起会友星二聚餐会》的消息称：

> 国难猝临，吾人既拟作长期抵抗，即应作长期准备。前方将士奋勇御敌，后方民众亟应竭力联络组织，以尽各人之职责。兹特发起本会会友星二聚餐，每星期二中午十二时半在本会九楼举行一次，（餐费每位五角。）并分请名人领导讨论：（一）时局问题的交换。（二）后方工作的检讨。（三）鼓励青年精神方面的建设。第一次聚餐会已请黄任之先生领导。务望诸会友踊跃参加，是为至盼！会友亲友，由会友介绍者，亦欢迎参加。②

登载上文的《上海青年》出版于 1937 年 9 月 18 日。由此来看，"星二聚餐会"系"上海青年会"发起和组织的，发起时间是在 1937 年 9 月，餐会的具体时间为每周二中午 12 点半，地点在"上海青年会"9 楼，黄任之即黄炎培负责主持了第一次聚餐会的工作。

1937 年《上海青年》第 32 期又讯：

---

① 中共上海市委党史研究室：《中国共产党上海史（1920—1949）》下册，上海：上海人民出版社，1999 年，第 1001 页。

② 《发起会友星二聚餐会》，《上海青年》1937 年第 37 卷第 29 期。

　　本会自热心会友石芝坤、陈巳生、孙道胜诸先生发起星二会友聚餐会
以来,忽忽二月,每次聚会到者恒在一百人以上,情况异常热烈,实为本会
各项活动最有生气之一幕。每次除请名流演讲报告时事以外,近复由本
会干事报告本会最近重要工作。良以战事发生后,会友可彼此因此互通声
气,交换意见,敦睦团契,实为最有价值之工作,宜乎其为会友所欢迎。①

　　这里明确点出了"星二聚餐会"的具体发起人为石芝坤、陈巳生和孙道
胜。关于陈巳生的情况前文已述,此处不赘。石芝坤,浙江鄞县人,1927 年
与张静庐等"旅沪甬同乡"在上海发起成立"宁波航业公司",1931 年在上海
与张一渠合资组建儿童书局股份有限公司,任董事长(后潘公展任董事长),
1933 年创办中国电石厂。② 参与发起"星二聚餐会"的另一人孙道胜,是浙
江镇海县人,曾任《申报》体育记者、上海市新闻记者公会监察委员兼事务主
任、国华广告印刷社经理、华美烟公司广告主任、中国青白化学工业厂总经
理等职。③

　　上述具有"上海青年会"背景的"星二聚餐会"发起人均为信奉基督教
的工商界人士,籍贯都在浙江,且都从事过新闻出版业,他们与"上海青年
会"其他会友每周二中午相聚并讨论救亡议题。此"星二聚餐会"的活动也
常获《上海青年》和《申报》等报刊报道,比如《上海青年》1937 年第 33 期以
《非常时期的上海金融——林康侯先生在本会九日星二聚餐会的演词》为
题,报道了时任上海银行公会秘书长林康侯 1937 年 11 月 9 日在"星二聚餐
会"上的演讲活动,同年 12 月《申报》刊登了时任上海国际救济委员会常务
委员李规庸在"星二聚餐会"上对"八·一三"事变后上海办理难民救济工
作状况的报告④。

　　抗战期间关于"星二聚餐会"来历的另一个版本是张宗麟提出来的。他
在 1940 年 4 月致沈钧儒等人的信中说:"上海的宪政运动是今年年初才真
真发动的,主要的干部是各界救亡协会,而以星二会为上层(即刘湛恩、胡愈
之们所发起的青年会星二聚餐,二年多来,从没有一次间断的集会)。"⑤根

① 《星二聚餐会气象万千》,《上海青年》1937 年第 37 卷第 32 期。
② 宁波帮博物馆编,李碱编撰:《近代上海甬籍名人实录》,宁波:宁波出版社,2014 年,第 44
　页;宁波市档案馆编:《〈申报〉宁波史料集》(六),宁波:宁波出版社,2013 年,第 2805 页。
③ 宁波帮博物馆编,李碱编撰:《近代上海甬籍名人实录》,宁波:宁波出版社,2014 年,第
　100 页。
④ 《沪战发生以来救济经费已达二百万元》,《申报》1937 年 12 月 2 日第 5 版。
⑤ 《张宗麟致沈钧儒等函》(1940 年 4 月 23 日),周天度、孙彩霞编:《救国会史料集》,北京:
　中央编译出版社,2006 年,第 594 页。

据张宗麟的这个说法,刘湛恩①和胡愈之是"星二聚餐会"的主要发起者,发起时间可能是在 1937 年,聚会地点亦为"上海青年会"大楼。此"星二聚餐会"与前述由石芝坤、陈巳生等发起的"星二聚餐会"是否为同一会议?

新中国成立后,有关"星二聚餐会"的说法出现了更多版本。过去"星二聚餐会"参加者胡愈之、卢广绵、黄定慧、吴大琨和李文杰等都对此进行过回忆。

被张宗麟指称为"星二聚餐会"发起人的胡愈之多次在有关回忆中提及"星二聚餐会"问题。1972 年他在一场座谈会上谈到鲁迅时说:"当时留在上海的一部分救亡人士,每星期二晚在'青年会'聚会。"②胡愈之并未特别说明他本人在"星二聚餐会"中的作用,仅说该聚餐会举办的具体时间是在每周二晚,地点是"上海青年会"大楼。1978 年在谈及《西行漫记》时他又称:"当时,我们有些同志组织了一个'星二座谈会',每星期二在上海八仙桥青年会地下室餐厅集会,讨论研究抗日宣传问题。"③"星二座谈会"即"星二聚餐会",胡愈之在此仍未涉及他自己在该聚餐会中的作用,但已指出聚会地点在"上海青年会"地下室餐厅。1984 年胡愈之对"星二聚餐会"的回忆与前述两次回忆大体一致,他说:"那时,我们救国会的十几个人,每星期二晚上在上海青年会楼下餐厅聚合。名为聚餐,实际上是研究抗日救亡活动的有关工作,我们称它为'星二聚餐会'。"④这里传递了两个重要信息,即参加"星二聚餐会"的系"救国会"成员,人数有十几个。

1985 年胡愈之对"星二聚餐会"进行了比较完整的记述,包括该聚餐会发起的宗旨、发起人、聚会时间与地点、聚会的主持者等。他说:

> 为了迎接抗战,更好地开展"救国会"的活动,我积极联络了一些有代表性的爱国人士,以聚餐会的形式组织起来,以发挥他们在抗日救国中的作用。这些大都是中间派的代表人,有文化界、新闻界、工商界、银行界、宗教界、妇女界的,也还有在海关、在租界工部局工作的,主要人物有刘湛恩、韦悫、郑振铎、王芸生、萨空了、梁士纯、陈巳生、孙瑞璜、丁

① 刘湛恩(1896—1938),湖北阳新人,曾先后毕业于九江同文书院、东吴大学、美国芝加哥大学和哥伦比亚大学,1928 年出任沪江大学校长,1938 年 4 月 7 日在上海公共租界遇刺。刘王立明:《刘公湛恩之生平》,章华明主编:《刘湛恩纪念集》,上海:上海交通大学出版社,2011 年,第 1 页。

② 胡愈之:《谈有关鲁迅的一些事情》,上海鲁迅纪念馆编:《回忆鲁迅在上海》,上海:上海书店出版社,2017 年,第 553 页。

③ 胡愈之:《〈西行漫记〉中译本翻译出版情况》,《读书》1979 年第 1 期。

④ 吴承琬:《我国第一部〈鲁迅全集〉是怎样出版的? ——记胡愈之同志一席谈》,《人物》1985 年第 2 期。

贵堂、徐新六、胡玉琪（胡咏骐——引者注）、吴耀宗、沈体兰、陈鹤琴、严
景耀、王国秀等。大家约定每星期一晚上一起座谈一次，所以也叫"星
一聚餐会"。最初座谈大家推沪江大学校长刘湛恩主持，后来刘湛恩被
刺杀，才由我来主持。负责聚餐会具体工作的是张宗麟……王任叔后
来也参加这个聚餐会，他是潘汉年、冯雪峰派来协助我做救国会工作
的。聚餐会主要是在一起讨论形势，研究如何开展救亡工作。①

在上述回忆中，胡愈之称是他因为开展"救国会"工作的需要，出面联络
沪上各界爱国人士并发起了"星二聚餐会"，起初聚餐会由刘湛恩主持，刘湛
恩遇刺后才由胡愈之主持，张宗麟则负责聚餐会的具体工作。在胡愈之的记
忆里参加聚餐会的主要人物不足 20 人，且多为独立于国共两党之外的中间上
层人士，共产党员王任叔后来才参加该聚餐会，但胡愈之提及的上述名单里并
没有卢广绵、黄定慧、吴大琨和李文杰。这个名单中的萨空了、王芸生应属于
"星二聚餐会"的早期参加者。萨空了 1937 年 12 月 24 日被迫离沪赴港②，
1937 年 12 月 14 日沪版《大公报》休刊，王芸生于是年底离沪，1938 年初抵达
汉口并担任汉口版《大公报》编辑主任③。刘湛恩遇刺时间为 1938 年 4 月 7
日，胡愈之离沪时间在同年 4 月 22 日之前。在 1938 年 4 月之前，"星二聚
餐会"大部分时间都是由刘湛恩主持的，胡愈之仅主持大约半个月时间。需
要注意的是，与过往几次回忆不同，胡愈之在这里称聚餐会的时间是"每星期
一晚上"，并称之为"星一聚餐会"。这种修正或许是受卢广绵启发的结果。

据卢广绵④自述，"八·一三"事变后，他从北京到达上海，不久即参加
全国农产调整委员会的工作，并且经梁士纯的介绍参加了"星二聚餐会"，卢
广绵还纠正了胡愈之有关"星二聚餐会"时间的说法，认为胡愈之记错了，聚
餐时间是每周一，应称之为"星一聚餐会"。⑤ 胡愈之在回忆中并没有说卢广
绵参加过"星二聚餐会"，但后者在自述中不仅称自己参加了该聚餐会，而且
还从事有关联络工作："我参加聚餐会后就在胡愈之先生的领导下和当时也参

① 胡愈之：《我的回忆》，《胡愈之文集》第 6 卷，北京：读书·生活·新知三联书店，1996 年，
　　第 364 页。
② 《萨空了年表》，萨沄：《萨空了》，北京：群言出版社，2014 年，第 368 页。
③ 《王芸生年表》，王芝琛：《一代报人王芸生》，武汉：长江文艺出版社，2004 年，第 255 页。
④ 卢广绵（1906—1995），辽宁海城人。1929 年赴英，先后进入苏格兰阿伯丁大学、伦敦政治经
　　济学院学习，1932 年回国并在燕京大学任教（一说为从事学生辅导工作），与梁士纯是同事。
　　［美］海伦·斯诺：《卢广绵——中国工合的先驱》，李伟译，《宝鸡社会科学》2020 年第 3 期；
　　燕京研究院编：《燕京大学人物志》第 1 辑，北京：北京大学出版社，2001 年，第 150 页。
⑤ 卢广绵：《星一聚餐会和胡愈之先生》，全国政协文史资料研究委员会《文史资料选辑》编
　　辑部编：《文史资料选辑》第 89 辑，北京：文史资料出版社，1983 年，第 111 页。

加聚餐会的张宗麟先生负责聚餐会的秘书工作。我的责任主要是安排每一次聚会的时间和地点并通知与会的人们。开会的地点最初一般都在法租界八仙桥青年会,后来为防止日特破坏,开会地点,严守秘密,几乎每次都调换一下地方。"卢广绵也开列了一份参加聚餐会的人员名单:"参加这个聚餐会的人都是上海各界有代表性的爱国人士:文化界有胡愈之、刘湛恩、韦捧丹(即韦悫)、郑振铎,新闻界有王任叔、王芸生、萨空了、梁士纯,工商界有陈巳生、孙瑞璜、肖宗俊(萧宗俊——引者注),海关有丁贵堂、陈琼昆、孙一民,银行界有徐新六、胡玉琪(胡咏骐——引者注),宗教界有吴耀宗、沈华兰(沈体兰——引者注),妇女界有王国秀等。当时在上海工部局工作的陈鹤琴和严景耀也是这个聚餐会的成员。"①这个名单较胡愈之的名单多出几人,除卢广绵本人外,尚有萧宗俊、陈琼昆、孙一民,但也遗漏了负责餐会具体组织工作的张宗麟。

单就"聚餐会"的时间(星期一)而言,卢广绵此说与吴大琨的说法相同,后者称1938年8月他从香港返回上海后参加了每星期一晚上在"西侨青年会"举行的"星一聚餐会"②。

需要指出的是,李文杰、杨延修认为,该聚餐会原为"星期一聚餐会",后改称"星二聚餐会"。

20世纪三四十年代,李文杰③是沪上知名的会计师和律师,属于社会名流行列。1937年他在上海"七君子"案件中担任过辩护律师,1940年又以许广平、郑振铎的委托律师身份在报上发布声明警告不法商人不得侵犯《鲁迅全集》的著作权。④ 李文杰还担任过上海通易信托公司的襄理、副经理、总稽核等职,与黄定慧关系较好。新中国成立后,黄定慧曾委托其撰写有关

① 卢广绵:《星一聚餐会和胡愈之先生》,全国政协文史资料研究委员会《文史资料选辑》编辑部编:《文史资料选辑》第89辑,北京:文史资料出版社,1983年,第111—112页。

② 吴大琨:《我所知道的陈鹤琴先生》,北京市教育科学研究所编:《怀念老教育家陈鹤琴》,成都:四川教育出版社,1986年,第56页。吴大琨(1916—2007),江苏吴县人,曾任"救国会"宣传部总干事,主编《救亡情报》,1937年后参与发起"保卫中国大同盟"上海分会,参加过慰问和支援新四军等工作,1945年加入中共。参见吴大琨:《往事回忆》,中共上海市委党史研究室编:《上海党史资料汇编》第3编:全民族抗日战争时期(上),上海:上海书店出版社,2018年,第58—61页。

③ 李文杰(1906—1998),江苏扬州人,1925年进入中法储券会从事会计职业,1930年开始执行会计师业务并加入上海会计师公会,1932年考入东吴大学深造,1935年获该校法学学士学位并取得律师职业资格。

④ 参见《故国留正气 白首俱壮心——记著名法学家、大律师李文杰教授》,周恩惠:《走近新中国法学大家》,北京:中国人民公安大学出版社,2009年,第111—116页;《李文杰》,陈元芳编著:《中国会计名家传略》,上海:立信会计出版社,2013年,第209—210页;《李文杰》,上海立信会计学院校志编纂委员会编:《上海立信会计学院80周年校志》,上海:立信会计出版社,2008年,第687页。

"星二聚餐会"的回忆录,因为他曾是知名律师兼会计师,且数十年如一日坚持写日记,记忆会更准确。① 虽然李文杰对于"星二聚餐会"未撰写过专门的回忆录,但他在有关文章中对此作了一定记述。

据李文杰自述,他是经黄定慧介绍,于1938年4月4日"以公共租界工部局华委、会计师、律师等公开身份,参加星一聚餐会,后称星二聚餐会";该聚餐会由中共地下党直接领导,经胡愈之、王任叔、沈体兰、吴耀宗、张宗麟等发起;聚餐会地点有时并不固定,八仙桥上海青年会、静安寺路西侨青年会、广东路航运俱乐部、香港路银行俱乐部等都曾是聚合之地;根据李文杰的记忆,"星二聚餐会"成员有45人,其中包括教育文化界17人,刘湛恩、梁士纯、王国秀、胡愈之、王任叔、沈体兰、张宗麟、郑振铎、许广平、韦悫、姚惠泉、周剑云、徐寿轩、卢广绵、杨美真、欧阳予倩、戴葆鎏,新闻出版界3人,有张似旭、顾执中、陆高谊,工商和金融界8人,胡咏骐、陈巳生、金芝轩、吴承禧、杨延修、孙瑞璜、黄定慧、萧宗俊,海关工作人员2人,陈琼琨、孙一民,公共租界工部局华员3人,陈鹤琴、严景耀、张菊生,宗教救济界9人,赵朴初、江文汉、吴耀宗、蔡葵、杨怀生、诸培恩、肖元恩、李广诚、王揆生,自由职业者3人,有李文杰、杨素兰、王其培。② 李文杰的记述进一步丰富了有关"星二聚餐会"的史实,比如该聚餐会归中共地下党领导,其发起人不是一两个人,而是多人,聚餐会地点也不限于"上海青年会"或"西侨青年会",尤其是他提供的聚餐会成员名单是迄今各种回忆中最详尽、人数最多者。李文杰对于"星二聚餐会"的回忆极有可能参考了他本人的日记,相当可信。由于李文杰参加该聚餐会的时间相对较晚(1938年4月4日以后),对于聚餐会此前的情况不一定全部了解,其自述也不一定都可靠。比如,他称王任叔是该聚餐会的发起人之一,但胡愈之说王任叔是后来才参加;吴大琨、雷洁琼③都参加过该聚餐会,但他们都没出现在李文杰的前述名单里。

被李文杰认为参加过"星二聚餐会"的杨延修④,晚年也在多篇文章中

① 黄慕兰:《黄慕兰自传》,北京:中国大百科全书出版社,2016年,第226页。
② 李文杰:《职业界救亡运动的片断回忆》,中共上海市委统战工作史料征集组编:《统战工作史料选辑》第2辑,上海:上海人民出版社,1983年,第84页。
③ 雷洁琼:《〈巴人纪念集〉序言》,《雷洁琼文集(1994—2003)》,北京:开明出版社,2004年,第399页。
④ 杨延修(1910—2017),原名杨连生、杨再之,江苏泰州人,1936年10月参与成立"上海洋行华员联谊会"(简称"洋联")并任理事,1937年后参与创建"华联同乐会"(简称"华联"),1938年4月加入中共。伊里:《中共第三条秘密战线的杰出战士杨延修 真想不到你也是共产党》,欧阳淞主编:《中国共产党人的故事》第1辑:报国为民卷,北京:中国方正出版社,2017年,第220页;杨延修:《斗争在抗日救国战线上的广大华行》,上海市政协文史资料委员会上海政协之友社编:《血肉长城》,上海:上海人民出版社,1995年,第96—98页。

述及自己参加该聚餐会的情形①。据杨延修自述,他是经李文杰的介绍参加了"星二聚餐会"②,他说:"我代表'华联'加入了由八路军驻沪办事处同各界救亡协会及社会著名人士代表联合组织的'星一聚餐会'(后改为'星二聚餐会')。在这个以团结社会上中层人士的统一战线性质的组织中,我与胡咏骐、陈巳生、王志莘、孙瑞璜、姚惠泉、肖宗俊(萧宗俊——引者注)、蔡仁抱、陈鹤琴、吴耀宗、许广平、刘湛恩、王任叔、吴大琨、黄定慧等建立了交往"③。杨延修的记述又让我们了解了有关"星二聚餐会"的其他一些信息,即"星二聚餐会"系上海"八办"与各界救亡团体、社会名流共同组织;王志莘④、蔡仁抱⑤二人虽然参加过聚餐会,但他们在胡愈之、卢广绵、李文杰等的记述中均未涉及。

在关于"星二聚餐会"的记述中,黄定慧的回忆也具有较大参考价值。黄定慧称,"星二聚餐会"发起于1937年"八·一三"事变后淞沪战争正酣之时,在刘湛恩的支持下,经中共党员罗叔章⑥"串联"而成,起初为25人。这25人分别是教育界的刘湛恩、张宗麟、韦悫、陈鹤琴、沈体兰,工商界的陈巳生、王纪华、胡咏骐、杨延修,新闻界的钱纳水、顾执中、梅益、吴大琨,金融

---

① 杨延修、张美祥、胡济宁:《华联同乐会简史》,中共上海市委党史研究室编:《上海党史资料汇编》第3编:全民族抗日战争时期(上),上海:上海人民出版社,1995年,第434页;杨延修:《斗争在抗日救国战线上的广大华行》,上海市政协文史资料委员会上海政协之友社编:《血肉长城》,上海:上海人民出版社,1995年,第99页;杨延修:《追忆与王纪华同志并肩战斗的岁月》,王纪华纪念集编审委员会编:《为革命事业奉献终生》,北京:华龄出版社,1995年,第28—29页。

② 杨延修、张美祥、胡济宁:《华联同乐会简史》,中共上海市委党史研究室编:《上海党史资料汇编》第3编:全民族抗日战争时期(上),上海:上海人民出版社,1995年,第434页。

③ 杨延修:《斗争在抗日救国战线上的广大华行》,上海市政协文史资料委员会上海政协之友社编:《血肉长城》,上海:上海人民出版社,1995年,第99页。

④ 王志莘(1896—1957),原名王允令,江苏川沙(现上海浦东新区)人,1921年进入中华职业教育社担任编辑,1923年赴美国哥伦比亚大学留学,1925年获硕士学位后回国并担任《生活》周刊主编,1931年担任上海新华信托储蓄银行总经理。景亚南主编:《浦东早期留学人员选录(1872—1949)》,上海:上海大学出版社,2016年,第37页。

⑤ 蔡仁抱(1899—1976),浙江吴兴人,早年就读于日本早稻田大学,1914年开始从事摄影活动,1928年与郎静山、胡伯翔等创建上海第一个摄影团体中华摄影学社。参见《"两浙闻人"蔡原青、蔡仁抱》,张志良编著:《双林市井史话》,杭州:浙江古籍出版社,2017年,第284—285页;吴成平主编:《上海名人辞典1840—1998》,上海:上海辞书出版社,2001年,第536页。

⑥ 罗叔章(1899—1992),湖南岳阳人,1934年11月加入中国共产党。1935—1936年在上海先后参加上海妇女界救国联合会、全国各界救国联合会。全面抗战爆发后,在上海创办了中华女子职业学校,并开展慰问抗日将士、开办救护训练班、动员工商界家属募捐等活动,上海华界沦陷前夕离沪。参见《罗叔章同志生平》,《新华月报》1992年第2期;毕中杰:《罗叔章传略》,罗叔章:《罗叔章文选》,北京:人民出版社,1992年,第301—305页。

界的孙瑞璜、王志莘、黄定慧，基督教人士吴耀宗、杨怀生、王揆生、萧宗俊，佛教界人士赵朴初，出版界的陆高谊，地方协会的姚惠泉，妇女界的罗叔章，以及会计师李文杰等，其中罗叔章、张宗麟是召集人。黄定慧称，罗叔章在离沪前把该聚餐会委托给黄定慧负责并获刘湛恩的首肯，刘让黄与张宗麟共同担任聚餐会的召集人。黄还称，"星二聚餐会"开会的地点在"八仙桥青年会九楼的董事室内"，开会的时间在"每星期二晚上"，每次会议讨论的主题均由黄定慧与刘少文、张宗麟"事先研究确定"，1939 年黄定慧将聚餐会事务交予许广平，许一直维系到太平洋战争爆发之时，期间聚餐人数一度发展到 45 人。① 按照黄定慧的自述，"星二聚餐会"早在上海华界失守之前即已举办（罗叔章在华界失守前已离沪也可佐证此点）；最初刘湛恩、罗叔章和张宗麟是聚餐会的组织者或召集者，后期黄定慧、刘少文、张宗麟、许广平等是核心人物。黄定慧陈述的 25 人名单与前述胡愈之、卢广绵、李文杰等人提供的名单仍有一定差异。

黄定慧在自述中提及新闻界的顾执中②参加了"星二聚餐会"，这获得了他本人的证实。顾执中称，"星二聚餐会"是以每星期二聚餐一次命名的，在他的记忆中，经常参加聚餐会的有许广平、韦悫、沈体兰、吴耀宗夫妇、张宗麟、杨美真、姚惠泉、李文杰、诸培恩等，"'星二聚餐会'的主席由大家轮流担任"；参加者始终保持在二三十人左右，起初几次聚餐是在四川路的航业公会举行，后来改在"上海青年会"与"海军青年会"，最后改在"西侨青年会"，"我们以极为流动的游击战术来进行这些活动，使敌伪走狗无法察觉"。③ 顾执中参加"星二聚餐会"的时间可能较晚，他在这里未提及刘湛恩、胡愈之和罗叔章等早起参加者。在另一篇文章中，他又称王任叔、梁士纯等人也参加了"星二聚餐会"④

另外，梁士纯曾在自述材料中说，他、胡愈之和张宗麟是"星二聚餐会"的组织者，经常参加聚餐会的人有陆干臣、刘湛恩、赵朴初、陈鹤琴、吴耀宗、孙瑞璜、严景耀、姚惠泉、朱学范、李文杰、王国秀和卢广绵等，郑振铎、许广

① 黄慕兰：《黄慕兰自传》，北京：中国大百科全书出版社，2016 年，第 186—188 页。
② 顾执中（1898—1995），号效汤，江苏南汇县（今上海浦东新区）人。1923 年进入上海《时报》任记者，1926 年转任《新闻报》记者、采访部主任，1928 年创办民治新闻学院（后改名为"民治新闻专科学校"），抗战初期曾赴皖南新四军总部慰劳，1940 年 7 月被日伪通缉，不久离沪。参见许芳：《顾执中》，景亚南主编：《浦东早期留学人员选录（1872—1949）》，上海：上海大学出版社，2016 年，第 228 页。
③ 顾执中：《报海杂忆》，北京：中国文史出版社，1986 年，第 81—82 页。
④ 顾执中：《怀念新四军——记上海各界民众慰劳团》，中共上海市委党史资料征集委员会主编：《上海人民与新四军》，北京：知识出版社，1989 年，第 140 页。

平偶尔参加。①

值得注意的是,1939 年前后上海租界还出现过"信义聚餐会"。1939 年吴大琨在给沈钧儒的信中写道:

> 就机构方面说,现在有一个信义聚餐会,经常决定一切事情。聚餐会下并有一常务委员会(人选是姚惠泉、孙瑞璜、李文杰、张宗麟、许广平、陈鹤琴、杨欢僧等人),以前耀宗、沈体兰、梁士纯、黄定慧等都在内的。最近因沈、吴、梁三先生已出国,黄定慧在生育,所以候补上了另外几位。……我在上海现在担任的是信义聚餐会常务委员会下的秘书责任(无给职务,事情很忙)。②

从吴大琨信中所述的聚餐会的组织者、参会者及任务来看,该信中的"信义"可能是"星一"或"星四"的谐音,"信义聚餐会"即为"星一聚餐会"或"星四聚餐会"。吴大琨晚年著文称从 1938 年至 1941 年他参加过"星一""星三"和"星四"等三个聚餐会,其中"星三聚餐会"是"救国会同党的联系会议";"星一聚餐会"是"上海各界有实力的人民团体"参加的聚餐会,"规模最大",而"星四聚餐会"则是"星一聚餐会"的"执行会议",参会者为"各团体的主要领导人",吴大琨自称在该会中担任"干事",主要负责会务工作。③ 吴大琨给沈钧儒信中所称的担任"信义聚餐会"的"常委",可能就是指"星四聚餐会"的"干事"。

综合以上史料和分析,关于"星二聚餐会"我们可以得出以下基本结论:

第一,"星二聚餐会"在沪上存在过一段较长时期,但由石芝坤等"上海青年会"同道发起的"星二聚餐会"与刘湛恩、胡愈之等组织的"星二聚餐会"不属于同一个聚餐会,前者是公开的,参会成员为"上海青年会"的会友,后者带有一定秘密色彩,参会成员为"救国会"或"救亡协会"的中上层人士;前者时间在每周二中午,后者时间在每周一或周二晚上。一般意义上的"星二聚餐会"均指后者。

第二,"星二聚餐会"以"救国会"或"救亡协会"名义举办,获得了中共

---

① 转引自王晓乐、赵波:《民国时期公共关系的布道者与践行者:梁士纯生平考述》,《新闻与传播研究》2019 年第 7 期。

② 《吴大琨致沈钧儒函》(1939 年 1 月 25 日),周天度,孙彩霞编:《救国会史料集》,北京:中央编译出版社,2006 年,第 576—577 页。

③ 吴大琨:《白头惟有赤心存——风雨九十年琐忆》,北京:中国人民大学出版社,2005 年,第 37 页。

江苏省委尤其是上海"八办"的支持。参加聚餐会的成员虽来自文化界、工商界、海关等多种界别和系统,但聚餐会是一个具有统一战线性质的平台,胡愈之、罗叔章、黄定慧、刘少文等中共党员都在其中发挥过领导作用。

第三,"星二聚餐会"始于淞沪会战阶段,止于太平洋战争爆发时,持续时间长达数年。在不同阶段餐会的召集人或负责者有一定变化,刘湛恩、胡愈之、张宗麟、罗叔章、黄定慧、吴大琨等都担任过召集人或负责过有关具体工作。由于持续时间较长,在战时环境下"星二聚餐会"成员流动性较大,每次参会者的人数不一,目前几乎无法准确统计出参会成员总数。

第四,不少复社社员先后都参加过"星二聚餐会"。由于"星二聚餐会"的发起时间早于复社的成立,可以说前者的活动在很大程度上为后者成立提供了社会交往平台和队伍上的准备。有的复社社员是通过"星二聚餐会"才相互认识并建立了联系。如黄定慧第一次参加该聚餐会就是由罗叔章推荐并介绍给参会者相识①,卢广绵是通过梁士纯的介绍才得以参加该聚餐会②。目前已知至少有 18 位复社社员参加过"星二聚餐会",即胡愈之、张宗麟、王任叔、郑振铎、梁士纯、黄定慧、胡咏骐、沈体兰、吴耀宗、许广平、陈鹤琴、吴承禧、姚惠泉、卢广绵、孙瑞璜、萧宗俊、严景耀、陈巳生等,参加过"星二聚餐会"的社员占复社社员总数一半以上。胡愈之、张宗麟、王任叔、梁士纯、黄定慧、许广平、卢广绵等社员更是一度在其中发挥了组织管理作用。复社与"星二聚餐会"成员不仅重叠度高,从某种角度上说,双方还共同拥有组织管理层。

第五,"星二聚餐会"支持过复社的事业。据胡愈之说,对于组织翻译《红星照耀中国》问题,胡愈之将其提交至"星二聚餐会",得到聚餐会成员的支持。李文杰称,在《鲁迅全集》出版时,从筹款到发行,"星二聚餐会"成员出钱出力。黄定慧在晚年回忆,当《每日译报》出现资金缺口时,在刘少文的建议下,她在"星二聚餐会"上提出了筹款问题并获得支持。

二、复社与"救国会"(救亡协会)

"救国会"这一称呼通常指"全国各界救国联合会",也称"全救会",是在中国共产党影响和推动下成立的救亡组织。1936 年 5 月 31 日至 6 月 1 日,"救国会"在"上海青年会"大楼举行成立大会,全国各地 60 多个救亡团

---

① 黄慕兰:《黄慕兰自传》,北京:中国大百科全书出版社,2016 年,第 224 页。
② 卢广绵:《星一聚餐会和胡愈之先生》,全国政协文史资料研究委员会编:《文史资料选辑》第 89 辑,北京:文史资料出版社,1983 年,第 111 页。

体 70 余名代表与会。大会推选沈钧儒、章乃器、邹韬奋等 14 人为执行委员会常委①,发表成立宣言,并通过《抗日救国初步政治纲领》等重要文件。正如胡愈之所说,"救国会"是"一个群众性的爱国团体,并没有严密的组织",是"一个松散的人民群众团体"。② 其内部几乎包括全国各地各界的救亡团体,由于它是以上海为中心成立起来的,仅上海一地就有"上海各界救国联合会""上海文化界救国联合会""国难教育社",以及妇女界"救国会"、职业界"救国会"、大学教授"救国会"等多个"救国会"组织。在成立大会之后,"救国会"以上海为中心积极推进全国各地的救亡运动。

1937 年 7 月,震惊中外的"七君子事件"以沈钧儒等 7 位"救国会"领导人无罪获释而宣告结束。虽然"七君子"暂时获得了人身自由,但国民党方面要求他们解散"救国会"组织。章乃器回忆,当时国民党指派陈立夫、邵力子和叶楚伧同他们谈判,"我们据理力争,坚持救国会不能解散,一连谈判了三天都没有结果。"不过,章乃器说,"八·一三"事变后"救国会已经消失了,代之而起的是救亡协会。"③关于"救国会"被"救亡协会"代替的情况,沙千里也作了与章乃器类似的回忆。他进一步说,"八·一三"事变后,随着抗日民族统一战线的建立,"救国会实际上不再存在。……上海的各界救国联合会已改名上海救亡协会,我所在的职业界救国会已改名职业界救亡协会,简称职协,而不叫'职救'。我出狱回到上海后,继续从事救国活动,担任职业界救亡协会理事兼宣传部长"。④ 章乃器和沙千里都称在"八·一三"事变后"救国会"已经"消失"或"实际上不再存在",被"救亡协会"取代。

不仅国民党要求"七君子"解散"救国会",为了适应抗战新形势,由刘晓、冯雪峰和王尧山组成的中共上海"三人团"也决定将上海各界"救国会"扩大改组为"救亡协会",以最大限度把各阶层人民动员组织起来,使抗日救亡活动在中共的直接领导下深入持久地进行下去⑤。1937 年 7 月 28 日上海文化界救亡协会(简称"文协")成立时,原"救国会"成员胡愈之、顾执中、萨空了等一大批进步人士均参与了当天的成立大会并被选为理事,国民党

①　周天度、孙彩霞编著:《救国会史》,北京:群言出版社,2008 年,第 37 页。

②　胡愈之:《我的回忆》,《胡愈之文集》第 6 卷,北京:读书·生活·新知三联书店,1996 年,第 360、373 页。

③　章乃器:《我和救国会》,章立凡选编:《章乃器文集(政论杂著编)》下卷,北京:华夏出版社,1997 年,第 643 页。

④　沙千里著、全国政协文史和学习委员会编:《沙千里回忆救国会》,北京:中国文史出版社,2015 年,第 89 页。

⑤　中共上海市委党史研究室编:《上海党史知识读本——建党 100 周年(1921—2021)》,上海:上海人民出版社,2021 年,第 17 页。

上层人士蔡元培、潘公展、陶百川、吴开先等亦当选为理事。之后,上海教育界、职业界、工人界和学生界等各界"救亡协会"(分别简称"教协""职协""工协"和"学协")也相继成立。各界"救亡协会"均各自以原"救国会"为班底组建,就连在上海较早成立的"上海妇女界救国会"也扩大改组为"中国妇女慰劳自卫抗战将士会上海分会"。上述情况在上海之外的广东、山东、福建、四川等地也存在着。

若就组织名称、组织形式、具体主张、具体任务及部分成员等方面而言,各地"救亡协会"成立后,"救国会"组织确实发生了很大变化。不过,从基本队伍及精神来看,"救国会"的队伍并未瓦解,"救国会派"作为一支已经聚集、组织起来的力量没有消失,仍从事救亡工作,实际上起着它本来具有的救亡运动骨干力量的作用。① 从这个意义上说,在全国各地兴起的"救亡协会"实际上是"救国会"组织的延续和扩充,继承了"救国会"的基本精神,人们在习惯上经常仍把"救亡协会"称作"救国会",或者把二者当成一个组织来看待。笔者这里也将"救国会"与"救亡协会"连接起来叙述,探讨复社与它们的关系。

"救国会"是在"上海文化界救国会"等救亡团体基础上组建的,上海地区的"救亡协会"也基本上是在"文协"的带动下相继成立的。这里我们以"上海文化界救国会"和"文协"为主来考察复社与"救国会"(救亡协会)之间的关系。

复社与"救国会"(救亡协会)的关系首先表现在"救国会"(救亡协会)成立前后的"顶层设计"方面。"上海文化界救国会"成立于1935年12月27日,尽管此前胡愈之已经离沪赴港,没能亲身参与成立大会,但他自1935年下半年起就与沈钧儒、邹韬奋等人酝酿在文化界发起成立一个救国团体②,胡愈之实际上是"上海文化界救国会"的发起人之一。"上海文化界救国会"成立后,郑振铎、金仲华、吴耀宗、沈体兰、倪文宙、王纪元、周建人、胡咏骐、周予同、姚惠泉、冯宾符等均成为其中的一员,并在成立前(1935年12月12日)参与联名签署《上海文化界救国运动宣言》③。"救国会"成立后,在1936年7月15日发表了重要文件《团结御侮的几个基本条件与最低要

---

① 李庚:《关于救国会在抗战时期的历史情况》,中国人民救国会纪念文集编辑组编:《爱国主义的丰碑——中国人民救国会纪念文集》,北京:群言出版社,2002年,第286—293页。
② 胡愈之:《我的回忆》,《胡愈之文集》第6卷,北京:读书·生活·新知三联书店,1996年,第353页。
③ 《上海文化界救国运动宣言》,周天度、孙彩霞编:《救国会史料集》,北京:中央编译出版社,2006年,第66页。

求》(初稿题为《为抗日救亡告全国同胞书》①)。据张宗麟生前的一份手稿记载,该文件系潘汉年和胡愈之共同起草,并在香港生活日报馆讨论过,参加讨论的有潘汉年、邹韬奋、陶行知与胡愈之,张宗麟、金仲华和柳湜列席讨论会,次日"初步拟定稿"由张宗麟带回上海,该文件正式发表时经沈钧儒、邹韬奋、陶行知、章乃器等4人联合署名。②

"文协"在正式成立之前的筹备阶段先后被称为"民族救亡协会""民族复兴协会",胡愈之、胡仲持和郑振铎等都参与了筹备工作。1937年7月9日,上海文化界140多人举行聚餐会,决定成立一个救国团体(民族救亡协会),胡愈之、郑振铎和胡仲持均与会,胡仲持在会上作报告,大会推举胡愈之、胡仲持等19人组成筹备委员会。③ 7月10日,该筹备委员会举行首次筹备会,把前述"民族救亡协会"更名为"民族复兴协会",推举胡仲持等起草协会章程,胡愈之、郑振铎等起草协会成立大会宣言并由胡愈之担任召集人。④ 7月15日又举行第二次筹备会,会议决定把该协会的成立大会宣言交付胡愈之修正后再提交下次会议讨论,并决定将筹备委员会委员"分股办公",郑振铎、胡愈之、胡仲持分别被划入总务股、组织股和宣传股。⑤ 7月20日再次举行第三次筹备会。在7月28日的"文协"成立大会上,胡愈之、郑振铎、金仲华、张宗麟等均当选为理事⑥,7月31日的首次理事会又选举胡愈之等15人为"文协"常务理事。

复社与"救国会"(救亡协会)的关系集中表现在复社社员参与"救国会"(救亡协会)的管理,以及复社业务和"救国会"(救亡协会)事务的交叉与相互支持方面。1936年5月,潘汉年要求胡愈之"只管救国会的事"。此后胡愈之在从事新闻出版工作的同时,也确将不少精力投入到"救国会"的事务,如以"救国会"名义主办鲁迅的葬礼,组织营救沈钧儒

---

① 胡愈之:《我和救国会》,周天度、孙彩霞编:《救国会史料集》,北京:中央编译出版社,2006年,第1039页。

② 参见张宗麟:《〈团结御侮的几个基本条件与最低要求〉的发表经过》,方明主编:《陶行知全集》第12卷,成都:四川教育出版社,2005年,第638页。胡愈之在回忆中也说他帮助起草了该文件,但文件定稿后"由邹韬奋亲自去上海要沈钧儒、章乃器签名",胡愈之:《我的回忆》,《胡愈之文集》第6卷,北京:读书·生活·新知三联书店,1996年,第357页。邹韬奋在回忆中称该文件是由他本人亲自带往上海,邹韬奋:《患难余生记》,中国韬奋基金会韬奋著作编辑部编:《韬奋全集》第10卷,上海:上海人民出版社,1995年,第842页。

③ 《上海文化界百余人决定组织救国团体》,《大公报》(上海版)1937年7月11日第7版。

④ 《民族复兴会筹备会议》,《大公报》(上海版)1937年7月14日第7版。

⑤ 《民族复兴协会昨开第二次筹备会议》,《大公报》(上海版)1937年7月16日第7版。

⑥ 《上海文化界昨日成立救亡协会》《本市各界救亡会议成立》,分别登载于《申报》1937年7月29日第10版、7月30日第10版。

等"七君子"(均为"救国会"领导人)。自1937年11月下旬起,随着上海华界的失守,沈钧儒、章乃器、沙千里、邹韬奋等"救国会"(救亡协会)领导人相继离沪南下。胡愈之实际上承担了管理"救国会"(救亡协会)的职责,张宗麟成为他"最有力的助手",王任叔也受潘汉年和冯雪峰指派协助他工作。① 王任叔自述,他参加"文协"后"在宣传部胡愈之的下面做秘书工作"②。"文协"成立后胡愈之担任宣传部副部长,王任叔是宣传部秘书。作为中共江苏省委的"文委"成员,"救亡协会的群众性工作"是王任叔的一项重要工作。

胡愈之、张宗麟有时通过书信向沈钧儒等离沪"救国会"(救亡协会)领导成员"汇报工作",通报"救国会"(救亡协会)运行状况。1938年1月,胡愈之和张宗麟共同给沈钧儒、邹韬奋和章乃器写信,向其报告了沈钧儒等离沪两个月来的抗日救亡情况,包括难民、工人、"一般市民"、文化、教育、学生和"职协"发展等方面的工作,以及"救国会"(救亡协会)的经费开支明细(含"文协""职协""妇协""海关"等团体的支出与经费需求情况),并称"经费的报告与请求是这次写信主要目的之一"。他们还在该信中介绍了"救国会"(救亡协会)的刊物和图书出版情况:

> 刊物出版较少,《团结》是我们的机关刊物,已出八期,从第九期起改为十六开版本式样,与《抵抗》相仿。《上海人报》是我们的人办的,《集纳》《译报》也是我们的人办的。最近正在译斯诺的《Red Star Over China》,二月十五可以出版,一千五百本已预约出去。愈之还打算印出《鲁迅全集》。

《上海人报》《团结》《集纳》《译报》(后改为《每日译报》)等报刊皆由胡愈之、胡仲持、王任叔和邵宗汉等复社社员筹办、主编或参与编辑。至于出版《西行漫记》和《鲁迅全集》更是复社成立后的两个大型出版工程。

胡愈之、张宗麟也顺便论及胡愈之和梁士纯办"社会科学讲习所"情况:

> 愈之与梁士纯筹办了一个社会科学讲习所,托沪江大学商学院代

① 胡愈之:《我的回忆》,《胡愈之文集》第6卷,北京:读书·生活·新知三联书店,1996年,第364页。

② 巴人:《自传》,浙江省社科院《巴人文集》编委会编:《巴人文集·回忆录卷》,宁波:宁波出版社,1997年,第489页。

办,二月中开学。因此也就多了一个座谈会,同时也多了一个训练干部的机关。①

"社会科学讲习所"不仅为胡愈之、梁士纯所创办,张宗麟、郑振铎、王任叔、胡咏骐、严景耀等复社社员皆参与授课②。

从此信可以看出,"救国会"(救亡协会)为胡愈之等复社社员的救亡活动提供了各种资源和平台。胡愈之和张宗麟在向沈钧等人报告"救国会"(救亡协会)工作的同时,也提及了复社的重要出版工程,在很大程度上他们已把复社出版事业视为"救国会"(救亡协会)事业的一部分。

从张宗麟另一封给沈钧儒等的信更可以看出复社与"救国会"(救亡协会)的水乳交融关系。张宗麟在信中说:

> 文协在五月中主要的工作是组织成立了一个文化界联谊会,参加者有五十二人。愈之、任叔、宗麟、定慧、望道等均被选为干事(无理事),各方面当选者有梁士纯、韦悫、张似旭、郑振铎、姚惠泉、孙瑞璜、储玉坤、吴修(市党部代表)等,分任事业、互助、研究等组干事。已举行过两次干事会议,情形还有些希望。接收《译报》,这件事是五月中失败的工作,原因是赵邦镶误会了黄定慧,于是大玩花头,结果5月份弄得不但无改进,反而更遭。自六月起由钱纳水负责,前途可以更乐观了。《团结》周刊继续出版,也继续寄港汉,已出自廿一期了。此外还计划出《民族公论》,但因经费尚无十分把握,所以还不能付印。
>
> ……
>
> 上海经费已经早早用光(附五月份账),上月亏欠五百余元,由复社垫付,六月份复社要付八千余元的印刷纸张费,不但不能再垫,旧欠也要偿还。此事请诸位先生设法! 急速设法!③

把前一封信和此信结合起来看,胡愈之、张宗麟、郑振铎、王任叔、黄定慧、梁士纯、姚惠泉、孙瑞璜等复社社员既是"救国会"(救亡协会)组织的重

---

① 《胡愈之、张宗麟致沈钧儒、邹韬奋、章乃器函》(1938 年 1 月 30 日),周天度、孙彩霞编:《救国会史料集》,北京:中央编译出版社,2006 年,第 561—562 页。
② 褚银:《中国犯罪学研究的先驱严景耀》,《新华文摘》2000 年第 5 期。
③ 《张宗麟致沈钧儒、钱俊瑞、李公仆暨留汉诸友信》(1938 年 6 月 5 日),周天度、孙彩霞编:《救国会史料集》,北京:中央编译出版社,2006 年,第 567—568 页。

要成员,也积极参加其外围组织的活动,包括《译报》(含《每日译报》)、《团结》和《民族公论》等报刊的创办或编撰,或者说"救国会"(救亡协会)对于由复社社员主导发起的团体活动(含报刊活动)是大力支持的。缘于复社和"救国会"(救亡协会)在救亡事业目标上的一致性,以及战时双方核心管理团队的高度重叠,复社才冒着亏空的巨大风险为"救国会"(救亡协会)"垫付"运转资金。

第三节　复社与出版界

复社是现代社团,也属于出版机构,系沪上出版界的一员,尽管它长期处于半公开甚至秘密状态。胡愈之、胡仲持、郑振铎、王任叔、黄幼雄、金仲华、王纪元、邵宗汉等多名社员都有着丰富的新闻出版经历,商务印书馆、生活书店和申报馆等上海知名出版机构都活跃着他们的身影。复社与这些出版机构有着千丝万缕的联系。沪上一度出现的鲁迅全集出版社、中华出版社等出版机构也被当代有的研究者认为其"本尊"就是复社。这里我们主要探讨复社与生活书店、鲁迅全集出版社等出版机构的关系。

一、复社与生活书店

生活书店是在生活周刊杂志社基础上创办的。1925 年 10 月,中华职业教育社在上海创办《生活》周刊,但创刊初期影响并不大。1926 年 10 月起,邹韬奋接编《生活》周刊并实施了一系列的改革措施,使该刊影响逐步扩大,发行量快速攀升,1928 年每期发行达 4 万份,1929 年升至 8 万份,1933 年更是超过 15.5 万份,打破了当时中国杂志发行的最高纪录,成为国内最有影响的刊物之一[1]。为满足读者日益增长的代订购书报刊的需求,1930 年 9 月,《生活》周刊成立了专门机构——书报代办部,使之成为服务读者的延伸和联系读者的桥梁。该机构后被邹韬奋喻为"'生活书店'的胚胎"[2]。1932 年 7 月 1 日,因邹韬奋等《生活》周刊同人担心该刊可能随时被当局封杀,遂将书报代办部改组为生活书店,同时成立生活出版合作社。生活出版合作社对内实行合作社制度,集体所有,对外则称为生活书店。

在生活书店创办的《世界知识》杂志周围形成过一个"世界知识派",胡

---

[1]　马光仁主编:《上海新闻史(1850—1949)》,上海:复旦大学出版社,2014 年,第 652 页。

[2]　邹韬奋:《事业管理与职业修养》,韬奋基金会、上海韬奋纪念馆编:《韬奋全集》(增补本 9),上海:上海人民出版社,2015 年,第 721 页。

愈之、金仲华、王纪元、冯宾符等复社社员都忝列其中。除部分社员参与《世界知识》的创办与编撰外,复社和生活书店在其他方面也存在着较为紧密的关系。

"我们的胡主席"。

在生活书店创办和发展过程中,胡愈之居功至伟。1931 年 8 月,胡愈之的《莫斯科印象记》单行本出版。9 月底,邹韬奋在《生活》周刊上撰文称赞该书文笔"通畅流利",阅读起来"令人非终卷不能自休"①。同年 10 月,邹韬奋在毕云程的陪同下往访胡愈之②,并聘请胡愈之担任《生活》周刊"特约撰述"。此后胡愈之和邹韬奋、毕云程等人经常聚会,研讨国内外形势和重大理论问题,《生活》周刊每期组稿时也常邀请胡愈之供稿。有资料记载,1932 年 3 月,邹韬奋和胡愈之、戈公振等人共同在上海发起创办《生活日报》,并登报面向社会公开招聘股本。③ 胡愈之在回忆中说,在邹韬奋、戈公振、李公朴等人筹办《生活日报》时,邹韬奋邀请过胡愈之参加,胡愈之未同意,他认为该报发起人之一的陈彬龢系"国民党文化特务"、吴颂皋是"汪精卫派的人",创办该报虽是为了救亡事业,但陈彬龢、吴颂皋是不会参加救亡活动的。④ 从 1932 年 4 月《生活》周刊公布的《生活日报》7 位"干部"的名单来看,该名单里最终没有纳入胡愈之⑤。因此胡愈之很可能未参与发起上海《生活日报》的筹办工作。

尽管如此,生活书店的成立与胡愈之的倡议和推动有很大关系。胡愈之说,是他建议邹韬奋创办生活书店,因为有了生活书店就可以出版书籍和其他刊物,进而扩大宣传阵地,《生活》周刊一旦被查封,生活书店仍可继续创办其他刊物,他并协助邹韬奋起草了生活书店的章程,也"做了许多具体筹划工作"。⑥ 换言之,邹韬奋之所以发起创办生活书店,固然是因为当时《生活》周刊面临着随时被国民党当局查封的风险,但也与他采纳胡愈之的建议、接受胡愈之的协助密不可分。因此邹韬奋称胡愈之是"本店的最有功勋的一位同事","他参加本店创办时的计划,等于本店'大宪章'的'社章'

① 韬奋:《读〈莫斯科印象记〉》,《生活》周刊 1931 年第 40 期。
② 胡愈之:《我的回忆》,《胡愈之文集》第 6 卷,北京:读书·生活·新知三联书店,1996 年,第 337 页。
③ 复旦大学新闻系研究室编:《邹韬奋年谱》,上海:复旦大学出版社,1982 年,第 45 页。
④ 胡愈之:《我的回忆》,《胡愈之文集》第 6 卷,北京:读书·生活·新知三联书店,1996 年,第 340 页。
⑤ 邹韬奋:《正在积极筹备中的〈生活日报〉》,中国韬奋基金会韬奋著作编辑部编:《韬奋全集》第 4 卷,上海:上海人民出版社,1995 年,第 60—61 页。
⑥ 胡愈之:《我的回忆》,《胡愈之文集》第 6 卷,北京:读书·生活·新知三联书店,1996 年,第 341 页。

就是由他起草的"。① 胡愈之所称的为生活书店"做了许多具体筹划工作"，其中应包括该书店"社章"的起草。

　　1938 年 1 月，已迁至武汉的生活书店举行临时委员会，决定成立由胡愈之等 11 人组成的"编辑委员会"②，胡愈之当时身处上海，未能到武汉参与具体编辑工作。1938 年 12 月，胡愈之受邹韬奋之邀自桂林赴重庆，在渝期间和邹韬奋等共同商量了生活书店今后的工作方针与任务。1939 年 1 月，生活书店正式改组和充实了编委会，聘请胡愈之等 16 人为编委③，胡愈之任主席，生活书店每月向胡愈之支付 200 元作为职务报酬（自 1938 年 12 月起算）④。邹韬奋为此专门写了《我们的胡主席》一文，对胡愈之在生活书店发展过程中所作出的贡献进行了高度评价："他对本店的重大贡献不仅是编审，在实际上是包括了我们的整个事业。但是他总是澹泊为怀，不自居功。他的计划力极为朋友们所心折，所以有'诸葛亮'的绰号。我们请得一位'诸葛亮'来做我们的主席，是再欣幸不过的事情！"⑤对于这样一位对生活书店事业作出重大贡献的人物，生活书店高层并没止于将其聘请为编委会主席。在 1939 年 2 月 24 日举行的生活出版合作社社员大会上，不仅通过了由胡愈之重新起草的《生活出版合作社章程》，胡愈之本人也获选为生活书店的领导机构——理事会的 11 名理事之一⑥。

　　胡愈之一直被生活书店视为"自己人"，他晚年虽承认自己和生活书店"有着密切关系"，但又称"始终没有在生活书店担任实际的正式职务。"⑦从胡愈之在生活书店发展过程中所发挥的作用，以及其在该书店所担任的编委会主席、理事等职务来看，从 1938 年至 1940 年他赴新加坡之前，实际上属于生活书店的一员。胡愈之所称的"实际的正式职务"应该是指生活书店执行层面的管理岗位，类似于邹韬奋、张仲实、徐伯昕等的职务，如总经理、

① 邹韬奋：《我们的胡主席》，中国韬奋基金会韬奋著作编辑部编：《韬奋全集》第 9 卷，上海：上海人民出版社，1995 年，第 253—254 页。

② 上海韬奋纪念馆编：《生活书店会议记录》（1938—1939），北京：中华书局，2019 年，第 8 页。

③ 《生活书店史稿》编委会编：《生活书店史稿》，北京：生活书店出版有限公司，2013 年，第 101 页。

④ 上海韬奋纪念馆编：《生活书店会议记录》（1938—1939），北京：中华书局，2019 年，第 235 页。

⑤ 邹韬奋：《我们的胡主席》，中国韬奋基金会韬奋著作编辑部编：《韬奋全集》第 9 卷，北京：中华书局，2019 年，第 254 页。

⑥ 北京印刷学院、韬奋纪念馆编：《〈店务通讯〉排印本》（上），上海：学林出版社，2007 年，第 390 页。

⑦ 胡愈之：《我的回忆》，《胡愈之文集》第 6 卷，北京：读书·生活·新知三联书店，1996 年，第 341 页。

经理等。

  除胡愈之外,金仲华、郑振铎、王纪元等复社社员也与生活书店有着长期的隶属或合作关系。1938 年 1 月生活书店编委会刚成立时,11 名编委中即包括金仲华和王纪元①。1939 年 1 月编委会改组时金仲华担任副主席②,2 月金仲华被选为生活书店理事③,4 月又被选为理事会常务理事兼秘书。

  郑振铎与生活书店产生深度合作关系始于 1933 年。1933 年郑振铎与邹韬奋、胡愈之共同商量由生活书店出版一种文学杂志的问题,邹韬奋之后"立刻便将'文学'筹办起来"。④ 该年 7 月 1 日,《文学》月刊在上海出版,生活书店主办,郑振铎和傅东华共同编辑。此后郑振铎的《取火者的逮捕》《佝偻集》《希腊神话》等著译作品先后在生活书店出版。1935 年 4 月,郑振铎向邹韬奋提出了编辑《世界文库》并由生活书店出版的设想,得到了后者的支持。此后郑振铎主编该文库,并为此撰写了《世界文库发刊缘起》和《世界文库编例》。该文库由生活书店 1935 年 5 月起出版,每月一卷,到 1936 年 4 月出满第一年的 12 卷。《世界文库》第二年的出版计划从 1936 年 7 月开始,第一册出版高尔基作、罗稷南译的《燎原》。但由于战争等原因,该文库第二年的出版计划在出版了三卷中文书籍以及 5 本外国译著后就被迫中止。胡愈之、王任叔、胡仲持、李健吾、周予同等都曾名列该文库编译委员会⑤。郑振铎与生活书店的深度合作并没有因战争而中断。1937 年 7 月,郑振铎与张仲实等人创办《中华公论》,由生活书店出版。同年 9 月,郑振铎与金仲华、王纪元等人创办《战时联合旬刊》,此刊为生活书店发行的《世界知识》《妇女生活》《中华公论》《国民》等四种杂志在"八·一三"事变后合并而成的小型刊物,仍由生活书店主办。

  1938 年 1 月 22 日,生活书店内部油印刊物《店务通讯》在武汉出版。该刊经常报道有关王纪元、胡愈之等复社社员的信息。如第一号称"胡愈之先生仍在上海艰苦奋斗于恶劣环境之下,暂时不拟离沪",又称"王继(纪)元先生业已由沪安抵广州";⑥第四号(1938 年 2 月 12 日)再次报道胡愈之

① 上海韬奋纪念馆编:《生活书店会议记录》(1938—1939),北京:中华书局,2019 年,第 8 页。

② 《生活书店史稿》编委会编:《生活书店史稿》,北京:生活书店出版有限公司,2013 年,101 页。

③ 北京印刷学院、韬奋纪念馆编:《〈店务通讯〉排印本》(上),上海:学林出版社,2007 年,第 390 页。

④ 郑振铎:《忆韬奋先生》,邹嘉骊编:《忆韬奋》,上海:学林出版社,1985 年,第 170 页。

⑤ 钱小柏:《郑振铎与〈世界文库〉》,宋应离、袁喜生、刘小敏编:《20 世纪中国著名编辑出版家研究资料汇辑》第 4 辑,开封:河南大学出版社,2005 年,第 584 页。

⑥ 北京印刷学院、韬奋纪念馆编:《〈店务通讯〉排印本》(上),上海:学林出版社,2007 年,第 7 页。

动态："胡愈之先生将于半月后离沪赴港,办理国际宣传事。"①

　　简而言之,从人事关系角度看,胡愈之等"世界知识派"在1937年之前即与生活书店形成了较紧密的联系。1937年11月后,胡愈之、金仲华、王纪元等复社社员在相当长一段时间担任生活书店的重要职务,可谓生活书店的真正社员。郑振铎从1933年起与生活书店长期保持着深度合作关系,可以称得上是生活书店的半个"员工"。

　　生活书店:复社出版物发行的鼎力承担者。

　　若从组织关系上看,生活书店是复社出版物发行的鼎力承担者。《店务通讯》第十一号(1938年4月2日)报道说:"复社出版之'西行漫记'初版印三千册,业已售罄,再版将由本店总经销,在广州印行。闻该社又在编印一册三十万字之巨著'战时经济'约在本月中旬出版。"②《西行漫记》第一版于1938年2月出版,由上海别发洋行"总经售"③。该书第二版于1938年4月出版,根据前述报道可推测,在第二版出版之前生活书店或与复社已经达成共识,将其总经销权转移至生活书店。但据1938年5月7日出版的《华美》周刊所发布的有关广告,《西行漫记》的总经销权并没有发生转移,第二版继续由别发洋行"总经售"。直至《西行漫记》第五版(增订本)别发洋行仍掌握着该书的经销权,只是后来又另增一家经销商即译报图书部。④

　　当然,生活书店在《西行漫记》乃至《续西行漫记》的发行中所发挥的作用不容小觑。这两种图书的各个版本在出版时往往都标注"各大书店经售"字样,1937年12月后生活书店上海分店(起初改名为"远东图书杂志公司",后又改为"兄弟图书公司")是沪上规模仅次于商务印书馆、中华书局、世界书局等大型书局的出版机构,尽管此时生活书店已将出版重心外移。无论是"远东图书杂志公司"还是"兄弟图书公司",在发行《西行漫记》和《续西行漫记》方面都不遗余力。《续西行漫记》出版之前的预约发行,"兄弟图书公司"是上海三个"分代预约处"之一(另外两个为珠林书店和光明书局,"总代预约处"是译报图书部)⑤。1938年初生活书店香港办事处成立后(1938年7月改为香港分店),一度成为复社出版物在华南发行的重要基地。

---

①　北京印刷学院、韬奋纪念馆编:《〈店务通讯〉排印本》(上),上海:学林出版社,2007年,第27页。

②　北京印刷学院、韬奋纪念馆编:《〈店务通讯〉排印本》(上),上海:学林出版社,2007年,第46页。

③　《一九三八年第一部好书 斯诺西行漫记》,《华美》1938年第1卷第3期。

④　参见《斯诺西行漫记增订本出售》,《时论丛刊》1939年第1辑;《斯诺西行漫记发售特价三个月》,《时论丛刊》1939年第2辑。

⑤　《续西行漫记预约》,《申报》1939年3月8日第12版。

在《鲁迅全集》出版前后,复社委托生活书店代理预约发行该书,生活书店各个分支机构都接受了这种委托。在 1938 年 6 月 1 日上海《每日译报》刊登的预约发行广告中,"远东图书杂志公司"为复社在沪上设立的四个"预约处"之一①。在同年 7 月 1 日武汉《新华日报》刊发的预约发行广告中,包括总店(汉口)在内的"各地生活书店"均成为《鲁迅全集》发行"预约处"②。有资料显示,到 1938 年 8 月,生活书店各地分支机构共预约发行《鲁迅全集》1 300 多部③。

生活书店在代理《鲁迅全集》(普通本)预约发行期间,曾要求各分支店按照规定的预约价每部 16 元(预约价 14 元,另加 2 元邮费)收定,预约发行结束后该店将预约款全部汇交复社。但生活书店在收到印出的《鲁迅全集》后,复社又提出,因纸张涨价每部需要加收二元。生活书店认为,此前读者已按规定的预约价交了款,若再加收,可能会有损复社和生活书店信誉。为了守信,同时也不打算再增加读者负担,最终生活书店决定给每部《鲁迅全集》补贴一元,共计向复社额外支付 1 302 元。④ 换言之,因战时纸价上涨之故,生活书店在发行《鲁迅全集》的过程中明显亏损,若再考虑发行过程中的人力成本,亏损更为严重。1941 年 2 月,生活书店在给读者的一则启事中也提到了这种亏损情况:"本店为代理发行全集(指《鲁迅全集》——引者注)一事,经济与人力补贴甚巨,但此事于中国文化前途有益,自应勉力以赴。"⑤生活书店对于经济亏损的不计较,发行《鲁迅全集》"于中国文化前途有益"固然是主要考虑因素,但复社不少社员尤其胡愈之、郑振铎、金仲华与邹韬奋私交甚笃、与生活书店关系融洽恐怕也是重要原因。

另外,1938 年复社(中华出版社)在推出《列宁选集》前后,生活书店上海分店(远东图书杂志公司)也是该书在上海的 6 个预约发行处之一⑥。

二、复社与鲁迅全集出版社、卫华出版公司和中华出版社

从 1937 年至 1940 年,鲁迅全集出版社、卫华出版公司、中华出版社一

---

① 《鲁迅全集预约展期》,《每日译报》1938 年 6 月 1 日第 6 版。
② 《鲁迅全集预约截止　只有今天了》,《新华日报》1938 年 7 月 1 日头版。
③ 《生活书店史稿》编辑委员会编:《生活书店史稿》,北京:生活书店出版有限公司,2013 年,第 359 页。
④ 《生活书店史稿》编辑委员会编:《生活书店史稿》,北京:生活书店出版有限公司,2013 年,第 154—155 页。
⑤ 《生活书店为代理发售〈鲁迅全集〉预约事敬告预约户启事》,北京鲁迅博物馆鲁迅研究室编:《鲁迅研究资料》第 15 辑,天津:天津人民出版社,1986 年,第 72 页。
⑥ 参见《世界巨著列宁选集开始预约》,《华美》1938 年第 1 卷第 27 期。

度和复社都是"一家人"。

复社与鲁迅全集出版社。

1938 年版《鲁迅全集》分为普通本和纪念本。其中纪念本又分甲、乙两种。普通本的版权页标注"出版者鲁迅全集出版社"和"发行者鲁迅全集出版社"字样，而纪念本无论是甲种本还是乙种本均标注有"复社出版""非卖品"字样，并嵌入复社印章。为什么《鲁迅全集》普通本和纪念本对于该书出版者的标注不一致？

笔名为"越民"的作者曾在《上海周报》作如是记载："印行先生遗著最努力者为鲁迅全集出版社。该社成立于廿六年冬季，正当国军西撤，上海出版事业无形停顿之日。该社以印行《鲁迅全集》为主要目的，所以即以此命名。因当时纸价及印刷价之低廉，所以各社员筹集资金千元，又向鲁迅纪念委员会借款千元，在五个月内即将六百万字巨著《鲁迅全集》初版印行。"① 从此文来看，"越民"对《鲁迅全集》在 1938 年后的印行情况十分了解，如数家珍，应该是鲁迅全集出版社的一位重要成员（笔者推测此人为张宗麟）。"越民"在该文中为什么说承担《鲁迅全集》出版和发行工作的是鲁迅全集出版社而非复社？复社与"鲁迅全集出版社"究竟是一种什么样的关系？

"鲁迅全集出版社"在 1940 年前实际上是复社的另一块牌子。按照郑振铎和王任叔的说法，复社成立的最初动机就是为了出版《鲁迅全集》，前述"越民"称"鲁迅全集出版社"的创办也"以印行《鲁迅全集》为主要目的"。复社成立时由 20 名社员集资了 1 000 元作为出版《鲁迅全集》的基金，"越民"称"鲁迅全集出版社"创办时也由"各社员筹集资金千元"。复社成立于1937 年 12 月，而"越民"说"鲁迅全集出版社"创办于"廿六年冬季"。复社与"鲁迅全集出版社"成立的动机、时间和出版基金来源等均相同。许广平的《〈鲁迅全集〉编校后记》、胡愈之的《〈鲁迅全集〉刊行的经过》和胡仲持的《〈鲁迅全集〉出世的回忆》等大量史料也都证明《鲁迅全集》的出版和发行实际系复社所为，且当时《鲁迅全集》的编辑部就设在许广平家里。复社在《鲁迅全集》纪念本上嵌入复社印章，标注"复社出版"字样，进一步证明了最初"鲁迅全集出版社"与复社是一家出版机构，前者是后者的另一块牌子。

复社出版的《西行漫记》《续西行漫记》等革命系列图书中均未出现"鲁迅全集出版社"字样，只有在出版《鲁迅全集》时复社才以"鲁迅全集出版

---

① 越民：《关于鲁迅先生遗著的印行》，北京鲁迅博物馆鲁迅研究室编：《鲁迅研究资料》第15 辑，天津：天津人民出版社，1986 年，第 58—59 页。

社"的名义面世。之所以这样做,其原因可能为复社最早印行的是《西行漫记》,已烙上"红色"印记,且《西行漫记》出版后多次遭受上海公共租界当局野蛮对待。据《上海人》杂志报道,在《西行漫记》出版前,"租界当局严密搜查抗日及关于红军的书籍,是以西行漫记秘密发售的计划,受了相当的打击"。① 即便是在《西行漫记》公开发行一年后,1939 年 5 月公共租界当局会同日本宪兵队在搜查晋益中西制版所时,该所《西行漫记》等书册仍"尽被抄获"②。在这种环境下,《鲁迅全集》普及本的出版若再冠以"复社"字样,恐不利于其在上海扩大发行,也难以产生最大影响,假借"鲁迅全集出版社"之名出版是迫于现实的理性选择。就《鲁迅全集》纪念本而言,尽管其印有"复社出版"字样,但由于纪念本属于"非卖品",仅有偿赠予鲁迅或复社社员的亲友、熟人,不在上海租界市场上公开流通,发行范围有限。在《鲁迅全集》的最初预约发行广告中,《申报》香港版和在武汉刊行的《新华日报》明示《鲁迅全集》由复社出版或发行③,而在上海出版的《大美报》《每日译报》则没有提及该书的出版者④。此点似可佐证笔者的上述推断。

周海婴曾回忆,"鲁迅全集出版社"的工作人员"初创时只是母亲和我两人,在 1938 年版全集大批订货销售之后,相助的各位朋友纷纷因种种原因离别,没有一位短期或长期留下继续协助",他还称,在"相助的各位朋友"离去之后,"鲁迅全集出版社"曾雇佣过王宝良和三位职工。⑤ 所谓的"初创时"应该是指 1940 年后。1939 年 4 月的复社年会在讨论"下年度工作计划案"时,决定"再版"《鲁迅全集》并将其"交下届常委会执行之"。⑥ 这说明截至 1939 年鲁迅全集出版社仍属于复社假托的一个牌子。周海婴又说过,"直到一九四○年,为了生活,才开始开设'鲁迅全集出版社',个人正式出版发行鲁迅的著作。"⑦也就是说,自 1940 年起鲁迅全集出版社才褪去化名,成为许广平个人所创办的一家独立出版机构,尽管它仅是"私人一个仅仅印刷出版书籍的'社',只做批发没有店面,也没有零售业务"⑧,但已与复社系两种不同的实体机构。1941 年 2 月,针对一些书商翻印《鲁迅全

① 风:《西行漫记译本出版》,《上海人》1938 年第 1 卷第 10 期。

② 《晋益制版所被抄 罚停业一个月》,《申报》1939 年 6 月 4 日第 15 版。

③ 参见《中华民族的火炬 鲁迅全集 鲁迅先生纪念委员会编译》,《申报》(香港版)1938 年 6 月 18 日头版;中华民族的火炬 鲁迅全集发售预约》,《新华日报》1938 年 5 月 20 日头版。

④ 参见《鲁迅全集预约展期》,《大美报》1938 年 5 月 31 日第 7 版;《鲁迅全集预约展期》,《每日译报》1938 年 6 月 1 日第 6 版。

⑤ 周海婴:《上海"鲁迅全集出版社"历史补遗》,《上海鲁迅研究》2008 年冬季号。

⑥ 上海市档案馆:《有关复社的两件史料》,《历史档案》1983 年第 4 期。

⑦ 周海婴:《直面与正视——鲁迅与我七十年》,北京:作家出版社,2019 年,第 202 页。

⑧ 周海婴:《上海"鲁迅全集出版社"历史补遗》,《上海鲁迅研究》2008 年冬季号。

集》的不法行为,许广平委托上海立信律师事务所李文杰等律师代表鲁迅全集出版社登报予以警告,同年4月,许广平(鲁迅家属代表)和郑振铎(鲁迅全集出版社代表)再次委托李文杰登报警告。① 此时鲁迅全集出版社应是能够独立承担民事责任的合法出版机构,否则它不能通过法律途径解决版权纠纷问题。

复社与卫华出版公司、中华出版社。

卫华出版公司的全称是"卫华出版股份有限公司"。在现有史料中涉及这个机构者极少,也鲜有研究者关注它。据黄定慧晚年回忆,该公司的成立与《每日译报》的创办有关。1938年秋,为解决《每日译报》的办报经费问题,在刘少文的同意和筹划下,经胡鄂公②和姚惠泉居中联系,《每日译报》董事长黄定慧赴香港找杜月笙和孔祥熙之子孔令侃募款,孔、杜各自认领2.5万元,共5万元。对于该5万元,黄定慧和张宗麟决定将其中1万元分配给《每日译报》,使该报版面由4开改为对开。上述史实获在该报工作过的报人程豪证实③。为"统一上海左翼文化出版供应工作",黄定慧和张宗麟又用从香港募来的5万元余款成立"卫国出版公司",黄定慧兼董事长,张宗麟任秘书长,"黄定慧负责调度,张宗麟负责审核经费开支。"④

1938年9月,陶行知与张一麐、张宗麟、吴涵真等创办晓庄学院。在由该校董事长张一麐呈送给蒋介石国民政府教育部的《为创办晓庄学院校董会请予立案呈文》一文中,附有该校董事会每位董事的履历表,在"张宗麟"一栏载明其"经历"为"卫华出版股份有限公司秘书长","住址"是"上海巨籁达路一七四号"。⑤ 而黄定慧所说的"卫国出版公司"即成立于1938年秋,且张宗麟担任该公司秘书长。因此我们可以判定"卫国出版公司"即"卫华出版公司"(卫华出版股份有限公司),只是年代久远之故,黄定慧对于上述公司名称的记忆不是完全准确。前文已述,复社的实际办公地点位于"上海巨籁达路一七四号",作为"卫华出版股份有限公司"秘书长的张宗

---

① 许广平的委托信函及立信律师事务所与《申报》《中美日报》的广告刊登通知函件,参见上海市档案馆藏有关档案,档案号:Q190—1—14341。
② 胡鄂公(1884—1951),字新三,号南湖,湖北江陵人。1921年加入中共,1937年受蒋介石国民政府行政院长孔祥熙的聘请任其政治经济顾问,以合法身份进行革命活动。1943年,因与潘汉年不协调,在广西桂林脱党。湖北省志地方志编纂委员会编:《湖北省志人物志稿》,北京:光明日报出版社,1989年,第151—153页。
③ 参见程豪:《记"孤岛"时期的〈每日译报〉》,吴汉民主编:《20世纪上海文史资料文库》第6辑(新闻出版),上海:上海书店出版社,1999年,第146页。
④ 黄慕兰:《黄慕兰自传》,北京:中国大百科全书出版社,2016年,第222—226页。
⑤ 陶行知等:《为创办晓庄学院校董会请予立案呈文》,方明主编:《陶行知全集》第4卷,成都:四川教育出版社,2005年,第597页。

麟的"住址"与复社地址相同,且张宗麟担任复社秘书。换言之,复社与"卫华出版股份有限公司"系合署办公,"卫华出版股份有限公司"要么是复社对外公开活动的一块招牌,要么是复社的副牌。

1938 年后,上海还出现过因出版《列宁选集》而为人所知的中华出版社,它实际上系复社借名出版时公开的另一块牌子。关于这一点,后文我们将进一步阐述。

第五章　复社的革命系列图书出版

著名国际友人、教育家伊莎白·柯鲁克曾经写道："许多外国人被埃德加·斯诺的《红星照耀中国》所吸引，通过它增进了对中国革命和中国共产党的了解，我本人就是其中之一。"[①]这部"吸引许多外国人"的名著《红星照耀中国》(以下在述及该书英文版时均使用此名称)的第一个中文全译本《西行漫记》(以下在涉及中文版时都采用此书名)是由复社翻译和出版的。《西行漫记》是复社出版的第一种革命题材图书，标志着复社图书出版事业的开端。

第一节　《西行漫记》的问世

复社翻译和出版《红星照耀中国》的动机主要是为了传播中国共产党的革命斗争业绩与救亡主张，同时也可以为出版《鲁迅全集》筹集资金。《西行漫记》能够在短期内问世，并在数月内连续多次再版，置于全国救亡图存的大背景下，这在当时的出版界创造了一个奇迹。

一、《红星照耀中国》翻译的缘起

1937 年 10 月，埃德加·斯诺(以下简称"斯诺")的《红星照耀中国》由英国伦敦戈兰茨公司出版。该书第一次向全世界真实地报道了红军万里长征和中国共产党领导的人民斗争业绩。它的问世被评价为"标志着西方了解中国的新纪元"[②]。至 1937 年 12 月，该书已再版 3 次。据胡愈之回忆，当时他正负责"文协"的国际宣传工作，与斯诺认识，他向斯诺借阅《红星照耀

---

① ［加］柯鲁克:《"红星"指引我到中国来》,中国史沫特莱·斯特朗·斯诺研究会编:《〈西行漫记〉和我》,北京:国际文化出版公司,1991 年,第 3 页。

② 方汉奇、张之华主编:《中国新闻事业简史》,北京:中国人民大学出版社,1995 年,第 289 页。

中国》,并通过刘少文确认了该书内容的可靠性。在"星二聚餐会"上征得参会人员的同意后,胡愈之决定翻译和出版该书。胡愈之还认为翻译《红星照耀中国》的重要意义在于,它可以把中共的真实情况传播给"一般群众",同时也能够批驳国民党制造的关于共产党的谣言。① 除胡愈之自述外,关于胡愈之获得和翻译《红星照耀中国》的过程还有另外两种说法。

倪文宙说:"我们参加翻译的人当时都认为此书的英文原版是斯诺亲手交给胡愈之的。胡也没有对我们细说过。最近得到老友储玉坤先生函告,说此书原版乃是燕京大学新闻系主任梁士纯教授交给胡并动员他翻译出版的。储君是老报人,他说的话当是可靠的。"② 倪文宙此说有相当的可信度。首先,梁士纯与斯诺都曾在燕京大学新闻系任教,梁为系主任,斯诺为该系讲师。梁初会斯诺便"一见相知",1936 年斯诺去西北采访时,梁是"北平少数几个知道这次旅行的人之一",斯诺从西北采访回到北平的当晚就住在梁家里。1937 年春,斯诺夫妇和梁等创办了《民主》杂志,同年 9 月斯诺和梁都居住在上海,11 月后梁和斯诺又共同酝酿和创办"工合",斯诺和梁的关系可谓亲密无间。③ 当斯诺收到从伦敦寄来的《红星照耀中国》的样书后,对于这种"只有一本"的英文著作④,从情理上说斯诺会优先借给梁士纯阅读。其次,当时胡愈之与梁士纯关系交好,胡愈之协助梁士纯搞国际宣传工作,梁士纯把《红星照耀中国》借给胡愈之并鼓动他翻译和出版,也合乎常理。再次,1937 年底储玉坤在上海《新闻报》工作,之后又进入《文汇报》。他称:"1938 年 1 月,我开始在《文汇报》工作,亲身目睹《西行漫记》诞生的全过程,可以说得上是一个历史见证人。胡愈之同志领导集体翻译《西行漫记》时,我已知道有哪些著名的翻译家参加翻译,我还知道有哪几位出版行家在筹备组织'复社'。在《西行漫记》还没问世之前,我早已在英文《密勒氏评论周报》(《密勒氏评论报》——引者注)上读到斯诺先生的文章,而且还已在《每日译报》上看到梅益翻译的《彭德怀印象记》(《西行漫记》中的一个章节)。"⑤《彭德怀印象记》刊于 1938 年 1 月 30 日出版的《每日译报》,译

① 《胡愈之谈〈西行漫记〉中译本翻译出版情况》,《读书》1979 年第 1 期。
② 倪文宙:《关于〈西行漫记〉的翻译和出版》,中国史沫特莱·斯特朗·斯诺研究会编:《〈西行漫记〉和我》,北京:国际文化出版公司,1991 年,第 114 页。
③ 梁士纯:《关于埃德加·斯诺的回忆》,裘克安编:《斯诺在中国》,北京:生活·读书·新知三联书店,1982 年,第 358—360 页。
④ 《胡愈之谈〈西行漫记〉中译本翻译出版情况》,《读书》1979 年第 1 期。
⑤ 储玉坤:《孤岛春雷——〈西行漫记〉给我的震动》,中国史沫特莱·斯特朗·斯诺研究会编:《〈西行漫记〉和我》,北京:国际文化出版公司,1991 年,第 164 页。

者署名为"鹤"①,系梅益笔名。从储玉坤的叙述来判断,他应该比较了解《红星照耀中国》的翻译全过程。最后,时隔数十年之后,储玉坤将他所了解的当年《红星照耀中国》的翻译情况以书信告知另一位参与翻译过该书的耄耋老人,其态度应该是严谨的,有试图还原历史过程之意。

另据刘少文有关传记叙述,在主持上海"八办"工作期间,刘少文把《红星照耀中国》交给胡愈之,让他将其翻译成中文。该传记如是写道:"1938年初春,刘少文带着一本英文版《红星照耀中国》到胡愈之家,商请胡愈之设法翻译成中文出版,并介绍了斯诺去陕北的情况。随后在刘少文帮助下,胡愈之组织复社集合13人负责翻译出版工作。刘少文还会见斯诺,为书中的照片和一些内容作了注释,并亲自修改译文,为应付租界当局的阻挠和禁毁,将书名改为《西行漫记》。"②这里明确说是刘少文亲自登门"商请"胡愈之出面组织翻译《红星照耀中国》,并为翻译该书做了许多辅助工作。刘少文传记系解放军军史和中共党史有关研究专家编写,其对刘少文革命经历的撰写应该有所本。按照胡愈之的回忆,当他从斯诺处借到《红星照耀中国》后,固然认为这是一本好书,有翻译该书的想法,但由于他"不知道斯诺这个人的底细,说的是否可靠",就找刘少文了解有关情况,刘向他介绍了斯诺陕北之行情况,并认为"斯诺这人可以相信","这本书也是可以译的",于是胡"决心组织力量把它翻译出版"③前述刘少文传记中的说法与胡愈之的回忆有一定出入。据倪文宙说,《西行漫记》的书名是他提出的,而非刘少文修改。另外,刘少文传记称胡愈之集合了13人翻译《红星照耀中国》,实际上该书前四版译者为12人,且译者之一许达是在北平而不是上海提前翻译了部分章节。

关于《红星照耀中国》一书到底是由斯诺本人交给胡愈之,还是由梁士纯或刘少文转交胡愈之,翻译该书的动议最早是由谁发起的,依据现有资料,这些问题似乎难以完全确定,过多地纠缠于上述历史细节似乎并无太大意义。可以肯定的是,《红星照耀中国》的翻译工作确是在胡愈之组织下开展的。

二、《红星照耀中国》的译者及其翻译经历

据胡愈之回忆,他就出版《红星照耀中国》一事征询过"星二聚餐会"成

---

① 参见鹤:《彭德怀印象记》,《每日译报》1938 年 1 月 30 日第 3 版。
② 《刘少文中将(一九五五年)》,中国人民解放军《中国人民解放军高级将领传》编审委员会、中国中共党史人物研究会《中国人民解放军高级将领传》编撰委员会编:《中国人民解放军高级将领传》第 18 卷,北京:解放军出版社,2013 年,第 374—375 页。
③ 《胡愈之谈〈西行漫记〉中译本翻译出版情况》,《读书》1979 年第 1 期。

员的意见,"大家都同意,就由参加座谈的同志分别承译"①。此说显然不正确。参加"星二聚餐会"者前后多达数十人,但其中仅个别成员参与了《红星照耀中国》的翻译。胡愈之又说过,参加《红星照耀中国》翻译和工作的有王任叔、梅益等几个人,还有他的两个弟弟胡仲持和胡学恕。② 这种说法也不尽准确,王任叔参与了翻译《红星照耀中国》的组织工作,但没有直接加入翻译队伍,胡学恕参加了《红色中国内幕》(中文译本《续西行漫记》)的翻译工作,但《红星照耀中国》的翻译他未参加。

从《西行漫记》初版至第四版的版权页来看,参与翻译《红星照耀中国》的共有 12 人,分别为王厂青、林淡秋、陈仲逸、胡仲持、倪文宙、邵宗汉、梅益、吴景崧、章育武、傅东华、冯宾符和许达等。但该书出至第五版(增订本)时译者又增加了许天虹,因此《红星照耀中国》的实际翻译者前后共有 13人。其中,陈仲逸即胡愈之。除胡愈之本人外,其余 12 人多是由胡愈之组织起来的,且都有过从事翻译工作的经历。

胡愈之的翻译生涯起始于商务印书馆编译所。在该所当"练习生"期间,他有时帮助别人翻译一些小资料。1915 年胡愈之在《东方杂志》发表了他的第一篇译文,也是在该年胡愈之成为《东方杂志》的编辑(初为助理编辑)。在编译所工作数年后,经过努力学习,到 1918 年胡愈之已经熟练地掌握了英语、日语和世界语③,到 1919 年底他仅在《东方杂志》就发表了 210 多篇译文④。1927 年 1 月,胡愈之出版了他的第一部译著——俄国陀罗雪维支的《东方寓言集》(开明书店版),此时他已成为一个比较出色的翻译家。1932 年回国后他在哈瓦斯社远东分社当数年中文编辑的经历进一步丰富了他的翻译实践。从 1932—1937 年,胡愈之先后翻译了法国贝松的《图腾主义》(开明书店 1932 年版)、苏联伊林的《书的故事》(生活书店 1937 年版)等译著。对于胡愈之的翻译作品,连胡适都"十分钦佩和赞赏"⑤。

胡仲持长于文学翻译。早在 20 世纪 20 年代他就翻译过德国苏台尔曼的《忧愁夫人》(商务印书馆 1924 年版)、英国恩盖尔夫人的《手与心》(现代

① 《胡愈之谈〈西行漫记〉中译本翻译出版情况》,《读书》1979 年第 1 期。
② 胡愈之:《我的回忆》,《胡愈之文集》第 6 卷,北京:读书·生活·新知三联书店,1996 年,第 368 页。
③ 《胡愈之大事年表》,浙江省上虞县政协文史资料委员会编:《上虞文史资料:纪念胡愈之专辑》第 6 辑,上虞:浙江省上虞县政协文史资料委员会,1991 年,第 17 页。
④ 戴文葆:《编后记》,《胡愈之译文集》(下),南京:译林出版社,1999 年,第 539—540 页。
⑤ 胡序文:《胡愈之和商务印书馆》,《商务印书馆九十年——我和商务印书馆》,北京:商务印书馆,1987 年,第 129 页。

书局 1929 年版）、日本菊池宽的《藤十郎的恋》（现代书局 1929 年版）等多国文学作品。在《红星照耀中国》的 13 个译者中，傅东华是更为资深的翻译家。傅东华（1893—1971），字冻醇，笔名伍实、郭定一、黄约斋、约斋等，浙江金华人。他在上海南洋公学读书期间即努力学习英语，1912 年考入中华书局从事编译员工作，自此走上翻译道路。从 1914—1915 年，傅东华与他人合作，先后在《中华小说界》杂志发表短篇小说译作 6 篇，"均排于刊物起首"①。1916 年傅东华离开中华书局自行从事翻译工作。在 1921 年加入"文学研究会"后，傅东华把翻译工作的重心放在欧美文学作品和文艺理论方面。1929 年担任复旦大学中文系教授后，傅东华产出了更多的翻译精品，其中不乏欧美经典作品，如英国诗人弥尔顿的《失乐园》（商务印书馆 1930 年版）、古希腊盲诗人荷马的《奥德赛》（商务印书馆 1934 年版）。简而言之，在承译《红星照耀中国》前，傅东华已是沪上乃至中国的知名翻译家，翻译成就卓著。

在上述 13 人中，梅益和林淡秋都是具有翻译特长的中共党员。梅益（1914—2003），原名陈少卿，笔名梅雨、萧扬等，广东潮安人。1931 年梅益独自赴北平投考中国大学，在北平期间坚持自学英语，1934 年底至 1935 年初陆续在报刊上发表了一些翻译作品。1936 年他根据英、日两种译本仅用半年多时间即翻译完成苏联作家普里波衣的小说《对马》（引擎出版社 1937 年版，署名"梅雨"），由此奠定了自己在翻译界的地位②。1937 年 8 月，梅益正式加入中国共产党。在参与翻译《红星照耀中国》前后，他还在上海参加了《译报》的编译工作，主要翻译外国通讯社的电讯和外文报纸的消息③。尽管该报才办 10 多天（1937 年 12 月 9—20 日）即停刊，但它为梅益提供了从事新闻翻译实践的良好机会。林淡秋（1906—1981），原名林泽荣，笔名林彬、萧颂明、应冰子等，浙江宁海人。1926 年林淡秋自上海大同大学转入上海大学英文系学习，1930 年在柔石的带领下开始翻译文学作品，走上文学道路④。1936 年春，林淡秋经胡乔木介绍加入中国共产党。⑤ 在参加翻译

①　方梦之、庄智象主编：《中国翻译家研究》民国卷，上海：上海外语教育出版社，2017 年，第 602—603 页。
②　梅京：《从参加"左联"到翻译〈对马〉——梅益翻译生涯系列研究之一》，郝时远、杨兆麟主编：《梅益百年纪念文集》，北京：社会科学文献出版社，2014 年，第 535 页。
③　梅益：《抗战时期上海地下党领导的文化工作》，郝时远、杨兆麟主编：《梅益百年纪念文集》，北京：社会科学文献出版社，2014 年，第 53 页。
④　《林淡秋传略》，钱文斌编：《林淡秋研究专集》，杭州：浙江文艺出版社，1991 年，第 4 页。
⑤　林淡秋：《自传》，钱文斌编：《林淡秋研究专集》，杭州：浙江文艺出版社，1991 年，第 11 页；《林淡秋传略》，钱文斌编：《林淡秋研究专集》，杭州：浙江文艺出版社，1991 年，第 4 页。

《红星照耀中国》前,林淡秋的主要译作有苏联高尔基的小说《死人》(载1936年《世界文学连丛·苏联文学》第一辑)、英国维尔斯的《韦尔斯自传》(上、下册,与方土人合译,光明书局1936年版)、丹麦安徒生等的《丹麦短篇小说集》(上、下册,与柔石合译,商务印书馆1937年版)、英国匹特卡伦的长篇报告文学《在西班牙前线》(上海杂志公司1937年版)等。在《译报》创刊后,林淡秋也加入了该报编辑部,主要负责英文稿件的翻译。在参与《红星照耀中国》翻译的13人中,林淡秋是译作最为丰富者之一。

在《西行漫记》上署名的邵宗汉、倪文宙、吴景崧、冯宾符、王厂青、章育武等翻译者虽然在当时称不上是翻译家,但大多都有一定的翻译经历,翻译基础较为厚实。邵宗汉在承译《红星照耀中国》前,先后翻译过美国布克夫人的《母亲》(四社出版部1934年版)、德国卢特威喜的《八大伟人评述》(长城书局1936年版)等作品。虽然在翻译《红星照耀中国》前倪文宙的译作并不多,但其翻译工作起步较早,且出版过代表作。1921年杜威在南京高等师范学校演讲时,倪文宙是4个笔记者之一[1],当时倪为该校学生。1930年世界书局出版了一本《现代哲学评论集》,该书收录的《心理学的最近四分季》即由倪文宙译述。冯宾符到商务印书馆编译所的次年即1933年就在《中华月报》(第1卷第8期)上发表了译作《战债问题对话》,1934—1935年他独立发表的译有近10篇。吴景崧(1906—1967),笔名向阳、吴志平等,别号湘渔,江苏丹徒人。早年毕业于复旦大学,后进入商务印书馆编译所参加编辑《东方杂志》。20世纪30年代后担任过《申报》国际新闻版、《申报月刊》和《申报》副刊《自由谈》的编辑,期间撰写了大量文章,宣传进步思想,介绍国际形势,与中共地下党过往甚密。[2] 在编辑工作之外,吴景崧也翻译了一些书籍和文章,主要集中在人文社会科学领域。1930年他先后发表了A. B. Faus 的《兴登堡——屹立德国政潮中的砥柱》(《东方杂志》第27卷21期)、SamuelCrowther 的《德国解除军备之报偿》(《东方杂志》第27卷22期)。1933年大东书局出版了吴景崧翻译的美国魏斯勒的《现代人类学》,1937年翻译并发表 N·夏洛蒙德《战争的西班牙》(《世界文学》1937年第2、4期连载)。

目前有关章育武和王厂青的资料较少。章育武(1907—1938),浙江上

---

① 倪文宙:《凡例》,[美] 杜威:《杜威教育哲学》,金海观、郭智方、张念祖、倪文宙笔记,北京:商务印书馆,1923年,第三版,第1页。
② 王克勤:《鞠躬尽瘁,死而后已的吴景崧》,中共中央宣传部出版局编:《编辑家列传(二)》,北京:中国展望出版社,1988年,第63—64页。

虞人,1926 年赴日本留学,先后在东京高等师范学校、九州帝国大学就读。①
除精通日语外,章育武对于英语方面也有一定造诣。1934 年第 48 期的《中
学生》杂志发表了他撰写的《怎样扩大英语底语汇》一文(后收入《英语的学
习与研究》一书,开明书店 1935 年版)。1934 年 9 月上海黎明书局出版了
章育武与吴觉农、赵南柔合译的苏联廖谦珂的《农业经济学》(上册),该中
文译本是由日译本转译而来。王厂青,原名蔡志清②,生卒年月和籍贯均不
详,在《西行漫记》一书所列出的译者顺序中排名首位。在加入《红星照耀
中国》的翻译团队前,王厂青翻译过 Harry Gannes Theodore Repard 所著的
《动乱中的西班牙》(上海天马书店 1937 年版)。他能够独立翻译这样一部
作品,说明其英语翻译水平不低。

　　在《红星照耀中国》的 13 人翻译队伍中,许达是一个非常特殊的角色。
许达(1909—1995),又名郭达,湖南湘潭人。1914 年随父母迁居北京。
1930 年底加入共青团,翌年转入中国共产党。③ 1933 年 8 月,许达因叛徒出
卖被捕入狱近四年。1937 年 2 月,经同学王福时介绍,许达到斯诺身边工
作,帮助他"整理稿件兼翻译工作",同年 5 月中旬,许达因急需前往天津,不
得不向斯诺告辞,直到 1939 年 11 月才在香港与斯诺相见并再次担任其秘
书和翻译。④ 许达帮助斯诺翻译《红星照耀中国》的时间是 1937 年 2 月至 5
月,当时斯诺居住在北平撰写该书。斯诺在《西行漫记》的序言中说:"最
后,我还得感谢我的朋友许达,当我在北平最不稳定的状况下,写这本书的
时候,他曾经跟我一块儿忠诚地工作。他不仅是一个第一流的秘书和助手,
而且他是一个勇敢的出色的革命青年,现在正为他的国家奋斗着。他译出
了本书的一部分,我原打算在北方出版,可是战争发生之后,我们分手
了。"⑤许达是《红星照耀中国》书稿最早的翻译者,只是因战争的缘故而被
迫中断翻译工作。

---

① 　关于章育武的履历参见赵畅主编:《上虞文史资料选粹》,北京:中国广播电视出版社,
2008 年版,第 267 页;刘晨:《立达学园史论》,北京:团结出版社,2009 年,第 164 页。
[日]高桥君平编:《留日学生名簿》,东京:太田印刷所,1933 年,第 99 页;胡序同:《孕育
女青年的革命摇篮——中华女子职业补习中学》,中共上海市委党史资料征集委员会主
编:《抗日战争时期上海学生运动史》,上海:上海翻译出版公司,1991 年,第 282—283 页。
② 　汪家明:《范用存牍》,北京:生活·读书·新知三联书店,2020 年,第 159 页。
③ 　马祖毅等:《中国翻译通史(现当代部分)》第 4 卷,武汉:湖北教育出版社,2006 年,第
106 页。
④ 　郭达:《我和斯诺的几次相处》,刘力群编:《纪念埃德加·斯诺》,北京:新华出版社,1984
年,第 147—150 页。
⑤ 　埃德加·斯诺:《一九三八年中译本作者序》,《西行漫记》董乐山译,北京:中国人民解放
军战士出版社,1979 年,第 10 页。

最后我们再来谈谈许天虹。许天虹(1907—1958),原名许茂勋,笔名天虹、一知、白石等,浙江海盐人。他早年就读于浙江嘉兴秀州中学,同学中有黄源。1922年考入之江大学附中高中部学习,与吴朗西、陆蠡皆为同窗好友。许天虹的翻译活动起步较早,在1927年秋任职于上海劳动大学编辑馆后不断有译作发表或出版,如英国白朗宁夫人的《小孩的呼声》(载《语丝》周刊1928年第4卷第51期),美国杜伯、爱立阿的《假如大战爆发》(与蒋学楷合译,珠林书店1933年版)等。从20世纪20年代末至30年代初,许天虹发表(出版)的译作多达数十篇(部),其中仅1934年一年就在《译文》杂志上发表译文多达24篇。但直到20世纪30年代中期,他才成为国内一个引人注目的翻译家①。1935年至1937年许天虹又有多部译著出版,如美国约翰·史蒂尔的《第二次世界大战》(文化生活出版社1935年版)、美国杰克·伦敦的《杰克·伦敦短篇小说集》(文化生活出版社1937年版)等,译绩斐然。前述《红星照耀中国》译者在1937年以前所发表(出版)的译作(部分)情况参见表5-1。

表5-1 《红星照耀中国》译者1937年前发表(出版)的部分译作

译者	译作名称	时间	机 构	原作者	备 注
胡愈之	《东方寓言集》	1927年	开明书店	(俄)陀罗雪维支	不含报刊译文。
	《图腾主义》	1932年	开明书店	(法)贝松	
	《书的故事》	1937年	生活书店	(苏)伊林	
梅益	《对马》(上)	1937年	引擎出版社	(苏)普里波衣	
	《杜尔哥遂夫之死》	1935年	《时事类编》(3卷18期)	(苏)巴别尔	
	《我怎样写诗》	1935年	《时事类编》(3卷10期)	(苏)马耶阔夫斯基	
林淡秋	《大饥荒》	1931年	中华书局	(挪威)包以尔	不含报刊译文。
	《布罗斯基》	1933年	正午书局	(苏)泮非洛夫	
	《一个妇人的信》	1934年	光明书局	(苏)罗曼诺夫	
	《智利与阿根廷》	1935年	商务印书馆	(美)卡奔德	

---

① 邵全建:《许天虹先生印象记》,《绿叶的事业》,台州:台州师专印刷厂,1998年,第261页。

译者	译作名称	时间	机　构	原作者	备　注
林淡秋	《巧克力》	1936 年	熔炉书屋	（苏）罗蒂诺夫	不含报刊译文。
	《在西班牙前线》	1937 年	上海杂志公司	（英）匹特卡伦	
	《未来的欧洲大战》	1937 年	生活书店	S. Fowler Wright	
胡仲持	《忧愁夫人》	1924 年	商务印书馆	（德）苏台尔曼	不含报刊译文。
	《结婚的爱》	1925 年	朴社	（英）司托泼夫人	
	世界性的民俗谭	1926 年	光华书局	胡仲持辑	
	《手与心》	1929 年	现代书局	（英）恩盖尔夫人	
	《藤十郎的恋》	1929 年	现代书局	（日）菊池宽	
	《西藏故事集》	1930 年	开明书店	（英）薛尔登	
	《世界文学史话》	1931 年	开明书店	（美）约翰·玛西	
	《大地》	1933 年	开明书店	（美）赛珍珠	
傅东华	《青鸟》	1923 年	商务印书馆	（比）梅特林克	不含报刊译文。
	《诗学》	1926 年	商务印书馆	（古希腊）亚里士多德	
	《近世文学批评》	1928 年	商务印书馆	（美）琉威松	
	《人生鉴》	1929 年	世界书局	（美）辛克莱	
	《奥德赛》	1929 年	商务印书馆	（古希腊）荷马	
	《两个青年的悲剧》	1929 年	大江书铺	（英）哈第等	
	《文学之社会学的批评》	1930 年	华通书局	（美）卡尔佛登	
	《失乐园》	1930 年	商务印书馆	（英）密尔顿	
	《比较文学史》	1930 年	商务印书馆	（法）洛里哀	
	《美学原论》	1931 年	商务印书馆	（意）克罗斯	
	《我们的世界》	1933 年	新生命书局	（美）房龙	

续 表

译者	译作名称	时间	机 构	原作者	备 注
傅东华	《怎样训练自己》	1934 年	长城书局	（美）罗特	不含报刊译文。
	《真妮姑娘》	1935 年	中华书局	（美）德莱塞	
	《失恋复恋》	1935 年	中华书局	（美）德莱塞	
	《虎魄》	1935 年	光明书店	（美）温索尔	
	《文学概论》	1935 年	商务印书馆	（美）韩德	
	《猩红文》	1937 年	商务印书馆	（美）霍桑	
	《美国短篇小说集》	1937 年	商务印书馆	（美）欧文等	
	《土耳其糖：凯末尔反攻君士坦丁堡时的一段故事》	1937 年	新闻书社	（英）吉布斯	
许天虹	《合作银行》	1929 年	太平洋书店	（加）C. R. Fay	不含报刊译文。
	《金野猫》	1933 年	小朋友书局	不详	
	《幻灯》	1933 年	小朋友书局	不详	
	《空中楼阁》	1933 年	小朋友书局	（美）弗里德兰德尔	
	《隐身帽》	1933 年	开明书店	（丹麦）F. H. Martens	
	《第二次世界大战》	1935 年	文化生活出版社	（美）史蒂尔	
	《杰克·伦敦短篇小说集》	1937 年	文化生活出版社	（美）杰克·伦敦	
冯宾符	《战债问题对话》	1933 年	《中华月报》（1 卷 8 期）	BrantI	
	《国家主义狂流中美国的外交政策》	1934 年	《国际译报》（6 卷 2 期）	（美）波拉	
	《意大利的外交政策》	1934 年	《国际译报》（6 卷 12 期）	（意）格兰第	
	《从魏刚到甘茂林》	1935 年	《世界知识》（2 卷 5 期）	《法兰克福日报》	
	《积极扩展中的日本军需工业》	1935 年	《世界知识》（2 卷 6 期）	（美）亨利汉	

续　表

译者	译作名称	时间	机　构	原作者	备　注
冯宾符	《波罗的海底悲剧》	1935 年	《世界知识》(2 卷 12 期)	H. A. R. Philby	
	《一九三五年的苏联》	1935 年	《大众生活》(1 卷 3 期)	FischerL	
	阿比西尼亚印象记	1936 年	《天地人》(6 期)	V. G. Heiser	
	《政治世界》(合译)	1937 年	生活书店	(英) 杜德	
吴景崧	《兴登堡——屹立德国政潮中的砥柱》	1930 年	《东方杂志》(27 卷 21 期)	A. B. Faus	
	《德国解除军备之报偿》	1930 年	《东方杂志》(27 卷 22 期)	CrowtherS	
	《现代人类学》	1933 年	大东书局	(美) 魏斯勒	
	《德国的电影事业》	1934 年	中国教育电影协会	不详	载《中国电影年鉴1934》。
	《战争的西班牙》	1937 年	《世界文学》(6 期)	(意) 夏洛蒙德	
邵宗汉	《母亲》	1934 年	四社出版部	(美) 布克夫人	不含报刊译文。
	《八大伟人评述》	1936 年	长城书局	(德) 卢特威喜	
	《政治世界》(合译)	1937 年	生活书店	(英) 杜德	
倪文宙	《心理学的最近四分季》	1930 年	世界书局		载《现代哲学评论集》。
章育武	《农业经济学》(上册)	1934 年	黎明书局	(苏) 廖谦珂	合译。
王厂青	《动乱中的西班牙》	1937 年	天马书店	Harry Gannes Theodore Repard	原作者国籍不详。
许达	不详				

资料来源：笔者根据有关史料整理而成。

三、《红星照耀中国》译者的组织

当胡愈之决定翻译《红星照耀中国》后,他是怎样把该书的译者组织起来的?在前述13名译者中,许达是《红星照耀中国》的最早翻译者,后来没有再参加过该书的翻译工作。胡仲持是胡愈之的弟弟,且早在20世纪20年代便成为翻译家,当《红星照耀中国》的翻译需要人手时,胡愈之自然会召唤他,这里不需要多作论述。

在复社成立前后,王厂青是上海邮政管理局的工作人员。1929年12月,唐弢考入上海邮政管理局,在投递组担任分拣本埠信件的工作。① 他从事该项工作长达多年,直到1937年后仍在"当拣信生"。据唐弢回忆:"记得译《西行漫记》时,他(王任叔——引者注)要找人,我把邮局里一个叫王厂青(原名蔡志清)的也推荐给他,参加了部分翻译。"②可见,王厂青系唐弢在上海邮政管理局的同事,因王任叔寻觅翻译人才之故,唐弢才将王厂青推荐给他,后再由王任叔引荐给胡愈之。唐弢向王任叔推荐王厂青一事从侧面证明,王任叔虽没有直接参加《红星照耀中国》的翻译工作,但在组织该书的翻译队伍方面发挥了一定作用。

梅益相对于胡愈之来说是个晚辈。据梅益回忆,他与胡愈之相识较晚,在1937年上海"文协"的一次会议上他"有幸头一次见到心仪已久的愈之同志"③。但此时他们之间的关系并没有达到熟悉的程度。在接受了翻译《红星照耀中国》的任务后,梅益亲自到胡愈之家去拜访,胡愈之知道他在《每日译报》工作,并对他说了些鼓励的话,但没多谈。④ 梅益与胡愈之的这次见面多少反映出他们之间的关系一开始还比较生分,双方"行礼如仪",相互客气的成分居多。在与梅益不熟悉的情况下,由胡愈之直接出面邀请其参与翻译《红星照耀中国》的可能性不是很大。梅益之所以能够参与《红星照耀中国》的翻译工作,可能系中共江苏省委"文委"向胡愈之推荐,进一步说是王任叔推荐。因为王任叔与梅益当时都是"文委"成员,"文委"经常在王任叔家开会。⑤ 当

---

① 林伟:《唐弢年谱新编》,杭州:浙江大学出版社,2016年,第28页。

② 唐弢:《致范用》(1973年11月27日),《唐弢文集》第10卷(书信卷),北京:社会科学文献出版社,1995年,第508—509页。

③ 梅益:《胡愈老与中国知识分子》,郝时远、杨兆麟主编:《梅益百年纪念文集》,北京:社会科学文献出版社,2014年,第202页。

④ 梅益:《胡愈老与中国知识分子》,郝时远、杨兆麟主编:《梅益百年纪念文集》,北京:社会科学文献出版社,2014年,第202页。

⑤ 梅益:《抗战时期上海地下党领导的文化工作》,郝时远、杨兆麟主编:《梅益百年纪念文集》,北京:社会科学文献出版社,2014年,第53页;孙冶方:《抗战初期上海文委的一些情况》,《孙冶方文集》第8卷,北京:知识产权出版社,2018年,第311页。

胡愈之决定翻译《红星照耀中国》后，作为复社核心成员的王任叔向胡愈之推荐长于翻译的梅益参加翻译工作也是正常的。梅益后来接受记者采访时说过，他当初参加翻译《西行漫记》和《续西行漫记》是党交办的任务，党要他"必须和几个同志一起把它们赶译出来，早日出版。"①这更证明是王任叔推荐梅益参加《红星照耀中国》翻译工作的可能性。当然，作为"文委"成员的梅益要参与翻译《红星照耀中国》也得经过当时"文委"负责人孙冶方的批准。

尽管林淡秋在《自传》和其他回忆文章中，从未谈及他参与翻译《红星照耀中国》一事，但与梅益的情况相似，林淡秋能够参加这项工作，可能也是王任叔引荐的结果。据王任叔自述，1938年1月他正式加入"文委"后，梅益、林淡秋和蒋天佐与他一起"做文艺方面工作"②，而当时正处在胡愈之组织人员翻译《红星照耀中国》前后，林淡秋是中共党员，更是沪上知名翻译家，王任叔向胡愈之推荐林淡秋既是代表党组织向他指派任务，也是出于他在翻译方面的专长。

傅东华加盟翻译《红星照耀中国》很可能是胡愈之直接邀请的。傅东华和胡愈之是浙江同乡，傅东华是金华人，胡愈之是绍兴人，地缘较近。从现有史料很难发现傅东华与胡愈之有多少私交，但他们在团体或公共事务上有很多交集。1921年文学研究会成立后，傅东华和胡愈之均在该年加入文学研究会③。1933年生活书店主办的《文学》杂志创刊后，茅盾、郑振铎和傅东华轮流担任该刊主编，胡愈之列9名编委之一，该刊出至1937年11月才停刊。1934年胡愈之、傅东华共同参与了陈望道等发起的"大众语"运动的有关集会和论战，且他们都参加了该运动第一次集会（计有12名成员）④。1937年《救亡日报》创刊时，傅东华和胡愈之均名列该报编委。胡愈之、傅东华二人至少自20世纪20年代初即开始发生关系，直至1937年底他们共同参加了多种文艺组织或文化活动，在长达近20年的交往中，即便双方没有形成浓厚的私谊，相互也是非常熟悉的，胡愈之邀请傅东华这样一位沪上知名翻译家朋友参加翻译《红星照耀中国》属于合情合理之举。

邵宗汉、冯宾符、倪文宙和吴景崧等译者加入《红星照耀中国》的翻译团

---

① 本刊记者：《访〈钢铁是怎样炼成的〉译者梅益》，《中国翻译》1983年第1期。
② 巴人：《自传》，浙江省社科院《巴人文集》编委会编：《巴人文集·回忆录卷》，宁波：宁波出版社，1997年，第489页。
③ 《文学研究会发起人及部分成员简介》，贾植芳、苏兴良、刘裕莲等编：《文学研究会资料》（上），北京：知识产权出版社，2010年，第37、42页。
④ 陈光磊、陈振新：《追望大道》，上海：复旦大学出版社，2020年，第92页。

队,应该是胡愈之和胡仲持联系的结果。胡愈之与邵宗汉、冯宾符、倪文宙曾是"世界知识派"成员或商务印书馆编译所同事,关系较近。吴景崧与胡愈之也在商务印书馆编译所共事过,一度共同编辑《东方杂志》。在胡愈之发起创办《世界知识》杂志后,吴景崧长期为该刊撰稿①,他也属于"世界知识派"的一员。1932 年后吴景崧又与胡仲持在《申报》编辑部共事,胡编辑电讯和国际新闻,吴编《申报月刊》②。值得注意的是,为纪念十月革命二十周年,1937 年 11 月,胡愈之专门选编了《苏联革命与中国抗战》一书(生活书店 1937 年版)。该书共收录了 30 多位作者的作品,其中包括吴景崧(湘渔)的《苏联革命二十周年纪念》、倪文宙的《向少壮的伟大共和国致敬》、冯宾符(冯仲足)的《苏联诞生二十周年》、邵宗汉的《值得考虑的问题》等。吴景崧、倪文宙、冯宾符和邵宗汉当时都身居上海,胡愈之将他们的作品纳入自己编辑的"小册子",以此"当作一份礼物"向苏联"表示敬意"③。该书的出版证明,在胡愈之组织翻译《红星照耀中国》前夕,他与邵宗汉、冯宾符、倪文宙和吴景崧等人仍保持着联系,这为随后胡愈之邀请他们参加《红星照耀中国》的翻译工作提供了便利。

至于章育武,他和胡愈之、胡仲持系浙江上虞同乡。上海"八办"工作人员向枫曾回忆:"当时'八办'通过钱亦石、钱俊瑞、张宗麟、章育武、胡愈之、罗叔章、史良、沈兹九等人对社会上层知名人士做统战工作。"④上海"八办"通过章育武联系上海社会上层人士,这从侧面可以反映出章育武本人也系沪上知名人物,且在政治上倾向中国共产党甚至具有中共党员身份。因此,章育武参与《红星照耀中国》的翻译工作,既可能系胡愈之和胡仲持直接邀请而至,也可能是刘少文居中推荐。

由于许天虹是在《西行漫记》出至第五版(增订本)前夕才加入《红星照耀中国》翻译队伍的,有关情况我们将在后文补述。

四、《西行漫记》底本《红星照耀中国》("修正本")的翻译

据胡德华说,当胡愈之等人在分配《红星照耀中国》的翻译任务时,他们"把英文版新书拆开,一人一篇;不到一个月,全部译完。加上许达原来已译

---

① 张明养:《怀念三位老编辑——金仲华 冯宾符 吴景崧》,《世界知识》1984 年第 13 期。
② 凌其瀚:《邹韬奋同志给我的教育(摘要)》,邹嘉骊编:《忆韬奋》,上海:学林出版社,1985 年,第 426 页。
③ 胡愈之:《序》,《苏联革命与中国抗战》,上海:生活书店,1937 年,第 2 页。
④ 向枫:《关于"八办"的点滴情况》,上海社会科学院历史研究所编:《"八·一三"抗战史料选编》,上海:上海人民出版社,1986 年,第 364 页。

出的那部分,由我父亲对译稿作了校订。最后由我伯父对全书作了润
色"。① 若依此说,胡愈之等人在翻译《红星照耀中国》时所依据的是该书的
最初版本即伦敦戈兰茨版。但复社版《西行漫记》的有关"附记"则写道:
"英文初版(伦敦戈兰茨版——引者注)发行后,作者发现有许多错误,决定
在再版修正。第十一章中删去了一个整节。第十章中关于朱德的一节完全
重写过。此外还改正了许多字句。现在中译本,系照作者的修正本译出。
有许多字句和英文初版不同的地方,都是作者自己改正的。"②也就是说,
《西行漫记》最初底本并非《红星照耀中国》的伦敦戈兰茨版,而是该书的
"修正本"。胡愈之较早获取了伦敦出版的《红星照耀中国》原书,在他着手
组织翻译该书之前,斯诺对其进行了专门修正并将"修正本"交予他。

　　胡愈之、胡仲持和傅东华等都是翻译家或具有丰富的翻译经验。有研
究者认为,在一定程度上《西行漫记》的内容也体现了胡愈之等翻译者的意
志,例如,在斯诺为《西行漫记》所作的序言中有"在蒋介石委员长贤明领导
之下"的字句,这应该不是斯诺的话,很可能是胡愈之等翻译者鉴于当时的
政治形势润色而成;斯诺在"修正本"中删除了伦敦戈兰茨版关于国民党军
队残暴行为的内容,这"与其说是斯诺的意愿,倒不如说是译者为避免查禁
而采取的权宜之策。"③换言之,在斯诺对《红星照耀中国》伦敦戈兰茨版进
行修正后,胡愈之等译者与之进行了有效的互动,且前者在翻译时作了适当
的加工。前述胡德华所说的胡仲持对译稿的"修订"、胡愈之对全书的"润
色"很可能即包含在这种加工之中。

　　《红星照耀中国》的翻译工作具体从何时开始,持续了多长时间,什么时
候完成的? 胡德华称该书的翻译"不到一个月,全部译完"④。倪文宙说,当
时胡愈之要求《红星照耀中国》的翻译"在一星期内完成,立即交付排印"。⑤
无论是"不到一个月"还是"一星期",都说明《红星照耀中国》的翻译周期较
短,译者的效率较高。《红星照耀中国》并非系列著作,翻译工程并不是很庞

① 胡德华:《复社与胡仲持》,北京鲁迅博物馆鲁迅研究室编:《鲁迅研究资料》第15辑,天津:天津人民出版社,1986年,第42—43页。
② 《〈西行漫记〉译者附记》,胡愈之:《胡愈之文集》第4卷,北京:生活·读书·新知三联书店,1996年,第9—10页。
③ [日]石川祯浩:《〈红星照耀中国〉各国版本考略(续)》,乔君编译,《中共党史研究》2016年第6期。
④ 胡德华:《复社与胡仲持》,北京鲁迅博物馆鲁迅研究室编:《鲁迅研究资料》第15辑,天津:天津人民出版社,1986年,第43页。
⑤ 倪文宙:《关于〈西行漫记〉的翻译和出版》,中国史沫特莱·斯特朗·斯诺研究会编:《〈西行漫记〉和我》,北京:国际文化出版公司,1991年,第114—115页。

大,胡愈之却组织了包含多个知名翻译家在内的 11 人(不含许达)来翻译该书,应该就是想要在最短时间里将其译出。

《每日译报》在 1938 年 1 月 30 日刊发了梅益摘自《红星照耀中国》一书的译文《彭德怀印象记》,梅益还为此文加了一段按语,内中称"该书(指《红星照耀中国》——引者注)全译不日将由复社出版"①。在《每日译报》刊出梅益译文的同一天,胡愈之、张宗麟写信给沈钧儒称:"最近正在译斯诺的《Red Star Over China》(原文如此——引者注),二月十五可以出版。"②根据前述梅益在《每日译报》上撰写的按语,以及胡愈之此信,我们可以判断,《红星照耀中国》的翻译工作至 1938 年 1 月底已经基本完成。查阅《西行漫记》第一版的版权页,可见其上标注有"二十七年二月十日付印 二十七年二月十五日出版"字样。此日期说明《红星照耀中国》的翻译任务至晚已在 1938 年 2 月 10 日之前已全部完成,其实际出版日期也与胡愈之和张宗麟在前信中所述一致。梅益称他为翻译《红星照耀中国》第一次到胡愈之家拜访的时候,胡愈之知道他在《每日译报》工作,而《每日译报》正式发刊于 1938 年 1 月 21 日,不难推断,梅益的此次拜访时间大约是在 1938 年 1 月下旬。1938 年 1 月 24 日,斯诺在为《西行漫记》所作的序言中写道:"现在这本书的出版与我无关,这是由复社刊发的。据我所了解,复社是由读者自己组织起来的非营利性质的出版机关。"③斯诺的序言中透露出一个重要信息,即《红星照耀中国》的翻译工作是在复社成立以后进行的,且到 1938 年 1 月底此项翻译任务即将结束。斯诺在 1937 年 11 月才收到《红星照耀中国》的初版本,其修改该书需要一段时间。更为重要的是,1937 年 10 月海伦·斯诺从西北采访回到北平后,经过一个多月休息,于当年 12 月 3 日才抵达上海与斯诺相逢④,她向斯诺提供了伦敦戈兰茨版《红星照耀中国》所没有的部分照片,以及有关朱德传记的内容,这些照片和内容均被收入《红星照耀中国》的"修正本",也即《西行漫记》的初版本。综上我们可以得出结论,《红星照耀中国》的翻译工作谋划于 1937 年 12 月,始于 1938 年 1 月中下旬,翻译过程时间较短,仅 20 天左右。

在《红星照耀中国》全书翻译工作完成前后,关于中译本的书名问题,胡

---

① 参见鹤:《彭德怀印象记》,《每日译报》1938 年 1 月 30 日第 3 版。

② 《胡愈之、张宗麟致沈钧儒、邹韬奋、章乃器函》(1938 年 1 月 30 日),周天度、孙彩霞编:《救国会史料集》,北京:中央编译出版社,2006 年,第 561 页。

③ [美]埃德加·斯诺:《一九三八年中译本作者序》,《西行漫记》,董乐山译,北京:中国人民解放军战士出版社,1979 年,第 10 页。

④ [美]海伦·斯诺:《旅华岁月——海伦·斯诺回忆录》,华谊译,北京:世界知识出版社,1985 年,第 285 页。

愈之等人"颇费点脑筋",认为照原书名直译会引起敌人和国民党的注意,不利于发行,倪文宙自称是他提议用"西行漫记"作为书名,"以笔记游记的轻松意味掩护着内容",他的这一建议遂获得其他翻译者的同意。① 胡愈之从没有明确说过"西行漫记"书名是由谁提出来的,他称之所以使用"西行漫记"书名,是因为当时范长江根据红军长征写的一本书《中国的西北角》"很受欢迎",从此"西"或"西北"就成了中共所在地的代称,"《西行漫记》这书名,一般人看了就可以联想到我们党。"②当然,胡愈之此说尚存疑问,如果"西行漫记"之名容易让人联想到共产党的话,就达不到隐晦的目的,更可能会引起敌人的注意。比较起来,倪文宙"以笔记游记的轻松意味掩护着内容"之说较为可信。

关于《红星照耀中国》的翻译过程,参与翻译的当事人在新中国成立后还有其他一些不同的说法。例如,关于参与翻译者的报酬问题,倪文宙称:"大家商量决定翻译者不领稿酬,将资金完全用于出版事业。"③按照他的说法,当时 11 个译者(未计入许达)的有关翻译工作都是义务或免费的。但梅益则说:"这期间我还参加翻译《西行漫记》和《续西行漫记》。不翻译我就没有稿费,而没有稿费收入就不能维持生活。"④这句话似乎透露,《红星照耀中国》的翻译并非无偿劳动,复社给译者发了稿酬。不过,胡愈之本人倒是没有提及过翻译人员的报酬问题。

五、《西行漫记》的出版、再版和修订

相较于《红星照耀中国》的翻译,《西行漫记》在出版过程中所遇到的真正难题是其出版经费问题。胡愈之回忆,在翻译《红星照耀中国》前后,因不少出版机构随着战事的爆发陆续迁出上海,沪上部分印刷厂闲置,有些工人因此失业,生活困难。商务印书馆的印刷厂也存在此问题,于是一些认识胡愈之的印刷工人找到胡愈之,希望他提供书稿来作为他们的印刷厂"订单",

① 倪文宙:《关于〈西行漫记〉的翻译和出版》,中国史沫特莱·斯特朗·斯诺研究会编:《〈西行漫记〉和我》,北京:国际文化出版公司,1991 年,第 115 页。但刘少文传记作者认为是刘少文提出和决定采用"西行漫记"书名的,参见《刘少文中将(一九五五年)》,中国人民解放军《中国人民解放军高级将领传》编审委员会,中国中共党史人物研究会《中国人民解放军高级将领传》编撰委员会编:《中国人民解放军高级将领传》第 18 卷,北京:解放军出版社,2013 年,第 375 页。

② 《胡愈之谈〈西行漫记〉中译本翻译出版情况》,《读书》1979 年第 1 期。

③ 倪文宙:《关于〈西行漫记〉的翻译和出版》,中国史沫特莱·斯特朗·斯诺研究会编:《〈西行漫记〉和我》,北京:国际文化出版公司,1991 年,第 114—115 页。

④ 梅益:《〈钢铁是怎样炼成的〉翻译前后》,郝时远、杨兆麟主编:《梅益百年纪念文集》,北京:社会科学文献出版社,2014 年,第 194 页。

至于印刷费用问题,可以待书籍印刷售出后再结算,胡愈之只需提前支付纸张费即可。胡愈之又称,为解决购买纸张的经费问题,他请"星二聚餐会"成员"凑了一点",同时又采取"暗中预约推销的办法,定价一元钱一本"①,很快即征得"一千本定金,用这款买纸"②。从胡愈之的回忆可以判断,《西行漫记》出版所需要的纸张费用来自两方面,一是"星二聚餐会"成员捐款,一是预约发行筹款。"星二聚餐会"成员的捐款或许有限,预约发行筹款应是主要渠道。在《西行漫记》译稿尚在修订时,胡愈之、张宗麟在写给沈钧儒等人的信中就称该书"一千五百本已预约出去"③。此前的 1938 年 1 月 22 日,胡仲持在《集纳》上发表的有关《西行漫记》的书评中也号召读者预约该书:"本书现已译出,下月中即可出版,精装本定价二元预约一元,由复社发行。"④在《西行漫记》尚未出版之前,《红星照耀中国》的另一名译者倪文宙、署名为"叔衡"的作者也先后在《集纳》上撰文评介《西行漫记》。⑤ 由于《西行漫记》客观真实地反映了中国共产党和红军的斗争业绩,加上《集纳》在报纸上的持续推介,《西行漫记》未真正问世即出名,在预约发行上,短期内即取得成功。

《西行漫记》由复社组织出版,名义上由复社印刷,实际上是该社委托商务印书馆印刷。在发行上虽然也由复社进行,《西行漫记》版权页标注"别发印书馆经售"字样,这说明别发印书馆为该书的实际发行者。《西行漫记》出版后,《华美》周刊刊登的有关该书的广告中称其"总经售处"为"上海南京路六六号别发洋行"⑥。别发洋行,即别发书庄有限公司(Kelly & Walsh,Ltd.),又称"别发印书馆"或"别发印字房"。其前身为英国商人凯利(J. M. Kelly)经营的书店和沃尔什(F. G. Walsh)经营的印字馆,后这两家机构合并成立公司。该公司在中国香港、武汉及新加坡、日本横滨设分号,在上海、香港设印字房,主要经营西文书籍印刷出版和文具制造业,兼营报刊代理及烟业贸易。在进出口业务方面,该公司进口经销英美欧陆书刊、文具、纸张、印刷材料及杂货,出口书籍及文具,销往欧美。⑦ 还有资料称,该

① 胡愈之:《我的回忆》,《胡愈之文集》第 6 卷,北京:生活·读书·新知三联书店,1996 年,第 368 页。

② 《胡愈之谈〈西行漫记〉中译本翻译出版情况》,《读书》1979 年第 1 期。

③ 《胡愈之、张宗麟致沈钧儒、邹韬奋、章乃器函》(1938 年 1 月 30 日),周天度、孙彩霞编:《救国会史料集》,北京:中央编译出版社,2006 年,第 561 页。

④ 宜闲:《西行漫记(Red Star Over China)》,《集纳》1938 年第 1 卷第 5 期。

⑤ 哲生:《西行漫记》,《集纳》1938 年第 1 卷第 6 期;叔衡:《西行漫记(Red Star Over China)》,《集纳》1938 年第 1 卷第 7 期。

⑥ 《一九三八年第一部好书,斯诺西行漫记》,《华美》1938 年第 1 卷第 3 期。

⑦ 黄光域编著:《外国在华工商企业辞典》,成都:四川人民出版社,1995 年,第 354 页。

印书馆在华经营时间较长,一直到 20 世纪 50 年代初才歇业①,歇业之前其主持人为顾露弗(A. E. Glover)和施露(J. H. Searle)。胡愈之和复社将《西行漫记》的总经售业务授权给别发洋行,应该主要考虑的是其英商背景,这种背景有利于该书在上海、香港等地顺利发行。

根据《西行漫记》版权页标注,该书付印于 1938 年 2 月 10 日,印刷时分为平装本和精装本。其中,平装本于 2 月 15 日发行,精装本在 3 月 1 日发行。初版付印后不到一个月,在发行初版精装本的同时,3 月 1 日《西行漫记》第二版再次付印,并于 3 月 10 日发行(平装本)②。同年 10 月 10 日、11 月 10 日该书又分别出版了第三版和第四版,9 个月时间即出版了四版,以上各版均发行精装本和平装本两种版本,每版的平、精两种版本都各印有 2 000 册。1939 年 4 月 10 日复社发行《西行漫记》"增订五版"③,即该书第五版(增订本)。大约在 1938 年夏天,斯诺对《红星照耀中国》再次进行修订,同年秋天美国兰登书屋出版了该修订版。该版本增加了第 13 章"旭日上的暗影",同时也修正了"许多不合时代之潮流和抗战环境的地方"④。有研究者认为,该版本在内容、结构和字句上都有变化,有少量内容因顾及苏联、共产国际和斯大林而被修改和删除⑤,删除了对苏联、共产国际和斯大林的批评,或者"不适当"的言论⑥。《西行漫记》增订本即是依据前述兰登书屋修订版译出的,相较于前四版《西行漫记》,该书增订本"增加材料三万余字"⑦。

《西行漫记》增订本所标注的译者有 13 人,其中 12 人为王厂青等该书前四版的译者,另一人是许天虹,系新增。除删改少量内容和新增第 13 章"旭日上的暗影"外,《西行漫记》增订本在内容上与该书前四版一致,许天虹翻译的很可能就是第 13 章"旭日上的暗影"。许天虹参与翻译《西行漫记》增订本工作应该是在 1938 年底之前。因为 1939 年春初他带着妻儿从上海"逃难"到浙江台州临海县的一个偏僻村庄,在此生活了 6 年时间且从

①　王垂芳主编:《洋商史——上海:1843~1956》,上海:上海社会科学院出版社,2007 年,第364 页。
②　此日期见于复社版《西行漫记》第二版的版权页,但该社第五版(增订版)《西行漫记》版权页称第二版再版于 1938 年 4 月 10 日。
③　此为《西行漫记》第五版版权页说明。
④　《长征二万五千里》,《申报》1939 年 4 月 28 日第 11 版。
⑤　[日]石川祯浩:《〈红星照耀中国〉各国版本考略》,乔君编译,《中共党史研究》2016 年第5 期。
⑥　[日]石川祯浩:《〈红星照耀中国〉各国版本考略(续)》,乔君编译,《中共党史研究》2016年第 6 期。
⑦　《斯诺西行漫记增订本发售特价三个月》,《时论丛刊》1939 年第 2 辑。

未离开过。① 在许天虹离开上海之前他很可能已完成了《西行漫记》增订本的翻译任务。至于是谁推荐了许天虹，让其参加翻译《西行漫记》增订本，根据现有史料无法考证。

《西行漫记》增订本仍标注为"复社印行"，其版权页加盖有"复社"印章。在发行上，该书在广告中声称"总发行处"为香港"复社"，"经售处"有两个，一为"上海别发洋行"，一为"译报图书部"。② 称"总发行处"在香港复社，基本上属于假托，总发行应该还是上海复社总部，香港复社应该仅承担该书华南地区发行任务。"译报图书部"位于上海爱多亚路117号，由中共江苏省委支持创办的《每日译报》以英商名义成立，名义上的发行人为孙特司·裴士和拿门·鲍纳。除《西行漫记》外，"译报图书部"还发行过王任叔主编的"公论丛书"、毛泽东的《论持久战》和林淡秋的《中国的新生》等。"译报图书部"协助发行《西行漫记》是中国共产党支持复社出版事业的又一有力证据。

第二节 《续西行漫记》的出版

《续西行漫记》是斯诺夫人、美国记者海伦·斯诺所采写的纪实性作品。1937年4月至8月，海伦·斯诺深入陕甘宁边区，历时4月余，考察和采访中共及其所领导的军民的革命斗争和生活情况，搜集了大量第一手资料，并在此基础上整理和撰写了《续西行漫记》一书。该书与《西行漫记》有一定联系，但并非其真正意义上的续集或续篇。

一、海伦·斯诺与《续西行漫记》的成书

海伦·斯诺(1907—1997)，又名尼姆·韦尔斯。1931年8月，美国斯克里普斯-坎菲尔德报业集团派驻中国的记者海伦·斯诺乘坐"林肯"号轮船抵达上海，不久兼职《密勒氏评论报》，成为该报撰稿人，次年她与斯诺结婚。1933年海伦·斯诺夫妇到达北京，担任《密勒氏评论报》驻北京记者，同时兼职于燕京大学新闻系，担任讲师。在斯诺从陕甘宁边区采访归来后，海伦·斯诺帮助斯诺整理了《红星照耀中国》一书的全部材料，是斯诺写作该书期间的重要助手。她后来回忆："当我阅读这些材料的时候，我认识到

---

① 许天虹：《一个"译人"的消息》，连晓鸣主编：《台州革命文化史料选编》，台州：台州印刷厂，1992年，第232页。

② 《斯诺西行漫记增订本发售特价三个月》，《时论丛刊》1939年第2辑。

自己必须不惜任何代价,进行一次类似的旅行,收集其他的传记性材料。"①
受斯诺西北采访材料的感染和启发,海伦·斯诺决定亲自到西北走一趟。
她又写道:"我打算把我丈夫未能采访到的资料全部搜集起来,有关妇女和
儿童问题的资料,更要多采访。……只要有可能,我决心争取多搞些传记材
料。……我不仅想写一部中国共产主义运动史,而且还想写一部中国革命
运动通史。"②海伦·斯诺希望通过自己的西北之行,弥补此前斯诺西北采
访中存在的不足,也试图在深入、广泛地采访基础上,全面了解和撰写中国
革命史。

　　1937 年 4 月 21 日,海伦·斯诺从北平乘车前往西安,并经西安于 4 月
底到达陕甘宁边区。她在陕甘宁边区生活了 4 个多月,采访了 34 位中共领
导人、红军将领和知名人士,包括斯诺 1936 年未能采访到的朱德和徐向前
等人,为后来写作《续西行漫记》搜集了大量素材。1937 年 9 月初,海伦·
斯诺离开延安并于同年 10 月中旬回到北平。当她抵达北平时,斯诺的《红
星照耀中国》一书已交付伦敦戈兰茨公司出版。1937 年 11 月 21 日,海伦·
斯诺离开北平,并于 12 月 3 日在上海与斯诺会合,而此时距离胡愈之等翻
译《红星照耀中国》的时间已经不远。《西行漫记》初版所收录的而伦敦戈
兰茨版《红星照耀中国》所没有的部分照片,以及有关朱德传记的内容,均由
海伦·斯诺提供。

　　海伦·斯诺撰写《续西行漫记》是在她抵达上海后进行的。1938 年 9
月,她完成了该书的写作。1939 年初,该书英文版(ISIDE RED CHINA)初
版由纽约达勃戴·多伦出版公司出版。海伦·斯诺说:"到 1938 年 9 月,我
写好了我的第一本书《续西行漫记》,胡愈之的地下救国团体从我的打字员
处取走了这本书的稿子,并秘密把它翻译成了中文"。③ 所谓"胡愈之的地
下救国团体"应该指的是复社。1939 年 4 月 15 日,复社印行了《续西行漫
记》的中文版,作者署名为"宁谟·韦尔斯"。全书内容有"到苏区去""苏区
之夏""妇女与革命""中国苏维埃之过程""中日战争"等五章,另附有 86 位
人物的经历。该书版权页标注有"复社印行""各大书店经售"字样,加盖
"复社"印章,且分为"精装本"和"平装本"。

---

① ［美］海伦·斯诺:《我在中国的岁月——海伦·斯诺回忆录》,安危、杜夏译,北京:中国
新闻出版社,1986 年,第 220 页。
② ［美］海伦·斯诺:《延安采访录》,安危译,北京:北京出版社,2018 年,第 2—3 页。
③ ［美］海伦·斯诺:《旅华岁月——海伦·斯诺回忆录》,华谊译,北京:世界知识出版社,
1985 年,第 293 页。

二、《续西行漫记》的译者

《续西行漫记》的英文书名为 *Inside Red China*，中文译为《续西行漫记》。虽然《续西行漫记》的出版者与《西行漫记》相同，均为复社，但其译者不尽相同。《续西行漫记》的译者共有 7 人，分别为梅益、林淡秋、胡仲持、冯宾符、蒯世勋（以下使用"蒯斯曛"）、席涤尘和凌摩等，与《西行漫记》重合者仅有 4 人。其中，梅益、林淡秋、胡仲持和冯宾符的翻译经历及代表作我们在前文已述，此处不赘。下面我们谈谈蒯斯曛、席涤尘和凌摩的翻译经历与成果。

蒯斯曛（1906—1987），又名蒯世勋、蒯世勋，江苏吴县人。他 1924 年就学于复旦大学，和席涤尘是同学。1929 年蒯斯曛与席涤尘、裘柱常①等在上海发起成立白露社，创办《白露》月刊，并和席涤尘、王任叔共同编撰该刊②。1932 年上海通志馆成立后，蒯斯曛、席涤尘都在该馆担任编纂③。1938 年 4 月，经王任叔介绍，蒯斯曛参加《鲁迅全集》的校对工作。④ 据说蒯斯曛、席涤尘都是陈望道的高足。⑤

就翻译经历来说，蒯斯曛早在 1928 年就独立翻译了俄国契诃夫的作品《丈夫》，并发表在《复旦实中季刊》上。自 1929 年至 1934 年，蒯斯曛先后翻译了美国杰克·伦敦的《强者之力》、英国卓别林的《卓别林东游记》、美国 Upton Sinclair 的《被逐诗人的人生相》等近十篇作品，分别发表在《白露月刊》《文艺新闻》《世界文学》等刊物上。在著作方面，蒯斯曛与席涤尘先后合译了俄国屠格涅夫的两部小说《爱西亚》和《阿霞姑娘》，前者 1928 年由春潮社出版，后者由黎明书局印行于 1933 年。在参与翻译《续西行漫记》之前，即便蒯斯曛称不上是翻译家，但他也是一个翻译经历比较丰富、译作较多的译者，有能力承担该书翻译任务。由于和王任叔有着十多年的交往且参加过复社的编辑工作（校对《鲁迅全集》），蒯斯曛能够有机会参加复社的另一项工作——翻译《续西行漫记》，或许是王任叔向复社推荐的结果。

---

① 裘柱常（1906—1990），笔名裘重，浙江余姚人，现代作家、文学翻译家。
② 参见裘柱常：《生死艰难忆巴人》，上海鲁迅纪念馆编：《巴人先生纪念文集》，北京：人民文学出版社，2001 年，第 117 页。赵景深：《文人剪影 文人印象》，太原：三晋出版社，2015 年，第 221 页。
③ 张明观：《上海市通志馆的一些基本情况》，《柳亚子史料札记三集》，上海：上海人民出版社，2017 年，第 221 页。
④ 蒯斯曛：《回忆〈鲁迅全集〉的校对》，北京鲁迅博物馆鲁迅研究室编：《鲁迅研究资料》第 15 辑，天津：天津人民出版社，1986 年，第 53 页。
⑤ 赵景深：《文人剪影 文人印象》，太原：三晋出版社，2015 年，第 220—221 页。

席涤尘,生卒年月不详,江苏吴县人,原名席时贤①。他不仅与蒯斯曛是复旦大学同学,而且二人关系非常友好,同办文艺刊物,同住一间宿舍。②在参与翻译《续西行漫记》之前,席涤尘就已是翻译家。自 1927 年至 1937 年,除去在《世界文学》等刊物上发表的多篇译文不论,单译著就有多部。其中有 4 部译著系分别与赵宋庆③、吴鸿绥④和蒯斯曛合译,且多成书于 1928 年前后。美国辛克莱的《潦倒的作家》(上海前夜书店 1929 年版)、屠格涅夫的《一个虔敬的姑娘》(现代书局 1932 年版)、英国金斯莱的《希腊英雄传》(世界书局 1933 年版)、丹麦安徒生的《安徒生童话集 下》(世界书局 1933 年版)等则为席涤尘独立翻译之作。席涤尘无疑是 20 世纪 30 年代上海一个多产的翻译家。他之所以有机会参与翻译《续西行漫记》,应该系蒯斯曛或王任叔的举荐。

目前关于凌摩的史料较少。但从由张宗麟等主办的《上海周报》来看,其在英语方面有一定造诣。1939 年凌摩在该报上连续发表了《为什么希特勒必须击败》(原作者为法国的台尔博斯)等多篇译文。凌摩参与翻译《续西行漫记》行为本身说明他有可能是中共党员,至少属于进步人士。

关于蒯斯曛、席涤尘和凌摩在参与翻译《续西行漫记》之前的具体翻译情况,参见表 5 - 2。

表 5 - 2　《续西行漫记》部分译者 1938 年前发表(出版)的译作(部分)

译者	名　称	时间	机　构	原作者	备注
蒯斯曛	《丈夫》	1928 年 1 卷 3 期	《复旦实中季刊》	(俄)契可夫	
	《爱西亚》	1928 年	春潮社	(俄)屠格涅夫	合译。
	《强者之力》	1929 年 1 卷 4 期	《白露月刊》	(美)贾克·伦敦	
	《AhCho 与 AhChow》	1930 年 27 卷 17 期	《东方杂志》	(美)贾克·伦敦	

① 李今主编,罗文军编注:《汉译文学序跋集》第 4 卷(1925—1927),上海:上海人民出版社,2017 年,第 487 页。
② 胡道静:《蒯斯曛和席涤尘的英文名》,吴孟庆主编:《文苑剪影》,上海:上海辞书出版社,2006 年,第 139 页。
③ 赵宋庆(1903—1965),曾用名辜怀,别名业辛,江苏丹徒人,1928 年毕业于复旦大学。
④ 吴鸿绥,履历不详。

续　表

译者	名　称	时　间	机　构	原作者	备注
蒯斯曛	《卓别林东游记》	1931 年 2—20 期	《文艺新闻》	（英）卓别林	
	《阿霞姑娘》	1933 年	黎明书局	（俄）屠格涅夫	合译。
	《纪许的故事》	1931 年 1 卷 4 期	《当代文艺》	（美）贾克·伦敦	
	《文学的世界性》	1934 年 1 卷 1 期	《世界文学》	（苏俄）Maxin Gorky	
	《诗之目的》	1934 年 1 卷 1 期	《世界文学》	（美）B. Bjornson	
	《妻怀孕以后》	1934 年 1 卷 2 期	《世界文学》	（美）Upton Sinclair	
	《被逐诗人的人生相》	1934 年 1 卷 2 期	《世界文学》	（美）Upton Sinclair	
席涤尘	《鸽与轻梦》	1927 年	开明书店	（英）高尔斯华绥	合译。
	爱西亚	1928 年	春潮社	（俄）屠格涅夫	合译。
	《武器与武士》	1928 年	光华书局	（英）萧伯纳	合译。
	《潦倒的作家》	1929 年	上海前夜书店	（美）辛克莱	
	《约会》	1930 年	金马书堂	（俄）屠介涅夫	
	《一个虔敬的姑娘》	1932 年	现代书局	（俄）屠格涅夫	
	《阿霞姑娘》	1933 年	黎明书局	（俄）屠格涅夫	
	《希腊英雄传》	1933 年	世界书局	（英）金斯莱	
	《安徒生童话集》	1933 年	世界书局	（丹麦）安徒生	
	《鞋子》	1937 年	启明书局	（意）戴丽黛女士	
凌摩	《为什么希特勒必须击败》	1939 年 1 卷 1 期	《上海周报》	（法）台尔博斯	1938 年前的译作不详。
	《德国在捷克斯拉夫》	1939 年 1 卷 3 期	《上海周报》	（英）S. I. Greni	
	《英国名人对作战目的的怀疑》	1939 年 1 卷 9 期	《上海周报》	（英）William Gallacher	

资料来源：笔者根据有关史料整理而成。

尽管胡仲持等 7 人翻译《续西行漫记》的具体过程尚不清楚，但有一点是明确的，即该书没有完全按照海伦·斯诺提供的英文原稿进行翻译。复社印行的《续西行漫记》中文译本共有五章，插入了 64 幅铜版图片，另附有"苏维埃共产党的六十位政治领袖、二十三位军事领袖，以及三个开除党籍者的履历"①。海伦·斯诺在她的采访笔记中说："我为《续西行漫记》写过'红色医生与基督教'一章，后来只好删掉"②该章内容原属《续西行漫记》的第二部分"苏区立夏"，系海伦·斯诺与红军军医傅连暲的谈话，主要反映的是傅的革命经历、思想与形象。但我们难以确认的是，这种"删掉"是海伦·斯诺把书稿交予胡仲持等人之前自己主动进行的，还是在翻译过程中由胡仲持等人而为。海伦·斯诺还写道："'再论托洛茨基的马克思主义——同吴亮平的谈话'，我用这个谈话为《续西行漫记》写了一章，出版时被删掉了。"③该章主要内容为海伦·斯诺就托洛茨基主义问题同吴亮平的几次谈话，原系《续西行漫记》第四部分"中国苏维埃的过程"。该章的"删掉"应该系胡仲持等人在翻译《续西行漫记》过程中完成的。与《西行漫记》不完全是《红星照耀中国》戈兰茨初版的译本相似，《续西行漫记》的译者也没有完全遵照海伦·斯诺的英文书稿原本来翻译。

三、《续西行漫记》的预约发行

《续西行漫记》在正式出版之前曾进行过预约发行，且力度不小。1939年 3 月，《申报》《民族公论》等报刊几乎同时刊发了关于《续西行漫记》将要出版的消息或广告，并告知读者提前预约购买该书的具体办法。《申报》在报道中称《续西行漫记》"足与西行漫记媲美，全书三十五万字，二十三开本，五百余页……闻业已开始预约，四月十五日即可取书，上海总代预约处为译报图书部，分代预约处有珠林、光明、兄弟等各书店。"④《民族公论》在预约发行广告中提供了更为详细的预约信息。它一方面向读者介绍《续西行漫记》的翻译和出版动态，"远在去年十月，即承原作者韦尔斯女士将原稿交给我们，现在已翻译完竣……正在积极排印中，四月十五日即可与读者见面"，同时也大力夸赞和推销该书，"请看一九三九年第一本好书……四月十五日可以取书，四月十日截止预约"。该广告还详细列举了《续西行漫记》的发行、预约机构及其具体地址，总发行处为"香港复社"，"预约处"分为

①　铮伟：《续西行漫记》，《译报周刊》1939 年第 2 卷第 2 期。

②　［美］海伦·斯诺：《延安采访录》，安危译，北京：北京出版社，2018 年，第 75 页。

③　［美］海伦·斯诺：《延安采访录》，安危译，北京：北京出版社，2018 年，第 284 页。

④　《续西行漫记预约》，《申报》1939 年 3 月 8 日第 12 版。

"总预约处"和"代预约处",上海"总预约处"为"译报图书部","代预约处"有三家出版机构,即珠林书店、光明书局和兄弟图书公司,至于预约价格,则分为两种,"布面精装"一元五角(原价二元二角),"纸面平装"一元二角(原价一元八角)。①

上述《续西行漫记》的预约发行形式、途径和方法与此前出版的《鲁迅全集》几乎完全一致。《续西行漫记》和《鲁迅全集》的预约发行实践证明,预约发行能够在短时间内获得图书市场和读者的积极响应,效果明显。《续西行漫记》比《西行漫记》发行和售卖的速度更快。该书初版于 1939 年 4 月 15 日发行,在短短 10 天内就已售完,遂于 4 月 25 日发行第二版,可见其受欢迎的程度。这又反证该书出版前实施的预约发行宣传相当成功。

第三节　复社与《列宁选集》等革命图书的出版

《西行漫记》和《续西行漫记》由复社翻译出版,这是历史事实,已成为学界常识。但复社在存续期间,还曾借名出版了《列宁选集》《联共(布)党史》等一系列革命著作。

一、复社与《列宁选集》的翻译出版

有不少在上海从事过革命的人后来多回忆说,1937 年后复社出版过《列宁选集》。扬帆称:"《列宁选集》《鲁迅全集》《西行漫记》《西行漫画》(红军在长征中画的画)等都是复社编辑出版的"。② 扬帆(1912—1999),原名石蕴华,又名殷扬,江苏常熟人。1937 年后扬帆以中共地下党员的身份在上海从事文艺工作,与王任叔、张宗麟等复社社员有一定交往。钱今昔在怀念郑振铎时也说:"在学协交通员的工作岗位上,我经常要秘密推销一些'危险'的书刊。记得其中有《西行漫记》、《续西行漫记》、《鲁迅全集》、《列宁选集》等。《鲁迅全集》和《列宁全集》(应为《列宁选集》——引者注)是复社出版的,郑老师是复社主要成员之一"。③ 钱今昔在上海暨南大学读书期间是郑振铎的学生,并在中共地下党领导的进步学生组织"学协"担任交

---

① 《维尔斯续西行漫记开始预约》,《民族公论》1938 年第 2 卷第 1 期。
② 扬帆:《抗战初期上海抗日救亡运动的一些回忆》,中共上海市委党史研究室编:《上海党史资料汇编》第 3 编:全民族抗日战争时期(上),上海:上海书店出版社,2018 年,第 126 页。
③ 王莲芬、王锡荣主编:《郑振铎纪念集》,上海:上海社会科学院出版社,2008 年,第 245—246 页。

通员,经常向中共基层组织秘密传送党的文件和指示,负责搜集情报,对中共地下工作有一定了解。张沪的《张宗麟年表》记载,在复社工作时,张宗麟与复社同人编辑出版的著作有《鲁迅全集》《西行漫记》《列宁选集》等①。在众多人的回忆中,胡愈之的说法最权威。1984年他在与张沪的谈话中说:"复社出书,采取以书养书的办法,先出《西行漫记》、《列宁选集》,赚到钱再出《鲁迅全集》。"②据此可知,复社不仅出版过《列宁选集》,而且该书出版时间可能早于《鲁迅全集》。

除了上述新中国成立后有关人士的回忆外,下面这则史料则是证明复社出版过《列宁选集》的最直接、最有力证据。1939年4月,复社第一届年会在讨论该社下一年度工作计划时决定,"继续出版《列宁选集》。在可能范围内,在今年全部出齐。"③复社的这个决定在该社第一届年会记录中明确记载下来。"继续出版"证明此前已出版过《列宁选集》的部分著作,"今年全部出齐"是"继续出版"所要达成的理想目标,意味着在1939年要把《列宁选集》的翻译出版工作全部完成。

在目前可见的实物材料中,自1937年至1940年,我国曾出现过三种中文版《列宁选集》,分别由解放社、中国出版社和中华出版社出版。解放社的前身为解放周刊社,社址设在延安,以出版《解放》杂志为主,1938年改名为"解放社",出版范围扩大,书报并重。解放社版《列宁选集》为16卷本(共17册,第11卷包括上下两册),其中有8卷是根据苏联外国工人出版局出版的《列宁选集》中文版翻印或重印的。在8卷《列宁选集》中,翻印重印最早的是第12卷,时间在1937年8月,1938年1月该卷又被重印一次。另外8卷《列宁选集》,除1938年8月出版的第5卷译者不详外,其他各卷均由在延安的革命知识分子所译,其中第2、4卷由王实味译,第11卷上册系吴亮平、王石巍(王实味)合译,该卷下册及第17卷为何锡麟所译,第1卷由何锡麟等译,第16卷的译者是何锡麟、林仲译两人,第18卷的译校者为张仲实。④

中国出版社系中共中央长江局1938年在汉口成立,作为党在国统区以民间企业面貌出现的出版机构,以区别于《新华日报》及其附设的出版部,该

①　张沪:《张宗麟年表》,浙江省绍兴县政协文史资料工作委员会编:《绍兴文史资料选辑》第10辑,绍兴:浙江省绍兴县政协文史资料工作委员会,1991年,第107页。

②　张沪:《教育家张宗麟的坎坷一生》,《炎黄春秋》2001年第6期。

③　上海市档案馆:《有关复社的两件史料》,《历史档案》1983年第4期。

④　以上资料根据《延安时期图书简目(1937—1948)》中提供的材料整理。参见宋原放主编:《中国出版史料(现代部分)》补卷:1919年5月—1937年7月(中),济南:山东教育出版社,武汉:湖北教育出版社,2006年,第737—742页。

出版社起初为陈柱天负责,后徐雪寒担任负责人,不另立机构,而是完全委托给在汉口的新知书店办理,长江局派凯丰领导新知书店和中国出版社的工作。① 换言之,中国出版社与新知书店实为两块牌子、一套班子,系一家机构。1938 年 3 月 19 日出版的生活书店内部刊物《店务通讯》报道:"列宁选集闻将由新知书店出版,闻全书二百万字,准于三个月内出齐云。"②现有以中国出版社名义出版的《列宁选集》,共有两卷,即第 7 卷和第 8 卷。前者于 1938 年 7 月出版,编译者未知,仅标注"由莫斯科马克思恩格斯列宁学院所编俄文原版译出";后者出版于 1939 年 4 月,标注"伯虎、流沙译""唯真校""雷贯总校"等字样。上述史料说明中国出版社并非复社。

中华出版社位于上海,在其出版的《列宁选集》一书的封二标注有"中华出版社印行"字样,版权页仍有"出版者中华出版社""发行者中华出版社"等字样,均未呈现出版社的具体地址,这无疑增添了其隐秘性。但从前述胡愈之等人的回忆以及复社第一届年会记录,我们不难判断,中华出版社就是复社,是复社在出版《列宁选集》时所使用的假名。

如同《续西行漫记》《鲁迅全集》等书一样,复社版《列宁选集》出版经费的筹措也主要依赖的是预约发行。1938 年 9 月 30 日出版的《上海青年》刊发的预约广告称:"中华出版社刊行之世界巨著列宁选集,全书共二十卷,第一期出书三卷,共一百五十余万字,插图五十余幅,分装五大册,定价五元,分售一元二角,预约三元五角,现为优待本会会友起见,预约仅收二元四角。"③可见当时"上海青年会"大力支持《列宁选集》的出版,该会会刊《上海青年》较早发布有关预约广告,而且为刺激广大会友预订该书的热情,还对预约价格进行了大幅打折。在《上海青年》刊发前述预约广告不久,《华美》周刊也连续在该报第 1 卷第 27 至 29 期发布有关《列宁选集》的预约广告,该广告所称的《列宁选集》定价、预约价与《上海青年》所刊广告相同。该广告还称,《列宁选集》在上海本埠的预约期限为 1938 年 10 月底,外埠预约截止日期为 1938 年 11 月 10 日,和预约广告所称的出书日期为同一天。尽管前述广告中称中华出版社第一期出书"三卷"(《华美》称"五卷"),但目前留存下来的由该社出版的《列宁选集》基本上仅见第 3、7、9、13 卷等 4卷,且均为 1938 年 11 月出版。这从侧面可反映,复社第一届年会上所提出

---

① 徐雪寒:《新知书店的战斗历程》,《徐雪寒文集》(增订版),北京:生活·读书·新知三联书店,2006 年,第 523 页。

② 北京印刷学院、韬奋纪念馆编《〈店务通讯〉排印本》(上),上海:学林出版社,2007 年,第33 页。

③ 《列宁选集开始预约 优待会友》,《上海青年》1938 年第 38 卷第 18 期。

的"继续出版"计划不一定付诸实施,"今年全部出齐"目标可能并未实现。

从前述预约广告和目前留存下来的《列宁选集》的出版日期判断,复社版《列宁选集》的问世晚于《西行漫记》和《鲁迅全集》的出版。

二、复社与《联共(布)党史》的出版

有不少资料称,复社除了出版过《列宁选集》,还出过《联共党史》一书①。此说为真。中华出版社在 1938 年 11 月 10 日出版过名为《联共党史》的著作。该书原著是耶鲁斯拉夫斯基,但译者及其翻译所依据的版本不详。此版《联共党史》版权页标注有"出版者中华出版社""发行者中华出版社""经售者各大书店"等字样。该书初版 2 000 部,单册定价一元八角,"五册合售定价五元"。② 前文已证,1938 年后在上海出现的中华出版社就是复社,上述《联共党史》实为复社出版。

从 1938 年至 1940 年,国内翻译出版过多种与苏共(布)有关的著作。1939 年 2 月,中国出版社出版过《联共(布)党史简明教程》(上册),该书由"联共(布)中央党史委员会"编著,封面、封底和版权页均标注"博古总校阅"字样,版权页还有"译者中国出版社""出版者中国出版社""代售者生活书店"等字样。1939 年 12 月,一家名为"大华出版社"的机构也出版了名为《联共(布)党史简明教程》,书名几乎与前述中国出版社所出苏共(布)党史一致,但译者不详。1940 年 1 月,解放社出版了由"联共(布)中央党史委员会编著"的《联共 布 党史简明教程》③(下册),印刷和发行者为抗敌报社。从该书的编著者和书名来看,它应该与前述中国出版社所出的联共(布)党史系一种著作,仅有上下册之别。

---

① 郑尔康:《郑振铎》,北京:文物出版社,1990 年,第 255 页;尹韵公主编:《中国新闻界人物》,北京:中国人事出版社,2002 年,第 653 页。

② 参见[苏] 耶鲁斯拉夫斯基:《联共党史》,上海:中华出版社,1938 年,版权页。

③ 原书名在写法上如此。

第六章　复社的文学图书出版：《鲁迅全集》

在中国，迄今《鲁迅全集》先后出过四大类型的版本，分别为1938年的20卷本、1958年的10卷本、1981年的16卷本、2005年的18卷本。1938年的20卷本是国内最早的一部《鲁迅全集》，被誉为"现代中国社会的百科全书"①。它是一部里程碑式的著作，其后不仅被多次再版或重排，且为其他三种版本《鲁迅全集》的问世奠定了基础。1938版《鲁迅全集》的编辑、出版和发行工作均由复社承担，该版本又被称为"复社版"。

第一节　许广平与商务印书馆"订约"前后

在鲁迅逝世不久，《鲁迅全集》的出版工作即受到重视。起初北新书局有意争取之，后许广平决定将其交予商务印书馆并与该馆订立了出版契约。

一、提上议事日程的《鲁迅全集》出版

鲁迅生前就有整理和汇集自己全部作品进而出版《鲁迅全集》的意愿。他曾亲订两份著述总目，一份是包括十部著作的总目，另外一份是分为"人海杂言""荆天丛草""说林偶得"等多个篇章的总目。1936年10月，鲁迅甫一逝世，出版《鲁迅全集》之事就提上鲁迅生前好友及许广平的议事日程。较早提议印行《鲁迅全集》的人是许寿裳②，他在鲁迅逝世的第三天即致函

---

① 张小鼎：《鲁迅著作出版史上的三座丰碑——二十世纪〈鲁迅全集〉三大版本纪实》，《出版史料》2005年第2期。

② 许寿裳（1883—1948），字季茀，也作季黻、季市，号上遂，浙江绍兴人，1902年在日本留学时与鲁迅相识，从此二人成为挚友。参见张铭洽：《许寿裳评传》，《张铭洽学术论集》，西安：三秦出版社，2018年，第431—432页。

蔡元培：

> 豫兄为民族解放始终奋斗，三十年如一日，生平不事积蓄，上有老
> 母在平，向由豫兄一人奉养，在沪则有寡妇孤孩，其创作杂文达二百万
> 言，翻译不计在内，如能刊印全集，则版税一项，可为家族生活及遗孤教
> 育之资。然此事有政治关系，必伏先生大力斡旋，始能有济，务请先向
> 政府疏通，眷念其贡献文化之功，尽释芥蒂，开其禁令，俾得自由出售，
> 然后始能着手集资，克期付印，否则众使印成，版权既无保障，到处擅自
> 翻印，流行如故，图利奸商，于政府何益。①

　　以上信函内容为许寿裳在给许广平的信中所转述。许寿裳之所以提议
"刊印"《鲁迅全集》，一方面是因为出版该书具有纪念意义，另一方面他也
认为《鲁迅全集》出版后所带来的版税应该是可观的，足以支撑鲁迅全家的
生活。但鲁迅生前部分著作为南京国民政府所查禁，若出版《鲁迅全集》，这
些被禁之作务必事先要获得当局解禁，许寿裳就把解禁的希望寄托在蔡元
培身上，希望他能出面"大力斡旋"，"疏通"政府关系，让当局"开其禁令"。
几乎与许寿裳提议出版《鲁迅全集》的同时，吴慕鲁②也致信许广平谈及此
事，他就《鲁迅全集》的出版问题提出了多项建议，包括出版机构、编辑者、编
辑队伍等③。鲁迅生前友好集体关心《鲁迅全集》出版进展情况尤其体现在
沈兼士给许广平的信中："《全集》之编纂及出版已有头绪否？弟与季茀、幼
渔极以此事为念也。"④"季茀"指许寿裳，"幼渔"是马裕藻的字⑤。沈兼士、
马裕藻与鲁迅生前交往都比较密切。
　　作为鲁迅遗孀，许广平最盼望《鲁迅全集》能够早日问世。在鲁迅逝世
后，她不仅立即投入整理鲁迅遗著、搜集鲁迅书信的工作，而且还及时向南
京国民政府当局申请《鲁迅全集》的前期登记工作。1936 年 11 月初《鲁迅

---

① 《许寿裳致许广平》(1936 年 10 月 28 日)，周海婴编：《鲁迅、许广平所藏书信选》，长沙：
　湖南文艺出版社，1987 年，第 291 页。
② 以"吴慕鲁"或"慕鲁"为关键词，在各类数据库中均查找不到有关吴慕鲁的具体资料。但
　从吴慕鲁写给许广平此信的内容、吴朗西与鲁迅生前的交往情况、吴朗西在鲁迅葬礼上的
　表现等综合来看，笔者认为"吴慕鲁"很可能就是吴朗西。
③ 《吴慕鲁致许广平》(1936 年 10 月 23 日)，周海婴编：《鲁迅、许广平所藏书信选》，长沙：
　湖南文艺出版社，1987 年，第 274—275 页。
④ 《沈兼士致许广平》(1936 年 11 月 24 日)，周海婴编：《鲁迅、许广平所藏书信选》，长沙：
　湖南文艺出版社，1987 年，第 350 页。
⑤ 马裕藻(1878—1945)，字幼渔，以字行，浙江鄞县人，曾任北大国文系主任。参见桑兵：
　《学术江湖：晚清民国的学人与学风》，桂林：广西师范大学出版社，2017 年，第 117 页。

全集》编辑委员会的成立标志着《鲁迅全集》的出版工作正式启动。

二、北新书局的跃跃欲试

北新书局,1925 年 3 月正式创办于北京,创办人为北大毕业生李小峰等。该书局以鲁迅译著《苦闷的象征》出版当天作为开业之日。1926 年 6 月,北新书局上海分局成立,次年冬上海分局改为总局,之后北京总局遂改为分局。北新书局与鲁迅的渊源颇深,鲁迅是其主要发起人之一①,该书局的出版事业得到鲁迅长期支持。鲁迅生前将自己的著作授权给北新书局、生活书店、天马书店等多家出版机构出版,其中北新书局一共出版过鲁迅的24 种著作,是鲁迅著作的最大出版商,其他机构出版的鲁迅著作并不是很多,少则只有一、二种。尽管鲁迅与北新书局之间一度发生过版税纠纷,但此后双方合作是主流。

正是基于和鲁迅长期的密切合作关系,在鲁迅逝世不久,北新书局即向许广平提出印行《鲁迅全集》的诉求。1936 年 11 月 4 日,许广平致信许寿裳,征求他对关于《鲁迅全集》出版机构问题的意见。许寿裳回函称"全集事,北新必不可靠"②。同年 12 月 7 日许广平在给周作人的信中说,鲁迅生前认为北新书局"实不大靠得住",许广平对于把《鲁迅全集》交给北新书局出版的意愿也不高,但由于"鲁迅先生大部分书在北新手里",许广平打算先向北新书局提出关于《鲁迅全集》版税、编辑和印刷等方面的"诉求大纲",并希望周作人能够出面向北新交涉,"俟大纲通过再谈细目"。③ 许广平虽没有完全拒绝北新书局的出版诉求,但设置了一些前提条件,也对周作人寄予较高期望。周作人在给许广平的回信中一面称"关于编辑全集事自当尽力,就所知一切资料悉以奉告",同时又说"唯近两年来上海文人以鄙人为敌,鄙人向不计较,此次关于鲁迅的事复借端攻击,前曾代家母家嫂致函小峰催问百元之款(知由钦文传到外边去),在小报上即有好些文章乱骂,不欲辩白,遂欲置之,但如此情形,使鄙人关于鲁迅多一开口,多一参与,便是多给他们一种便利与机会。觉得亦可以不必,因此除宇宙风上两篇外,绝不再写文章,前次日本《改造》来乞文亦未予也。来书所说对于北新的办法因此

---

① 陈树萍:《北新书局与中国现代文学》,上海:上海三联书店,2008 年,第240 页。
② 《许寿裳致许广平》(1936 年 11 月 10 日),周海婴编:《鲁迅、许广平所藏书信选》,长沙:湖南文艺出版社,1987 年,第 293 页。许广平给许寿裳信的日期在许寿裳回函中提及:"四日来信,并豫才兄遗容画像一张,收到敬谢。"
③ 张菊香、张铁荣编著:《周作人年谱(1885—1967)》,天津:天津人民出版社,2000 年,第514 页。

鄙人觉得不便去说"。① 周作人认为上海部分文人长期敌视他，经常拿他与鲁迅的关系说事，甚至攻击他，以致让他觉得在与鲁迅有关的事情上，他少参与为好，甚至不打算再撰写有关鲁迅的文章，这些因素使他"不便"出面向北新书局交涉出版《鲁迅全集》之事。不过，周作人在该回信的结尾又说"至于北新之款无此实力乃尚在其次也"。这等于明确告诉许广平，北新书局缺乏出版《鲁迅全集》的经济实力。

许寿裳认定"北新必不可靠"，周作人拒绝出面向北新书局交涉，而且指出"北新之款无此实力"，加之鲁迅生前认为北新书局"不大靠得住"，许广平最终没把出版《鲁迅全集》的重任委托给北新书局。

三、鲁迅好友对于《鲁迅全集》出版机构问题的两种意见

在筹备出版《鲁迅全集》之初，许广平、许寿裳等基本上没有考虑将北新书局作为《鲁迅全集》的出版机构。对于《鲁迅全集》由谁来出版的问题，鲁迅生前好友实际上形成了两种不同的意见。

吴慕鲁在给许广平的信中说："原则上，我想最好是自己印出，交给所有的书店代卖，但如果你怕麻烦（其实许多事情朋友可以帮忙的），我赞成把全集向商务印书馆交涉给他们出。有几个朋友怕落在某一书店手里，有些则主张如何如何。他们主意当然为了周先生底影响力和为了你和海弟。我底考虑却是书店的推销力要好，而且比较稳妥可靠。不过无论如何，以自己印行为最妥当的。"②吴慕鲁认为"自己印行"《鲁迅全集》是最佳方案，只有在许广平不同意此方案的情况下才交由第三方出版，商务印书馆是比较好的选择。与吴慕鲁观点相左，杨霁云则提出："全集出版处，鄙意以商务馆为最好，如不成，只好自己设法影印而托内山先生计划发售。我是不大相信中国其他的书局的。"③在杨霁云眼里，商务印书馆是中国值得信任的最好的出版机构，只有在与商务印书馆无法合作时才选择"自己影印"，他也未完全排除"自己印行"的出版途径。

许寿裳在给许广平的信中道出了出版《鲁迅全集》的现实困境和自己的意向："全集事，北新必不可靠，开明、商务又多刁难，闻之令人气愤。豫兄生

---

① 《周作人致许广平》（1936 年 12 月 15 日），周海婴编：《鲁迅、许广平所藏书信选》，长沙：湖南文艺出版社，1987 年，第 351 页。

② 《吴慕鲁致许广平》（1936 年 10 月 23 日），周海婴编：《鲁迅、许广平所藏书信选》，长沙：湖南文艺出版社，1987 年，第 274—275 页。

③ 《杨霁云致许广平》（1937 年 3 月 27 日），周海婴编：《鲁迅、许广平所藏书信选》，长沙：湖南文艺出版社，1987 年，第 246 页。

前,本不满意于商务,裳意亦以为最好自印"。① "开明"即开明书店,"商务"指商务印书馆。不难看出,对于《鲁迅全集》的出版,许广平本人更倾向于交给第三方出版机构,且曾与开明书店、商务印书馆接洽过,也向许寿裳报告了她与开明书店和商务印书馆的接洽过程,开明书店和商务印书馆应该是向许广平开出了苛刻条件,所以许寿裳才认为这两家出版机构"多刁难"并感到气愤。许寿裳重提鲁迅生前"不满意于商务"之事,意在说明商务印书馆不可靠,不能将《鲁迅全集》的出版任务交给它,"最好自印"。

在《鲁迅全集》出版机构尚未确定前,鲁迅生前好友围绕《鲁迅全集》由谁来印行的问题实际上产生了"自印"和将其委托给商务印书馆两种主流意见。"自己印行",最理想的途径是自己成立出版机构,但这需要具备一定的人、财、物条件,短期内也不一定能完全达成。若要委托给商务印书馆出版,鲁迅生前对其"不满意",该馆开列的条件也比较苛刻。1937 年 3 月 30 日许寿裳写信给许广平:"与商务馆商印全集事,马幼渔兄已与胡适之面洽,胡表示愿意帮忙"。② 面对"自印"与委托商务印书馆出版两种声音,许广平最终选择了后者。二十世纪二三十年代,商务印书馆在上海乃至全国都是一流的出版机构,有雄厚的资本、先进的设备和优良的印刷品质,是出版《鲁迅全集》的理想机构。在"自印"条件暂不具备的情况下,只能选择与沪上出版机构合作,商务印书馆是许广平属意的首选对象。

四、胡适与商务印书馆的协调

为了解决商务印书馆在出版《鲁迅全集》上的"刁难"问题,许广平特意委托许寿裳找人与商务印书馆商洽。许寿裳相商于马裕藻,马裕藻则转请胡适出面向商务印书馆疏通。马裕藻和胡适在北大同事多年,二人关系较近。彼时商务印书馆的总经理为王云五。王云五在中国公学任教期间担任过胡适的老师,日后二人亦师亦友。1921 年王云五进入商务印书馆并担任编译所所长,此即为胡适向高梦旦引荐的结果③。

在胡适答应"愿意帮忙"后,马裕藻即建议将胡适纳入"鲁迅先生纪念委员会"成员名单。1937 年 5 月,许寿裳给许广平写信:

---

① 《许寿裳致许广平》(1936 年 11 月 10 日),周海婴编:《鲁迅、许广平所藏书信选》,长沙:湖南文艺出版社,1987 年,第 293 页。

② 《许寿裳致许广平》(1937 年 3 月 30 日),周海婴编:《鲁迅、许广平所藏书信选》,长沙:湖南文艺出版社,1987 年,第 303 页。

③ 罗尔纲:《师门五年记——胡适琐记》,北京:生活·读书·新知三联书店,2014 年,第 113—114 页。

　　昨与幼渔兄谈及,渠谓大先生与胡适之并无恶感,胡此番表示极愿帮忙,似可请其为委员,未知弟意以为何如?①

　　对于马裕藻的提议,许广平无拒绝的理由,胡适也愿意接受。不久,许寿裳建议许广平亲自给胡适写信,在表达对胡适谢意的同时也可直接询问他与商务印书馆接洽的具体情况。许寿裳在信中对许广平说:

　　胡适之为委员事已得其同意。拟请弟直接致胡一函,(其地址为北平后门内米粮库四号)说明得马幼渔、许季茀信,知先生已允为"鲁迅先生纪念委员会"委员,表示谢意,并请其鼎力帮忙,全集事与商务馆接洽经过如何? 亦可提到。②

　　在寄出上述信件三天后,许寿裳在另一封给许广平的信中又追问:"前信请弟致胡适之一函已办否?"③接许寿裳信后,许广平遂修书一封给胡适,向其说明成立"鲁迅先生纪念委员会"的目的,感谢其"允为"委员会委员,并请托胡适出面和商务印书馆协调《鲁迅全集》出版事宜:

　　关于鲁迅先生生平译著约五十种,其中惨淡研术再三考订之《嵇康集》《古小说钩沉》等,对于中国旧学,当有所贡献,但因自身无付梓之财力,故迁延至于今日,而一般学徒咸切盼其成,然此等大规模之整部印刷,环顾国内以介绍全国文化最早能力最大之商务,最为适当,闻马、许两先生曾请先生鼎力设法,已蒙先生慨予俯允,如能成功,受赐者当非一人焉,祇以路途遥阻,未克趋谒致谢忱,伏乞便中嘱记室草下数行,示以商务接洽情形以慰翘望,无任感荷之至!④

　　许广平在信中除说明出版《鲁迅全集》的意义外,更是极力推崇商务印书馆的出版和印刷能力,其敦请胡适出面找商务印书馆协商之言情恳意切。

① 《许寿裳致许广平》(1937 年 5 月 3 日),周海婴编:《鲁迅、许广平所藏书信选》,长沙:湖南文艺出版社,1987 年,第 307 页。
② 《许寿裳致许广平》(1937 年 5 月 17 日),周海婴编:《鲁迅、许广平所藏书信选》,长沙:湖南文艺出版社,1987 年,第 309 页。
③ 《许寿裳致许广平》(1937 年 5 月 21 日),周海婴编:《鲁迅、许广平所藏书信选》,长沙:湖南文艺出版社,1987 年,第 311 页。
④ 《许广平致胡适之》(1937 年 5 月 23 日),周海婴编:《鲁迅、许广平所藏书信选》,长沙:湖南文艺出版社,1987 年,第 310 页。

许广平于寄信胡适的次日即致"快函"给许寿裳,告知其向胡适写信之事。许寿裳很快回函询问许广平"适之有信回否" [1]。不几天,许寿裳再次去信许广平,向其告知他已收到胡适写给王云五的介绍信,并嘱许广平阅后转交王云五或者请蔡元培也给王云五写一封介绍信:

> 胡适之来一绍介函,特奉上,请阅毕转致王云五或先送蔡先生一阅,请其亦作一函绍介。双管齐下,较为有力,未知尊意如何? 胡君并允直接另致云五一信,日内即可寄出云。[2]

许广平在收到许寿裳信函及胡适的介绍信后,决定亲自赴商务印书馆拜访王云五,她委托在商务印书馆工作的周建人向王云五预约双方见面时间。1937年6月11日,许广平至商务印书馆与王云五洽商。根据许广平当天所写的谈话备忘录,双方会谈的主要内容为:

> 王表示商务极愿尽力,但希望由中央党部批下,较内政部批有力。并问约有多少字,答以大约在二百万字以上。王答:如此大约普通本作十册出书,拟先看影印部之日记书信,以定版本须用六开或四开。版税照一成五计算,并允极力推销。稿件交齐后,当赶出,四个月或六个月内可出全集。对于北新等书局,则希望家属出面再由商务从旁助其收回。全书分精装普及两种,亦答应了。目前首待中央批下,然后订约,再进行付梓及收回版权等。故王先生表示最好由家属递一呈文于中央党部,请其直接批准,再由各方有力者从旁催促,将来付印呈送审查时,亦希与以方便早日批下,庶出书较快云。[3]

从上述许广平与王云五商谈的结果看,王云五对于出版《鲁迅全集》的态度总体上是积极的:商务印书馆"极愿尽力";给许广平"一成五"的版税,并允诺"极力推销";一旦收到《鲁迅全集》书稿,商务印书馆"当赶出",4个月或6个月内可出版;答应出版"精装"和"普及"两种版本的《鲁迅全集》,

---

① 《许寿裳致许广平》(1937年6月3日),周海婴编:《鲁迅、许广平所藏书信选》,长沙:湖南文艺出版社,1987年,第313页。

② 《许寿裳致许广平》(1937年6月7日),周海婴编:《鲁迅、许广平所藏书信选》,长沙:湖南文艺出版社,1987年,第314页。

③ 许广平与王云五会谈备忘录现存于北京鲁迅博物馆。转引自余越人:《胡适与〈鲁迅全集〉的出版》,《新文学史料》1991年第4期。

在许广平向北新书局等出版机构收回鲁迅遗著出版权的过程中，商务印书馆会向其提供协助。王云五还对《鲁迅全集》出版前需要解决的其他问题进行了安排，即在国民党中央批文下来后，商务印书馆先与鲁迅家属"订约"，后者再"付梓"和从其他出版机构收回鲁迅遗著的出版权。

许广平与王云五洽商结束后即致函胡适：

> 六月五日（应为 6 月 9 日——引者注）奉到马、许两位先生转来先生亲笔致王云五先生函，当于十一日到商务印书馆拜谒，王先生捧诵尊函后，即表示极愿尽力，一俟中央批下，即可订约，进行全集付梓，在稿件交出后四个月或六个月内即可出书。对于影印及排印二部，亦完全同意，并谓若以二百万字计，即可作十册一部，其他如分精装与普及本等，亦表赞同，以商务出书之迅速完备，规模之宏大，推销之普遍，得先生鼎力促成，将使全集能得早日呈献于读者之前，嘉惠士林，裨益文化，真所谓功德无量。惟先生实利赖之，岂徒私人歌颂铭佩而已。①

许广平在信中向胡适报告了她和王云五会商的成果，并称颂胡适为出版《鲁迅全集》所作出的重要贡献。

从以上许寿裳与许广平的书信往来、许广平与王云五的会谈纪要，以及许广平致胡适的信函可见，胡适在促成许广平与商务印书馆达成出版《鲁迅全集》意向方面功不可没。有不少资料认为，许广平之所以能够与商务印书馆订立出版契约，是因为蔡元培从中疏通的结果②。这种说法显然不够全面，忽略了胡适在其中的重要作用。虽然许寿裳让许广平把胡适给王云五的介绍信交给蔡元培看，并请蔡元培也写一封介绍信给王云五，但查阅蔡元培日记，笔者未发现蔡元培在日记中记载过会见许广平和收阅胡适介绍信之事。1937 年 6 月 10 日，蔡元培写道："看王云五，付《丛书集成》款。"③这里仅谈及的是他看望王云五并支付书款的事情。又查阅蔡元培书信，笔者也没发现此间其给王云五写过信。因此，许广平很可能没有听取许寿裳的建议而再去找蔡元培为其写介绍信。蔡元培在许广平与商务印书馆之间进

---

① 转引自余越人：《胡适与〈鲁迅全集〉的出版》，《新文学史料》1991 年第 4 期。

② 持有这种说法的文章主要有《茅盾谈一九三八年版〈鲁迅全集〉的编印和发行》，北京鲁迅博物馆鲁迅研究室编：《鲁迅研究资料》第 15 辑，天津：天津人民出版社，1986 年，第 56 页；王锡荣的《许广平为出版〈鲁迅全集〉奔忙》，《世纪》2008 年第 5 期；张沪的《教育家张宗麟的坎坷一生》，《炎黄春秋》2001 年第 6 期等。

③ 中国蔡元培研究会编：《蔡元培全集》第 17 卷，杭州：浙江教育出版社，1998 年，第 54 页。

行疏通应该是后来的事。

五、鲁迅遗著的申请注册

1928 年 5 月,南京国民政府颁布实施了《中华民国著作权法》(以下简称《著作权法》),1944 年 4 月又修正公布了《著作权法》。在许广平筹备出版《鲁迅全集》前后,我国对著作权进行管理和保护主要依据的是 1928 年《著作权法》。该法第一条规定:"就下列著作物依本法注册,专有重制之利益者,为有著作权:书籍、论著及说部……"① 根据该项规定,如果《鲁迅全集》公开出版,且要求享有著作权,必须在出版前向南京国民政府申请注册《鲁迅全集》中未曾注册过的著作。

1936 年 11 月,许广平整理了鲁迅的 36 种遗著,拟将其上报给南京国民政府内政部,申请注册。人在上海的许广平委托鲁迅学生、南京国民政府军事委员会委员长侍从室秘书李秉中就近办理鲁迅遗著登记事宜②。但李秉中因公出差,把登记之事转托给一位名叫何珏的人,因何珏"入院割痔疮",再次将登记之事委托他人代办,后"又因手续不合,为内政部所拒",直至 1937 年 2 月中旬何珏出院后"始办理送部手续并与负责者接洽",该月下旬南京国民政府内政部"收书收款(登记费——引者注)"。③

在鲁迅逝世不久许寿裳即致函蔡元培,请他就《鲁迅全集》的出版问题向国民党当局疏通。但蔡元培后来回函许寿裳时认为,当局是否取消鲁迅遗著查封"禁令"都"无足轻重",因为这些"禁令"当初"本无明文",现在不存在"取消"问题,"于发售全集,不生影响"。④ 蔡元培对国民党当局查禁政策的看法偏乐观,对其负面影响的评估似乎不足。1937 年 4 月 30 日前后,南京国民政府内政部对许广平呈送的鲁迅 36 种遗著登记一事作出决定:《两地书》和《坟》曾经登记过,此次无须重复登记;《南腔北调集》《二心集》

---

① 周林、李明山主编:《中国版权史研究文献》,北京:中国方正出版社,1999 年,第 225 页。
② 李秉中(1902—1940),字庸倩,四川彭山人,1924 年入北大学习,认识鲁迅,同年底赴广州黄埔军校学习,鲁迅资助其旅费,1926 年被派往莫斯科中山大学学习,次年秋回国,不久赴日留学,1932 年回国,先后任东北军第五十二军中校参谋、上校政训处长,军事委员会防空学校政训处长,军事委员会委员长侍从室上校秘书,"七七事变"后任财政部禁烟督察处缉私办公室主任,军事委员会缉私总处少将总队长,1940 年春在重庆病逝。参见陈于欢编著:《黄埔军校将帅录》,广州:广州出版社,1998 年,第 493 页;薛绥之主编:《鲁迅杂文辞典》,济南:山东教育出版社,1986 年,第 600 页。
③ 《何珏致许广平》(1937 年 2 月 25 日),周海婴编:《鲁迅、许广平所藏书信选》,长沙:湖南文艺出版社,1987 年,第 376 页。
④ 《许寿裳致许广平》(1936 年 12 月 1 日),周海婴编:《鲁迅、许广平所藏书信选》,长沙:湖南文艺出版社,1987 年,第 294 页。

及《毁灭》等 3 种著作曾被通行查禁，"未便准予注册"，《呐喊》等 31 种著作"函请"国民党中央宣传部审查。[1] 36 种鲁迅遗著中的绝大多数要么未获准注册，要么被交由国民党中央宣传部判定"生死"，《鲁迅全集》能否合法出版成了一个重要问题。

在鲁迅遗著被送往国民党中央宣传部之前，许广平分别写信给时任国民党中央宣传部部长邵力子和国民党中央考选委员会科员荆有麟[2]，试图请他们施以援手。邵力子和鲁迅都是绍兴人，二人自青年时代即有一定交往，产生友谊。在日本留学期间，1908 年邵力子加入同盟会，同年鲁迅参加光复会，邵力子还向鲁迅筹募过办报款。在邵力子主编《觉悟》期间，自 1921 年 5 月至 1923 年 8 月，鲁迅在该副刊上先后发表小说等文学作品共 14 篇，是上海本埠之外的重要作者。鲁迅逝世后，邵力子在表达哀悼时说："慷慨赴死易，从容就义难，完成死者夙愿，这是对他最好的怀念。"[3]荆有麟与鲁迅的交往也比较早。1924 年荆有麟在北京世界语专门学校读书时，听过鲁迅的讲演——《苦闷的象征》，并向鲁迅请教过写作、翻译等问题，次年经鲁迅介绍担任《京报》校对，并参与编撰鲁迅主编的《莽原》周刊。1929 年荆有麟到上海看望鲁迅，白天同鲁迅、许广平"逛马路""坐咖啡店"，晚上"谈闲天""吃糖果"，1936 年在鲁迅逝世两三个月后，荆有麟到达上海并在许广平的引导下拜谒了鲁迅的陵墓。[4] 有人统计，鲁迅在日记中提及荆有麟的

---

① 《内政部批文》，周海婴编：《鲁迅、许广平所藏书信选》，长沙：湖南文艺出版社，1987 年，第 379 页。

② 邵力子（1882—1967），原名闻泰，字仲辉，浙江邵兴人。1907 年后先后协助于右任创办《神州日报》《民立报》，1916 年与叶楚伧创办上海《民国日报》，担任经理，后兼任该报副刊《觉悟》主编。1925 年起先后担任黄埔军校秘书长、中央政治会议委员、甘肃省主席、陕西省主席等职，1937 年 2 月在国民党五届三中全会上被任命为国民党中央宣传部长。参见傅学文：《邵力子生平简史》，《邵力子文集》（上册），北京：中华书局，1985 年，第 13—14 页；邵力子：《西安事变追忆》，杨瀚主编，全国政协文史和学习委员会编：《西安事变历史资料汇编：回忆录》（中），北京：中央文献出版社，2017 年，第 133 页。荆有麟（1903—1951），又名李林，曾用艾云、金林、林安等笔名与化名，鲁迅在日记中称其有林、织芳，山西猗氏县（今临猗）人，1923 年 9 月入北京世界语专门学校学习，1925 年起在邵飘萍主持的《京报》工作，1927 年后相继担任国民党中央党部工人部干事、国民党军第二十二独立师秘书长，1930 年至 1931 年在河北怀和江苏萧乐县任教员，1936 年起任国民党中央考选委员会科员，1939 年后加入国民党特务组织。参见薛绥之主编：《鲁迅杂文辞典》，济南：山东教育出版社，1986 年，第 686 页；丁天顺、许冰编著：《山西近现代人物辞典》，太原：山西古籍出版社，1999 年，第 344 页；倪墨炎：《荆有麟的结局》，姜德明主编，倪墨炎选编：《倪墨炎书话》，北京：北京出版社，1998 年，第 230—231 页。

③ 邵黎黎、孙家轩：《我的祖父邵力子》，南京：河海大学出版社，2000 年，第二版，第 59 页。

④ 荆有麟：《鲁迅回忆断片》，中国社会科学院文学研究所鲁迅研究室编：《1913—1983 鲁迅研究学术论著资料汇编》第 3 分册（1940—1945），北京：中国文联出版公司，1987 年，第 1369 页。

次数达 320 余次,给他的复信有 30 多封。① 因为鲁迅生前与荆有麟保持着长期的交往和友谊,许广平才在鲁迅遗著将要被送至国民党中央审查时,请托荆有麟协助。

在许广平去信邵力子和荆有麟后,许寿裳也没闲着,力图通过自己的力量找人去和国民党中央宣传部有关负责人疏通。他给许广平写信说:"全集注册事,既已全部由内政部转至中央党部,自当从速接洽,裳拟致函熟人方君,请其竭力设法"②所谓"方君",即方希孔③,当时在国民党中央工作。许寿裳还分别去信蔡元培、陈大齐④和沈士远⑤等人,并及时向许广平通报:"注册事,时机不可失,裳已驰函蔡先生及中央党部方希孔(治),请其设法,予以通过,陈大齐、沈士远二兄处亦同样函托"。⑥ 几天后许寿裳再次函告许广平他出面疏通关系的结果:"全集事,已函托蔡先生设法,尚无复音,方治君及百年、士远兄处亦已函托,成效如何? 只好再说。"⑦许寿裳接二连三地向许广平通报他出面报帮助找关系疏通国民党中央的进展情况,说明他意识到了此次审查的重要性,鲁迅生前著作遭查禁者有之,本次要全面通过审查有一定难度。当然这也是在不断宽慰许广平,尽管鲁迅遗著要全面通过国民党中央的审查存在一定困难,但只要通过熟人关系的疏通,仍有很大希望。

蔡元培是国民党元老,在国民党内辈分高,地位高,声望高,影响大。早在鲁迅逝世后第三天,许寿裳就为出版《鲁迅全集》事宜给他写过信,希望他

---

① 薛绥之主编:《鲁迅杂文辞典》,济南:山东教育出版社,1986 年,第 687 页。

② 《许寿裳致许广平》(1937 年 4 月 29 日),周海婴编:《鲁迅、许广平所藏书信选》,长沙:湖南文艺出版社,1987 年,第 305 页。

③ 方希孔(1896—1989),名方治,字希孔,安徽桐城人,桐城派方苞后人,早年留学日本,自1926 年后长期担任国民党中央宣传部副部长。参见刘绍唐主编:《民国人物小传》第 16 册,北京:生活·读书·新知三联书店,2017 年,第 9—10 页。老舍著,徐德明、易华注疏:《老舍自述》,北京:现代出版社,2018 年,第 167 页。

④ 陈大齐(1887—1984),号百年,浙江海盐人,1903 年夏赴日本留学,1912 年夏毕业于日本东京帝国大学,1914 年夏任北京大学教授,1928 年冬任考试院秘书长,1930 年代理北大校长,1931 年春任考试院秘书长,1932 年冬任考试院考选委员会委员长,直至 1948 年辞去该职务。陈大齐:《八十二岁自述》,浙江省政协文史资料委员会:《浙江文史集粹》,杭州:浙江人民出版社,1996 年,第 56—57 页。

⑤ 沈士远(1881—1955),祖籍浙江吴兴,1917 年进入北京大学任教,后与沈尹默、沈兼士一起被誉为北大"三沈",1929 年 7 月投身政界,任浙江省政府秘书长,1930 年 12 月任考试院考选委员会秘书长,1936 年 10 月任考试院考选委员会副委员长。刘国铭主编:《中国国民党百年人物全书》(上),北京:团结出版社,2005 年,第 711 页。陈红民等:《南京国民政府五院制度研究》,杭州:浙江人民出版社,2016 年,第 254 页。

⑥ 《许寿裳致许广平》(1937 年 5 月 3 日),周海婴编:《鲁迅、许广平所藏书信选》,长沙:湖南文艺出版社,1987 年,第 307 页。

⑦ 《许寿裳致许广平》(1937 年 5 月 7 日),周海婴编:《鲁迅、许广平所藏书信选》,长沙:湖南文艺出版社,1987 年,第 308 页。

和国民党中央疏通,此次鲁迅遗著被送到国民党中央审查,许寿裳仍写信向他请托。由于蔡元培在国民党的地位和声望,许寿裳相信他对于国民党中央宣传部有关负责人能够发挥自己的影响。蔡元培长期与鲁迅交好,他不仅是鲁迅治丧委员会成员之一,也是"鲁迅先生纪念委员会"筹备会一员,许寿裳认为出于情谊他应该会接下疏通的重任。蔡元培没有让许寿裳失望,5月20日即给他复信:"鲁迅先生遗著事,弟曾函商于中央宣传部邵力子部长,力子来谈,称:内政部已转来呈文,当催促部员提前检查,现尚未敢断言是否全部都无问题,万一有少数在不能不禁之列,止可于全集中剔除几部,俾不至累计全集云云。其言亦持之有故,止可俟其检查后再说。"①根据蔡元培此信,邵力子在接到蔡元培的请托信函后,态度积极,亲自登门向他表达自己的意见,但邵也不能保证鲁迅遗著就能全部顺利审查通过。还有一种说法,当时邵力子在接到许广平本人的来信后,曾指示国民党中央宣传部要及时审定鲁迅遗著并建议准予《鲁迅全集》出版。②

　　方希孔和许寿裳早年都有留学日本的经历,他们可能相熟于日本。从日本归国后,方希孔一度还到在南京临时政府教育部任职的蔡元培和许寿裳处谋职③。在许寿裳为鲁迅遗著审查一事给方希孔写信时,方希孔正在国民党中央宣传部担任副部长,系邵力子副手。陈大齐和沈士远都曾是许寿裳的北大同事,他们之间有着多年的交情,1937年5月许寿裳给陈、沈写信时,此二人的身份分别为考试院考选委员会委员长、副委员长,考试院虽与宣传部分属于两个系统,但仍系南京国民政府的中枢机构,二人位高权重,有一定的职务影响力。对于许寿裳的请托,方希孔和沈士远都给予了积极回应,方希孔给许寿裳回函称"当遵嘱注意,以副雅望"④,沈士远也说"愿为尽力"⑤。许寿裳起初还打算写信向时任中央研究院总干事的朱家骅⑥求助,但后来因

①　蔡元培:《致许寿裳函》(1937年5月20日),高平叔,王世儒编注:《蔡元培书信集》(下),杭州:浙江教育出版社,2000年,第2039页。

②　邵黎黎、孙家轩:《我的祖父邵力子》,南京:河海大学出版社,2000年,第二版,第60页。

③　胡梦华:《国民党C.C.集团的前前后后》,天津市政协文史资料研究委员会编:《天津文史资料选辑》第6辑,天津:天津人民出版社,1979年,第172页。

④　《方治致许寿裳》(1937年5月7日),周海婴编:《鲁迅、许广平所藏书信选》,长沙:湖南文艺出版社,1987年,第313页。

⑤　《许寿裳致许广平》(1937年6月3日),周海婴编:《鲁迅、许广平所藏书信选》,长沙:湖南文艺出版社,1987年,第313页。

⑥　朱家骅(1893—1963),字骝先,浙江吴兴人,1914年公费赴德国留学,1917年回国任北大教授,1920年再度赴德留学,1922年获博士学位,1924年回国任北大地质系教授兼德文系主任,1936年后任中央研究院总干事、代理院长、浙江省政府主席等职。王恒礼等编:《中国地质人名录》,武汉:中国地质大学出版社,1989年,第59页。《南大百年实录》编辑组编:《南大百年实录:中央大学史料选》上卷,南京:南京大学出版社,2002年,第290页。

蔡元培已函托邵力子,同时又虑及"实未与之甚熟"①,遂作罢。

前述许广平写信委托荆有麟出面协助鲁迅遗著在国民党中央宣传部通过审查一事,1937 年 5 月下旬荆有麟终于给予回复:

> 周先生著作事,经有麟托王子壮先生、周先生老友沈士远先生托陈布雷先生分向宣传部各负责人及邵力子先生处接洽,现已得到结果:邵力子部长与方希孔副部长已下手谕,关于政治小评,如有与三民主义不合之处,稍为删削外,其余准出版全集,惟印刷时,须绝对遵照删改之处印刷,一俟印刷稿送审与删改稿无讹,即通令解禁,邵力子部长并谕:对此一代文豪,绝不能有丝毫之摧残。②

或许荆有麟认为自己的地位和影响力不够,面对许广平的请托,他转求时任考试院铨叙部政务次长王子壮③。王子壮的职位不低,且有一定影响力,所以他直接与国民党中央宣传部负责人邵力子等会商。荆有麟的回信也透露出,时任考试院考选委员会副委员长的沈士远并未直接与国民党中央宣传部负责人洽谈,而是委托了时任蒋介石侍从室第二处主任陈布雷去沟通④。陈布雷当时已是一个很有分量的人物,且协调国民党中央及国民政府中枢机构的宣传工作。由于许广平、蔡元培、许寿裳、王子壮、陈布雷等多人都与邵力子或方希孔沟通,根据荆有麟的说法,邵和方对鲁迅遗著的审查基本上是"网开一面",即只对鲁迅"政治小评"中与"三民主义"不符者进行"稍微删削",其他都准予纳入《鲁迅全集》,只要《鲁迅全集》印刷稿送审时与删改稿完全一致,即可解除之前对于鲁迅部分著作的查禁之令。

国民党中央宣传部审查完成 31 种鲁迅遗著后,行文给国民政府内政

---

① 《许寿裳致许广平》(1937 年 5 月 25 日),周海婴编:《鲁迅、许广平所藏书信选》,长沙:湖南文艺出版社,1987 年,第 312 页。

② 《荆有麟致许广平》(1937 年 5 月 21 日),周海婴编:《鲁迅、许广平所藏书信选》,长沙:湖南文艺出版社,1987 年,第 377 页。

③ 王子壮(1900—1948),名德本,字子壮,祖籍浙江绍兴,1923 年毕业于北京大学,1933 年任监察院监察委员,1935 年任国民党中央监察委员兼中央监委会秘书长,1936 年 11 月调考试院铨叙部政务次长等职。南京市档案馆编:《民国珍档:民国名人户籍》,南京:南京出版社,2013 年,第 317 页。

④ 陈布雷(1890—1948),浙江余姚人,名训恩,字彦及,笔名布雷、畏垒。1911 年从浙江高等学堂毕业,同年秋担任上海《天铎报》撰述,开始用"布雷"笔名。1912—1919 年在宁波效实中学任教,兼任《四明日报》撰述,1921—1924 年任上海《商报》编辑主任,1927 年加入国民党并担任浙江省政府秘书长,1929 年至 1934 年先后任浙江省教育厅长、教育部次长、军委会南昌行营设计委员会主任,1936—1945 年任中央政治会议副秘书长、蒋介石侍从室第二处主任、国民党中央宣传部副部长、国防最高委员会副秘书长等职。

部,在此基础上,内政部于 1937 年 6 月 8 日向许广平下达了"批文"。6 月 10 日该"批文"送达许广平的委托人李秉中,但因李当时"在庐山,返京时又因内子在医院",内政部"批文"迟至 6 月 21 日以后才由李"寄呈"给许广平。① 国民党中央宣传部给内政部的行文载于内政部"批文"之中,现摘录如下:

> ……业经分别审查,并将审查意见及应予删改之处,开列另表,拟请转知原送审人:(一) 应照表内所列各书审查意见,分别删改。(二) 送审各书内容颇有重复之处,经删改后,编次方面宜重行整理,将来可以全集声请注册,以后如有选刊或出单行本等,应以全集所载为限。(三) 各书篇末用西历之处须一律改为国历。再各书中欠庄重之文字及命名,本部为爱护作者及陶铸民族品格起见,均予删除,并请转知原送审人。兹特检送本部审查意见表一份,并附还原书全部,即命查照办理。②

国民党中央宣传部专门将其对于鲁迅遗著的审查意见"开列另表"。根据前述行文和国民党中央宣传部所附列的《各书审查意见表》③,在送审的 31 种鲁迅著作中,《不三不四集》因"内容多属不妥"被禁止发行(此前被禁止的还有《南腔北调集》《二心集》《毁灭》)。《华盖集》等八种著作得删改,删改后需要重新编辑,且将来一旦以《鲁迅全集》名义申请注册,其内容就需要固定下来,以之作为选集或单行本的"模板"。《呐喊》等四种著作应将发行年月改为"国历"。《彷徨》等九种著作应"补载国历最初发行年月日"。《花边文学》和《准风月谈》两种著作的书名因"欠庄重",被国民党中央宣传部以"爱护作者及陶铸民族品格"的名义禁止使用。31 种著作中只有《十月》等九种著作获国民党中央宣传部审查通过和内政部准予注册的资格。

从前述国民党中央宣传部的审查结果看,许广平和许寿裳似乎白忙了一场,国民党中央宣传部并没有像荆有麟所说的那样,仅对于鲁迅"政治小品"的"不合三民主义之处"进行"稍微删削",而是对鲁迅著作"大开杀戒",

---

① 《李秉中致许广平》(1937 年 6 月 21 日),周海婴编:《鲁迅、许广平所藏书信选》,长沙:湖南文艺出版社,1987 年,第 378 页。

② 《内政部批文》,周海婴编:《鲁迅、许广平所藏书信选》,长沙:湖南文艺出版社,1987 年,第 379 页。

③ 《各书审查意见表》作为附表与《内政部批文》一起寄送至许广平,《鲁迅、许广平所藏书信选》,长沙:湖南文艺出版社,1987 年,第 379—382 页。

原来被禁止发行的图书审查时仍被禁,且扩大了禁止发行的对象,也蛮横地要求《鲁迅全集》编辑者大量删改鲁迅遗著的内容,甚至严苛到对于鲁迅著作的所谓"欠庄重"书名也不放过。如果按照国民党中央宣传部的审查意见,即便鲁迅遗著按照当局的要求全部作了删改、修正并通过了再次查核,但四种被禁之书则不能纳入将来出版的《鲁迅全集》中去,《鲁迅全集》即使能够顺利出版,也存在严重瑕疵。

六、"订约"

按照 1937 年 6 月 11 日许广平与王云五商洽的结果,一旦南京国民政府下达鲁迅遗著的登记"批文",鲁迅家属即可与商务印书馆签订《鲁迅全集》出版契约。签订出版契约是一种商业行为,更属于法律行为,它涉及出版权的授权问题。鲁迅遗著的著作权法定由谁继承? 许广平有无资格和商务印书馆签订《鲁迅全集》出版契约? 鲁迅生前并没有留下由谁继承其遗产(含遗著的著作权)的遗嘱,因此判定鲁迅遗产的继承人问题就得看当时的法律规定。依据 1930 年南京国民政府公布的《中华民国民法典》(该法适用至 1949 年,以下简称《民法典》)第 1138 条的规定,对于鲁迅遗产的继承,鲁迅之子周海婴应为第一顺序继承人,鲁迅之母鲁瑞为第二顺序继承人;又根据该法第 1144 条的规定,鲁迅配偶朱安也有权继承鲁迅遗产,尽管其为非固定顺序继承人。[①] 在前述三位继承人中,周海婴当时未成年,仅 7 岁。《民法典》第 1086 条规定"父母为其未成年子女之法定代理人",第 1098 条规定"监护人为受监护人之法定代理人"。[②] 据此可知,周海婴的母亲及监护人许广平应该是未成年人周海婴的法定遗产继承代理人,在周海婴成年之前可以代理周海婴继承鲁迅遗产。换言之,鲁迅遗著的著作权由周海婴、鲁瑞和朱安共同继承,许广平为周海婴的法定继承代理人。在鲁瑞、朱安和许广平三个人中,显然许广平最适合代表鲁迅家属与商务印书馆签订《鲁迅全集》出版契约,但她尚需获得鲁瑞和朱安的许可或授权。

早在鲁迅逝世后不久,鲁瑞就曾写信给许广平说:"你向来做事很有分寸的,你如何主张,我无不同意的,至于豫才的版税,我向不经意,宋先生许先生(宋琳和许寿裳——引者注)他们来说,我都叫他与你及蔡子民先生商量的办,惟你如果一时拿不定主意,或者与乔峰商量,不必顾虑。"[③]鲁瑞对

---

① 杨立新主编:《中国百年民法典汇编》,北京:中国法制出版社,2011 年,第 512—513 页。
② 杨立新主编:《中国百年民法典汇编》,北京:中国法制出版社,2011 年,第 508、509 页。
③ 《鲁瑞致许广平》(1936 年 11 月 3 日),北京鲁迅博物馆鲁迅研究室编:《鲁迅研究资料》第 16 辑,天津:天津人民出版社,1987 年,第 3 页。

许广平充分信任，放手让她决定和处理一切事情。对于鲁迅遗著的版税问题，她也相信许广平在宋琳、许寿裳、蔡元培和周建人的协助下能够妥善处理。对于许广平是否同商务印书馆签订《鲁迅全集》出版契约，无疑鲁瑞也会同意。关键在于朱安对于该问题的态度。

朱安是一个宽厚且不计较名利之人，她对于许广平如何处置鲁迅遗著的态度是开放的。宋琳曾在信中向许广平转述："大师母宝心忠厚，于海婴世兄尤甚喜欢，间尝与琳及太师母表示，其将来生命寄托于海婴，大先生一切遗著均惟夫人（许广平——引者注）是赖，当不为任何人所诱惑。"①此虽为朱安在和宋琳、鲁瑞聊天时偶尔谈及的她对于鲁迅遗著问题的处理态度，但仍属于其真实的想法。宋琳转述朱安此话的时间是在 1937 年 2 月，当时尚未决定《鲁迅全集》是"自印"还是交予他处出版。在许广平拟与商务印书馆签订《鲁迅全集》出版契约之前，许寿裳委托宋琳出面敦促朱安许可由商务印书馆印行《鲁迅全集》，并授权许广平作为她的代理人。许寿裳在致许广平的信中说："又紫佩（宋琳——引者注）处，前日已寄信，促大师母同意并请弟为代理人，裳属其迳复弟处，想日内即有回信。"②其实，在许寿裳给许广平写这封信的当天，朱安也给许广平写了信，她在信中同意并委托许广平全权为其代理与商务印书馆的"订约"事宜：

> 闻先夫鲁迅遗集全部归商务书馆出版，姊甚赞成，所有一切进行以及订约等事宜，即请女士就近与该书馆直接全权办理为要。③

许广平在收到此信后，不仅将信重新抄写了一份，而且于 1937 年 7 月 7 日把原信送到商务印书馆④。这可谓许广平与商务印书馆能够签订《鲁迅全集》出版契约的又一个合法凭证。据此不难判断，许广平与商务印书馆订立契约的时间应是在 7 月 7 日后至 7 月中旬之间的某一天。因为按照 6 月 11 日许广平与王云五的会谈精神，在双方订立出版契约后即开展鲁迅遗著出版权收回工作，而在 7 月 15 日之前许广平即写信给李小峰，要求北新书

---

① 《宋琳致许广平》（1937 年 2 月 25 日），北京鲁迅博物馆鲁迅研究室编：《鲁迅研究资料》第 16 辑，天津：天津人民出版社，1987 年，第 10 页。
② 《许寿裳致许广平》（1937 年 7 月 2 日），周海婴编：《鲁迅、许广平所藏书信选》，长沙：湖南文艺出版社，1987 年，第 316 页。
③ 《朱安致许广平》（1937 年 7 月 2 日），北京鲁迅博物馆鲁迅研究室编：《鲁迅研究资料》第 16 辑，天津：天津人民出版社，1987 年，第 22 页。
④ 原信现藏于北京鲁迅博物馆，转引自周楠本：《关于朱安写给许广平的出版委托书》，《鲁迅研究月刊》2010 年第 5 期。

局交回鲁迅遗著的出版权。至于双方签约具体是在哪一天,尚待考证。

第二节 许广平与商务印书馆的"废约"

许广平与商务印书馆的"订约"来之不易。1938 年 4 月,由于多种因素所致,双方最终"废约",复社正式接手《鲁迅全集》的出版工作。

一、北新书局鲁迅遗著出版权的收回问题

王云五之所以要求许广平收回鲁迅遗著出版权,是因为他担心"法律问题","即恐商务出了书后,北新反向商务提出交涉"。① 为落实 6 月 11 日双方达成的共识并打消王云五对于法律纠纷的疑虑,1937 年 7 月中旬许广平分别写信给北新、生活书店、天马书店等要求收回鲁迅遗著出版权。

对于许广平的诉求,北新书局负责人李小峰在回信中表达了拒绝之意:

> 鲁迅先生之著作,在敝局出版者,外埠有账有存书,办理结束,颇费时日。敝意鲁迅先生著作之在北新继续发行,与尊示所云之与政府接洽,及加以整理两点,固毫无抵触;而所谓另行处理者,又不出两途:一、出版全集,似可与单行本并行,如冰心女士之全集在敝局出版,而商务之《繁星》《超人》,开明之《往事》,照常印行,并不收回,似无需因出全集而将单行本停止发行,二、另交他家发行,以鲁迅先生生前对北新之关系及十余年之苦心维护,及北新对鲁迅先生始终保持最高之版税率及最近沪平两地版税之按月致送,并无脱期及拖欠等项而言,论情度理,想女士亦决不出此,倘或另有高见,即请赐示,当走谒面商也。②

---

① 《茅盾致许广平、胡愈之》(1938 年 3 月 21 日),周海婴编:《鲁迅、许广平所藏书信选》,长沙:湖南文艺出版社,1987 年,第 345 页。

② 《李小峰致许广平》(1937 年 7 月 15 日),周海婴:《鲁迅、许广平所藏书信选》,长沙:湖南文艺出版社,1987 年,第 455 页。该函的写作年代被《鲁迅、许广平所藏书信选》编者补注为 1938 年,实则为 1937 年。因为第一,该函中的"与政府接洽"应是指 1937 年上半年鲁迅遗著在南京国民政府内政部注册著作权一事。第二,李小峰在该函中称"最近沪平两地版税按月致送",此种情况应该是 1937 年 7 月以前所发生。许广平在 1938 年 10 月给周作人的信中称,北新的版税"自去年八月起,平沪即同时停付"。参见孙郁、黄乔生:《致周作人》,开封:河南大学出版社,2004 年,第 23 页。1940 年 4 月许广平在给许寿裳的信中也说,自 1936 年 11 月起,"北新每月送平方百元,沪方二百元","计共九个月","'七七'芦沟桥事起,北新即断绝接济"。参见许广平:《许广平文集》第 3 卷,南京:江苏文艺出版社,1998 年,第 334 页。这说明自 1937 年 8 月起北新即已停止向"沪平两地""致送"版税。

　　李小峰的上述复信写于 1937 年 7 月 15 日，这说明许广平的原信至晚写于 7 月 15 日。尽管我们无法看到许广平给李小峰信的原文，但通过李小峰的复信可以推测其大致内容，许广平在信中向李小峰说明了收回鲁迅遗著出版权的理由，即方便许广平将来"与政府接洽"，有利于她对鲁迅遗著"加以整理"，有益于她今后对鲁迅遗著"另行处理"。对于这三点缘由，李小峰均一一予以驳回。

　　"外埠有账有存书，办理结束，颇费时日"，此说固然体现了李小峰对于许广平收回鲁迅遗著出版权诉求的消极态度，但应该属实。鲁迅一生有多达 24 种以上的著作都由北新书局出版和发行，历时十多年，发行范围也不仅限于一地，至少在北京、上海都有门店，在"外埠"应该还有其他销售点。实事求是地说，"与政府接洽"和"加以整理"这两点理由与鲁迅遗著继续让北新书局出版并不存在逻辑上的矛盾关系，构不成许广平收回鲁迅遗著出版权的必然性因素。李小峰在回信中重点阐述了他对许广平"另行处理"鲁迅遗著的看法。

　　北新书局在鲁迅逝世后不久即有意争取《鲁迅全集》的出版权，但不为许寿裳、许广平和周作人等人所青睐。至 1937 年 7 月中旬，距北新书局表达出版《鲁迅全集》意愿的时间已过去 10 个月，即便此间许广平没有明确回绝北新书局，但当李小峰接到许广平的收回鲁迅遗著出版权的信函时，他也应该会明白此前北新书局的愿望已落空，许广平已打算将《鲁迅全集》交付第三方出版。因此李小峰回函中的"出版全集，似可与单行本并行"及"似无须因出全集而将单行本停止发行"，即意指北新书局继续出版鲁迅遗著单行本与第三方出版《鲁迅全集》可以并行不悖。为进一步佐证自己这一观点的合理性，李小峰还提及过往北新书局在出版《冰心全集》的同时商务印书馆和开明书店也曾分别出版冰心著作单行本的经历。

　　李小峰所言不假。为抵制当时书市上翻印和假冒自己作品的不法行为，在北新书局的建议下，1932 年冰心决定编辑一本其"向来所不敢出的全集"[1]。《冰心全集》在 1932 年 8 月至 1933 年 1 月由北新书局出版，其后多次再版，至 1937 年 5 月已出至第 8 版。与北新书局出版《冰心全集》同期，冰心作品单行本《繁星》和《超人》也由商务印书馆继续出版。1923 年 1 月商务印书馆出版了《繁星》初版，1933 年 2 月又再版[2]；1923 年 5 月商务印书馆出版《超人》初版，1932 年 10 月和 1933 年 7 月又分别再版[3]。《繁星》

---

[1]　冰心：《我的文学生活》，卓如编：《冰心全集》第 2 册，福州：海峡文艺出版社，2012 年，第 320 页。
[2]　参见《繁星》一书 1933 年 2 月商务印书馆"国难后"第一版的版权页。
[3]　参见《超人》一书 1933 年 7 月商务印书馆"国难后"第二版的版权页。

和《超人》两部作品在 1933 年以后均又多次再版。开明书店在 1930 年 1 月首次出版冰心的《往事》单行本,此后每年均再版 1 至 2 次,至 1939 年 8 月已出至第 12 版①。简而言之,在北新书局出版《冰心全集》之前或之后,冰心部分作品的单行本已经问世或照常出版。商务印书馆和开明书店都属于当时知名的大型出版机构,其前述出版行为应该获得过冰心同意或授权,商务印书馆和开明书店也没有对北新书局自 1932 年起出版《冰心全集》的行为提出过异议。

从李小峰的前述回函也不难看出,只要许广平不收回北新书局的鲁迅遗著单行本出版权,北新书局也不会干涉第三方另行出版《鲁迅全集》,二者完全可以同时进行,而且李小峰未对《鲁迅全集》的出版时间与进程设限,《鲁迅全集》什么时候开始出版,何时完成出版,李小峰均未向许广平提出要求。李小峰此举不仅有助于打消王云五在版权纠纷方面的疑虑,也有助于加速《鲁迅全集》的出版进程。

但许广平显然没有理会李小峰的解释,也未接受他的建议,而是再次给他去函要求收回鲁迅遗著出版权:

> 承示鲁迅先生交与贵局出版之著作,不妨由鄙人加入全集另行印行,但各该著作单行本出版权仍由贵局保留(又,郁达夫先生告知,贵局并允交还一部分著作之单行本出版权),查鲁迅先生生前原有汇集全部著作交与一家印行之意,此次为实行此意,已商经各书局同意,将出版权完全收回,倘贵局单独保留单行(本)出版权,则不特已允交还出版权之各书局必多责难,且与此意之实行亦有妨碍。台端与鲁迅先生友善,必不愿见此事功败垂成而乐予玉成也。况全部著作交与一家印行,除发售全集外,当另售单行本,为免互相竞争,各方均受不利起见,亦以收回全部出版权较妥,务请赐予同意,并将结束办法函示,至为感荷。②

从许广平的回函可以看出,虽然许广平明白李小峰来信所要表达的意思,但她之所以仍坚持收回鲁迅遗著单行本出版权,原因有三:其一,若北新书局保留单行本出版权,她和北新书局都会遭受其他已"允诺交还出版权"各书局的责难。其二,不利于鲁迅遗愿的现实执行。其三,北新书局保

---

① 参见《往事》一书 1939 年 8 月开明书店第 12 版的版权页。
② 《许广平复李小峰》(1937 年 8 月 12 日),周海婴:《鲁迅、许广平所藏书信选》,长沙:湖南文艺出版社,1987 年,第 455—456 页。该函写作年代被《鲁迅、许广平所藏书信选》编者补注为 1938 年,实则为 1937 年。因为该信是 1937 年 7 月 15 日李小峰致许广平函的回函。

留单行本出版权将来会损害《鲁迅全集》出版者的商业利益，因为后者除出版《鲁迅全集》外，还计划印行鲁迅所有遗著的单行本。在上述三个原因中，第一种属于人情和道德因素，这很难打动李小峰，因为他主要考虑的还是北新书局的商业利益。第二种可能是法律或官司诉讼因素。北新书局若不向许广平交还鲁迅遗著单行本出版权为什么会妨碍鲁迅遗愿的执行，即《鲁迅全集》的顺利印行？许广平对此语焉不详，没能从法律或官司诉讼角度提出有关依据，并指陈其中的利害，这也说服不了李小峰。第三种是商业因素，但许广平几乎完全是站在维护《鲁迅全集》出版者商业利益的角度，来要求北新书局交回鲁迅遗著单行本出版权，而未虑及北新书局因此而面临的现实困境和所带来的潜在损失，李小峰当然不可能接受。综上，尽管许广平在回函中一度打出李小峰与鲁迅关系"友善"的温情牌，李小峰仍不为所动。

李小峰的消极态度引起许广平不满。她致信郁达夫表达了这种不满，后者回函称："关于周先生出全集事，伊当然不能阻挠，我自然要和他说一声。"①从前述许广平复李小峰信中所说的"郁达夫先生告知，贵局并允交还一部分著作之单行本出版权"，可以判断郁达夫在给许广平回函后的确出面做过李小峰的思想工作，但李小峰的让步有限，甚至后来连这种有限的让步也未真正兑现。

二、许广平与天马书店、生活书店的交涉

许广平向李小峰称除北新书局外，其他机构都已允诺交回鲁迅遗著出版权，实际情况如何？从现有资料看，许广平在 1937 年 7 月中旬给李小峰、天马书店和生活书店分别都写了信，就鲁迅遗著出版问题进行交涉。天马书店成立于 1932 年，由韩振业②、楼炜春③和楼适夷④共同创办，韩振业任经

---

① 《郁达夫致许广平》（1937 年 8 月 2 日），周海婴编：《鲁迅、许广平所藏书信选》，长沙：湖南文艺出版社，1987 年，第 441 页。

② 韩振业（1891—1935），名厥修，又名守余，浙江余姚人，具有进步思想，同情中共，1935 年因病去世。参见楼炜春：《天马书店史实——余姚人在上海创办的一家新书店》，浙江省余姚市政协文史资料研究委员会编：《余姚文史资料》第 5 辑，余姚：浙江省余姚市政协文史资料研究委员会，1988 年，第 207—212 页；《天马书店经理韩振业》，绍兴鲁迅纪念馆编：《鲁迅与他的乡人三集》，杭州：西泠印社出版社，2016 年，第 312 页。

③ 楼炜春（1910—1994），浙江余姚人，楼适夷堂弟，政治上同情中共。参见《天马书店副经理楼炜春》，绍兴鲁迅纪念馆：《鲁迅与他的乡人三集》，杭州：西泠印社出版社，2016 年，第 328 页；楼适夷：《关于天马书店史实的更正》，《党史资料丛刊》1982 年第 2 辑。

④ 楼适夷（1905—2001），原名楼锡椿，笔名适夷，浙江余姚人。1926 年加入中国共产党，1929年赴日本留学，1931 年回国参加"左联"党团工作，编辑"左联"机关刊物《前哨》，1932 年参与创办天马书店并担任义务编辑。参见楼适夷：《我谈我自己》，上海鲁迅纪念馆、人民文学出版社编：《楼适夷同志纪念集》，北京：人民文学出版社，2005 年，第 2—18 页。

理,楼炜春为副经理,楼适夷担任义务编辑。该书店创办后接受"左联"领导,得到鲁迅、茅盾、郁达夫等左翼作家的支持,其中鲁迅的支持力度最大,《鲁迅自选集》系该书店出版的第一种书。1933 年楼适夷在编辑《创作的经验》一书时,约请了鲁迅等 16 位作家撰稿,并邀鲁迅为该书题写书名。1935 年出版的"天马丛书"把鲁迅的《门外文谈》列为该丛书的第五种,该书由《论大众语》等 5 篇文章组成,均由鲁迅亲自选定,天马书店以其中一篇《门外文谈》作为该书的书名。鲁迅曾说:"我和天马的交涉,是不立合同,只付印证。"①可见他对天马书店的支持程度。

天马书店在收到许广平的信件后回函说:

> 来示收到,关于鲁迅先生版税事,陈述如下:(一)鲁迅先生在敝店的书抽版税的只有一种《鲁迅自选集》,《门外文谈》是出让版权的。(二)敝店版税每年分两次结算,去年十二月底,《鲁迅自选集》的版税,除付过一千四百四十元之外,尚多七十七元八角二分,曾经报告过张志让律师,未来提取,因数目小,亦未送上。今年六月底版税账,正在结算中,因存书清查费时,尚未接货房报告,未有确数,大约至少在百元以上,如先生急需,可先送上。(三)《鲁迅自选集》年来销数不佳,其故有二:一因滑头书亦有《鲁迅选集》多种出版,定价一角二分,其内容与自选集相同,而敝店之书,每册须一元二角,其后添印普及本一千本,亦未能与滑头书相竞争。二因曾遭当局禁止,外埠同行不敢添配,惟存书尚多,或由尊处出价收回,或仍由敝店发售。请尊裁示知照办。②

从天马书店的上述回函可以看出,许广平在给天马书店的信中主要谈的是版税,未过多涉及鲁迅遗著出版权的收回问题。该书店出版的鲁迅遗著只有《鲁迅自选集》和《门外文谈》两种,其中《门外文谈》的出版权早已出让给该书店,其不是以抽版税的形式向作者支付报酬,若要收回出版权的话,只能另行商定办法进行处理,但前述回函中未涉及该问题。而《鲁迅自选集》虽然长期由天马书店向鲁迅和许广平支付版税,但由于销路不畅,存书较多,若许广平执意要收回出版权的话,只有先"出价"购回这些存书。天马书店出版的鲁迅遗著不多,许广平在收回其出版权方面仍存在一定困难,

---

① 鲁迅:《致唐弢》(1935 年 8 月 26 日),《鲁迅文集全编》编委会编:《鲁迅文集全编》第 2 册,北京:国际文化出版公司,1995 年,第 2302 页。
② 《天马书店致许广平》(1937 年 7 月 17 日),周海婴编:《鲁迅、许广平所藏书信选》,长沙:湖南文艺出版社,1987 年,第 437 页。

需要费一番周折。

生活书店对于许广平的回函如下：

　　承示拟将鲁迅先生生前所交敝店印行各种译本之版权收回,自当照办。关于结束办法,应照契约上第十九条(原文摘录附后)所载处理之,未知尊意如何？即希示复为感。……

附　出版权授与契约(摘录)

　　第十九条　本契约解除时,双方对于本著作物余存之出版物图版执照应依左列方法处分之

　　甲、余存之出版物由双方按照比例分配之(例如版权为定价百分之十时,所余出版物著作人取百分之十,出版人取百分之九十),其递送费用各自担任之。

　　乙、余存之图版照原价折半归著作人备款承受,如著作人不愿承受,则仍由出版人保存或以他法处分之,不得再以之印刷本著作物。①

生活书店对于许广平的收回鲁迅遗著出版权的态度比天马书店更积极,允诺"自当照办",但该书店坚持商业原则和自己的利益,许广平需要按照之前鲁迅与该书店所订立的契约行事,要承担解除契约后所应负的责任,支付相应的费用。换言之,许广平若要顺利从生活书店收回鲁迅遗著出版权的话,得花费一些时日与该书店厘清双方的责、权、利关系,并进行经济清算。

需要指出的是,现有资料未显示许广平最终收回了天马书店和生活书店的鲁迅遗著出版权,在收到这两家书店的回函后许广平是如何反应并处理的,也无相关史料佐证。

三、"废约"诉求的提出

1938 年 3 月 10 日,许广平致信王云五并托人把信件带至香港由茅盾转交。这封信的原文是怎样的,目前不得而知。但是通过茅盾和王云五随后给许广平及胡愈之的回函,我们并不难推断其主要内容。

3 月 19 日,茅盾在接到许广平的信件后立即将其转交至王云五。3 月 21 日,茅盾、王云五二人见面"谈了半个多钟头",当天晚上茅盾把两个人谈

---

① 《生活书店致许广平》(1937 年 7 月 19 日),周海婴编：《鲁迅、许广平所藏书信选》,长沙：湖南文艺出版社,1987 年,第 439 页。

话的结果写信告知许广平和胡愈之。茅盾此信的主要内容如下：

> 前天中午接到来件后，下午一时弟即过海找王老板（王云五——引者注），那时他正有事要出门，弟将信交给他看后，他即约我在今日上午再谈。今日上午九时弟再去，谈了半个多钟头，结果如下：（一）商务方面对予北新版权不能收回一点，所过虑者只在法律问题，即恐商务出了书后，北新反向商务提出交涉，至于营业上竞争，王老板说不成问题，因此他建议由他函知上海商务方面的律师（据云即上次订约时参与者，曾与广平先生见过），找广平先生谈一次，并帮助向北新交涉，至少要取得北新不能反向商务捣蛋的保证，倘此层圆满办到，则商务愿照原约即刻印行全集，（二）倘与北新交涉结果不好，则商务愿担任《全集》第三部分——即金石考证及书信日记部分，此为复社计划中规定暂时从缓者，——之印刷，其一、二两部分（创作与翻译）则仍归复社出版，将来出书时，版式大家通归于一律，且均用"纪念委员会编"名义。至于复社出版之一、两部分，商务可以代售，但不代收预约，王老板且谓即使商务出《全集》，亦不拟卖预约，因此时卖预约成绩一定不好也。（三）王老板谓，商务对于广平先生提议之废约及请商务代售等项（惟不肯代收预约，云是商务向来不代收预约，不好破例），都可以同意，惟为希望《全集》能早版计，故有上述二原则之建议。弟因谈的结果，我们这边可走之路甚多，所以就同意了他的第一议，即先由他函知上海商务中人，找广平先生协商如何对付北新。且看此事办得如何，再定第二部。弟随时可以再和王老板磋商。弟知商务是老爷书店，即使他诚意要出《全集》，但既有与北新交涉一事夹在其中，难免延宕，故以为应该定一日期，即至何时止（比方假定为四月十五），北新交涉尚在不死不活之境况时，即进行第二办法，或即废约。以上为经过情形，及弟之意见，尚祈即覆。至于将来需要弟在此间募捐等事，弟自当尽力。①

在收到许广平对上述"二原则之建议"的回应之前，4月1日，王云五又亲自复函许广平。许广平主动向王云五提出与商务印书馆"废约"，这在后者看来是个重要而严肃的问题，于是才专门与茅盾另约时间商量了"半个多钟头"，他或许也担心由茅盾给许广平回信不一定能准确传达他的本意，因

---

① 《茅盾致许广平、胡愈之》（1938年3月21日），周海婴编：《鲁迅、许广平所藏书信选》，长沙：湖南文艺出版社，1987年，第345—346页。

此又亲自给许广平写信表达自己对于"废约"问题的意见。王云五该回函的
主要内容为：

奉读三月十日大示。以鲁迅先生全集中有已出版之若干种移转出
版权之交涉尚未妥洽，拟由鲁迅先生纪念委员会先行筹资自印，暂将前
与敝馆所订合同取消，俟版权交涉办妥后另订合同，仍由敝馆发行，倘
敝馆对此办法同意，则全集付印时仍由敝馆经售等语敬悉。敝馆承印
鲁迅先生全集，亦本纪念鲁迅先生之意，只期全集早日印行，凡有利于
此项目的者，敝馆无不乐为。惟尊拟将原订契约暂行取消，果借此可使
全集早日问世，敝馆绝不因有契约关系坚持不肯变通。惟阅尊致蔡孑
民先生函述，委员会自印办法所需印刷费用取给于预约收入。当此非
常时期，就敝馆观察，预约收入似不可靠。彼时倘一面付印一面待预约
收入再付印价，恐不免发生窒碍。故如采自印办法，窃以为必先筹足全
部印价始可进行无阻。此节最好由尊处详加考虑。倘认为确无问题，
再与敝馆订定中止原定契约之正式手续，如何？又闻日记书信两项，因
印价特昂，委员会本拟暂缓印行，不知此两项共若干页，设敝馆尚有余
力，可以担任。或先印日记书信作为全集之第一期出版物，其他创作翻
译则俟交涉妥洽再行续印。区区之意无非欲使鲁迅先生全集得印行而
已。统祈核夺见示。①

从茅盾和王云五给许广平的回信我们可推知 3 月 10 日许广平在给王
云五的信中涉及了下述几方面的内容：第一，许广平拟"取消"与商务印书
馆此前订立的关于授权其出版《鲁迅全集》的合同，将《鲁迅全集》交予"鲁
迅先生纪念委员会""筹资自印"。第二，与商务印书馆"废约"的原因在于
许广平方面对北新书局的交涉无结果，对方不肯交回鲁迅遗著的出版权。
在此情形下，若让商务印书馆承印《鲁迅全集》，既可能会产生法律纠纷，也
会使商务印书馆与北新书局形成"营业上竞争"，进而影响到商务印书馆的
商业利益。第三，在"鲁迅先生纪念委员会""自印"的名义下，具体编辑和
出版工作由复社承担。第四，复社仅出版《鲁迅全集》的第一、二部分，即鲁
迅创作与翻译方面的著作，对于其第三部分即金石考证和书信日记部分"暂
时从缓"，暂不出版。第五，一旦许广平与北新书局有关鲁迅遗著出版权的

① 《王云五致许广平》(1938 年 4 月 1 日)，北京鲁迅博物馆鲁迅研究室编：《鲁迅研究资料》
第 16 辑，天津：天津人民出版社，1987 年，第 40—41 页。

交涉有了好的结果,许广平再和商务印书馆另订发行合同,授权其"经售"《鲁迅全集》。

3 月 10 日许广平在给王云五写信的同时,也给蔡元培写了信,两封信均委托茅盾转交。茅盾在 3 月 21 日给许广平的回信中说:"蔡先生处,弟今日时间不及,未亲往,信则已经送去。"①3 月 22 日蔡元培在日记中写道:"得许广平夫人函,告《鲁迅全集》将由复社印行,附来印《鲁迅全集》暂拟办法,并属作序。"②蔡元培是"鲁迅先生纪念委员会"主席,许广平打算与商务印书馆"废约"并在"鲁迅先生纪念委员会"的名义下让复社接收出版《鲁迅全集》,这一决定事关重大,自然得让蔡元培知悉。

面对许广平的"废约"诉求,王云五表现出了中国最大出版机构总经理应有的大气与风度,态度积极:"敝馆承印鲁迅先生全集,亦本纪念鲁迅先生之意,只期全集早日印行,凡有利于此项目者,敝馆无不乐为。惟尊拟将原订契约暂行取消,果借此可使全集早日问世,敝馆决不因有契约关系坚持不肯变通。"从茅盾对于王云五意见的转述也可发现这一点,"商务对于广平先生提议之废约及请商务代售等项"都可以同意,"惟为希望《全集》能早版计"。王云五对于"废约"的开放态度与配合之姿,固然体现了其作为一名出版家的大度,但也可能是一种以退为进的商业谈判式策略。因为他同时极力向许广平争取不"废约",并没有轻言放弃。

首先,1937 年 6 月 11 日在与许广平会谈时,王云五曾表示商务印书馆会"从旁"帮助鲁迅家属"收回"鲁迅遗著出版权,但此后在许广平与北新书局等出版机构交涉的过程中,商务印书馆似乎在袖手旁观,并没有为许广平提供必要的协助。现在当许广平提出因收回北新书局鲁迅遗著出版权有困难而拟与商务印书馆"废约"时,王云五似乎意识到了商务印书馆此前在收回鲁迅遗著出版权方面的不作为,表示愿意"函知上海商务方面的律师","找广平先生谈一次",并协助许广平向北新书局交涉,"至少要取得北新不能反向商务捣蛋的保证"。王云五认为,此举既能为许广平"解围",也可为《鲁迅全集》及鲁迅遗著各单行本的出版扫除潜在的障碍,商务印书馆就能够"照原约即刻印行"《鲁迅全集》。当然王云五没有提到在出版《鲁迅全集》的同时是否再另外出版鲁迅遗著单行本,仅表示"营业上竞争""不成问题"。退一步讲,只要北新书局不"捣蛋",商务印书馆另出鲁迅遗著单行本

---

① 《茅盾致许广平、胡愈之》(1938 年 3 月 21 日),周海婴编:《鲁迅、许广平所藏书信选》,长沙:湖南文艺出版社,1987 年,第 345—346 页。

② 中国蔡元培研究会编:《蔡元培全集》第 17 卷,杭州:浙江教育出版社,1998 年,第 177 页。

也无妨。

其次,若许广平、商务印书馆与北新书局交涉的结果不理想,王云五表达了拟出版《鲁迅全集》的金石考证与书信和日记部分的愿望。这固然是因为该部分鲁迅生前未发表(出版)过,不会引起任何版权争议,同时也因为书信和日记"印价特昂",印制成本高,对于印制设备及技术的要求高,而商务印书馆资本实力雄厚,印制设备先进,技术过硬,所以王云五称"敝馆尚有余力"。王云五颇有以商务印书馆的实力来说服许广平改变"废约"提议的味道。他甚至还作了一定程度的让步,即不管是复社出版部分还是商务印书馆印行部分,《鲁迅全集》出版时均用统一版式,都以"鲁迅先生纪念委员会"的名义编辑。可见,作为一个书商,他擅长拿捏进退,更重视实利。

另外,从王云五回函中的"惟阅尊致蔡孑民先生函述,委员会自印办法所需印刷费用取给于预约收入"这句话可以判断,王云五和茅盾都看过许广平写给蔡元培的信,且该信中谈到了《鲁迅全集》发行之前的"卖预约"问题。王云五在与茅盾的谈话中和其给许广平的回信里均强调《鲁迅全集》"卖预约"的高风险性和不可行性,"此时卖预约成绩一定不好""当此非常时期,就敝馆观察,预约收入似不可靠。彼时倘一面付印一面待预约收入再付印价,恐不免发生窒碍"。他坚持商务印书馆的经营原则——不能"破例"去"代收预约"。王云五还进一步向许广平提出建议,"故如采自印办法,窃以为必先筹足全部印价始可进行无阻。此节最好由尊处详加考虑。"如此强调"卖预约"的潜在风险与困难,表面上看是王云五以一个资深出版人的角色对许广平进行善意提醒,但实际上可能是他在使用一种缓兵之计,试图以此让许广平知难而退,取消"自印"计划,转而继续与商务印书馆合作。因此他又补充说:"倘认为确无问题,再与敝馆订定中止原定契约之正式手续,如何?"话外之音,许广平若不能保证"卖预约"不会出现任何问题,就不要再提出与商务印书馆"废约"之事。

从上述茅盾致许广平的信及王云五给许广平的回函可知,许广平仅向茅盾和王云五强调北新书局不愿意交出鲁迅遗著出版权的事实,而未把李小峰同意《鲁迅全集》可由第三方出版、北新书局和第三方可同时出版鲁迅遗著的情况告知茅盾和王云五,他们并不知晓李小峰的这一正面态度。否则王云五对许广平的"废约"请求可能是另一种处理态度。因为既然李小峰对于由第三方出版《鲁迅全集》持积极和开放态度,王云五所提出的"至少要取得北新不能反向商务捣蛋的保证"的目标基本已经达成,潜在的法律方面的风险应能解除,商务印书馆已没有必要在许广平是否已收回鲁迅遗著出版权问题上再纠缠下去。

在收到王云五的回信后,许广平和王云五之间一度仍有书信往来。1938 年 4 月 19 日蔡元培在日记中写道:"沈雁冰来,谈《鲁迅全集》付印事,携有许广平函,附全集目次。并有许广平致王云五函,属转致。"① 前述茅盾 1938 年 3 月 21 日给许广平和胡愈之的回函,胡愈之在 3 月 30 日才收到,并于次日赴许广平处商量"关于全集事"②。上述王云五 4 月 1 日给许广平的信,蔡元培在 4 月 19 日即收到许广平给王云五的回信。参照胡愈之收到茅盾 3 月 21 日信的时间,再考虑到战时的道路交通情况,许广平(上海)与王云五(香港)之间的书信往来所用时间需要半个多月。也就是说,许广平在收到王云五的信后立即给他回了信,信中内容应该仍是坚持"废约"且拒绝了王云五拟与复社共同出版《鲁迅全集》的提议。不难推断,王云五在接到由蔡元培转交的许广平的回信后,也再次去信同意了许广平的"废约"主张,尽管蔡元培一度居中协调,希望能够促成商务印书馆与许广平继续开展合作。《鲁迅全集》经由复社出版后,许广平发文追记该书出版过程时说:"(蔡元培——引者注)曾向商务印书馆设法订立契约,只以烽火弥,商业停顿,欲即速进行,势有不可;而全集出版,众望殊殷,事不宜迟。此中隐衷,幸蒙商务负责人王云五先生同情谅解,来函允先出版,不胜感激。"③ 复社出版《鲁迅全集》的工作从 1938 年 3 月即已开始,许广平并没有接受茅盾、王云五甚至蔡元培的与商务印书馆暂缓"废约"主张。

综上,1938 年 3 月许广平以不能收回北新书局鲁迅遗著的出版权为由,提出与商务印书馆"废约",并以"鲁迅先生纪念委员会""筹资自印"的名义将其交由复社出版。王云五一度试图延缓契约的取消,或者至少承担《鲁迅全集》金石考证和书信、日记部分的出版工作,但此愿望未能实现,最终在同年 4 月答应"废约"。

四、《鲁迅全集》编委对于"废约"问题的意见

与商务印书馆"废约"并授权复社来编辑和出版《鲁迅全集》,属于《鲁迅全集》出版进程中的一件大事,许广平事前应该与《鲁迅全集》编辑委员

---

① 中国蔡元培研究会编:《蔡元培全集》第 17 卷,杭州:浙江教育出版社,1998 年,第 188 页。

② 《胡愈之致许广平》(1937 年 3 月 30 日),北京鲁迅博物馆鲁迅研究室编:《鲁迅研究资料》第 16 辑,天津:天津人民出版社,1987 年,第 15 页。编者将该信撰写年份误作"1937 年",应为"1938 年"。

③ 许广平:《〈鲁迅全集〉编校后记》,北京鲁迅博物馆鲁迅研究室编:《鲁迅研究资料》第 15 辑,天津:天津人民出版社,1986 年,第 23—24 页。

会委员商量或让他们知晓。《鲁迅全集》编辑委员会委员共有台静农[①]、许寿裳、蔡元培、马裕藻、沈兼士[②]、茅盾和周作人等 7 人。[③] 许广平 1938 年 3 月在给王云五写信前后，又分别致函上述 7 人中的蔡元培、周作人、许寿裳和马裕藻等 4 人。由于茅盾当时在香港，且许广平给蔡元培与王云五的信均托人送至香港由茅盾转交，可能考虑到给蔡、王二人的信茅盾都可阅及或他们会就信中的内容与茅盾相商，许广平没有就"废约"问题再专门给茅盾写信。许广平未给沈兼士专门写信，可能也是虑及他和马裕藻都在北大，二人不仅过从甚密且均与鲁迅生前友好，当马裕藻获知许广平拟"废约"的消息后应会与沈兼士通气。至于台静农，他自 1937 年 9 月后即未与许广平通"音讯"，直到 1938 年 9 月人在四川的台静农才向许广平报告他一年来的行踪与生活[④]，当许广平提出"废约"问题时应不知道台静农身处何方。

关于许广平给蔡元培信的内容前文已述，此处不赘。需要指出的是，蔡元培在收到许广平的信后仅在日记里记述与"废约"有关的事实，而未表达任何意见。蔡元培曾在 1938 年 4 月 7 日"复许广平女士函"[⑤]，该函的具体内容是什么我们无从得知。但从前述许广平的追记可判断，蔡元培并不主张"废约"，希望许广平能够与商务印书馆合作。

周作人、许寿裳和马裕藻在收到许广平的信后都对"废约"及有关问题表达了明确而具体的意见。

周作人给许广平回函说：

> 昨得十一日快信，聆悉一一。关于《鲁迅全集》刊行计画，鄙人别无

---

① 台静农（1902—1990），字伯简，笔名青曲等，安徽霍邱人。在北大读书期间曾与鲁迅等发起成立未名社，编辑《未名》和《莽原》等刊物。台静农编辑的《关于鲁迅及其著作》，是中国最早的鲁迅研究专著之一。1927 年起，台静农先后在辅仁大学、厦门大学、山东大学等地任教。1937 年后，台静农迁四川，在国立编译馆和白沙女子师范学院任职，1946 年赴台湾大学任教。参见《出版说明》，黄乔生主编：《台静农年谱简编》，郑州：海燕出版社，2015 年，第 1—2 页。

② 沈兼士（1887—1947），祖籍浙江吴兴，1912 年入北京大学任教，1921 年被聘为北大研究所国学门主任，后任北大文学院院长，与沈尹默、沈士远并称北大"三沈"。王涛：《沈兼士，不能忘却的百年故土》，戴承元主编：《三沈研究》，西安：西北大学出版社，2008 年，第 61—66 页。

③ 《许寿裳致许广平》（1937 年 7 月 2 日），周海婴编：《鲁迅、许广平所藏书信选》，长沙：湖南文艺出版社，1987 年，第 315—316 页。

④ 《台静农致许广平》（1938 年 9 月 24 日），周海婴编：《鲁迅、许广平所藏书信选》，长沙：湖南文艺出版社，1987 年，第 335—336 页；黄乔生主编：《台静农年谱简编》，郑州：海燕出版社，2015 年，第 26 页。

⑤ 中国蔡元培研究会编：《蔡元培全集》第 17 卷，杭州：浙江教育出版社，1998 年，第 184 页。

意见,窃意只要弄清经济的客观情形,如计画得能实行且可不至折蚀,即可举办,但此诸点须请在上海的诸位加以考察,如鄙人之久蛰居于北平者不大能明瞭也。①

许广平给周作人的信写于给王云五信的次日,以"快信"的形式发出。周作人对"废约"问题的态度似乎是超然的,对于《鲁迅全集》交给谁出版"别无意见",未表达赞成或反对。他对于《鲁迅全集》拟"卖预约"问题虽然表示赞同,但显得比较谨慎,提醒许广平等在上海的鲁迅生前友好需要"弄清经济的客观情形",考虑"卖预约"是否能够顺利进行而不至于"折蚀"。

许广平给许寿裳的信写于3月12日,比她给周作人的信晚写了一天。许寿裳原在国立北平大学女子文理学院任院长,1937年秋,国民政府教育部在西安将北平大学、北平师范大学及天津北洋工学院合并成立西北临时大学。同年10月,该校聘许寿裳为教授兼史学系主任。次年3月,西北临时大学再迁陕西汉中,许寿裳遂于3月17日迁至陕西南郑。② 许广平的信经由香港转至西安和南郑。4月3日,许寿裳给许广平回信:

> 三月十二由港转来手示收悉。印行全集事,因北新作梗,只得如此办法,裳甚赞同。殊未知云五复函到否。进行情形,请随时示知,交通多阻,广告不能普及,恐预约者受影响耳。③

许寿裳一方面理解甚至赞同许广平的决定,同时也关心王云五对此决定的态度。当然,他对《鲁迅全集》的出版靠预约来筹资的办法也流露出了一定的担心,因为"交通多阻,广告不能普及"。

全面抗战爆发后北京大学南迁,马裕藻则没动。他"隐姓埋名",居住在北京的一条胡同里。④ 马裕藻对许广平的来信极为重视,分别与周作人等人商量,并给许广平回了一封较长的信:

① 《周作人致许广平》(1938年3月19日),周海婴编:《鲁迅、许广平所藏书信选》,长沙:湖南文艺出版社,1987年,第353页。
② 许世玮:《许寿裳先生年谱》,倪墨炎、陈九君编:《许寿裳文集》下卷,上海:百家出版社,2003年,第1090—1091页。
③ 《许寿裳致许广平》(1938年4月3日),周海婴编:《鲁迅、许广平所藏书信选》,长沙:湖南文艺出版社,1987年,第317页。
④ 张伟:《回忆马裕藻教授》,吴玉、刘镇杰编著:《北大精神》,北京:现代出版社,2016年,第207页。

唐俟遗著，北新如此无情理，殊觉不快。承示各节，弟初因感冒，未能及复，至贱恙愈后，即分赴兼士、寿山、仲密诸君（仲密已迳函吾兄）处仔细商量一下，所有意见，彼此大略相同，兹特约略条陈奉答如次：一弟等远隔，且不明上海情形，未敢妄参末议，惟望吾兄慎重将事，不致发生意外之失败，若能取决于市公尤佳（弟与兼、寿二兄意均同）。一目下事势尤宜顾及预约能否如愿，是一大问题，国人俱在颠沛流离之中，购买力实非平时可比（即弟等亦皆失业，方感救死不遑），即提倡诸公，亦云各行其事，安有余力？为此弟与兼、寿俱以为"从缓"，实乃上策，不知兄意以为何如？一遗著中第三部之大半，虽于新的方面无大影响，然其不朽之价值甚大，若阙此部，尤无以见唐俟之全也，与全集之称尤觉矛盾。以上各节，弟与兼、寿二兄完全同意，惟取决市公一层，弟未与仲密谈及，其余仲密亦同意也。弟意尤有进者，补述若干，以供参考。商务资本较厚，若目下预约不能如愿，不妨暂缓取消合同（鄙意预约以从缓为宜），不过此事既经复社诸公热心提倡，似亦有所困难。弟不过率直主张，仍望兄裁酌也。又，目下国人言论较一年前不同，饥渴之情或因有所改变，此点与购买力一层似均有注意之必要。或谓在此期间印工较廉，亦属进行此举之一绝好机会，弟意此说固有理由，然其余各点，似亦不宜轻置也。辱承垂问，谨贡愚诚，惟吾兄垂察焉！①

信中的"兼士"是指沈兼士，"寿山"即齐寿山②，"仲密"为周作人。马裕藻责怪北新书局"无情理"，并和沈兼士、齐寿山、周作人达成共识：第一，由于他们在北京工作和生活，不了解上海的真实情况，只能尊重许广平等人的决定，但许广平等人要慎重行事，使《鲁迅全集》的出版工作能够顺利。第二，要特别注意"卖预约"是否能够实现预期目标。因为国人尚在"颠沛流离之中"，战时"购买力"严重下降，即便是沪上提倡"卖预约"诸君也面临着生存问题，各有自己的事业，怎能有"余力"顾及《鲁迅全集》的出版？考虑到这些困境甚至风险，他们极力建议"卖预约"应"从缓"，认为这是"上策"。第三，鲁迅的金

① 《马裕藻致许广平》（1938 年 3 月 28 日），周海婴编：《鲁迅、许广平所藏书信选》，长沙：湖南文艺出版社，1987 年，第 448—449 页。
② 齐寿山（1881—1965），名宗颐，字寿山，河北高阳人，曾与蔡元培同时留学德国。1912 年 5 月在北洋政府教育部任职时结识鲁迅，从此与鲁迅成为同事、挚友，1937 年"鲁迅先生纪念委员会"成立时，齐寿山名列纪念委员会委员。参见齐熠口述、江一青整理：《齐寿山与鲁迅的几件小事》，天津市文史研究馆编：《津沽旧事》，上海：上海书店出版社，1994 年，第 124 页；姜德明：《"我的老同事"——鲁迅与齐寿山》，《鲁迅研究动态》1986 年第 5 期；沈濯：《关于鲁迅先生纪念委员会的史料及辨析》，《上海鲁迅研究》1991 年第 1 期。

石考证成果和书信、日记"不朽之价值甚大",若许广平等人不考虑将其纳入《鲁迅全集》,不仅"无以见唐俟之全",也与"全集"之称矛盾。马裕藻、沈兼士和周作人等集体表现出对于许广平的"卖预约"决定和《鲁迅全集》的有关出版方案持保留态度,基本上持反对意见,只是在表达上比较委婉而已。

马裕藻个人甚至认为,考虑到商务印书馆资本的雄厚,不仅"卖预约"宜"从缓",与其订立的合同也应"暂缓取消"。但若不"取消"与商务印书馆的契约又比较困难,因为主张解除与该馆的合同及"卖预约"皆为复社所提出。马裕藻还进一步提醒许广平,目前国人不仅购买力下降,对"言论"的"饥渴之情"也与"七七事变"前有很大差别。"卖预约"可能无法激发读者提前订购《鲁迅全集》的热情,从而波及《鲁迅全集》的顺利出版,尽管此时上海租界"印工较廉",《鲁迅全集》的印刷会随之降低成本。

在获悉许广平拟与商务印书馆"废约"的6名《鲁迅全集》编辑委员会委员中,茅盾和蔡元培都不主张立即"废约",甚至建议给商务印书馆一个缓冲期或让该馆出版《鲁迅全集》的金石考证和书信、日记部分;马裕藻主张"暂缓取消合同"也对"卖预约"问题消极看待,沈兼士和周作人虽未对"废约"直接表态同意或反对,但对"卖预约"也不看好,许寿裳虽赞同"废约",但对"卖预约"的效果也表示担忧。6人中有3人不主张"废约",2人未置可否,仅1人赞同,有4人看衰"卖预约"。从一定程度上说,对"卖预约"缺乏信心也就是不太相信复社有能力使《鲁迅全集》成功问世。在众人或建议暂缓"废约"或担心"卖预约"前景的情形下,许广平坚持并最终实现了"废约",没有给商务印书馆多少"暂缓"的机会,更未让商务印书馆主持出版《鲁迅全集》的金石考证和书信、日记部分。

五、许广平主动与商务印书馆"废约"的原因

现在不少资料在谈及复社版《鲁迅全集》时,往往回避许广平与商务印书馆"废约"这一事件。1984年12月,胡愈之在接受采访时说:"鲁迅先生纪念委员会在筹备之初就提出要尽快出版《鲁迅全集》。蔡元培曾亲自与商务印书馆联系出版事宜。但在国民党反动统治下,鲁迅先生许多著作被禁止或被蛮横砍伐,要公开地、完整地出版《鲁迅全集》是不可能的,后来商务印书馆内迁,这事就搁了下来。……许广平和鲁迅先生纪念委员会在上海的几位成员不约而同地提出,我们自己动手,由群众组织出版《鲁迅全集》吧!"①这里

---

① 吴承琬:《我国〈鲁迅全集〉是怎样出版的?——记胡愈之同志一席谈》,《人物》1985年第2期。

将《鲁迅全集》不能"尽快出版"仅以一句商务印书馆的"内迁"而略过，完全未触及"废约"问题，而他恰是当年"废约"事件的参与者之一，应该了解事情的来龙去脉。目前学界有些成果支持胡愈之的商务印书馆"内迁"说。①胡愈之后来又回忆："早在七七事变前，关于出版《鲁迅全集》的事，曾和商务印书馆谈过，因一些问题不好解决而拖了下来，接着就是战争爆发，上海陷落。当时上海形势很紧张，日军随时可能占领租界，鲁迅先生的大量文稿，经许广平的辛勤收集和初步整理，全留在上海，要是被日本人弄去就麻烦了。搬到国民党地区也不行，鲁迅的书是国民党禁止出版发行的。所以许广平十分着急，找大家商量。大家认为把这份宝贵的文化遗产完整地保存下来的最好办法就是出版《鲁迅全集》"。②此处胡愈之没提及1937年7月中旬许广平与商务印书馆的"订约"之事，仅说"和商务印书馆谈过"，当然他更未触及"废约"问题。胡愈之前述回忆写于1985年，他去世的前一年，对于许广平与商务印书馆的"订约""废约"事件他可能已经遗忘。

许广平与商务印书馆的"废约"是历史事实，也是后来研究者不应回避的。现在的问题是，许广平为什么要主动提出并坚持"废约"？只是因为无法收回北新书局鲁迅遗著的出版权吗？北新书局"无情理"确是许广平提出"废约"的由头，但这应该不是导致"废约"的唯一因素，尤其经过历史沉淀，迄今关于许广平与商务印书馆"废约"原因的说法存在不同版本。

茅盾晚年对他参与《鲁迅全集》出版的有关情况作了回忆，现摘录如下：

> 当时（鲁迅逝世后——引者注）即着手书信的征集，同时与商务印书馆接洽出版事宜。因为《古小说钩沉》和《嵇康集》是鲁迅亲笔楷书的抄本，日记和书简也是鲁迅手迹，希望能影印出版；而大量的影印只有商务能胜任。多亏蔡元培的介绍，商务总算接受了这一光荣任务，并订了契约，但提出了严酷的条件。可是不久上海战争爆发，商务的印刷厂在战区内，影印之议付之虚建，整个计划也就停顿下来。到了鲁迅逝世一周年时，出版全集的事才重新提出，并决定由"鲁迅先生纪念委员会"来担负编辑之责。
>
> 一九三八年四月中旬，我在香港收到许广平从上海寄来的信。她说，《鲁迅全集》已经编好，原来与商务印书馆订有出版契约，但现在上

---

① 比如王欣荣的《王任叔与〈鲁迅全集〉、"鲁迅风"论争、〈鲁迅风〉、"鲁迅座谈会"》，参见《鲁迅研究动态》1987年第11期。

② 胡愈之：《我的回忆》，《胡愈之文集》第6卷，北京：生活·读书·新知三联书店，1996年，第369页。

海商务总店因工厂焚于战火,不能再承担印刷,要我与商务的香港分店接洽,看他们能不能承印。又说,原订契约包括大量影印,不知香港分店有没有把握。她希望我去见一次蔡元培(蔡当时在香港),请他再帮一次忙,另外还要请蔡元培为全集写一篇"序"。信中附了二份全集的《总目提要》和一封给蔡元培的信。四月十九日我拜访了蔡元培,他一口答应为全集写"序"和为全集排印事帮忙,并写了一封给商务香港分店经理的信,请我直接找那位经理去交涉。我一看经理的名字——黄访书就笑了,原来他是我的老同事,二十年代他在商务编译所的英文部工作。

后来我就与黄访书为出版《鲁迅全集》交往了几次。他除了在叙旧时十分热情外,一谈到出版全集就哭丧了脸。他说,香港的出版业你不是不知道,除了报纸多,出版书籍是极希罕的,我这个分店虽有一个小印刷所,却没有出几本书,主要是销售上海和内地商务印书馆出版的书。现在这《鲁迅全集》有二十卷,印刷装帧的要求又高,还有那么多的影印件,你说我那小小的印刷所能承担得了吗?实在抱歉,我没有这个胆量。契约是总店订的,还是由总店想办法罢。我写信同许广平商量后,又向黄访书提出,假如不影印而全部排印,香港分店能不能承担?他仍旧摇头。隔了一天,他开了一张假定在香港排印所需费用的细目单来,数目大得吓人。他一项一项地同我计算,证明香港的印刷费比上海高得多。他苦笑道:香港就是这样一个地方,文化落后而文化活动的费用却高得出奇。就算我那小印刷所能够承印,全集在香港出版也是得不偿失的——质量不能保证,经济上也完全不合算。我看他千方百计地推托,也就放弃了努力。

六月初,蔡元培如约把《鲁迅全集》的"序"写好了,并送来法币一百元作为一部全集甲种纪念本的预约款。但是全集的印刷却早已回到了上海,而且也与商务印书馆解除了契约,因为既然不出影印版,也就不必去麻烦商务印书馆了。①

茅盾上述回忆有一些可议之处:

第一,1937 年 10 月 19 日,郭沫若、巴金、郑振铎等文艺界 90 多人在上海浦东大厦举行纪念鲁迅逝世一周年大会,该大会共作出三项决定,其中第

---

① 茅盾、韦韬:《茅盾回忆录》(中),北京:华文出版社,2013 年,第 273—274 页。

一项决定即是"为纪念鲁迅先生,应督促鲁迅全集早日出版"①。同日上海20个青年救亡团体联合举行了纪念会,并邀许广平"演讲鲁迅生平",该纪念会上未涉及《鲁迅全集》议题。许广平在《鲁迅全集》出版时也追记:"去秋先生周年逝世纪念会席上,沪上文化界又复以全集出版事相督促。"②茅盾所说的鲁迅逝世一周年时决定由"鲁迅先生纪念委员会"来"担负编辑之责",不知这个决定是由谁或者哪个会议作出的。

第二,对于鲁迅遗著的金石考证和书信、日记,王云五当初在与茅盾的商谈中明确表示商务印书馆愿意承印,茅盾当即回信向许广平反映了这个意见,且他本人也赞同,在前述回忆中茅盾并没有涉及此事。

第三,在1938年3月21日茅盾给许广平、胡愈之的信及同年4月1日王云五给许广平的回函中,王云五一再表示商务印书馆能够承担《鲁迅全集》"第三部"即金石考证和书信、日记部分的印刷工作,且谓"敝馆尚有余力",对于这一点许广平应该是清楚的,所以同年4月她写信请蔡元培为《鲁迅全集》作序的同时,也给王云五回了函并让蔡元培代为转交。换言之,若许广平答应了商务印书馆承印《鲁迅全集》的诉求,她此时完全可以直接与王云五对接,为何还要在同年4月中旬专门致函茅盾让其再找蔡元培去说情? 另外,关于蔡元培写信给黄访书让其协助承印《鲁迅全集》一事,蔡元培在日记中并未提及。

第四,"八·一三"事变后,上海商务印书馆蒙受了一些损失,面临着较大困境。1937年9月1日该馆刊出启事:"本年八一三之役,敝馆上海各厂,因在战区以内,迄今无法工作,书栈房亦无法提货。直接损失虽未查明,间接损失实甚严重。自沪战发生之日起,所有日出新书及各种定期刊物、预约书籍等,遂因事实上之不可能,一律暂停出版。"③但另一方面,早在该事变爆发前,王云五"即在商务印书馆紧急动员,把杨树浦和闸北工厂三所的机器和杨树浦货栈所存的书籍纸张立即向租界中区迁移,并以最速的方法在租界中区和法租界分别租借临时厂屋和栈房",在该馆员工的努力下,"所有机器纸张书籍竟于旬日内迁出其大部分,甚至在八一三战事爆发之日,仍在冒险抢运。"④商务印书馆的及时应对和抢救,使该馆的基本生产资料得以

① 《举行痛切纪念 鲁迅精神不死 文艺界组救亡会》,《申报》1937年10月20日第6版。
② 许广平:《〈鲁迅全集〉编校后记》,北京鲁迅博物馆鲁迅研究室编:《鲁迅研究资料》第15辑,天津:天津人民出版社,1986年,第15页。
③ 商务印书馆110年大事记编写组编:《商务印书馆110年大事记:1897—2007》,北京:商务印书馆,2007年,第152页。
④ 引自王云五自撰年谱稿,转引自王寿南编:《王云五先生年谱初稿》第1册,台北:台湾商务印书馆,1987年,初版,第330页。

保存,基本生产能力得以延续,在经历短暂的动荡后很快恢复了出版与发行工作。上述启事中又说:"月余以来,就较安全之地点,设置临时工场,并就分厂力量,设法调剂,决自十月一日起,恢复新出版物,惟是能力有限,纸张短缺,运输亦重感困难,祇能量力分别进止,其继续进行者,亦祇能分别缓急次第出版。邦人君子鉴于敝馆今日处境之困难,始终为文化奋斗之诚意,当能垂谅一切也!"①尽管存在着"纸张短缺"、运输不畅问题,上海商务印书馆仍没放弃图书的再生产。

王云五在晚年追述:"自此启事发布后,数年之间上海公共租界的环境日益困难,所有新出版物除了少数系在长沙工厂刊印外,其余皆在香港印行。迄于太平洋战事发生之日,除了出版许多战前尚未出齐的大部丛书外,每日至少还能维持一种新书之出版,没有一日间断。"②王云五此话是针对商务印书馆当时整体状况而言的,意指上海商务印书馆出版能力逐步下降,香港商务印书馆成为全国商务印书馆的出版中心。但他的自述不准确。笔者查证,从1937年10月至12月,上海商务印书馆至少出版了《战时适用法规概要》(1937年10月,"战时常识丛书"之一种)、《战时经济思想》(1937年10月,"战时经济丛书"之一种),《现代比利时政治》(1937年11月)、《现代德国政治》(1937年12月),以上两种属于"现代政治丛书",另外还编印有"苏联小丛书"《外国人在苏联的法律地位》(1937年12月)等。1937年12月长沙失守后,王云五在香港设立商务印书馆总管理处香港办事处,统筹管理全国各地的业务,但上海办事处(上海商务印书馆)依然保留编、印、管、销四组业务,由张元济负责总调度。③ 上海商务印书馆的出版中心地位虽已丧失,但并没有停止出版业务,只是其出版能力是否如茅盾所说无法"影印"《鲁迅全集》,尚待考证。

第五,即便上海商务印书馆没有能力"影印"《鲁迅全集》,需要借助于香港商务印书馆的力量,后者完全可以承担此项任务,黄访书若真的"哭穷",仅是敷衍和托辞而已。因为早在1923年商务印书馆即在香港筹设分馆,1934年该馆的香港北角印刷厂建成,到抗战爆发时该印刷厂已具有"相当规模"④。正是其规模巨大,印刷能力强,王云五才称香港失守以前商务印书馆所出的

① 商务印书馆110年大事记编写组:《商务印书馆110年大事记:1897—2007》,北京:商务印书馆,2007年,第152页。
② 引自王云五自撰年谱稿,转引自王寿南编:《王云五先生年谱初稿》第1册,台北:台湾商务印书馆,1987年,初版,第333页。
③ 王学哲、方鹏程:《商务印书馆百年经营史(1897—2007)》,武汉:华中师范大学出版社,2010年,第64—66页。
④ 王云五:《蔡孑民先生与我》,《王云五全集》第20卷,北京:九州出版社,2013年,第118页。

大部分书籍都是香港商务印书馆印行的。

概而言之,对于茅盾的前述回忆,我们要根据史料实事求是地分析,其中有些地方与史实或逻辑不尽相符,其与黄访书商量由香港商务印书馆"影印"《鲁迅全集》一事仅供参考,为我们探寻许广平与商务印书馆的"废约"问题提供了一种参考材料。

关于许广平与商务印书馆的"废约"过程还有另一种说法。张沪称:"据父亲留下的材料记载,实情是这样的:1936 年 10 月 19 日,鲁迅病逝。11 月,沈钧儒、郑振铎通过蔡元培把遗稿交给商务印书馆总经理王云五,并签订了出版合同。可是拖延一年没有动静,实质是国民党方面阻挠,王云五不打算出版。拖延到 1937 年 10 月后,商务印书馆借口内迁,把原稿退给许广平。这时恰好复社成立,决定出版《鲁迅全集》,虽然有些人不同意出版,但复社还是坚持把出版《鲁迅全集》当成一件大事来做。"①姑且不论该说法把许广平与商务印书馆的"订约"时间搞错,它把"废约"原因归结为国民党方面的阻挠,以及王云五的态度消极、故意拖延并主动"废约"("把原稿退给许广平")。这种归因与事实出入较大。

笔者认为,下列因素的共同作用导致了许广平与商务印书馆的"废约"。

第一,未能收回北新书局鲁迅遗著出版权。收回鲁迅遗著出版权是 1937 年 6 月 11 日王云五与许广平会谈时即提出的要求,从目前已公开的史料看,此后许广平为此也作了较大努力,但直到 1938 年 3 月她仍没实现预期目标。需要注意的是,许广平在这方面并非毫无进展,她至少获得了李小峰以书信形式的许可,即鲁迅遗著单行本的发行与《鲁迅全集》的出版可以同时进行,《鲁迅全集》由第三方出版无妨。但许广平并没有把这一许可据实告知王云五。未告知,一方面是因为许广平不懂当时著作权方面的法律,另一方面是基于对李小峰的不信任,认为只要商务印书馆出版了《鲁迅全集》和鲁迅遗著单行本,李小峰可能就会"捣蛋"。从王云五对于收回鲁迅遗著出版权的坚持来看,他应该也非真懂当时的著作权法,同时他仍可能盘算《鲁迅全集》与鲁迅遗著单行本均由商务印书馆独家出版,这样才能保证商务印书馆获取更大利润,以该馆实力来说,他当然不惧怕与北新书局的商业竞争,但若另出单行本则可能引起法律纠纷。

第二,《鲁迅全集》急需出版。在许广平与商务印书馆订立《鲁迅全集》出版契约之前,许寿裳、马裕藻、杨霁云等鲁迅生前友好及许广平本人都希望《鲁迅全集》尽早尽快出版。1937 年 6 月 11 日王云五在和许广平会谈时

---

① 张沪:《教育家张宗麟的坎坷一生》,《炎黄春秋》2001 年第 6 期。

称,在《鲁迅全集》的稿件"交齐"后,"当赶出,四个月或六个月内可出全集",此话契合了许广平急欲出版《鲁迅全集》的心理,似乎也拉高了她对商务印书馆的期望值。在与商务印书馆订立契约后,许广平立即投入对北新书局、生活书店和天马书店的收回鲁迅遗著出版权行动中。在 1937 年 7 月 18 日"鲁迅先生纪念委员会"成立大会上,据郑振铎报告,在该委员会筹备期间收到各地各界有关纪念鲁迅的建议"甚多",其中"在湖南有人提议速印全集",胡今虚①也"提议印全集";许广平在大会上对《鲁迅全集》的出版情况作了"简要报告","谓鲁迅遗著共三十余种,现正整理版税权之收回,以便全集从速出书",许广平报告后,大会"当即决定由全集编辑人积极进行。"②此次会议反映出无论是社会各界还是"鲁迅先生纪念委员会"都呼吁《鲁迅全集》尽早出版。这种呼声更在鲁迅逝世一周年时文艺界的纪念会上体现出来,文艺界集体"督促"《鲁迅全集》"早日出版"。正如许广平后来所说"全集出版,众望殊殷,事不宜迟"。

第三,商务印书馆一直未能将《鲁迅全集》的出版提上议事日程。当然这并非该馆故意拖延而不肯予以出版。首先,许广平与商务印书馆订立契约时,全面抗战已爆发,不久商务印书馆按照王云五的指示全力搬迁机器书籍等生产资料,出版工作实际上处于半停顿状态,自 9 月 1 日起则全面停工。10 月后虽恢复业务,但一度存在着"纸张短缺"等问题,只能根据"缓急次第出版"。其次,商务印书馆尤其是王云五一直在等待许广平收回鲁迅遗著的出版权,似乎只有此事完结才能启动《鲁迅全集》的出版工作。茅盾说商务印书馆是个"老爷书店,即使他诚意要出《全集》,但既有与北新交涉一事夹在其中,难免延宕"。此话意即商务印书馆过于讲究照章办事,如果图书出版过程中有潜在的法律风险,就需要等到这种风险消除后才能启动出版程序,这难免会影响图书的出版周期。再次,《鲁迅全集》与商务印书馆的出版契约系许广平与王云五亲自签订③,但 10 月 19 日前后王云五

①　胡今虚(1915—2002),浙江温州人,20 世纪 30 年代曾与鲁迅多次通信,著有《鲁迅作品及其他》。参见上海鲁迅纪念馆编:《上海鲁迅纪念馆藏品选》,上海:上海辞书出版社,2018 年,第 60 页;裘士雄:《风范长存的胡今虚先生》,绍兴鲁迅纪念馆编:《鲁迅与绍兴》,上海:上海社会科学院出版社,2019 年,第 363—374 页。

②　《上海通讯》,巴黎《救国时报》1937 年 8 月 15 日,转引自沈濯:《关于鲁迅先生纪念委员会的史料及辨析》,《上海鲁迅研究》1991 年第 1 期。

③　茅盾在 1938 年 3 月 21 日给许广平、胡愈之的信中说:"他(王云五——引者注)建议由他函知上海商务方面的律师(据云即上次订约时参与者,曾与广平先生见过),找广平先生谈一次"。据此可判断,许广平与商务印书馆签约时王云五应该在现场,且由他亲自签订。

离沪赴港①。王云五的离沪使许广平不能及时与其直接沟通,即便她可就近找上海商务印书馆其他人比如张元济交涉,他们不一定能够在出版《鲁迅全集》问题上做得了主。

第四,复社的介入。郑振铎曾在《记复社》中记述:"当初,几个朋友所以要办复社的原因,目的所在,就是为了要出版《鲁迅全集》……像《鲁迅全集》,也许有几家肯承印,肯出版。但在条件上也不容易谈得好。'还是我们自己来出吧。'留在上海的几位鲁迅先生纪念委员会的人这样的想着。先来组织一个出版机关,这机关便是复社。"该记述具有一定的文学性。"几家肯承印,肯出版"当然包括商务印书馆,"条件上也不容易谈得好"应该主要指许广平没能按照商务印书馆的要求向北新书局收回鲁迅遗著出版权。复社成立于1937年12月,郑振铎的记述说明此时胡愈之、郑振铎等人已决定由复社接手出版《鲁迅全集》。1938年1月胡愈之和张宗麟在给沈钧儒的信中说"愈之还打算印出《鲁迅全集》"。当时胡愈之正组织翻译《红星照耀中国》,出版《鲁迅全集》应是其下一个目标。在前述马裕藻给许广平的信中说:"商务资本较厚,若目下预约不能如愿,不妨暂缓取消合同(鄙意预约以从缓为宜),不过此事既经复社诸公热心提倡,似亦有所困难。""复社诸公"就是指胡愈之、郑振铎和张宗麟等复社社员,他们建议许广平取消与商务印书馆所订立的合同,并以"卖预约"的形式为《鲁迅全集》筹集出版资金。

第五,商务印书馆个别人员可能存在着敷衍、推诿的行为。许广平在接到王云五1938年4月1日的回函后,可能答应了商务印书馆"影印"《鲁迅全集》的提议,所以她让茅盾经蔡元培或他自己亲自去了解香港商务印书馆的印刷条件,茅盾在获悉黄访书的态度后,再回信给许广平,许广平遂与商务印书馆"废约"。但上海商务印书馆是否真的无能力"影印"《鲁迅全集》需要打个问号,或许仅是推托,香港商务印书馆经理黄访书并没有据实向茅盾说明该馆的印刷能力,而是敷衍、推诿。

历史地看,许广平与商务印书馆的"废约"过程比较复杂,牵涉出版权争议、《鲁迅全集》出版时间的迫切性、商务印书馆自身的延误以及复社的介入等

---

① 王云五在晚年自述中说:"我于十月初旬由上海乘船赴香港。"王寿南编:《王云五先生年谱初稿》第1册,台北:台湾商务印书馆,1987年,初版,第331页。但张元济在1937年10月17日的日记中记载:"出访陈叔通,遇拔可。同往岫庐(王云五——引者注),谈一时许。"10月20日又记:"补充岫庐临行时留函,并述我对公司将来之意见。"参见张元济:《张元济日记》第7卷,北京:商务印书馆,2008年,第371页。据此可判断王云五应是在10月19日前后离沪。

多种因素。我们若忽略或片面强调其中任何一种因素,都无法看清真正的全貌。

第三节 《鲁迅全集》出版经费的筹措

复社虽有出版《鲁迅全集》的志向,但也面临一个很棘手的问题。正如郑振铎所说"印刷的经费呢? 资本只有一千元,还不够排印一本"①。复社创始社员有二十人,每人缴纳五十元社费,共计一千元,"资本只有一千元"即指一千元社费。出版一部《鲁迅全集》并不只有"印刷的经费",还需要支付人头费(参与人员的劳动报酬)等,"成本过巨"②,而复社"就拿这一千元作为基础,出版了一部《鲁迅全集》"③。该社出版《鲁迅全集》的经费来源大致有复社的出资、中国共产党的资助、"售(卖)预约"所得,以及复社社员的筹资。

一、复社和中国共产党的出资

复社一千元"社费"固然是"基础",但该社也动用了营业收入。胡愈之说:"复社出书,采取以书养书的办法,先出《西行漫记》、《列宁选集》,赚到钱再出《鲁迅全集》。"④复社出版《西行漫记》和《列宁选集》在一定意义上说是为出版《鲁迅全集》筹集资金。胡仲持也称复社"出了几本书,赚了些钱",出版《鲁迅全集》动用了复社的资金。⑤ 我们不清楚复社发行《西行漫记》具体赚了多少钱,综合胡愈之和胡仲持的说法,《鲁迅全集》出版资金的一部分应该来自该书的销售收入。

中国共产党方面的资助是《鲁迅全集》出版经费的另一重要来源。据刘少文传记记载,在《鲁迅全集》出版之前,胡愈之曾请上海"八办"给予资助,1938 年 3 月 9 日,刘少文将此请求电告中共中央领导人张闻天和博古,并请示资助 1 000 元。⑥ 1 000 元,乃中共对《鲁迅全集》出版工作的直接资助经费。

---

① 郑振铎:《记复社》,《郑振铎全集》第 2 卷,石家庄: 花山文艺出版社,1998 年,第 449 页。
② 复生:《鲁迅全集刊行的经过》,《新华日报》1938 年 10 月 19 日第 4 版。
③ 郑振铎:《记复社》,《郑振铎全集》第 2 卷,石家庄: 花山文艺出版社,1998 年,第 449 页。
④ 张沪:《教育家张宗麟的坎坷一生》,《炎黄春秋》2001 年第 6 期。
⑤ 宜闲:《〈鲁迅全集〉出世的回忆》,原载香港《文艺丛刊》1946 年 12 月第 2 辑,转引自北京鲁迅博物馆鲁迅研究室编:《鲁迅研究资料》第 15 辑,天津: 天津人民出版社,1986 年,第 36 页。
⑥ 《刘少文中将(一九五五年)》,中国人民解放军《中国人民解放军高级将领传》编审委员会,中国中共党史人物研究会《中国人民解放军高级将领传》编撰委员会编:《中国人民解放军高级将领传》第 18 卷,北京: 解放军出版社,2013 年,第 374 页。

二、普通本面向大众的"卖预约"

在许广平拟与商务印书馆"废约"并将《鲁迅全集》交由复社出版前后，就计划通过"卖预约"来筹措出版经费，尽管当时不被王云五和《鲁迅全集》编委会多数委员看好，但在复社正式接手《鲁迅全集》的出版工作后，许广平和胡愈之等仍然坚持"卖预约"的方针不变。郑振铎说:"复社开了社员大会，决议，先售预约。直接与读者们接触，不经过'书店'的手。"①可见，"卖预约"方针的最终实施是复社最高决策机构"社员会议"决定的，并不是少数人力排众议提出的主张。复社的"卖预约"筹资分为普通本和纪念本两种，普通本以面向大众为主，由书局代理预约业务。纪念本由"鲁迅先生纪念委员会"直接发行，针对特定读者。

普通本面向大众的预约发行先通过报刊"广而告之"，再号召读者去特定的"预约处"交付预购款。从 1938 年 5 月至 7 月，刊登过《鲁迅全集》预约发行广告的既有沪上报刊也包括不少外埠报刊。就沪上报刊来说，《文汇报》副刊《世纪风》较早刊发《鲁迅全集》的预约发行信息。1938 年 5 月 23 日出刊的《世纪风》可谓是关于《鲁迅全集》的专辑，共刊发了横眉的《关于〈鲁迅全集〉》、春秋的《〈鲁迅全集〉在编印中》和《编者献辞》等 5 篇文章。其中，《编者献辞》在"附注"中称，《鲁迅全集》在上海的"预约处"为"南京路新新公司、北京路通易信托公司、四马路远东图书杂志公司、霞飞路霞飞市场四号西风社"。沪上刊发过《鲁迅全集》预约广告的报刊还有《大美报》和《每日译报》。《大美报》首次刊发《鲁迅全集》预约广告是在 1938 年 5 月 31 日，广告题为《鲁迅全集预约展期》，内中称"本书预约期限仅定一月，今为普及起见特再延长半月，至六月十五日截止""第一次取书期六月十五日""预约价照售每部十四元"，该广告还开列了前述"南京路新新公司"等四个"预约处"。同年 6 月 13 至 15 日，《大美报》又连续刊登 3 天《鲁迅全集》预约广告，内中照例附列了上述四个"预约处"，并称"《鲁迅全集》共二十卷 已出五卷""预约价十四元""第一次出版书五册 预约时即可取书"。虽然《每日译报》的《鲁迅全集》预约广告比《大美报》晚刊发了一天，但其广告内容与《大美报》5 月 31 日的有关广告内容完全一致。

沪外刊发《鲁迅全集》预约广告的有香港和武汉(汉口)两地，香港的有《文艺阵地》《申报》(香港版)等，汉口的有《新华日报》《大公报》(汉口版)等。从现有资料看，茅盾主编的《文艺阵地》是刊发《鲁迅全集》预约广告最

① 郑振铎:《记复社》,《郑振铎全集》第 2 卷,石家庄: 花山文艺出版社,1998 年,第 449 页。

早的报刊。这可能与茅盾本身是《鲁迅全集》编委且与许广平、胡愈之一直保持着密切联络有关。1938 年 5 月 16 日出版的第 1 卷第 3 号的封底以整页的篇幅刊载了题为《中华民族的火炬 鲁迅全集 鲁迅先生纪念委员会编印》的广告,广告内容颇为丰富。该广告在序言中写道:"鲁迅先生纪念委员会为使人人均得读到先生全部著作,特编印鲁迅全集,以最低之定价,(每一巨册预约价不及一元)呈现于读者。"广告中称《鲁迅全集》由"复社出版",具体出书日期为"第一期(五册)六月十五日 第二期(七册)七月十五日 第三期(八册)八月一日"。至于《鲁迅全集》的价格,该广告也交代得比较清晰:"定价国币二十五元 预约价每部国币十四元 另加邮运费二元",广告称该预约截止时间为 1938 年 6 月底。与沪上报刊不同的是,该广告称《鲁迅全集》的"总预约处"为各地生活书店。《申报》(香港版)推出《鲁迅全集》预约广告的时间要比《文艺阵地》晚了一个多月,分别为 1938 年 6 月 18 日、7 月 1 日,其内容与《文艺阵地》上刊载的广告内容基本相同。

《新华日报》是刊载《鲁迅全集》预约广告的又一家重要报纸,其刊载该预约广告的时间比较早——1938 年 5 月 20 日。该期《新华日报》登载了题为《中华民族的火炬鲁迅全集发售预约》的预约广告,信息全面、翔实。与前述各报刊预约广告最大的不同之处在于,该广告具体罗列了《鲁迅全集》的"总目",并称将鲁迅"三十年著作网罗无遗"。《大公报》(汉口版)从 1938 年 6 月 25 日开始刊登《鲁迅全集》预约广告,连续倒计时发布 7 天。该广告中关于《鲁迅全集》的字数、装帧、定价、预约价和"预约处"等信息与其他报刊基本一致,但另外简要交代了蔡元培和许寿裳在《鲁迅全集》编辑过程中的作用,似乎要以这两位名人或鲁迅好友的身份效应进一步加强《鲁迅全集》的预约效果。

从以上沪、港、汉等地报刊发布的预约广告可看出,《鲁迅全集》的预约发行工作在不同城市启动的时间早晚不一致,香港最早,汉口次之。尽管 1938 年 5 月 31 日的《大美报》称"本书预约期限仅定一月,今为普及起见特再延长半月,至六月十五日截止",暗示沪上《鲁迅全集》的预约工作从同年 5 月初即开始,但从《世纪风》的报道看,其实际启动时间应不会早于 5 月中下旬。沪、港、汉三地《鲁迅全集》预约工作的持续时长也有所差异,上海不足一个月,汉口不足两个月,香港则长达两个月。在预约价格上,郑振铎称"记得那时的定价是:每部八元五角。我们发动了好些人,在各方面征求预约者。"①郑振铎的记忆有误,从前述《大美报》《文艺阵地》《新华日报》等报

---

① 郑振铎:《记复社》,《郑振铎全集》第 2 卷,石家庄:花山文艺出版社,1998 年,第 449 页。

刊登载的预约广告可见,当时《鲁迅全集》普通本的定价为 25 元,预约价格
为 14 元。

《鲁迅全集》普通本的"卖预约"以书局代售为主,但也未放弃个人推销
的方式。比如王纪元在东南亚的推销。《鲁迅全集》出版后许广平追记:
"南洋方面,索书巨数,致成供不应求之势,则王纪元等先生之力也。"①律师
李文杰也称:"《鲁迅全集》在酝酿出版时,星二会员都被确定为推销员,我
也推销了 10 余部。"②所谓"酝酿出版时"应该是指《鲁迅全集》出版前的预
约发行阶段。

三、纪念本针对特定读者的"卖预约"

复社之所以在《鲁迅全集》普通本之外再另外发行纪念本,是拟以纪念
本高昂的价格来弥补普通本印刷经费的不足。胡愈之称,由于在抗战时期
一般读者购买力下降,对于《鲁迅全集》普通本的定价不能过高,"所以另印
纪念本甲乙两种,以每部五十元及百元的价格,由鲁迅先生纪念委员会出
售,预备把盈余的钱来抵补普通本的亏损。"③郑振铎也说:"为了补救印刷
费的不足,另印一部分'纪念本',定价每部五十元及一百元。"④但售价一百
元的纪念本的成本不过是二三十元,其出售价只有远高于其成本才能以赢
补亏,进而保证《鲁迅全集》的出版发行工作"不赔钱"⑤。

复社一旦决定另行出版《鲁迅全集》纪念本,即公开发布《鲁迅先生纪
念委员会主席蔡元培、副主席宋庆龄为向海内外人士募集纪念本的通函》
(以下简称《通函》)和《鲁迅全集募集纪念本定户启事》(以下简称《启
事》)。《通函》在阐述出版《鲁迅全集》的缘由和意义的同时,又称:"惟因全
集篇幅浩繁,印刷费用甚巨,端赖各界协力襄助,以底于成。除普通刊本廉
价发行预约外,另印精制纪念本一种,以备各界人士定购,每部收价国币一
百元,将来除印刷成本外,如有溢利,一概拨充鲁迅先生纪念基金。"⑥这里
明确道出了复社印行《鲁迅全集》纪念本的真实目的,即以纪念本的赢利冲

---

① 许广平:《〈鲁迅全集〉编校后记》,北京鲁迅博物馆鲁迅研究室编:《鲁迅研究资料》第 15
　　辑,天津:天津人民出版社,1986 年,第 22 页。
② 陈正卿采访整理:《著名会计师、律师李文杰谈访录》,上海历史博物馆编:《都会遗踪》,
　　上海:上海书画出版社,2009 年,第 172 页。
③ 复生:《鲁迅全集刊行的经过》,《新华日报》1938 年 10 月 19 日第 4 版。
④ 郑振铎:《记复社》,《郑振铎全集》第 2 卷,石家庄:花山文艺出版社,1998 年,第 449 页。
⑤ 胡愈之:《我的回忆》,《胡愈之文集》第 6 卷,北京:生活·读书·新知三联书店,1996 年,
　　第 369 页。
⑥ 许广平:《〈鲁迅全集〉编校后记》,北京鲁迅博物馆鲁迅研究室编:《鲁迅研究资料》第 15
　　辑,天津:天津人民出版社,1986 年,第 22 页。

抵"甚巨"的"印刷费用"。《启事》写道:"本会编印《鲁迅全集》,目的在扩大鲁迅精神的影响,以唤醒国魂,争取光明。所以定价力求低廉,只够作纸张印费。但为纪念鲁迅先生不朽功业起见,特另印纪念本,以备各界人士珍藏。"①此处仅强调《鲁迅全集》纪念本的收藏价值,基本上未涉及其赢利功能。

尽管《通函》中说《鲁迅全集》纪念本只有一种,但从《启事》及前述胡愈之和郑振铎的记述来看,该纪念本分为甲乙两种版本。其中,"甲种文字用道林纸,插图用铜版纸,并用布面精装,书脊烫金。每部实价连运费计五十元。乙种用皮脊烫金,附柚木书箱一只,实价连运费计一百元。"②甲种本和乙种本因书籍的装订、装饰及包装方式和材料不同而售价差异较大,前者五十元,后者一百元。《鲁迅全集》纪念本出版后,在其版权页上标注有"非卖品"字样③,严格说来其只能用于馈赠而不能售卖。或许正是虑及此点,《启事》中声明该纪念本只能通过"鲁迅先生纪念委员会直接发行"而非由书局代售。但若纪念本仅限于无偿馈赠就不能达到其出版发行的真实目的,只能以编辑机构名义上的"直接发行"予以有偿馈赠。无论"甲种"还是"乙种"纪念本,其价格都比较昂贵,超出了当时一般读者的购买力,只有少数经济条件好的读者才能买得起。这需要仰赖"鲁迅先生纪念委员会"成员在该书发行中发挥"中介"作用,甚至通过人际关系进行定向推销。

茅盾、邹韬奋、巴金、陶行知和胡愈之都是"鲁迅先生纪念委员会"成员④,他们在推销《鲁迅全集》纪念本方面发挥了重要作用。1938年5月20日的《新华日报》预约发行广告中公开号召订购纪念本,并登出"定购地址"及有关联络人,即"香港立报馆茅盾先生转鲁迅先生纪念委员会"。⑤ 6月18日《申报》(香港版)的预约发行广告中也称纪念本"由各地鲁迅先生纪念委员会直接发行",发行地址及联系人除"香港立报馆茅盾先生"外,还增

---

① 鲁迅先生纪念委员会:《鲁迅全集募集纪念本定户启事》,北京鲁迅博物馆鲁迅研究室编:《鲁迅研究资料》第15辑,天津:天津人民出版社,1986年,第10—11页。

② 鲁迅先生纪念委员会:《鲁迅全集募集纪念本定户启事》,北京鲁迅博物馆鲁迅研究室编:《鲁迅研究资料》第15辑,天津:天津人民出版社,1986年,第11页。有报刊的《鲁迅全集》发行广告对于两种纪念本的包装材料、价格等与《启事》不一致,参见《大公报》1938年5月20日头版;有的仅说拟出版的纪念本"皮脊精装""外加柚木书香""每部售价一百元",未分"甲种""乙种",参见《申报》(香港版)1938年6月18日头版。

③ 参见复社1938年版《鲁迅全集》纪念本甲乙两种版本的版权页。

④ 关于"鲁迅先生纪念委员会"成员名单,参见沈濯:《关于鲁迅先生纪念委员会的史料及辨析》,《上海鲁迅研究》1991年第1期。

⑤ 《中华民族的火炬鲁迅全集发售预约》,《新华日报》1938年5月20日头版。

加了"汉口全民周刊社""广州烽火社巴金先生"。① "全民周刊社"隶属于
生活书店，彼时邹韬奋和生活书店总部均已迁至汉口。邹韬奋、茅盾和巴金
分别在汉口、香港和广州作为"鲁迅先生纪念委员会"的分身，代理纪念本的
发行业务。

　　陶行知主要是通过个人的影响在海外推销纪念本。1938年6月，他在
给张宗麟的信中写道："寄来《鲁迅全集》纪念本征订启事，早收到。侨胞与
国际友人景仰鲁迅先生为人与为文之崇高风格，购订者极为踊跃。此为我
在国外两年来极为愉快的工作之一。"②1936年7月，陶行知取道香港赴英
国伦敦参加世界新教育联合会第七届大会，直至1938年8月底才返回香
港，在欧美游历了两年多时间。陶行知推销《鲁迅全集》纪念本应该主要是
在美国纽约和英国伦敦进行的。据陶行知本人记载，1938年6月14日，人
在纽约的他制定了"推销《鲁迅全集》计划"，次日即由纽约乘船赴伦敦，6月
21日抵达伦敦，6月25日后再从伦敦到巴黎、罗马等地参访。③

　　胡愈之推销纪念本非常得力，效果较好。他主要在香港、广州和武汉三
地推销。据胡愈之说，1938年3月（应为1938年4月），他带着纪念本的样
品由上海到达香港去销售，"记得我第一个找的是孙科，那时他是国民党左
派，当场认购了十部，在香港的销售很有成效，接着我又去广州，5月间到了
武汉。"④胡愈之在广州推销《鲁迅全集》纪念本的具体成效尚不得而知，但
其在武汉收获不小。

　　据《新华日报》报道，1938年6月2日下午3时，沈钧儒、郭沫若和胡愈
之等3人在汉口法租界天星饭店邀请文化界名流商谈征求《鲁迅全集》纪念
本订户事宜，黄琪翔⑤、邵力子、吴玉章、李石曾以及苏联驻华大使馆官员等
40多人到会，会上"大家争先定购"，共售出40多部，其中苏联大使馆15

① 《中华民族的火炬鲁迅全集 鲁迅先生纪念委员会编印》，《申报》（香港版）1938年6月18
　　日头版。
② 陶行知：《祝贺〈鲁迅全集〉出版——致张宗麟》，《陶行知全集》第11卷（补遗一卷），成
　　都：四川教育出版社，1998年，第570页。《陶行知年谱》编者朱泽甫将此信写作时间标注
　　为"1938年10月24日"，有误，应为1938年6月24日，周洪宇、刘大伟撰著：《陶行知年谱
　　长编》第3卷，北京：人民教育出版社，2021年，第322页。
③ 周洪宇、刘大伟：《陶行知年谱长编》第3卷，北京：人民教育出版社，2021年，第321—
　　323页。
④ 吴承琬：《我国〈鲁迅全集〉是怎样出版的？——记胡愈之同志一席谈》，《人物》1985年第
　　2期。
⑤ 黄琪翔(1898—1970)，字御行，广东梅县人，保定陆军军官学校炮兵科第六期毕业，1926年
　　随国民革命军参加北伐，后成为北伐名将，1937年"八·一三"抗战期间先后担任第九、八
　　集团军副总司令，战事失败后，随军西撤到达武汉。参见沉度、应列等编：《国民党高级将
　　领传略》，北京：华文出版社，1995年，第494—496页。

部、吴玉章 6 部,南洋华侨富商冯裕芳"尚拟大批定购",其他与会者不但
"各自定购",而且还"努力介绍","情形极为踊跃"。① 数十年之后胡愈之
仍记得此次武汉座谈的情景。他说,沈钧儒当年专为出售《鲁迅全集》纪
念本举行了一次茶话会,邀请比较开明的国民党人士参加,时任国民党中央
宣传部长邵力子拿出一千元钱订购了 10 部,"在邵力子先生的带动下,国民
党官员们也纷纷认购"。② 邵力子以一千元预定 10 部③,"10 部"应该是《鲁
迅全集》乙种纪念本。

　　胡愈之的武汉之行也推动了《鲁迅全集》普通本的销售。胡愈之称,他
在武汉驻留期间,周恩来"对《鲁迅全集》的出版极为关心,武汉八路军办事
处预定了许多部,其中一部分是寄到延安去的"。④ 据说武汉八路军办事处
预定《鲁迅全集》精、平装本各 10 套,并赠送给延安鲁迅图书馆和鲁艺图书
馆各两套。⑤

　　《鲁迅全集》的预约发行成效并不像王云五、马裕藻等人此前所预料的那
样悲观。从预约销售数量上看,各地读者的预约以上海最为活跃,许广平说:
"结果出乎预料之外,初版千五百部几大部分为本埠读者订购净尽。"⑥"初版
千五百部"应该是指《鲁迅全集》普通本。据 1938 年 7 月《申报》报道,《鲁迅
全集》在"上海一埠"的预约发行数就达"一千二百部左右",在《鲁迅全集》预
约发行截止的同年 7 月 15 日,上海以外各地预约数量达"千三部左右"⑦。
《申报》所引用的这个数字与胡愈之提供的数据相接近,胡愈之称"普通本
预约达二千三百部,其中上海约占一千部,内地各处一千三百部"⑧《鲁迅全
集》纪念本的预约发售情况也比较可观,据 1938 年 6 月在汉口出版的《抗战
文艺》报道,"《鲁迅全集》在汉发售精装本预约一百部,闻将足额,预约书款
即汇沪,供印刷全集之用。"⑨这里所谓的"精装本"即纪念本。同年 10 月胡

---

① 《鲁迅全集 近代文坛巨匠遗著将出版》,《新华日报》1938 年 6 月 3 日第 2 版。
② 吴承瑓:《我国〈鲁迅全集〉是怎样出版的? ——记胡愈之同志一席谈》,《人物》1985 年第
　　2 期。
③ 也有资料称邵力子预定了 20 部,参见范用:《在孤岛上海出版的三部名著》,《泥土 脚印·
　　续编》,北京:生活·读书·新知三联书店,2005 年,第 26 页。
④ 吴承瑓:《我国〈鲁迅全集〉是怎样出版的? ——记胡愈之同志一席谈》,《人物》1985 年第
　　2 期。
⑤ 陈源蒸、张树华、毕世栋编:《中国图书馆百年纪事(1840—2000)》,北京:北京图书馆出版
　　社,2004 年,第 76 页。
⑥ 许广平:《〈鲁迅全集〉编校后记》,北京鲁迅博物馆鲁迅研究室编:《鲁迅研究资料》第 15
　　辑,天津:天津人民出版社,1986 年,第 22 页。
⑦ 《出版界消息》,《申报》(香港版)1938 年 7 月 17 日第 4 版。
⑧ 复生:《鲁迅全集刊行的经过》,《新华日报》1938 年 10 月 19 日第 4 版。
⑨ 《文艺简报》,《抗战文艺》(选刊)1938 年第 1 卷第 8 期。

愈之在重庆称"纪念本共销去约一百五十部"①，这个数字应该是准确的。

从"卖预约"的社会反响看，无论是普通本还是纪念本，都呈现"供不应求"之势，预约者"极为踊跃"。从预约者的身份背景看，除了广大普通读者，还有中共领导人、国民党开明人士、苏联驻华大使馆官员、文化界名流，甚至还有知名商人②。预约发行"很快就筹集到三四万元的出版资金"③，成为《鲁迅全集》出版经费的重要来源。几年后胡仲持追述说"刊行《鲁迅全集》的资金，主要是靠发行预约筹集的"。④ 从一定意义上讲，若预约发行成效不彰，《鲁迅全集》的出版会遭遇到非常棘手的资金问题，出版时间甚至可能会因此而延后。

四、复社社员的筹款

出版《鲁迅全集》资金的另一个来源是复社社员的筹款。黄定慧、张宗麟和郑振铎等社员都通过各自渠道筹集了一笔资金。

据黄定慧晚年回忆，在她担任上海通易信托公司常务董事兼副总经理期间，为《鲁迅全集》的出版提供过无限透支的资助。⑤ 黄定慧此说也见于茅盾的回忆："《鲁迅全集》排印时需要先付排印费，数目还不小，当时打算采取售预约券的办法先收回一部分钱来，但排印工作又不能等钱收到了再开始。黄定慧知道了出版《鲁迅全集》遇到的困难后，就提出由她来担保向银行开个支付户，这样就解决了排印陆续付款的问题，黄定慧为了全集的出版，还来过香港，和我见过面，叙过旧。"⑥此处的"银行"应该是指上海通易信托公司，"支付户"的作用是为《鲁迅全集》的出版提供"无限透支的资助"。

通易信托公司成立于 1921 年 7 月，该公司经营储蓄业务，且储蓄业务较为发达。⑦ 1935 年冬通易信托公司宣布破产，1937 年原公司部分股东根据南京国民政府的破产法有关规定，试图通过法院的调停争取复业。中共

---

① 复生：《鲁迅全集刊行的经过》，《新华日报》1938 年 10 月 19 日第 4 版。
② 据范用说，当时在昆明经商的郑一斋也预订了 20 部，分送昆明的一些中学。参见范用：《在孤岛上海出版的三部名著》，《泥土 脚印·续编》，北京：生活·读书·新知三联书店，2005 年，第 26—27 页。
③ 胡愈之：《我的回忆》，《胡愈之文集》第 6 卷，北京：生活·读书·新知三联书店，1996 年，第 370 页。
④ 宜闲：《鲁迅全集出世的回忆》，原载香港《文艺丛刊》1946 年 12 月第 2 辑，转引自北京鲁迅博物馆鲁迅研究室编：《鲁迅研究资料》第 15 辑，天津：天津人民出版社，1986 年，第 36 页。
⑤ 黄慕兰：《黄慕兰自传》，北京：中国大百科全书出版社，2016 年，第 161—162 页。
⑥ 茅盾、韦韬：《茅盾回忆录》（中），北京：华文出版社，2013 年，第 274—275 页。
⑦ 王志莘编著：《中国之储蓄银行史》（上），北京：知识产权出版社，2015 年，第 280 页。

有关方面指示黄定慧利用通易信托公司调停复业的契机正式打入金融界，黄"颇有信心地领受了这一新的使命"，并当选为公司的常务董事兼副总经理，通易信托公司"为我党开辟了一个做上层统战工作的公开联络阵地，也开辟了一个做党内工作的秘密联系据点"，成为"党所领导的进步事业周转资金的重要金库"①。拥有中共党员和复社社员双重身份的黄定慧就把这个"重要金库"作为出版《鲁迅全集》的保障。

黄定慧还和张宗麟一起到香港筹款。此事发生于 1938 年 8 月底至 9 月初②。在香港，二人从孔祥熙和杜月笙处共募款五万元。自香港返沪后，黄、张商定从五万元中拨付给《每日译报》一万元，余款则用来成立"卫国出版公司"（卫华出版公司），以此来"全力支持上海左翼文化事业，包括出版《鲁迅全集》和《上海妇女》等进步书刊。"③从资金来源上看，孔祥熙和杜月笙也为《鲁迅全集》的出版资助了不少钱，尽管此事非他们所愿，他们可能也不了解此事。

郑振铎是通过向朋友借款的方式为《鲁迅全集》的出版筹款。李健吾在追忆郑振铎时写道："为了'复社'能出版《鲁迅全集》，有一天你悄悄问我：'健吾，你有五十块钱吗？你能约你顶熟的朋友也出五十块钱吗？大家要凑钱出《鲁迅全集》，可是走漏风声，就性命攸关啊。'听了这话，我立即回家取了五十块钱给你，又去找孙瑞璜先生，说明来意，又拿了五十块钱给你。"④从这段回忆可以看出，郑振铎请好友李健吾首先拿出五十元钱，并请后者再动员他信得过的朋友也借出五十元钱。依此推理，郑振铎可能找过不止一个朋友帮助筹款。

第四节 《鲁迅全集》的编辑、出版与发行

在《鲁迅全集》的出版工作由商务印书馆转移至复社后，后者是怎样开

---

① 黄慕兰：《黄慕兰自传》，北京：中国大百科全书出版社，2016 年，第 157—160 页。
② 黄定慧在自传里称其是"1938 年秋"赴港（黄慕兰：《黄慕兰自传》，北京：中国大百科全书出版社，2016 年，第 190 页），但 1938 年 9 月 2 日出版的香港《立报》曾发表了一篇题为《对捷克的观感》的文章，该文系陶行知 9 月 1 日在香港文化界人士欢迎黄定慧、张宗麟和邓颖超抵港午餐会上的发言，因此推定黄定慧赴港时间为 1938 年 8 月底。
③ 黄慕兰：《抗日烽火育精英——敬悼梅益同志》，郝时远、杨兆麟主编：《梅益百年纪念文集》，北京：社会科学文献出版社，2014 年，第 238 页。
④ 李健吾：《忆西谛》，王莲芬、王锡荣主编：《郑振铎纪念集》，上海：上海社会科学院出版社，2008 年，第 277 页。

展此项工作的? 除"鲁迅先生纪念委员会"委员和复社社员外,复社是否动用了其他社会力量?

一、"鲁迅先生纪念委员会"委员的"散处四方"

许广平在《〈鲁迅全集〉编校后记》中说,在复社拟接手《鲁迅全集》出版工作前后,她与胡愈之曾"约定",《鲁迅全集》的"编辑责任"归"鲁迅先生纪念委员会",复社则主持其出版并代理发行工作。[①] "鲁迅先生纪念委员会"成立于1937年7月18日,共有72名委员组成[②]。在成立大会上,许广平专门报告过《鲁迅全集》的出版筹备工作。作为一个纪念鲁迅的机构,"鲁迅先生纪念委员会"以集体名义组织编辑《鲁迅全集》无疑具有合法性。但在特殊环境下,若要求该委员会的每个委员都参与《鲁迅全集》的编纂工作也不现实。许广平又说,"惟纪念委员会同人,散处四方;集中编辑,势所难能。虽函件往还,指示实多,而实际责任,不得不集于少数人身上。"[③]

姑且不论"鲁迅先生纪念委员会"72名委员中的很多人原本就不居住在上海,如胡适、陈怡、沈尹默、李霁野等。有的委员虽然在该委员会成立前后工作和生活于上海,但自1937年11月后多迁至香港或内地,如蔡元培、邹韬奋、金仲华等在该年11月27日同船离沪赴港[④]。即便是身兼"鲁迅先生纪念委员会"委员和《鲁迅全集》编委两职的周作人、许寿裳、马裕藻和沈兼士,也长期居住于北京,未因《鲁迅全集》的出版而踏足上海,茅盾和台静农更是在《鲁迅全集》出版之前即离开上海。在《鲁迅全集》出版前后,该书7名编委无一人留沪。

许广平所言的"鲁迅先生纪念委员会"委员"散处四方"既是一种写实,也反映了《鲁迅全集》编辑队伍形成的不易,因此承担《鲁迅全集》编辑"实际责任"的只能是"鲁迅先生纪念委员会"委员中的"少数人"。这"少数人"是指哪些人? 许广平没有明指,但根据"鲁迅先生纪念委员会"的委员名单也不难推断,他们包括胡愈之、郑振铎、许广平、周建人和王任叔等。胡愈之、郑振铎和王任叔等人既是"鲁迅先生纪念委员会"委员又为复社创办人,

① 许广平:《〈鲁迅全集〉编校后记》,北京鲁迅博物馆鲁迅研究室编:《鲁迅研究资料》第15辑,天津:天津人民出版社,1986年,第16页。
② 沈潅:《关于鲁迅先生纪念委员会的史料及辨析》,《上海鲁迅研究》1991年第1期。
③ 许广平:《〈鲁迅全集〉编校后记》,北京鲁迅博物馆鲁迅研究室编:《鲁迅研究资料》第15辑,天津:天津人民出版社,1986年,第16页。
④ 中国蔡元培研究会编:《蔡元培全集》第17卷,杭州:浙江教育出版社,1998年,第115—116页。

在许广平与商务印书馆"废约"时他们都身处上海。因此《鲁迅全集》的编辑工作名义上为"鲁迅先生纪念委员会",实际为复社。除了编辑,复社还承担了《鲁迅全集》的出版和发行工作。以下我们主要根据许广平在《〈鲁迅全集〉编校后记》中的叙述来梳理复社编辑、出版和发行《鲁迅全集》的过程。

二、《鲁迅全集》的编辑、出版与发行过程

复社把《鲁迅全集》的全部出书过程分为"编辑部""出版部""发行部"等三大部分。其中,"编辑部"工作又细分为"集稿""抄写""编辑",以及"校对"等四个环节,前后涉及的人数仅许广平列举出来的就达 40 多人次。

在"编辑部"四个环节的工作中,"集稿"过程涉及的人次最多,至少有胡愈之等 16 人参与其中。在鲁迅已经出版的著作中存在不少散佚者,杨霁云、阿英①、蒯斯曛等参与集稿的人,有的将自己所藏出借或捐赠,有的帮助从他处借得。魏建功和茅盾参与了部分稀有版本书籍的借出、保存和运输工作,胡愈之等搜寻了《艺术论》《文艺与批评》《文艺政策》。对于鲁迅的日文版遗著,周建人亲自校正《药用植物》一书并将其赠予复社,郑振铎从上海美术专门学校借出《近代美术史潮论》日本原版。

"抄写"工作比较细碎,涉及的人次较多,至少有 12 人,包括周建人夫人王贤桢、单亚庐②、周玉兰③、吴观周④等。其中,周玉兰系中共党员,是时任《每日译报》俄文翻译姜椿芳介绍过来的。1938 年春,姜椿芳受上海地下党组织的委托和周玉兰丈夫林珏接洽党组织关系,同时姜椿芳带来一封介绍信,把周玉兰推荐到许广平家帮助抄写鲁迅手稿。⑤ 特别值得一提的是,鲁迅在日本东京留学时的同乡邵文镕的 4 个女儿即邵景渊、邵景濂、邵景洛和

① 阿英(1900—1977),又名钱杏邨、张若英、鹰隼等,安徽芜湖人,1927 年与蒋光慈等在上海组织"太阳社",1930 年与鲁迅等一起当选为"左联"常委,1936 年 10 月鲁迅逝世后,他参与了守灵和送葬仪式。参见钱厚祥整理:《阿英笔名》,钱小惠、钱厚祥:《阿英年谱》,阿英等:《阿英全集》附卷,合肥:安徽教育出版社,2006 年,第 392—393 页、394—472 页。

② 目前有关单亚庐的资料鲜少,生平不详。

③ 周玉兰(1914—1968)即林珏夫人,黑龙江双城人,1941 年加入中国共产党,新中国成立后担任过沈阳化工学院(今沈阳化工大学)党委书记等职务;林珏(1914—1971),原名唐景阳,另有笔名达秋等,黑龙江安达人,1936 年与夫人周玉兰到上海,1938 年加入中国共产党,新中国成立后担任过辽宁大学副校长等职务。参见《周玉兰悼词》《唐景阳悼词》,以及滕英超、于国凡:《唐景阳传略》,唐景芸编:《唐景阳、周玉兰纪念文集》,北京:中国经济出版社,2006 年,第 330—331 页、327—329 页、337—338 页。

④ 目前有关吴观周的资料多为其所著论文和书籍,生平不详。

⑤ 滕英超、于国凡:《唐景阳传略》,唐景芸编:《唐景阳、周玉兰纪念文集》,北京:中国经济出版社,2006 年,第 338 页。

邵景渭,都分担了抄写任务。另外,帮助复社翻译《红星照耀中国》的王厂青也参与了抄写工作,可能他仍是唐弢向复社推荐而来的。在众人抄写过程中,对于鲁迅辑录著作中的标点问题,复社同人中有的主张按照原稿抄写,有人则认为应添加标点,后来达成共识,为统一《鲁迅全集》的编辑体例并使初学者容易理解,专门邀请冯都良①、郑振铎和吴文祺②等三位在国学研究方面较有造诣者对辑录著作进行标点。

在任务最为繁重的“编辑”环节,王任叔、郑振铎参与的工作较多。对于这项工作,王任叔称,因战争之故,“平日对于鲁迅先生了解得很深的朋友,全都走散。‘蜀中无大将,廖化作先锋’”,“鲁迅先生纪念委员会”和复社“就把这帮同许先生编辑《鲁迅全集》的责任放在我身上。”③他的“廖化”论当然是一种自谦。参加编辑《鲁迅全集》,王任叔既以“鲁迅先生纪念委员会”委员和复社核心社员身份投入其中,同时也是受党的派遣而来。他当时已是中共江苏省委“文委”成员,党指派给他的工作主要包括“文化工作”“救亡协会的群众性工作”“统一战线工作”等三个方面④,参编《鲁迅全集》是其“文化工作”的一部分。

由于具有多重身份,且《鲁迅全集》编辑工作任务本身就艰巨,王任叔肩上的压力不小。他又说,“工作一开始,我就感到万分危惧,我的能力不够了解鲁迅先生。鲁迅先生所研究的范围和他研究所得到的成绩,是太广大,也太深奥了,我是仅仅作为一个校对员的资格都不够的,谈不到什么编辑。但居然咬着牙齿干下来直到二十巨册的著作送到读者面前,我才喘口气”。⑤从王任叔的这些话也可窥见,在“编辑”环节,王任叔的角色是最主要的。在此期间参与过《鲁迅全集》校对工作的唐弢回忆称,当时他几乎天天和王任

①　冯都良(1901—1977),原名喜孙,后改名贞胥,字须父,都良为笔名,浙江慈溪人,1919 年毕业于宁波效实中学,次年进入上海《商报》任编辑,《商报》停刊后担任上海戊辰通讯社社长,后转入《申报》,并兼任东吴大学教授,主讲中国文学。参见沙孟海:《冯君木冯都良父子遗事》,丁侠波:《翰墨春秋——沙孟海先生纪念集》,杭州:西泠印社出版社,1995 年,第 13 页。

②　吴文祺(1901—1991),字问奇,浙江海宁人,1916 年毕业于浙江师范讲习所,1935 年 8 月起任上海暨南大学中文系教授,1941 年底暨南大学停办后一度以卖书为生。参见《吴文祺》,浙江省海宁市政协文史资料委员会编:《当代海宁人:〈海宁人物资料〉》第 2 辑,海宁:海宁市政协文史资料工作委员会、海宁市文学艺术界联合会,1988 年,第 12—14 页。

③　王任叔:《鲁迅先生的艺术观》,巴人:《巴人全集》第 13 卷,北京、宁波:清华大学出版社、宁波出版社,2017 年,第 238 页。

④　巴人:《自传》,浙江省社科院《巴人文集》编委会编:《巴人文集·回忆卷》,宁波:宁波出版社,1997 年,第 489 页。

⑤　王任叔:《鲁迅先生的艺术观》,巴人:《巴人全集》第 13 卷,北京、宁波:清华大学出版社、宁波出版社,2017 年,第 238 页。

叔见面，王任叔"协助景宋先生主持工作，全面安排，出力最多"。① 相较于
王任叔，郑振铎虽做了一些编辑工作，但他同时还参与"集稿"和"标点"，任
务多样。

　　《鲁迅全集》的校对工作分为多个层次，最初由承担排印工作的作者出
版事务所主持人朱础成负责校对三次，然后再由复社校对两次，待排印方修
正后，复社再审读一次清样。复社的两次校对分为初校和二校，担任初校工
作的有王厂青、周玉兰、林珏和金性尧②等，唐弢、柯灵③、吴观周和许广平等
则负责二校。参与二校工作的唐弢在纪念鲁迅逝世二周年时，专门在《申
报》上发文详述他校对《鲁迅全集》时的经过与感悟，并称"在两个月里，要
校完这辉煌的六百万字的巨著，以我们的浅薄，来担当这艰巨的工作，本来
也过于大胆了"。④ 1938 年 5 月，在主编《文汇报》副刊《世纪风》期间，柯灵
在该刊发表了有关《鲁迅全集》的多篇文章。同一时期，在办报之余他也参
与了《鲁迅全集》的校对工作。在晚年他自谦地写道："我是校对之一，很惭
愧，校对得很不好"。⑤

　　校对清样的工作是由王任叔和蒯斯曛共同完成的。对于蒯斯曛来说，
这段校对经历难忘，直到近二十年后他仍清晰地记得参与校对者每个人的
工作情形。在谈及王任叔校对清样期间的具体工作状态时，他写道："单就
校对方面说，他就是随身带着清样，有空就看，每天能来跟我们一起工作多
久，就来多久。直到现在，我还能记得他急急忙忙钻进许先生家二楼的亭子
间，马上坐在他的桌子前，拿出清样就读的那个样子，我还能记得他有时突
然放下清样，立起身来马上就走的那个样子。"⑥关于王任叔和蒯斯曛参与
校对《鲁迅全集》工作，唐弢曾在日记中也记载过⑦。蒯斯曛自称是经由王
任叔的介绍他才得以有机会进入《鲁迅全集》编辑部，与王任叔相较，他属于
"专职"校对者，与林珏夫妇和吴观周每天集中在上海法租界霞飞路霞飞坊

①　唐弢：《关于任叔》，上海鲁迅纪念馆编：《巴人先生纪念集》，北京：人民文学出版社，2001
　　年，第 56 页。
②　金性尧(1916—2007)，笔名文载道，浙江定海人，1934 年 18 岁时与鲁迅通信四封，曾主编
　　《鲁迅风》杂志。参见金文男：《金性尧年表》，董瑞兴主编：《文以载道——金性尧先生
　　纪念集》，上海：上海古籍出版社，2008 年，第 274 页。
③　柯灵(1909—2000)，原名高季琳，浙江绍兴人，中国现代知名报人、剧作家、散文家。
④　参见风子：《关于鲁迅全集的校对》，《申报》1938 年 10 月 19 日第 16 版。
⑤　柯灵：《悼念胡愈之先生》，《柯灵文集》第 1 卷，上海：文汇出版社，2001 年，第 371 页。
⑥　蒯斯曛：《回忆〈鲁迅全集〉的校对》，北京鲁迅博物馆鲁迅研究室编：《鲁迅研究资料》第
　　15 辑，天津：天津人民出版社，1986 年，第 54 页。
⑦　参见将离：《校鲁迅先生遗著》，北京鲁迅博物馆鲁迅研究室编：《鲁迅研究资料》第 15 辑，
　　天津：天津人民出版社，1986 年，第 35 页。

64 号许广平家二楼亭子间工作,"每人每月支二十元津贴,每天吃一顿午饭",若当天的校对任务没完成就带回家继续工作。①

鲁迅一生的著述仅国内出版发行者即涉及多家出版机构,如北新书局、生活书店和天马书店等,且这些著作的出版在时间上有先有后,格式上很不一致。为了《鲁迅全集》格式上的统一,也便于校对,负责出版的黄幼雄事先拟定了一份"鲁迅全集排式",但在校对工作进行过程中,参与校对者认为有些"排式"还应进一步修订,且也要增加一些"排式",黄幼雄又相应地作了修订或增加。

《鲁迅全集》"出版部"由黄幼雄和胡仲持主持。他们负责书籍的式样、纸张的良窳、制图的设计和印刷成本的计算等。黄幼雄、胡仲持原在《申报》工作,但该报自 1937 年 12 月 15 日起停刊,至次年 10 月才复刊,因此他们在《鲁迅全集》出版期间几乎是"赋闲"在家,专职参与出版工作。在黄幼雄和胡仲持二人中,黄幼雄"负出版全责"。除了为《鲁迅全集》设计"排式"外,据胡仲持后来回忆,黄幼雄还经常和印刷厂、装订作坊及纸号的营业员讨价还价,在此过程中,胡仲持也协助黄幼雄跑印刷厂和装订作坊"催工看样"。② 对于黄幼雄和胡仲持主持"出版部"的表现,许广平给予了肯定:"两先生学识丰富,经验宏博,故能处理得有条不紊。"③在"出版部"作出重要贡献的还有两个人和三家机构,徐寿生及其主持的大丰制版所、朱础成及其主持的作者出版事务所承揽《鲁迅全集》的排印工作,"皆不惜减低成本,为文化界服务"④。第三家机构科学照相制版公司全权负责《鲁迅全集》的制图,制图效果比鲁迅遗著单行本更为精美。

《鲁迅全集》的"发行部"由张宗麟主持。作为复社的秘书,张宗麟原本和胡愈之一起总揽复社的工作。但在《鲁迅全集》出版期间,他的主要任务是负责该书的发行,复社职员吴子良和施从祥⑤协助张宗麟工作。在 1939 年 4 月 1 日复社举行的年会上,施从祥为列席者并担任会议记录⑥,仍协助会议主席张宗麟搞会务工作。当然,《鲁迅全集》发行的方式主要是预约发行,有关情况前文已述,此处不赘。

① 蒯斯曛:《回忆〈鲁迅全集〉的校对》,北京鲁迅博物馆鲁迅研究室编:《鲁迅研究资料》第 15 辑,天津:天津人民出版社,1986 年,第 54—55 页。
② 宜闲:《〈鲁迅全集〉出世的回忆》,北京鲁迅博物馆鲁迅研究室编:《鲁迅研究资料》第 15 辑,第 37 页。
③ 许广平:《〈鲁迅全集〉编校后记》,北京鲁迅博物馆鲁迅研究室编:《鲁迅研究资料》第 15 辑,第 22 页。
④ 许广平:《〈鲁迅全集〉编校后记》,北京鲁迅博物馆鲁迅研究室编:《鲁迅研究资料》第 15 辑,第 22 页。
⑤ 关于吴子良和施从祥的资料鲜少,其生平不详。
⑥ 上海市档案馆:《有关复社的两件史料》,《历史档案》1983 年第 4 期。

表 6-1 《鲁迅全集》编辑、出版与发行工作的参加人员和机构

工作种类		参 与 者	复社社员	备注
编辑部	集稿	许广平、杨霁云、阿英、蒯斯曛、周文、胡愈之、周作人、魏建功、茅盾、谢澹如、柳亚子、徐川、唐弢、席涤尘、周建人、郑振铎	许广平、胡愈之、郑振铎、周建人	
	抄写与标点	王贤桢、单亚庐、周玉兰、吴观周、王厂青、邵景渊、邵景濂、邵景洛、邵景渭、冯都良、郑振铎、吴文祺	郑振铎	
	编辑	郑振铎、王任叔	郑振铎、王任叔	
	校对	朱础成		校3次
		林珏、金性尧、王厂青、周玉兰		初校
		唐弢、柯灵、吴观周、许广平	许广平	二校
		王任叔、蒯斯曛	王任叔	校清样
出版部	设计、买纸、排版、制图、装订、印刷等	黄幼雄、胡仲持,徐寿生及大丰制版所,朱础成及作者出版事务所,科学照相制版公司	黄幼雄、胡仲持	
发行部	预约发行为主	胡愈之、张宗麟、郑振铎、吴子良、施从祥、茅盾、巴金、王纪元、邵力子、沈钧儒、陶行知,"星二聚餐会"成员等	胡愈之、张宗麟、郑振铎、王纪元等	
		上海:通易信托公司、远东图书杂志公司、新新公司、西风社;外埠:各地生活书店		

资料来源:笔者根据有关史料整理而成。

回溯《鲁迅全集》问世的全过程可以发现,在复社社员中,除许广平和周建人这两位鲁迅的近亲属外,胡愈之、郑振铎、王任叔、黄幼雄、胡仲持、张宗麟、王纪元和黄定慧等众多社员也都直接参加了该书出版各个阶段的工作,扮演着各种不同的角色。胡愈之、郑振铎、王任叔、黄幼雄、胡仲持、张宗麟和黄定慧系复社核心成员,对于《鲁迅全集》的出版贡献最大。其中,胡愈之不仅在"集稿"和发行方面发挥了很大作用,而且是整个出版工作的总策划和总指挥。郑振铎发挥的作用也是多方面的,包括"集稿"、标点和编辑等工作,王任叔既是主要的编辑者又参加了清样的校对,黄幼雄、胡仲持和张宗麟分别对《鲁迅全集》的排版、印刷与发行投入了多更精力,黄定慧在《鲁迅全集》的筹款和资金保障方面发挥了不可忽视的作用。《鲁迅全集》的出版全过程涉及上百人次,他们分别来自学术界、教育界、出版界、文艺界和政界等社会各界,调动了沪上出版、印刷、发行等多家新闻出版行业机构,也牵涉高校、图书馆甚至金融、商业等机构。庞大队伍和众多机构积极参与,且能够有序、高效地完成《鲁迅全集》的出版重任,除了鲁迅精神的感召力量发挥了作用外,胡愈之、张宗麟、黄幼雄等复社核心成员的指挥、调度和协调工作功不可没。正如许广平所说,复社同人在主持《鲁迅全集》出版工作中不仅"措施得宜",且"工作皆有秩序,进行亦极顺利"。①

　　由于复社同人的努力和社会各界的通力支持,长达 600 多万字、20 卷本的《鲁迅全集》普通本终于在 1938 年 6 月面世,至 8 月又出版了甲、乙两种纪念本。以普通本的出版时间计算,《鲁迅全集》从编辑到发行仅用了短短3 个月时间,复社的工作效率之高,在近代中国出版史上极为罕见,以致许广平称《鲁迅全集》的出版"实开中国出版界之奇迹"②。

---

①　许广平:《〈鲁迅全集〉编校后记》,北京鲁迅博物馆鲁迅研究室编:《鲁迅研究资料》第 15
　　辑,天津:天津人民出版社,1986 年,第 22 页。

②　许广平:《〈鲁迅全集〉编校后记》,北京鲁迅博物馆鲁迅研究室编:《鲁迅研究资料》第 15
　　辑,天津:天津人民出版社,1986 年,第 16 页。

第七章　复社社员与"洋旗报"

复社在成立时把"发行定期刊物"这一重要事业明确载入该社《社约》。该社在出版《西行漫记》和《续西行漫记》时均公开打出复社招牌,甚至《鲁迅全集》出版前也没有全部避讳复社,在《新华日报》和《申报》(香港版)的预约发行广告上不止一次出现"复社出版"或"上海复社出版"字样。但据现有资料,我们尚未发现公开以"复社"名义发行的"定期刊物"。因为战争环境的复杂性,图书与报刊有别,复社可能出版过"定期刊物",但均以其他机构名义公开发行。可以确定的是,从1938年至1941年,上海租界出现过不少"洋旗报",王任叔、张宗麟、黄定慧等复社社员都参与过其中部分"洋旗报"的创办或编撰,代表性的"洋旗报"如《每日译报》《上海周报》《华美》等。

第一节　复社社员与《每日译报》

《译报》和《每日译报》是两种报纸。前者并非"洋旗报",仅存活了10多天。后者挂上了"洋旗",创办人和编撰者都发生了较大变化,但报名仍保留了"译报"字样。当时这两家报纸的部分编撰者把它们视为同一报纸,认为《译报》是《每日译报》的第一个发展阶段,后来不少人在回忆时也习惯称《每日译报》为《译报》,省略了"每日"二字。

一、上海租界"洋旗报"的涌现

所谓"洋旗报",是以外国人(机构)名义创办但由中国人实际主持的报刊。在1937年上海华界被占领后,同年12月13日,设在公共租界的上海新闻检查所通令自12月15日起租界内中国人办的报刊在付印前都要送往该所检查。此令发出后,租界内多数由国人主办的报刊如《大公报》上海版、《申报》等12月15日后均停刊,《新闻报》也在12月17日后停刊①。

由于新闻检查的对象是中国人而非外国公民办的报刊,租界内的中国人遂利用这一空隙纷纷聘请外国人,打着他们的旗号陆续复刊或创办了"洋旗报",这些受聘的外国人实际上充当了"洋旗报"的"洋保镖"或"守门神"②。上海租界的"洋旗报"可以分为多种,有的系老牌报纸复刊,如《申报》;有的是中共领导创办,如《每日译报》《上海周报》;有的具有国民党背景,如《中美日报》《正言报》;有的为国共之外的进步人士主办,如《文汇报》。

二、复社社员对《每日译报》的主控

在上海租界新创办的"洋旗报"中,以《每日译报》为较早。《每日译报》的前身为《译报》。《译报》是在中共江苏省委领导下诞生的,由梅益、姜椿芳、夏衍和赵邦镕等人负责筹办③。该报于 1937 年 12 月 9 日正式发行,系4 开 4 版的小型报纸,专门译载英文《字林西报》、法文《上海日报》、俄文《柴拉早晚报》等外文报刊上的文章。《译报》创刊后,由赵邦镕"负着编辑名义"④。赵曾在英国留学,"绅士风度"十足,能说一口流利的英语,擅长辞令,由他对外折冲,特别是同公共租界工部局中的英美人进行交涉,是极适当人选。⑤ 有人认为夏衍负责该报的实际编辑责任⑥,但夏衍称编辑部实际负责人是梅益,他则帮助"翻译一些英文的消息"⑦。原《大公报》上海版广告部主任丁君匋、上海时代出版社负责人金溎共同负责《译报》的广告和发行。参加该报编译工作的还有林淡秋(英文翻译)、姜椿芳(俄文翻译)、江闻道(日文翻译)等⑧。因取材新颖、编排别致,该报创刊后很快"日销万余份,广告收入也不恶"⑨。但《译报》仅出了不满两周时间,公共租界当局以

---

① 据王伯祥记载,《新闻报》在接受新闻检查后仅过了 2 天即停刊,张廷银、刘应梅整理:《王伯祥日记》第 5 册,北京:中华书局,2020 年,第 2347 页。
② 参见梅丽红:《"孤岛"时期上海的"洋旗报"》,《档案与史学》1996 年第 5 期。
③ 夏衍:《左翼十年(下)》,周巍峙主编:《夏衍全集——懒寻旧梦录》,杭州:浙江文艺出版社,2005 年,第 207 页。
④ 孙颂方:《每日译报二三事》,《杂志》1943 年第 10 卷第 4 期。
⑤ 王季深:《记〈译报〉、〈每日译报〉》,上海市文史馆,上海市人民政府参事室文史资料工作委员会编:《上海地方史料(五)》,上海:上海社会科学院出版社,1986 年,第 92—93 页。
⑥ 孙颂方:《每日译报二三事》,《杂志》1943 年第 10 卷第 4 期。
⑦ 夏衍:《记者生涯》,周巍峙主编:《夏衍全集——懒寻旧梦录》,杭州:浙江文艺出版社,2005 年,第 216 页。
⑧ 梅益:《抗战时期上海地下党领导的文化工作》,中共上海市委党史研究室编:《上海党史资料汇编》第 3 编:全民族抗日战争时期(中),上海:上海书店出版社,2018 年,第 965 页。
⑨ 孙颂方:《每日译报二三事》,《杂志》1943 年第 10 卷第 4 期。

"未经登记"为借口责令其停刊,同年 12 月 20 日该报宣布停刊。夏衍也于1937 年 12 月 29 日与潘汉年同船离沪赴港①。短暂的《译报》时期被称作《每日译报》的第一阶段②。

有些资料称王任叔和张宗麟参与创办或编撰过《译报》,有的甚至认为王任叔主编过该报副刊③,有的说张宗麟担任过该报秘书长④。根据孙颂方、王季深、梅益等当年《译报》编撰者的记载或回忆,王任叔和张宗麟都没有参与过《译报》工作,这些资料可能是把《译报》完全等同于《每日译报》。

《译报》被迫停刊后,中共江苏省委决定创办一家"洋旗报"。经赵邦镽的奔走和联络,该"洋旗报"聘请注册地在香港的英商大学图书公司负责人孙特司·裴士和拿门·鲍纳出面担任该报发行人,并把报纸名称定为《每日译报》(沿袭《译报》)。《每日译报》于 1938 年 1 月 21 日正式发刊,报社办公地址由上海《大公报》大楼迁至爱多亚路一家广告公司楼上,该报由此进入第二阶段⑤。该阶段的编辑部由梅益主持,赵邦镽负责经营,编辑部又另聘步溪和精通日文、英文与法文的哲非为撰稿人。虽然《每日译报》创办后比较受读者欢迎,但其经济状况并不好,步溪和哲非两位主要撰稿人相继离职,报社也再次迁址,移至爱多利亚路 160 号,"大有不能续办下去之势"⑥。步溪和哲非的离职及报社的迁址,也意味着《每日译报》第三阶段的结束⑦。

1938 年 4 月,王任叔、张宗麟、梅益、许广平、何封、李平心、潘蕙田等复

① 关于夏衍离沪赴港具体日期说法不一。沈芸称是 1937 年 12 月 10 日,参见沈芸:《夏衍年表》,沈宁、沈旦华、沈芸编:《夏衍全集——书信日记》,杭州:浙江文艺出版社,2005 年,第 433 页。夏衍本人回忆说是 1937 年 12 月 19 日或 20 日,参见夏衍:《左翼十年(下)》,周巍峙主编:《夏衍全集——懒寻旧梦录》,杭州:浙江文艺出版社,2005 年,第 208 页。武在平则记作为 1937 年 12 月 25 日,参见武在平:《潘汉年全传》,天津:天津人民出版社,2015 年,第 128 页。而当时的新闻报道称是 1937 年 12 月 29 日。

② 孙颂方:《每日译报二三事》,《杂志》1943 年第 10 卷第 4 期;王季深:《中国新闻史上别开生面的一页——记从〈译报〉到〈每日译报〉的刊行经过》,《新闻大学》1982 年第 4 期。

③ 于伶:《抗战初期上海抗日救亡运动的一些回忆》,中共上海市委党史研究室:《上海党史资料汇编》第 3 编:全民族抗日战争时期(上),上海:上海书店出版社,2018 年,第 126 页。

④ 张沪:《张宗麟年表》,浙江省绍兴县政协文史资料工作委员会:《绍兴文史资料选辑》第 10 辑,1991 年,绍兴:浙江省绍兴县政协文史资料工作委员会,1991 年,第 108 页。

⑤ 孙颂方:《每日译报二三事》,《杂志》1943 年第 10 卷第 4 期;王季深:《中国新闻史上别开生面的一页——记从〈译报〉到〈每日译报〉的刊行经过》,《新闻大学》1982 年第 4 期。

⑥ 参见刘作忠:《钱纳水:奋战在"孤岛"的新闻斗士——钱江潮先生访谈录》,《湖北文史》2014 年第 1 期。

⑦ 孙颂方:《每日译报二三事》,《杂志》1943 年第 10 卷第 4 期。

社社员或中共地下党员十多人与报人钱纳水①举行座谈,并邀请钱纳水接编《每日译报》。王任叔、张宗麟和许广平等多名复社中重要角色参与邀约并和钱纳水座谈,说明此时复社社员整体上在《每日译报》中拥有较大的话语权。王任叔、张宗麟和梅益等人认为钱纳水若出面,"必能以些微的资金办好一张报纸,使其销数日广",不久在梅益的陪同下,钱纳水又与《每日译报》经理赵邦镍进行了一次长谈,此举使赵邦镍"非常感动",决定于1938年5月1日正式交出《每日译报》的管理权。②《每日译报》遂聘钱纳水为总编辑兼总主笔,自此该报进入发展的第四阶段③。

在钱纳水接办《每日译报》之初,鉴于该报资金紧张,在刘少文的建议下,黄定慧在"星二聚餐会"上提出为该报筹集办报经费的问题,得到参会者的积极响应,大家每人认股50元,共集资1 000多元,黄定慧又从通易信托公司先后向《每日译报》垫支了8 000元,该报才暂时解决了经费上的困难。④据孙颂方、王季深和黄定慧等当年参与《每日译报》创办和编撰者记述,在钱纳水接办《每日译报》后,该报成立了董事会。1938年5月进入《每日译报》工作的程豪更是列出了该报董事会成员的具体名单,董事长为黄定慧,梅益、韦悫、张宗麟、姚惠泉、孙瑞璜、王纪华和吴大琨为常务董事,其他董事有赵朴初、吴耀宗、沈体兰、胡咏骐、许广平、王任叔、陈志皋、陈巳生、李文杰和陆高谊等,张宗麟担任董事会秘书长。⑤在《每日译报》董事会18名董事中,计有黄定慧、张宗麟、姚惠泉、孙瑞璜、王任叔、吴耀宗、许广平、沈体兰、陈巳生、胡咏骐等10位复社社员(若计入1939年4月加入复社的陈志皋,复社社员达11位),复社社员占董事会人数的比例过半。在该报董事会6名常务董事中有复社社员3名,人数也占一半,且董事长、秘书长都由复社社员担任。复社社员实际上已主控此时的《每日译报》。

在上述复社成员中,黄定慧和张宗麟对《每日译报》在经营方面的贡献最大。1938年6至7月,《每日译报》与筹备中的《卫报》合并重组,形成了

---

① 钱纳水(1892—1973),原名铁如,字纳水,以字行,湖北郝穴人。早年曾留学日本,加入同盟会,1926年与李达、邓初民等在上海创办昆仑书店,1930年与李一氓、艾思奇等发起成立"中国社会科学家联盟",1931年加入中共,不久脱党,1937年9月在上海创办油印壁报《战声》。参见刘作忠:《钱纳水和〈每日译报〉》,江陵县政协文史资料委员会编:《江陵文史资料》第1辑,荆州:荆州市翔羚印刷有限公司,2004年,第51页。

② 参见刘作忠:《钱纳水:奋战在"孤岛"的新闻斗士——钱江潮先生访谈录》,《湖北文史》2014年第1期。

③ 孙颂方:《每日译报二三事》,《杂志》1943年第10卷第4期。

④ 黄慕兰:《黄慕兰自传》,北京:中国大百科全书出版社,2016年,第222—226页。

⑤ 参见程豪:《记"孤岛"时期的〈每日译报〉》,中共上海市委统战部统战工作史料征集组编:《统战工作史料选辑》第3辑,上海:上海人民出版社,1983年,第141页。

新的《每日译报》，"《卫报》的加入，解决了《每日译报》的燃眉之急（经费）"①。重组后的《每日译报》实行常务董事制，常务董事有黄定慧、张宗麟、钱纳水、韦悫、孙道胜等。5 名常务董事中复社社员仍占 2 位，且黄定慧和张宗麟主要负责《每日译报》的经营管理，把握着它的经济命脉。1938 年 8 月底至 9 月初，黄定慧和张宗麟赴港筹得 5 五万元钱款，其中有 1 万元分配给了《每日译报》，使得该报的版面得以扩充，此后该报更受读者欢迎，日销量 3 万份以上②。随着《每日译报》事业的发展，该报开支愈来愈大，在经济上面临严重困难。为了缓解此种局面，1939 年 1 月，黄定慧、张宗麟与钱纳水等人一起寻求上海地方协会成员、爱国企业家徐采丞的支持，徐向该报垫付了 5 000 元。同月，孔祥熙和杜月笙向《每日译报》投资③，该报再次重组，徐采丞任董事长，胡鄂公、黄定慧等为常务董事，任矜苹为总经理，钱纳水仍为总编辑兼总主笔，复社社员黄定慧对于该报仍有较大发言权。

黄定慧、张宗麟固然对《每日译报》的经营贡献较大，但姚惠泉、陈志皋甚至陈鹤琴的贡献也不小。1938 年八九月间黄定慧和张宗麟赴港筹款，就是经姚惠泉向杜月笙等推荐的。陈志皋曾利用其与《新闻报》的特殊关系，将该报库存的白纸平价调剂给《每日译报》使用，当《每日译报》随着销量增加出现工作人手紧张时，陈鹤琴所办的报童学校帮助解决了不少困难。④

复社社员对于《每日译报》的贡献和影响不仅体现在经营方面，在该报的编撰方面也发挥了较大作用，其中以王任叔最为显著。

钱纳水接办《每日译报》后，该报进行了第一次扩版，由每期 2 页增为 4 页。1938 年 5 月 2 日起该报增设《爝火》专栏，由王任叔主持，他在该栏目上以"行者""八戒"为笔名先后发表了《素食主义》《眼睛的哀祭》《必须剔除的劣根性》等数十篇文章。同年 6 月 27 日，王任叔刊发《临终词》一文（署名"八戒"），宣告《爝火》栏目结束："二个月来，《爝火》承读者爱戴，支撑到现在，在编者方面，实在非常感激。……再会！再会！"次日起，《每日译报》开设新专栏《前哨》，由蔡若虹（周彼得）和钟望阳（苏苏）编辑⑤。同年 7 月 9 日出版的《华美》周刊登载广告称《每日译报》"自六月二十八日起改为

① 参见刘作忠：《钱纳水：奋战在"孤岛"的新闻斗士——钱江潮先生访谈录》，《湖北文史》2014 年第 1 期。

② 黄慕兰：《黄慕兰自传》，北京：中国大百科全书出版社，2016 年，第 191 页。

③ 参见刘作忠：《钱纳水：奋战在"孤岛"的新闻斗士——钱江潮先生访谈录》，《湖北文史》2014 年第 1 期。

④ 黄慕兰：《黄慕兰自传》，北京：中国大百科全书出版社，2016 年，第 227 页。

⑤ 关于《前哨》的编者参见蔡若虹：《长夜星火：上海回忆录》，长沙：湖南美术出版社，2022 年，第 177 页；巴人："有人"，在这里！》，《申报》1938 年 10 月 20 日第 16 版。

大型报,增加新闻篇幅,扩大译文范围"①。但《每日译报》的再次改版自7月1日起才开始实施,该报从原来每期4页增至6页。此次改版,《每日译报》保留了《前哨》栏目,同时增设《大家谈》专栏,仍聘王任叔主持。王任叔署名为"八戒"的《论×××学校及其他》《辛苦与血汗》《两种东西,一个问题》,以及署名为"巴人"的《注意!侵略者奴化工作!》《并不打空》《大题小做》等文章均发表在该栏目上。

在主持《大家谈》专栏笔政3个月后,王任叔受聘编撰《申报》副刊《自由谈》,自10月11日起该专栏由阿英(钱杏邨)接编。1938年10月10日,《每日译报》单独发行"现代化的大众读物"——《译报周刊》,每逢星期三出版,对《每日译报》订户"免费赠阅"。② 该刊开设有"战局一周""生活漫谈""科学小品"等多个专栏,梅益任刊物的总编辑。1938年11月2日,王任叔在《每日译报》上发表声明,宣布辞去《自由谈》编辑之职。11月16日起又回到《每日译报》,担任《译报周刊》"读书顾问"栏目编辑,直至次年6月22日该刊停刊,他的《鲁迅先生的眼力》《关于四方》《贝斯奈去了》等文章即发表于该栏目。

除王任叔外,复社其他社员也对《每日译报》的编撰发挥了作用。《译报周刊》的创刊号设置过专栏"给上海青年的一封信",张宗麟、陈鹤琴、孙瑞璜、沈体兰、许广平等均为其赐稿。该周刊的专栏之一"每周瞭望"由冯宾符主持,他在该栏目发表过《日军南侵以后》《捷克投入纳粹的怀抱》等多篇文章深入分析国内国际时局,胡仲持、金仲华、王纪元等均是该栏目的撰稿人,为其撰写国际时事述评。

第二节 复社社员与《华美》《上海周报》

复社社员是《华美》和《上海周报》的主力,或创或编或撰。这两家报纸创刊后,胡愈之、金仲华等虽已离沪,远在香港或内地,仍为之撰稿。

一、王任叔对于《华美》的革新

《华美》创刊于1938年4月23日,周刊,每逢星期六出版,又被称为《华美周报》或《华美周刊》。该刊名义上由美商华美出版公司发行,发行人为

---

① 《每日译报扩充为大型报》,《华美》第1卷第12期。
② 《现代化的大众读物译报周刊》,《每日译报》1938年10月17日第6版。

密尔士,编辑权实际由中共党员、复社社员和其他进步人士掌控,起初梅益任主编,王任叔、冯宾符、胡愈之、胡仲持和金仲华等复社社员均参加该刊的编撰。在梅益主编时期,王任叔供稿较多,除以"屈逸"等笔名主持撰写多期"时论"文章外,还发表了《日机四袭广州》《典型的中国人民》等"短评"①,《晦菴笔记》等"论评"②,以及译作《莫斯科海参崴不着陆飞行》等③,文章涉及多个栏目,体裁多样。冯宾符是另一个经常撰稿者,发表的主要是国际专论,如《动荡中的欧洲》④,还有署名为"艾纳"的《环绕中国抗战的国际形势》⑤《"勿再资助侵略者!"》⑥《现阶段的捷克问题》⑦等。胡愈之、胡仲持和金仲华则有时提供外交或国际方面的专论、"论评",如胡愈之的《自主外交与两种阵线的对立》⑧和《怎样统一起来?——形式的统一与实质的统一》⑨、胡仲持的《第三帝国的主人克虏伯》⑩、金仲华的《最近国际外交上的几种动向》⑪等。

《华美》在出版至第 1 卷第 35 期时,主编及栏目设置均发生较大变化。当时《申报》报道了这种变化,有关消息称,为"酬答读者起见,从三十五期起大事革新,转请巴人先生负责主编,特约国内名作家按期撰稿,并征求革新纪念订户五千份"。⑫ "大事革新"的原因说得非常简单——"酬答读者",其真实情况不得而知。王任叔也仅在阐述该刊今后的编辑方针时说:"前任编辑梅雨先生,征求了本报经理朱作同先生的同意,把本刊编辑责任交卸给我,这叫我几乎捏了一大把汗。"⑬

《华美》的革新首先体现在主编的变动上,即由梅益转至王任叔,后者此前仅是该刊"一周国内大事"等栏目的经常撰稿者。关于《华美》这次主编易人的原因,梅益和王任叔在后来的回忆中均未谈及,有关研究者也几乎没有涉及。笔者认为,王任叔之所以代替梅益主编《华美》,很可能是出于两种

---

① 参见《华美》第 1 卷第 7 期,分别署名"任士""伊登"。
② 参见《华美》第 1 卷第 2 期,署名"晦菴和尚"。
③ 参见《华美》第 1 卷第 15 期,署名"叔"。
④ 参见《华美》第 1 卷第 2 期,署名"宾符"。
⑤ 参见《华美》第 1 卷第 12 期。
⑥ 参见《华美》第 1 卷第 9 期。
⑦ 参见《华美》第 1 卷第 17 期。
⑧ 参见《华美》创刊号,署名"陈仲逸"。
⑨ 参见《华美》第 1 卷第 28 期,署名"胡愈之"。
⑩ 参见《华美》第 1 卷第 3 期,署名"宜闲"。
⑪ 《华美》第 1 卷第 33 期,署名"金仲华"。
⑫ 《华美周报革新》,《申报》1938 年 12 月 20 日第 2 版。
⑬ 巴人:《开门见山》,《华美》第 1 卷第 35 期。

原因。一是当时梅益的办报与翻译任务过重,在《华美》编辑事务上无法再投入更多精力。到 1938 年 11 初,尽管由梅益负责的大型图书《上海一日》已经完成有关编辑工作并付梓①,但他在同年 12 月又承担了《续西行漫记》的翻译任务,此前刘少文代表党组织委托他翻译苏联名著《钢铁是怎样炼成的》一书,且要求译著"越快出版越好",同期他还参编《每日译报》,每天编报从晚上忙到凌晨两点②。在如此繁忙的情况下,梅益不适合再以主编身份负责《华美》的编辑工作。二是《华美》在发行了 34 期以后,因为上海租界报业环境的变化,需要调整报纸编辑方针和内容,该报转型过程中由王任叔主持更合适。

《华美》的最大变化是内容的革新。这是由王任叔接编后完成的。他在说明该报今后的编辑方针时明确表示该报拟"稍为改变一点性质和面目",并详细陈述了革新的理由与方向。首先,王任叔认为此前该报侧重经济、政治和军事方面的报道,"态度极为严肃";同时又因上海华界的失守,内地刊物不易为上海读者所见,转载内地报刊内容起初是《华美》的特色,当后来上海与《华美》同性质的报刊渐多,"转载文字,各报纸也时常看到",从经济成本角度考虑,该报拟转变为"大众化文艺性的综合刊物"③。换言之,侧重政治、经济和军事等严肃新闻报道的定位已不能适应上海租界办报环境的变化,转载内地报刊的做法失去了特色,缺乏竞争力,办"大众化"的、"文艺性"的综合性刊物是《华美》理性选择的结果。其次,王任叔指出,他接编后虽然会保留以前新闻报道的严肃性和对国内外时事的关注,但"我们还想多谈点与抗战有关的社会问题"④。为此该刊开设"学校讲坛""街头""妇女杂俎"等专栏,分别关注上海战时教育的实施情况、职工和学生的生活、街头巷尾的突发事件,以及妇女生活与工作,"我们想在这之间看到真生活,看到真问题"。最后,王任叔认为,自从上海华界失守后,文艺方面"显得非常之乏",但仍有人持"文学无用论"的观点,忽略文艺,"我们想切实的来'有用'一下,一面通俗,一面提高",拟刊登"作品和杂文""青年习作和时事山歌""时事演绎的通俗读物"等。⑤

---

① 梅益:《关于〈上海一日〉》,郝时远、杨兆麟主编:《梅益百年纪念文集》,北京:社会科学文献出版社,2014 年,第 57—58 页。

② 参见梅益:《〈钢铁是怎样炼成的〉翻译前后》,黄慕兰:《抗日烽火育奇英——敬悼梅益同志》,郝时远、杨兆麟主编:《梅益百年纪念文集》,北京:社会科学文献出版社,2014 年,第 193—194 页、235—236 页。

③ 巴人:《开门见山》,《华美》第 1 卷第 35 期。

④ 巴人:《开门见山》,《华美》第 1 卷第 35 期。

⑤ 巴人:《开门见山》,《华美》第 1 卷第 35 期。

《华美》内容革新后,原有的"短评"栏目和专论板块得以保留,"开门见山""学校讲坛""街头""妇女杂俎""青年习作""时事演义"等专栏成为常设性栏目,报纸的文艺性和通俗性得以强调,对战时教育和上海社会问题的关注明显增强。后该报又陆续推出"大众讲座""国际瞭望""一周战况""文艺通讯""抗战文献"等专栏,突出了"抗战"这一主题,融时事和文艺于一体。《华美》被新闻史家誉为1937年至1941年上海报刊中"最精彩最富战斗力的周刊"①,这与王任叔对该刊的革新密不可分。

二、复社社员与《上海周报》的创办、编撰

1939年11月1日,《上海周报》创刊,1941年12月6日出至4卷24期停刊,总计出版了102期。在《上海周报》发行2年多时间里,注重国际、时事、经济、学术等方面的内容,"文字趣味化,内容通俗化"②。该报设有"一周简评""时事专论""外论译文"等栏目,最初为每周三出版,自1940年1月新年号起改为每周六发行。

《上海周报》在发刊词《我们的立场》中称该报是"合乎英国法令的英商独立出版公司发行的刊物"。该报实际上是在中共江苏省委"文委"领导下创办的,张宗麟负责筹办。1939年夏,后来负责《上海周报》经营管理工作的丁一之(丁裕)经王大中(丁衣仁)介绍,也参与了该报的筹备工作。张宗麟让丁裕拟定经费预算,物色办公场所等。除了张宗麟,《上海周报》的发起人还有韦悫、胡咏骐、孙瑞璜、陈已生、萧宗俊、吴景崧、陆高谊等③。王任叔在自传中称办《上海周报》是他在1937年至1941年期间所从事的三项重要工作之一,而且他的这些工作都是与张宗麟一起开展的。④ 再考虑王任叔系"文委"成员的因素,因此笔者认为王任叔也是《上海周报》的一个重要发起人。据说沈体兰曾被推举为《上海周报》的编委⑤,他应该也是该报发起人之一。在《上海周报》的发起人中,复社社员占了绝大多数。与《每日译报》的创办途径相似,《上海周报》也挂上了"洋旗",邀请一个名为"弗利特"的英国人

---

① 方汉奇、李矗主编:《中国新闻学之最》,北京:新华出版社,2005年,第256页。

② 《上海周报出版》,《申报》1939年11月1日第10版。

③ 丁裕:《闪耀在"孤岛"的一个火炬——回忆〈上海周报〉》,俞子林主编:《书的记忆》,上海:上海书店出版社,2008年,第109—110页。

④ 巴人:《自传》,浙江省社科院《巴人文集》编委会编:《巴人文集·回忆卷》,宁波:宁波出版社,1997年,第489页。

⑤ 上海市继光(麦伦)中学校友会、上海市继光中学编:《沈体兰先生年谱》,上海市政协文史资料委员会、中国民主同盟上海市委员会、上海市继光(麦伦)中学校友会编:《沈体兰纪念文集》,上海:上海市政协文史资料编辑部,1999年,第173页。

出面担任发行人,以"英商独立出版公司"名义出版。该公司旗下还有 1938 年 11 月 20 日改组的《大美晚报》①,同年 11 月 21 日改组的《大晚报》②。

《上海周报》发刊后,张宗麟负总责,吴景崧担任总编辑,丁一之负责发行及广告,在复社从事秘书工作的施从祥仍担任张宗麟的助手——兼管财务。在《上海周报》筹办期间,张宗麟扮演的是总策划人和总召集人角色。在该报问世后,作为总负责人的张宗麟主要将工作重心放在经营方面。比如他负责维系上海新亚药厂、南洋兄弟烟草公司等工商广告客户,并直接与上海社会头面人物联系,从他们那里获取对《上海周报》的经济资助等。③复社中来自金融界、工商界的社员则从经济上支援《上海周报》,胡咏骐的宁绍人寿保险公司、孙瑞璜担任副总经理的新华信托储蓄银行、陈巳生任负责人的"上海青年会"及其附属书局、萧宗俊任经理的新新公司等都在该报上刊登过工商广告,为补偿报纸因扩大发行而带来的亏损发挥了重要支撑作用。1940 年 11 月胡咏骐病逝后,《上海周报》以整页篇幅发表长文《诔胡咏骐先生》,记述胡咏骐的生平与功绩。这种高规格的哀悼一方面缘于胡咏骐生前对上海经济和社会的重要贡献,另一方面也因为他参与发起并资助《上海周报》。

目前关于《上海周报》编撰工作的具体情况尚不明朗,因为还缺乏过硬的史料。从该报内容上看,中共江苏省委"文委"成员和复社社员无疑是其重要撰稿者,前者如梅益,后者如胡愈之、邵宗汉,王任叔既属于"文委"成员又是复社社员。仅以复社社员而论,胡愈之先后在《上海周报》上发表的文章有《第二次世界大战与全世界被压迫民族》(署名"仲逸",第 1 卷第 3 期)、《略评〈历史哲学教程〉》(署名"伏生",第 1 卷第 7 期)、《怎样展开三民主义的文化运动》(署名"胡愈之",第 2 卷第 2 期)等数十篇文章。王任叔在该报发表的文章最多,涉及第 1 卷至第 3 卷,如《历史与现实——略论〈明末遗恨〉的演出》(署名"毁堂",第 1 卷第 2 期)、《最初的欧罗巴之旗》(署名"一民",第 1 卷第 4 期)、《地中海战争的新形势及其影响》(署名"一平",第 3 卷第 4 期)、《重提"杂文的重振"》(署名"穆子沁",第 3 卷第 18 期)等,直至 1941 年 3 月他离沪后才减少在《上海周报》上发文。

---

① 《大美晚报改组发行》,《时事新报》1938 年 11 月 20 日第 2 版。
② 《上海外商中文报调查》(1939 年 2 月 18 日),《大美晚报》1939 年 2 月 27 日第 7 版。该文对于《大晚报》改组的日期标注为 1938 年 12 月 1 日,经笔者查证该报在同年 11 月 21 日即开始在报头标注"英商独立出版公司(香港注册)发行"字样。
③ 丁裕:《闪耀在"孤岛"的一个火炬——回忆〈上海周报〉》,俞子林主编:《书的记忆》,上海:上海书店出版社,2008 年,第 109—110 页。

第八章　社员的转移与复社的解散

1941 年 12 月 8 日后,上海租界环境更为恶化,复社运行愈发艰难。复社社员多数已经转移至外埠,1942 年 10 月前后,留沪社员开会决定解散复社。

第一节　1937—1941 年复社社员的转移

早在淞沪战事结束不久即有复社社员离沪南下。《西行漫记》尤其是《鲁迅全集》出版后,由上海转往香港或内地的复社社员陆续增多,胡愈之、黄定慧、胡仲持和王任叔等核心社员在 1941 年 4 月之前都完成了转移。

一、复社核心社员的转移

胡愈之是复社社长,系掌舵者,但在复社 7 名核心社员中他最早离沪。关于胡愈之离沪的时间,他本人对此的说法前后稍有出入。1978 年他在接受三联书店编辑采访时说:"《西行漫记》出版后不久,一九三八年五月我离开上海去汉口,主要是为了筹集经费准备出版《鲁迅全集》。但是由于郭老要我参加第三厅的工作一直没回去。"①此时胡愈之称他是在 1938 年 5 月离开上海。1985 年他在对胡序的谈话中又说:"我征得刘少文同志的同意,在 1938 年 4 月下旬离上海到了香港,把出版《鲁迅全集》的计划向蔡宋(蔡元培、宋庆龄——引者注)两位报告,得到他们的赞同和支持……接着我就赶印了预约书券和广告,开始推销。"②根据胡愈之本次回忆,他是在 1938 年 4 月下旬离开上海到达香港的,此说也为不少人所采用③。查阅王伯祥

---

① 胡愈之:《胡愈之谈〈西行漫记〉中译本翻译出版情况》,《读书》1979 年第 1 期。

② 胡愈之:《我的回忆》,《胡愈之文集》第 6 卷,北京:生活·读书·新知三联书店,1996 年,第 369—370 页。

③ 参见胡德华:《复社与胡仲持》,北京鲁迅博物馆鲁迅研究室编:《鲁迅研究资料》第 15 辑,天津:天津人民出版社,1986 年,第 45 页;朱文斌:《胡愈之评传》,北京:中国社会科学出版社,2013 年,第 84 页。

日记,1938 年 4 月 22 日(星期五)王伯祥记述:"愈之、幼雄先后来,谈《鲁迅全集》出版事。雪村或将于下星期一与愈之同赴香港,并转汉一行也。"①这里传递了两个重要信息,一是胡愈之直到 1938 年 4 月 22 日仍在沪,二是胡愈之很可能是在 4 月 25 日(日记中所称的"下星期一")启程离沪赴港。又查蔡元培日记,蔡元培在 1938 年 4 月 30 日记:"沈雁冰、胡愈之来。"②自 1937 年 11 月 29 日蔡元培到达香港后,直至去世他都未离开过此地,在香港经常接待内地来的访客。胡愈之往访蔡元培,应是其刚抵港不久之事。

当时上海到香港的交通以邮轮作为主要运输工具,成本也较低。从海路自沪至港一般需要 5 天左右。因此我们可以推断,胡愈之动身赴港的时间是在 1938 年 4 月 25 日前后。这里我们采信胡愈之本人的说法,他离开上海南下的目的主要是推销《鲁迅全集》(纪念本),为《鲁迅全集》筹措出版经费。1938 年 5 月,胡愈之又从香港经广州到达武汉。在武汉期间,他担任了国民政府军事委员会政治部三厅国际宣传处处长③。第三厅由郭沫若担任厅长,胡愈之离沪前,郭沫若对其"函电相邀,不亚十余次"④。在复社正紧锣密鼓地编辑《鲁迅全集》之际,社长胡愈之抽身离沪固然是为《鲁迅全集》的出版筹集资金,但响应郭沫若的盛情邀请赴汉从事国际宣传工作,也是不可忽视的重要因素。武汉失守后,胡愈之又辗转于长沙、越南、桂林、香港等地,从事文化和新闻工作。1941 年 11 月,他与王纪元、邵宗汉等自港赴新加坡,不久又从新加坡撤退到印度尼西亚,开始了三年又八个月的逃亡生活⑤。自 1938 年 4 月下旬胡愈之离沪至 1946 年前,尽管他与张宗麟等在沪复社社员时有联系,但从未返回过上海。

复社监察委员黄定慧是复社核心社员中第二个离沪者。黄定慧对于复社的出版事业贡献颇大。她利用担任通易信托公司负责人的便利机会,为《鲁迅全集》的出版开设透支账户,又用从香港筹来的钱款资助出版《鲁迅全集》和开设卫华出版有限公司。1939 年底,中共中央指示黄定慧与刘少文一起撤离上海,转移至香港(黄定慧的丈夫、复社社员陈志皋已于 1939 年 5 月前后应宋庆龄之邀赴港)。1942 年 1 月,黄定慧由香港转赴广东韶关,参与抢救滞留香港的爱国人士。同年 12 月,她被国民党当局秘密逮捕,经衡阳、桂林解往重庆,直至 1945 年 1 月才被交保释放。

---

①　张廷银、刘应梅整理:《王伯祥日记》第 6 册,北京:中华书局,2020 年,第 2445 页。
②　中国蔡元培研究会编:《蔡元培全集》第 17 卷,杭州:浙江教育出版社,1998 年,第 191 页。
③　一说为编译处,参见孩子兵:《胡愈之揖见郭沫若》,《锡报》1938 年 12 月 8 日第 2 版。
④　老夫:《郭沫若重视胡愈之》,《社会日报》1938 年 7 月 25 日第 2 版。
⑤　于友:《胡愈之传》,北京:新华出版社,1993 年,第 423—425 页。

　　作为复社的主要创办者与核心社员之一,胡仲持坚守上海的时间较久,革命翻译和出版活动活跃。期间,他不仅参与了复社的重要出版业务,如翻译《红星照耀中国》《续西行漫记》,参与《鲁迅全集》的出版工作,而且还从事其他革命出版工作。1938 年中共地下党组织建议胡仲持等人开办一个书店,胡仲持为此不仅拿出全部积蓄 250 块银元,同时还出面说服一个钱庄的老乡拿出 2 000 元赞助。① 该书店即为协助过《续西行漫记》《鲁迅三十年集》进行预约发行的珠林书店。1940 年 2 月,珠林书店举行"珠林书店股份有限公司创立会"时,胡仲持当选为董事,成为 9 名董事之一(其他 8 名董事分别为罗廷瑷、魏友棐、冯仲足、胡愈之、杨克斋、吴希韩、黄幼雄、王善齐等)。②

　　胡仲持的革命出版活动最终引起了敌人的注意。1939 年 5 月 23 日,胡仲持在法租界被捕,这"与复社出版书籍被查抄事有关"③,后经中共地下党营救才得以释放。有资料称,获释后胡仲持又被捕过一次,次年胡仲持供职的上海《申报》也被敌人扔炸弹威胁。④ 由于安全愈来愈受到威胁,若坚持留在上海的话,胡仲持命运难卜。1940 年中共地下党通知他择机离沪。该年 12 月 3 日,王伯祥在日记中记述:"傍晚,仲持来,知有香港之行,将以晤愈之,或且赴新加坡。"12 月 6 日,他在日记中又写道:"夜与予同、振铎、鞠侯、哲生、曙先、丐尊、洗人、调孚、雪村公饯仲持。"⑤据此可推断,胡仲持应该是在 1940 年 12 月 7 日后离沪赴港。到香港后,胡仲持担任过金仲华主编的《世界知识》特约撰稿人,同时为国际新闻社供稿,也出任过香港《华商报》总编辑。太平洋战争爆发后,胡仲持辗转抵达桂林,任文艺作家协会总务部长,1944 年又撤退到广西游击区,主编《广西日报》(昭平版)。⑥

　　自 1938 年 1 月后,王任叔身兼"文委"成员和复社骨干。在复社出版《西行漫记》前后,他参与了该书翻译队伍的组织,在《鲁迅全集》筹备出版期间,他是该书的主要编辑者。无论是"洋旗报"《每日译报》《华美》《上海周报》,还是以图书形式发行的进步辑刊《民族公论》(又称《公论丛书》《时论丛刊》),王任叔均作为骨干甚至主持者参与编撰。可以说,在太平洋战争爆发前的留沪复社社员中,

①　胡德华:《复社与胡仲持》,北京鲁迅博物馆鲁迅研究室编:《鲁迅研究资料》第 15 辑,天津:天津人民出版社,1986 年,第 49 页。

②　上海市档案馆藏《珠林书店股份有限公司创立会决议录抄本》,档案号:S447—1—54。

③　《胡仲持在沪法租界被捕》,《大公报》(香港)1939 年 5 月 25 日第 3 版。

④　于友:《报人胡仲持毕生埋头苦干》,《不服老的报告——献给天下所有的老人》,北京:群言出版社,2006 年,第 68 页。

⑤　张廷银、刘应梅整理:《王伯祥日记》第 7 册,北京:中华书局,2020 年,第 3031—3032 页。

⑥　胡国枢:《编过二十几种报刊的胡仲持》,学林出版社编:《编辑记者一百人》,上海:学林出版社,1985 年,第 66 页。

若以报刊和图书的编撰而论,王任叔最为活跃,贡献也最大。作家蒋天佐评价:"没有王任叔,也许就没有那个时期(指 1937 年至 1941 年——引者注)的革命文化工作和群众工作的巨大辉煌的成绩。"①这一评价是中肯的。

王任叔的出色工作表现及重大贡献,获得了上级党组织的肯定。1941年 3 月,中共江苏省委接到周恩来的电报,周恩来要王任叔去美国主办《华侨日报》,王任叔遂离沪赴港。但在王任叔抵港后,时任八路军驻港办事处负责人刘少文和廖承志考虑到王任叔的英语条件不好,且去美国的护照也不容易办到,遂让他留在香港工作。同年 7 月王任叔决定赴新加坡,在次年新加坡被占领前夕,王任叔和胡愈之、王纪元、邵宗汉等人撤退至印度尼西亚。此后王任叔长期在印尼从事办报等活动,直至 1947 年 10 月才由印尼回到香港,次年 8 月抵达西柏坡。

二、其他社员的离沪

金仲华、邵宗汉、梁士纯、卢广绵在 1937 年 11 月后陆续离开上海,经香港辗转到达武汉。其中以金仲华较早,卢广绵最晚。1937 年 11 月 27 日,金仲华与邹韬奋一起离沪赴港,再由香港经广东、广西和湖南,于同年 12 月 16日到达武汉。② 几个月后又转往香港。邵宗汉离沪的具体时间尚不得而知,但其一定是在王纪元离沪之后。因为从 1937 年 12 月至次年 1 月,他在上海帮助翻译《西行漫记》,同时参与编撰《集纳》。1938 年 3 月,中国青年新闻记者学会成立大会在汉口召开,邵宗汉担任理事,说明此时他很可能已经离沪至汉。梁士纯离开上海的时间大约在 1938 年 7 月。当时他自沪赴武汉向蒋介石当面汇报其在上海的工作情况与计划。同年 10 月梁士纯从武汉撤退到重庆。此后梁士纯经常奔走于中美之间,从事国际宣传和公共外交工作,直至抗战胜利后才返回上海。卢广绵离沪时间比梁士纯稍晚。1938 年 8 月 5 日,"中国工业合作社协会"在武汉成立,作为"中国第一个工业合作社促进委员会"成员之一③,卢广绵也参加了此次会议。8 月 23 日,

① 王克平:《王任叔(巴人)传略》,《晋阳学刊》1985 年第 4 期。
② 关于金仲华离沪的时间及经过,参见郭沫若:《韬奋先生印象》,邹嘉骊编著:《忆韬奋》,北京:生活·读书·新知三联书店,2015 年,第 166—167 页;中国蔡元培研究会编:《蔡元培全集》第 17 卷,杭州:浙江教育出版社,1998 年,第 115—116 页;邹韬奋:《振作与虚怀》,中国韬奋基金会韬奋著作编辑部编:《韬奋全集》第 8 卷,上海:上海人民出版社,1995 年,第 623—624 页;邹嘉骊编著:《韬奋年谱》中卷(1933—1937),上海:上海文艺出版社,2005 年,第 799—800 页。
③ 兰州城市学院、路易·艾黎研究中心编:《艾黎自传》,兰州:甘肃人民出版社,2016 年版,第 89 页。

他抵达陕西宝鸡,三天之内成立了宝鸡第一个工业合作社。①

1937 年 12 月 29 日,即金仲华离沪一个月后,王纪元与茅盾夫妇等人同乘意大利游轮康德凡第号离沪赴港②。王纪元在香港居留了较长时间,负责香港国际新闻社和复社香港分社。在 1939 年 4 月的复社第一届年会上,张宗麟报告了金仲华、王纪元、林旭如及吴涵真等社员在香港的情况。同年 4 月胡愈之在香港给沈钧儒写信说:"香港方面救亡工作……经决定在香港成立协进会分会,由吴涵真、方与严、陈双玉三先生担任总务部工作;金仲华、刘思慕二先生担任文化部工作;林旭如、吴觉农二先生担任生产部工作"。③ 上述两则史料证明,1939 年 4 月林旭如已经身处香港,并在香港开展工作。目前尚不清楚林旭如具体的离沪时间,但据卞白眉 1938 年 5 月 16 日的日记,内称当天他在香港启德机场和林旭如相遇,"内子、二儿、二媳及雨刚均来机场送。值徐广迟,渠系回重庆,林旭如送"。④ 这说明林旭如可能在 1938 年 5 月 10 日前后即已离沪赴港。至于吴涵真,由于其长期在香港工作和生活,上海仅是其偶尔涉足之地,其离沪时间应该更早。

陈鹤琴在上海以从事教育工作为主,同时也参加了"星二聚餐会"等进步政治团体,参与了不少抗敌活动,终被列入暗杀名单。1939 年 10 月 26 日,经中共地下组织和上海公共租界工部局警务处紧急通知,陈离沪赴浙江宁波隐蔽⑤,后又到江西继续从事教育工作。虽然吴耀宗坚持留在上海,但在太平洋战争爆发前夕,他从上海至四川峨眉山开会,会后因上海租界被占领,交通中断,遂在成都居住 4 年多时间,直到抗日战争胜利之后才返回上海。⑥需要特别指出的是,作为复社的"始终赞助者之一",胡咏骐在 1940 年 11 月 5 日因胰腺癌逝世⑦。

---

① [美]海伦·斯诺:《卢广绵——中国工合的先驱》,李伟译,《宝鸡社会科学》2020 年第 3 期。

② 《茅盾等赴香港》,《上海人》1938 年 1 月 8 日第 4 版。

③ 《胡愈之致沈钧儒等函》(1939 年 4 月 3 日),周天度、孙彩霞编:《救国会史料集》,北京:中央编译出版社,2006 年,第 579 页。

④ 天津市政协文史资料委员会、中国银行股份有限公司天津市分行合编:《卞白眉日记》第 2 卷,天津:天津古籍出版社,2008 年,第 410 页。

⑤ 《陈鹤琴生平年表》,陈秀云、陈一飞编:《陈鹤琴全集》第 6 卷,南京:江苏教育出版社,2008 年,第 587 页。

⑥ 关于吴耀宗 1937 年至 1941 年在上海的活动情况,参见吴宗兰、吴宗素:《追忆父亲吴耀宗》,全国政协文史资料研究委员会编:《文史资料选辑》第 92 辑,北京:文史资料出版社,1984 年,第 128—132 页;边文:《吴耀宗生平纪略》,上海市政协文史资料委员会编:《上海文史资料选辑》第 81 辑,上海:上海市政协文史资料委员会,1996 年,第 303—305 页。

⑦ 《前总经理胡咏骐先生身后哀荣》,《人寿》1941 年第 30 期。

表 8 - 1 1937 年至 1941 年复社社员离沪(逝世)情况

序号	社员姓名	离沪(逝世)时间	离沪(逝世)主因	备　注
1	胡愈之	1938 年 4 月	筹集《鲁迅全集》出版经费	核心社员
2	胡仲持	1940 年 12 月	受威胁迫害	核心社员
3	王任叔	1941 年 3 月	奉上级调派	核心社员
4	黄定慧	约 1939 年 12 月	奉上级调派	核心社员
5	金仲华	1937 年 11 月	接续《世界知识》杂志事业	
6	王纪元	1937 年 12 月	筹办香港国际新闻社	
7	邵宗汉	约 1938 年 3 月	不详	
8	梁士纯	1938 年 7 月	向蒋介石汇报工作	创办人
9	卢广绵	1938 年 8 月	赴武汉主办工业合作社讲习班	
10	陈志皋	约 1939 年 5 月	应宋庆龄之邀	新社员
11	陈鹤琴	1939 年 10 月	受威胁迫害	创办人
12	胡咏骐	1940 年 11 月	病逝于上海	创办人
13	吴耀宗	1941 年 12 月	赴四川峨眉山参会	创办人
14	林旭如	1938 年 5 月前	不详	
15	吴涵真	不详	长期在香港生活	

从 1937 年 11 月上海华界失守至 1941 年 12 月太平洋战争爆发,因各种原因离沪的复社社员有胡愈之、胡仲持、王任叔、黄定慧、金仲华、王纪元、邵宗汉、梁士纯、卢广绵、陈志皋、陈鹤琴、吴耀宗、吴涵真、林旭如等 14人,其中核心社员 4 人,占核心社员总数过半比例,创办人 4 人,另一创办人、对复社出版事业一直鼎力支持的胡咏骐不幸于 1940 年 11 月病逝。在上海租界失守前,不在沪或病逝的复社社员多达 15 人,几乎占复社社员总数的一半。

第二节　社员留沪情况与生存状态

太平洋战争爆发后,仍有部分社员向外埠转移,包括核心社员张宗麟、创办人沈体兰。留下来的社员已成为少数,他们有的先被抓捕后获释,有的隐蔽起来,有的生活困顿甚至贫病交加,有的忙于自己的工作业务。

一、留沪核心社员

张宗麟先留沪后转移至淮南。张宗麟是复社的重要创始人,作为复社秘书,他是复社日常事务的主持者,在胡愈之离沪后,他又是该社工作的主要掌舵者和实施者之一。除了复社工作,张宗麟还参加了"星二聚餐会""文协"等进步团体,并在其中发挥骨干作用。在 1937—1941 年,张宗麟经历过两次死亡威胁。1938 年 11 月至 12 月间,他接到中共地下党组织通知,敌特机关拟暗杀他,他被迫躲避到陈巳生家里,直到风头过去才得以回去。据 1940 年底由国民党特务组织蓝衣社头目撰写的《蓝衣社内幕》披露,在该社准备暗杀的黑名单上,张宗麟、许广平均被列入,只是因该社内讧而未来得及执行。关于以上两件事的说法出自张沪的《张宗麟年表》。

1941 年 12 月 6 日,由张宗麟主持的《上海周报》被迫停刊。在上海公共租界失守后,虽然张宗麟坚持维系复社的出版与发行等工作,但已十分困难,他本人的处境也非常危险。1942 年 9 月,上海地下党组织通知张宗麟撤离上海,并将其转移至新四军淮南二师驻地,请其出任江淮大学秘书长。[①] 江淮大学由中共江苏省委和新四军军部联合创办于 1942 年 9 月。与张宗麟同期自上海撤离到江淮大学的还有江淮大学校长韦悫,以及孙绳曾、陈端柄等教授。[②] 据张沪说,张宗麟在撤离上海前将复社事务交给了许广平、陈巳生等人负责。

郑振铎留沪"蛰居"。郑振铎是复社核心成员之一,他在复社中担任的具体职务尚不清楚,其对该社最突出的贡献是协助《鲁迅全集》的出版。上海租界的变天使郑振铎立即意识到自己生存环境的险恶性。1941 年 12 月 8 日当天,郑振铎在暨南大学上完"最后一课",该校随即在沪停办[③]。12 月 12 日,王伯祥在日记中说:"振铎寄一部分书籍于余,均为余素嗜览者,甚感

① 张沪:《张宗麟生平简介》,张劲夫:《思陶集》,北京:华夏出版社,1994 年,第 264 页。
② 江淮大学校史编写组:《江淮大学校史》,《安徽史学》1985 年第 4 期。
③ 郑振铎:《最后一课》,《郑振铎全集》第 2 卷,石家庄:花山文艺出版社,1998 年,第 411—415 页。

之。铎视余犹昆弟,竟书遗嘱密付余,是其矢志甚坚,甚钦之,谨为缄存,绝
未启视作何语。希冀备而不用也。"①郑振铎预感自己随时可能为敌人所
害,寄书与留遗嘱之举颇有向好友王伯祥交代后事的意味。许广平的被捕
对于郑振铎更是产生了示警作用。当他得知许广平被抓走后,次日便离家
出走,几经躲藏,于 1941 年岁末搬到上海居尔典路一条僻静小巷的一幢三
层小楼,化名陈敬夫,职业为"上海×××文具店职员",从此以该合法身份为
掩护转入了更隐蔽的对敌斗争②。

　　尽管郑振铎自称在 1941 年 12 月 8 日以后他"便蛰居于一小楼,杜绝人
事往来"③,但这是就一般意义而言的,指他并不能够像以前一样以真实姓
名、真实身份从事文学和出版等公开活动。实际上,郑振铎在"蛰居"期间仍
与好友保持着一定的交往。王伯祥在 1942 年 2 月 16 日的日记中记述:"予
同、西谛来,因邀雪村共饮,饭后长谈三时许去";3 月 28 日再记:"西谛携其
女来";4 月 14 日又记:"夜应西谛约,在绿野新村公饯东华、予同,到剑三、
元衡、家璧、济之、雪村、西谛、调孚及余,凡十人"。④ 除与王伯祥、傅东华、
周予同等好友交往外,郑振铎还坚持秘密抢救民族文献。上海租界失守后
郑振铎虽还能继续与好友进行交往并参与抢救民族文献,但其不能以真实
身份公开从事文学、出版等活动,日常生活隐蔽,这样的"蛰居"生活持续了
近 4 年。

　　黄幼雄多次失业。1937 年 12 月 15 日《申报》在沪停刊,长期一直在该
报工作的黄幼雄遂失业。复社成立后,作为复社核心成员之一及胡愈之、胡
仲持兄弟的亲属,黄幼雄参与了《西行漫记》的出版与发行工作。在《鲁迅
全集》出版期间,他又担任"出版部"的负责人。1938 年 10 月 10 日,《申报》
(上海版)以美商哥伦比亚公司名义复刊,此时编辑部不设总编辑,而是确立
了四个负责人,即伍特公、黄幼雄、瞿绍伊、伍廷琛等⑤,黄幼雄进入了《申
报》的领导班子。1939 年后,黄幼雄又和复旦大学新闻系的蒋寿同、范泉合

---

① 张廷银、刘应梅整理:《王伯祥日记》第 7 册,北京:中华书局,2020 年,第 3281 页。
② 高君箴:《"孤岛"时期的郑振铎》,上海鲁迅纪念馆编:《郑振铎纪念集》,上海:上海社会
　　科学院出版社,2008 年,第 206 页。关于郑振铎搬到上海居尔典路的时间,高君箴说是
　　1941 年底,陈福康称约在 1943 年初,参见陈福康:《郑振铎》,北京:中国华侨出版社,1996
　　年,第 156 页。
③ 郑振铎:《蛰居散记·自序》,《郑振铎全集》第 2 卷,石家庄:花山文艺出版社,1998 年,第
　　388 页。
④ 张廷银、刘应梅整理:《王伯祥日记》第 8 册,北京:中华书局,2020 年,第 3285、3299、
　　3304 页。
⑤ 胡山源:《文坛管窥——和我有过往来的文人》,上海:上海古籍出版社,2000 年,第 140、
　　141 页。

办了《学生生活》半月刊,他负责该刊的发行工作。

黄幼雄在公共租界失守后并未离开上海,但生活困顿。范泉在哀悼夏丏尊时写道:"四年前我把小田岳夫的《鲁迅传》翻译了。那时候因为黄幼雄先生刚辞去申报馆的职务,生活窘迫到了极点,我便把《鲁迅传》卖给开明,把全部的稿费赠送给他。"①范泉此文首次发表在1946年9月10日上海《大公报》的《文艺》副刊上。"四年前"黄幼雄"刚辞去申报馆的职务",应当指的是1942年的事。1941年12月8日公共租界失守后,次日起所有以英美商名义出版的报刊均自动停刊,《申报》和《新闻报》亦然。作为《申报》领导成员的黄幼雄遂失业。然而,几天过后《申报》《新闻报》被要求于12月15日同时复刊,两报仍用"美商"名义发行,原有的编辑、职员和工人等"一仍其旧,不准任何人擅离告假或辞职,否则须以军法从事",两报以后所刊发的各种电讯、新闻及评论文字一律由公共租界工部局"全权检查"。②也就是说,此时的《申报》是在被胁迫下复刊的,全体员工被胁迫工作,一个不能缺,岗位照旧,工作照旧。在此情况下,黄幼雄只能继续留在《申报》工作,同时期在该报工作的还有赵君豪等③。

但《申报》再次复刊还不到一年即遭封禁。据《大公报》(桂林版)报道,《申报》和《新闻报》"因刊登盟国胜利消息,11月26日被敌方封闭,所有员工一律遣散,恐从此不能复刊。"④"11月26日"是指1942年11月26日,《申报》实际被封日期应早于这个时间。王伯祥在1942年11月25日的日记中记载:"幼雄来,知《申报》《新闻报》两馆又被封。"⑤由于报纸被封后"所有员工一律遣散",黄幼雄再次失业。

二、留沪创办人

许广平坚持留沪但"罹难"76天。许广平坚持留沪的原因主要是为了看管、保存鲁迅先生的遗物(包括藏书),她认为这是她应尽的义务⑥。此项工作对于鲁迅、复社乃至整个民族文化的重要意义不言而喻。仅就许广平

---

① 范泉:《哀辞——夏丏尊先生和〈鲁迅传〉》,《斯像难忘》,长沙:湖南教育出版社,2007年,第10页。

② 一叶:《申报新闻报复刊有期》,《上海日报》1941年12月13日头版。

③ 关于赵君豪在《申报》的工作情况参见《赵君豪等谈今日上海》,《中央日报》(重庆版)1943年12月22日第3版;郁陀:《赵君豪先生》,《申报馆内通讯》1947年第1卷第6期。

④ 《申新两报传被封闭》,《大公报》(桂林版)1942年12月9日第2版。

⑤ 张廷银、刘应梅整理:《王伯祥日记》第8册,北京:中华书局,2020年,第3370页。

⑥ 范泉:《我编〈文艺春秋丛刊〉的回忆》,钦鸿编:《范泉编辑手记》,北京:中国文联出版社,2004年,第28—29页。

搜集整理鲁迅遗著、牵头编辑和出版《鲁迅全集》来说,其对于鲁迅精神的光大、复社事业的发展就发挥了旁人无可替代的作用。许广平没有离沪的另一个重要原因是海婴长期患病,身体羸弱,经不起辗转异地的长途奔波。1941 年 12 月 15 日凌晨,敌人冲进法租界许广平家中进行搜查,随后将其带走。据许广平说,敌人这样做的目的就是为了要从她身上追查出一些留沪知识分子和出版工作者的下落,要她提供几家期刊的组织结构和内幕情况。① 许广平宁死不屈,后经袁殊营救②,于 1942 年 3 月 1 日获释。许广平被关押长达 76 天,身心受到重创,获释后"满头白发,步履艰难"③。

周建人贫病交加。在 1937 年至 1941 年间,作为复社的创始人之一,除在商务印书馆编译所编修《辞源》外,周建人还积极参与《鲁迅全集》的出版工作,参加马列读书会和哲学座谈会等。上海租界失守后,周建人没有离沪,继续在商务印书馆工作,直至 1944 年被迫辞职。周建人之所以选择留守上海,一方面是因许广平被捕后她的家人及鲁迅遗物均需要人看护,另一方面也是因他自己体弱多病,并且还得养活一家人,需要在商务印书馆继续工作,以挣得微薄的薪水养家。

沈体兰先留沪后赴广东。1931 年 9 月,沈体兰被上海麦伦中学董事会聘任为校长④,此后他长期执掌麦伦中学。在上海租界失守前,沈体兰多次离沪赴印度、英、美等国参加国际会议和考察,每次国外之旅结束后他都能返沪。太平洋战争爆发后,虽然沈体兰名义上仍为麦伦中学校长,但 1942 年 2 月他离沪赴广东韶关,受聘为东吴大学文学院院长并代理校长⑤,以后又随该校迁重庆,直到 1946 年 6 月才返沪⑥。也就是说,在上海公共租界被占领后,沈体兰仅在上海短暂工作了一段时间即前往大后方。

冯宾符投身于中学教育。冯宾符在参与翻译《红星照耀中国》后,又相

---

① 范泉:《我编〈文艺春秋丛刊〉的回忆》,钦鸿编:《范泉编辑手记》,北京:中国文联出版社,2004 年,第 29 页。

② 关于袁殊营救许广平的经过,参见孙宝根:《袁殊传记》,北京:中国社会科学出版社,2020年,第 195—197 页。

③ 范泉:《我编〈文艺春秋丛刊〉的回忆》,钦鸿编:《范泉编辑手记》,北京:中国文联出版社,2004 年,第 28 页。

④ 上海市继光(麦伦)中学校友会、上海市继光中学编:《沈体兰先生年谱》,上海市政协文史资料委员会、中国民主同盟上海市委员会、上海市继光(麦伦)中学校友会编:《沈体兰纪念文集》,上海:上海市政协文史资料编辑部,1999 年,第 172 页。

⑤ 上海市继光(麦伦)中学校友会、上海市继光中学编:《沈体兰先生年谱》,上海市政协文史资料委员会、中国民主同盟上海市委员会、上海市继光(麦伦)中学校友会编:《沈体兰纪念文集》,上海:上海市政协文史资料编辑部,1999 年,第 175 页。

⑥ 陈承荣、钱四:《沈体兰和麦伦中学的教师们》,中共上海市委党史资料征集委员会主编:《上海市中学教师运动史料选(1945—1949)》,上海:上海教育出版社,1997 年,第 173 页。

继翻译了《使德辱命记》《尼赫鲁自传》等作品①。此后他协助王任叔、张宗麟办《每日译报》《华美》《上海周报》等报刊。1939年冯宾符与胡仲持、张宗麟等创办珠林书店,同时在麦伦中学任教。1942年后冯宾符先是在麦伦中学继续任教,后又转移至储能中学。

孙瑞璜驰骋于工商界。从1937—1941年,孙瑞璜参加过不少进步活动,如参加"星二聚餐会"和"星四聚餐会",与陈鹤琴、姚惠泉等发起"节约就难委员会",为新四军募集捐款178 000余元②,又参与发起创办《上海周报》。与上述活动相较,孙瑞璜在金融界则更活跃。1938年6月,他当选中共地下党领导的上海市银钱业业余联谊会(简称"银联")第三届会员代表大会理事会主席,此后又于1938年11月、1939年10月分别举行的第四、五届"银联"会员代表大会上均当选为理事会主席,1941年2月则当选为该理事会的副主席。③ 1942年后,孙瑞璜更是把主要精力放在工商界的事务上,不仅使新华银行由中小银行发展成为大银行,而且与陈已生等人组建多个保险公司,还担任博士金笔厂、大华绸业公司等多家公司(工厂)董事长或董事④。

三、留沪新社员

周予同"隐居"开明书店。1941年12月8日,周予同在暨南大学上完"最后的一课"⑤。此后暨南大学迁往福建,周予同并未随行前往,而是"以真姓名隐居在开明书店"⑥。周予同入职开明书店始于1942年6月。王伯祥在该年6月2日的日记中记载:"下午三时开十九次董事会,予同新到参坐,在沪董监除五良外均到",7月11日的日记再记:"午后开董事会,到予同、道始、达君、守宪、丐尊、雪村"。⑦ 周予同此时的身份系开明书店董事。

① 《尼赫鲁自传》,尼赫鲁著,译者共4人,即胡仲持、蒯斯曛、梅益、冯宾符,青年协会书局1939年初版。

② 《纪念孙瑞璜诞辰一百周年》,清华校友总会:《校友文稿资料选编》第7辑,北京:清华大学出版社,2001年,第62页。

③ 沈春鸿、姚益君:《"银联"历届会员大会(会员代表大会)简介》,中共上海市委党史资料征集委员会主编,上海市金融业党史资料征集组编:《上海"银联"十三年(1936—1949)》,上海:中共上海市委党史资料征集委员会,1986年,第210—214页。

④ 吾新民:《奋斗终生的银行家孙瑞璜》,许涤新主编:《中国企业家列传》第6册,北京:经济日报出版社,1993年,第199页。

⑤ 周予同:《哀悼何柏丞先生》,邓秉元编:《周予同教育论著选编》,上海:复旦大学出版社,2019年,第723页。

⑥ 周予同:《悼耿济之先生》,邓秉元编:《周予同教育论著选编》,上海:复旦大学出版社,2019年,第726页。

⑦ 张廷银、刘应梅整理:《王伯祥日记》第8册,北京:中华书局,2020年,第3320、3331页。

他在自传中称自己 1943 年到开明书店任编辑兼襄理,直至 1945 年。① "编辑兼襄理"应该是董事会任命的具体职务,周予同在开明书店集董事、编辑、襄理于一身。在"蛰居"状态的郑振铎与周予同的联系和交往却未中断。他在 1943 年 7 月 2 日的日记中记:"又至开明,访予同不遇。留一条。"②

李健吾先失业后"下海"。李健吾在暨南大学任教期间主要从事戏剧和文学活动,参加了中华全国戏剧界抗敌协会,担任理事,并在法租界牵头成立了上海剧艺社。当暨南大学在上海停办并迁往福建后,坚守上海而不入闽的李健吾遂失去在该校的教职。当时许多戏剧界人士纷纷离开上海,转赴香港或内地,上海剧艺社停办,上海职业剧团解散,李健吾本人则因腰腿疼病和家庭牵累留在上海③。但他宁愿当李龟年,也不愿向敌人妥协。④ 1943 年春,上海孔德研究所解散,李建吾此前一直在编写的《法国文学史》就此搁浅,他"彻底失业"。当时上海话剧正走向商业化,李健吾遂走出书斋——"下海",以戏剧为职业。⑤

孙礼榆忙于金融业务。孙礼榆在加入复社后,经常为《民族公论》《银钱界》等进步出版物撰稿。1938 年 9 月,由王任叔主编的《民族公论》创刊,孙礼榆在该刊第一卷第一期以孙礼榆为笔名发表了《日本外汇基金制度的设立及其效果》一文,后又在第一卷第三期分别以史惠康、理喻为笔名发表《战争恐慌下之世界金准备现状》和《日本的国民储蓄与公债消化问题》两篇文章。1938 年初,在"银联"地下党组织领导下,"银联"机关刊物《银钱界》创刊,孙礼榆任"金融知识"版编辑。⑥在"银联"第四、五、六届会员代表大会上,孙礼榆均当选为理事⑦。在太平洋战争爆发后,虽然孙礼榆还坚守在沪,但其工作领域转到了业务方面,"主要的工作是对外",且"写文章的时间减少"⑧。目前关于吴承禧的史料较少。1937—1941 年,吴承禧主编过

① 周予同:《周予同自传》,晋阳学刊编辑部编:《中国当代社会科学家传略》第 1 辑,太原:山西人民出版社,1982 年,第 233 页。

② 陈福康编:《郑振铎日记》(上),北京:商务印书馆,2018 年,第 210 页。

③ 李维音:《李健吾年谱》,太原:北岳文艺出版社,2017 年,第 104 页。

④ 韩石山:《李健吾传》,北京:人民文学出版社,2016 年,第 240 页。

⑤ 李维音:《李健吾年谱》,太原:北岳文艺出版社,2017 年,第 106 页。

⑥ 徐尚炯、顾树础、张轶仁等:《银钱报简史》,中共上海市委党史研究室编:《上海党史资料汇编》第 3 编:全民族抗日战争时期(中),上海:上海书店出版社,2018 年,第 557—558 页。

⑦ 沈春鸿、姚益君:《"银联"历届会员大会(会员代表大会)简介》,中共上海市委党史资料征集委员会主编,上海市金融业党史资料征集组编:《上海"银联"十三年(1936—1949)》,上海:中共上海市委党史资料征集委员会,1986 年,第 211—213 页。

⑧ 史惠康:《忆揆公》,刘平编纂:《稀见民国银行史料四编:浙江兴业银行〈兴业邮乘〉期刊分类辑录(1932—1949)》,上海:上海书店出版社,2017 年,第 2091 页。

"银联"机关刊物《银钱界》,并在"银联"第六届会员代表大会上被选为理事会理事①。上海租界失守后,吴承禧继续在浙江兴业银行担任襄理、副经理,其社会活动情况不详。

四、其他留沪社员

陈巳生加入中国共产党。早在 1934 年陈巳生就进入上海平安轮船公司担任副总经理②,后从该公司辞职。1940 年 2 月,陈巳生应胡咏骐的邀请到宁绍人寿保险公司担任副总经理,该公司另外两位副总经理谢寿天和郭雨东均为中共地下党员。1940 年 11 月胡咏骐因病逝世后,陈巳生接任该公司总经理。1941 年 10 月,陈巳生与谢寿天、郭雨东等 7 人以宁绍人寿保险公司为基础筹组大安物产保险公司。同年 11 月 28 日,大安物产保险公司举行创立大会,孙瑞璜任董事长,陈巳生任常务董事,1942 年 5 月该保险公司正式开业。陈巳生、谢寿天等以大安保险公司为公开与合法平台,开展统战工作,联系和团结金融界、工商界的爱国民主人士。

太平洋战争爆发后不久,陈巳生即加入中国共产党③,成为一名秘密党员,他的地下党员身份直到他逝世后三十余年才为家属所知晓④。1942 年初,陈巳生又参与组建了大上海分保集团,孙瑞璜担任集团董事长。该集团的成立有效解决了华商保险公司间的分保问题,维护了民族保险业利益⑤。同年秋,上海市特别保险业同业公会举行成立大会,陈巳生被推选为第一届理事会理事。

姚惠泉两次被捕。与许广平有类似被捕经历的还有姚惠泉。1942 年 5 月 9 日,姚惠泉因蔡某出卖而被捕,不久通过地下党的营救而获释。同年 6 月 5 日,姚惠泉再次被捕。虽然他受到严刑审讯,但坚贞不屈,后经徐采丞的疏通才得以释放⑥。

---

① 沈春鸿、姚益君:《"银联"历届会员大会(会员代表大会)简介》,中共上海市委党史资料征集委员会主编,上海市金融业党史资料征集组编:《上海"银联"十三年(1936—1949)》,上海:中共上海市委党史资料征集委员会,1986 年,第 213 页。

② 朱善九、凌惠良、姜惠民:《陈巳生年表》,《共商国是海宁人——陈巳生、陈震中》,北京:中国文史出版社,2019 年,第 114 页。

③ 黄加平:《陈巳生与中国共产党人的交往》,《团结报》2022 年 6 月 16 日第 7 版。

④ 王彝伟:《"关勒铭金笔厂总经理"陈巳生》,《浦江纵横》2014 年第 11 期。

⑤ 朱善九、凌惠良、姜惠民:《共商国是海宁人——陈巳生、陈震中》,北京:中国文史出版社,2019 年,第 49 页。

⑥ 关于姚惠泉的两次被捕经历,参见姚惠泉:《跟着党冲破黑暗走向光明》,全国政协文史资料研究委员会《文史资料选辑》编辑部编:《文史资料选辑》第 4 辑,北京:中国文史出版社,1985 年,第 170 页。

倪文宙入职"美亚"。自 1937 年从中华书局离职后,倪文宙主要以翻译和教书为生。除了为复社翻译《红星照耀中国》外,他还与胡仲持、冯宾符等翻译过《使德辱命记》①,独立翻译了《法兰西的悲剧》,也为开明书店翻译过《少年世界史》。王伯祥在 1940 年 12 月 16 日的日记中记载:"文宙来,与洽译稿事,已决",12 月 27 日记:"致哲生,送预支《少年世界史》稿费二百元去",1941 年 2 月 12 日又记:"哲生来,送到稿件一批,欲再支稿费一百五十元,并告近兼暨大外史课数小时",9 月 12 日再记:"哲生补送《少年世界史话》一章来。"②从 1940 年 12 月至 1941 年 9 月,倪文宙专为开明书店翻译《少年世界史》,同时在暨南大学兼课。太平洋战争爆发后,倪文宙经历过短期的失业,但他没有离沪。王伯祥在 1942 年 3 月 18 日的日记中记述:"红蕉托物色文书人材可以代渠办事者,余以哲生应约本星期内洽谈",次日记:"致哲生约谈",3 月 20 日记:"午间馆中请黄仲康于同华楼,村、索、调三君及余俱往,哲生亦来。因以红蕉意告之,约星期下午与蕉晤",3 月 22 日再记:"哲生来,因介红蕉与谈,似可谐",3 月 25 日又记:"晤红蕉,交圣信,知哲生事已谐,四月一日即入美亚矣。"③1942 年 3 月,倪文宙经王伯祥的推荐,得以到上海美亚公司担任文书工作,有时也代江红蕉④"办事"。至于他在该公司工作了多久,因史料缺乏,不得而知。

严景耀转至新华银行任职,萧宗俊继续服务于新新公司。严景耀 1924 年在燕京大学主修社会学,1931 年考入美国芝加哥大学,主修犯罪学,1934 年 1 月获博士学位,旋即到英国伦敦经济社会科学院学习,同年秋赴苏联莫斯科。1936 年 6 月,严景耀回国并重返燕京大学任教,同年夏离开燕京大学来到上海,经上海特区地方法院院长郭云观介绍,任公共租界工部局提篮桥监狱助理典狱长。⑤ 1941 年 7 月,严景耀与雷洁琼结婚,婚礼在萧宗俊家举办,吴耀宗主持⑥。公共租界失守后严景耀并没有从上海撤离,但他不久便向公共租界当局提出辞呈。1943 年 7 月,严景耀的辞呈正式生效,他辞去提

---

① 《使德辱命记》,英国汉德森爵士著,译者有 6 人,即倪文宙、周公木、史笃(蒋天佐)、胡仲持、艾纳(冯宾符)和莫德音,国华编译社,1940 年,初版。

② 张廷银、刘应梅整理:《王伯祥日记》第 7 册,北京:中华书局,2020 年,第 3038、3045、3075、3219 页。

③ 张廷银、刘应梅整理:《王伯祥日记》第 8 册,北京:中华书局,2020 年,第 3296—3298 页。

④ 江红蕉(1898—1972),名铸,字镜心,江苏苏州人,鸳鸯蝴蝶派作家之一,曾主编过《家庭杂志》《银灯》等。参见马海平编著:《上海美专名人传略》,南京:南京大学出版社,2012 年,第 121 页。

⑤ 雷洁琼:《民主促进会创始人之———严景耀》,《雷洁琼文集:1994—2003》,北京:开明出版社,2004 年,第 130 页。

⑥ 苏平:《雷洁琼》,沈阳:辽宁人民出版社,1995 年,第 81 页。

篮桥监狱助理典狱长职务,经陈巳生介绍到新华银行担任秘书。①

1943 年 6 月 6 日,郑振铎在日记中写道:"正午,约景耀夫妇在大三元午餐,用一百二十元。"②据雷洁琼回忆,这次郑振铎约他们见面,拟邀请他们参加由郑振铎秘密组织的"中国百科全书刊行会"③。当时郑振铎和周予同、萧宗俊等打算一起编纂一部《中国大百科全书》。同年 6 月 29 日,郑振铎日记再记:"四时许,偕予同至青年会,晤黎、蒋、孙、萧、严等,共进茶点,谈至六时半散。"④"萧"即萧宗俊,"严"就是严景耀。但郑振铎与萧宗俊、严景耀等拟编百科全书一事终未成。萧宗俊,广东香山人,1938 年初他与赵朴初、胡愈之、许广平、陈巳生、吴耀宗、严景耀、雷洁琼和吴大琨等创办益友社。该社是在赵朴初组织的"星六"聚餐会基础上形成的。该聚餐会规模小于"星二聚餐会",仅"八九人"⑤,萧宗俊即是其中之一,当时他的公开身份是新新公司经理。在复社开展《鲁迅全集》《续西行漫记》等进步图书的预约发行活动期间,新新公司一直是沪上少数几个代理机构之一,作为复社社员、新新公司经理的萧宗俊应该在其中发挥了重要作用。1942—1945 年,萧宗俊一直担任新新公司经理⑥。

表 8－2　1941 年 12 月后复社社员留沪情况与生存状态

序号	社员	留沪情况	生 存 状 态	备 注
1	张宗麟	1942 年 9 月离沪	受威胁。	核心社员
2	郑振铎	留沪	蛰居。	核心社员
3	黄幼雄	留沪	生活困顿。	核心社员
4	许广平	留沪	被关押 76 天,身心受重创。	创办人
5	孙瑞璜	留沪	工商界名人,多家公司董事。	创办人
6	周建人	留沪	贫病交加。	创办人
7	沈体兰	1942 年 2 月离沪	担任麦伦中学校长。	创办人

---

① 褚银:《中国犯罪学研究的先驱严景耀》,《新华文摘》2000 年第 5 期。

② 陈福康编:《郑振铎日记》(上),北京:商务印书馆,2018 年,第 199 页。

③ 陈福康:《郑振铎与雷洁琼》,《新文学史料》2019 年第 4 期。

④ 陈福康编:《郑振铎日记》(上),北京:商务印书馆,2018 年,第 244 页。

⑤ 赵朴初:《译书庆得时》,《赵朴初大德文汇》,北京:北京华夏出版社,2012 年,第 221 页。

⑥ 关于萧宗俊在新新公司任职情况,参见夏永岳:《风雨阳光 720》,上海:上海大学出版社,2015 年,第 237—238 页。

续　表

序号	社员	留沪情况	生 存 状 态	备　注
8	冯宾符	留沪	麦伦中学、储能中学任教。	创办人
9	周予同	留沪	隐居开明书店。	新社员
10	李健吾	留沪	先失业后"下海"。	新社员
11	孙礼榆	留沪	从事金融业务。	新社员
12	吴承禧	留沪	任兴业银行副经理。	新社员
13	陈巳生	留沪	从事保险事业,加入中共。	
14	倪文宙	留沪	入职美亚公司。	
15	姚惠泉	留沪	两次被捕,均获释。	
16	严景耀	留沪	辞职,转入新华银行任秘书。	
17	萧宗俊	留沪	任新新公司经理。	

在 1937—1941 年,有 14 位复社社员因各种原因而先后离开上海,其中包括胡愈之、胡仲持、王任叔和黄定慧等复社核心社员。在 7 位核心社员中离沪 4 位,这难免会对复社后续发展产生影响。作为沪上工商界的重要人物和复社的创办人、资助者,胡咏骐的不幸逝世也是复社的一大损失。太平洋战争爆发后,部分留沪社员选择了隐蔽或转移策略,郑振铎的"蛰居"、周予同的"隐藏"和张宗麟的转移正是这种策略的反映。张宗麟、郑振铎两位复社台柱式社员的"离岗",使运行起来本已步履维艰的复社更是雪上加霜。至于复社另一核心社员黄幼雄一度连生存都成问题,也难有更多精力去经营管理复社。许广平和陈巳生虽从张宗麟手中接下复社管理大任,但前者在被捕获释后身心受到重创,且以守护鲁迅遗物和年幼多病的周海婴为主,后者忙于保险业经营管理,加之租界环境险恶,复社在这两人手里要实现有效运转恐非易事。至于孙瑞璜、周建人、冯宾符等留沪社员,他们的工作多半还是以金融、编辑、教育等本职工作为主,对复社业务应该没有过多介入,即便介入过也不一定很深。以周建人为例,晚年他写了不少回忆录,但几乎从未提及过复社的有关情况。对于《绍兴师专学报》撰写的有关他的传记,他阅后专门补充了该传记中所缺少的在上海租界组织读书会一事,对于传记中同样未涉及的关于复社方面的情况,他则没有补充。这可从侧面反证其对复社事业介入较少,也介入不深。

　　正是上述各种因素的交织作用,使得复社在太平洋战争爆发后虽然艰难地运行了一段时间,但最终走向解散。郑振铎在走出"蛰居"后说:"'一二·八'太平洋战争爆发后,复社的社员们留在上海的已经很少了。这少数的人开了一次会,决定,在那样的环境之下,复社的存在是绝对不可能的,便立即做着种种解散的工作。存书与纸版都有很妥善的处置办法。复社起来的时候,像从海面上升起的太阳,光芒万丈,海涛跳拥,声势极盛;但在这时候,结束了时,也立即烟消云散,声息俱绝。"①这里以简洁的文字叙述了复社被迫解散的两大原因,即复社多数社员尤其核心社员离沪及上海租界恶劣的环境。这次决定复社解散的会议,应该是在张宗麟转移离沪、许广平和陈已生接手复社以后举行的,时间在 1942 年 10 月前后。

---

① 郑振铎:《记复社》,《郑振铎全集》第 2 卷,石家庄:花山文艺出版社,1998 年,第 450 页。

结　语

郑振铎说过，"复社起来的时候，像从海面上升起的太阳，光芒万丈，海涛跳拥，声势极盛"。从 1937 年 12 月至 1938 年 8 月，在复社成立不到 10 个月的时间里，它翻译出版了《红星照耀中国》的第一个中文全译本《西行漫记》，编辑出版了《鲁迅全集》在中国的第一个版本 20 卷本。在复社创办不满 12 个月的时间里，它共出版了至少 5 种图书（不含《鲁迅全集》部分单行本），其中《列宁选集》和《联共（布）党史》系同类图书在中国出版和发行的最早版本之一，对马克思主义在中国的传播和影响发挥了重要作用。最能反映复社"光芒万丈""海涛跳拥"声势的是《西行漫记》和《鲁迅全集》。

复社版《西行漫记》的初版很快售罄，在 9 个月内接连出了四版，不到 15 个月出了五版，其中还包括增订本的翻译与修订工作。前四版的《西行漫记》究竟卖了多少本？ 第 5 版增订本又发行了几册？ 似乎没有谁能说得清楚。一个笔名"微妙"的作者在 1938 年 5 月 11 日出版的《大地图文旬刊》杂志上撰文说，《西行漫记》"出版以后，在当地即销去二万册，尚有向各地装出的。"①此时《西行漫记》第 2 版（1938 年 3 月 10 日出版）刚发行 2 个月，若前两版仅上海一地在 3 个月内就发行了 2 万册，足以印证其受读者欢迎的程度。当然前述数字不一定准确，仅供参考。1938 年 9 月《华美》编者称《西行漫记》为"奇书"，"它一出现，马上获得了巨万的读者，博得了无数的呼声"。② 这里生动地描述了《西行漫记》在读者中的风行状况，但没有说明它的具体发行数字。复社创办人之一，斯诺挚友梁士纯回忆说："就在那个时期（指 1938 年——引者注），他的《红星照耀中国》的中文译本《西行漫记》在上海印了 5 万本，散播到了全国。"③"5 万本"是个不小的数目，梁士纯提供的这个数据有一定可信度，可供参考。

---

① 微妙：《记"西行漫记"》，《大地图文旬刊》1938 年第 1 卷第 5 期。
② 李茂才：《读西行漫记》，《华美》1938 年第 1 卷第 23 期。
③ 梁士纯：《关于埃德加·斯诺的回忆》，裘克安编集：《斯诺在中国》，北京：生活·读书·新知三联书店，1982 年，第 360 页。

复社版《西行漫记》的影响不仅体现在它的再版次数和读者数量上，更在于它对读者个体精神世界的碰撞和人生道路的引导。

有人这样描述《西行漫记》对于当时读者的影响，《西行漫记》"轰动了国内及国外华侨集聚地"，"许多进步读者冒着生命危险竞相传阅乃至辗转传抄，或怀揣珍宝一样秘密携带《西行漫记》，辗转奔赴革命圣地延安。"①在世界阅读史上，冒着生命危险去争相阅读一本书的情况并不多见。在全国各地一路辗转去延安的队伍中就有华君武。他回忆称，在1938年，《西行漫记》"真可以说是黑暗中的火把"，"我瞒着家庭、亲戚、朋友和同事……秘密地离开了上海……我单身一人经过3个月的长途跋涉，途经香港、广州、长沙、汉口、重庆、成都、宝鸡、西安，最后到达了陕北，已经是隆冬的季节。这都是《西行漫记》给了我力量。"②从敌占区到香港，再从香港经国统区抵达陕北，华君武奔赴延安的路绕了大半个中国，而当时很多人都是这么走的。有了《西行漫记》，这条路并不寂寞。

记者姚北桦在1943年阅读了《西行漫记》，他称该书"像一道强烈的光束，在无边暗夜中，照亮了我们这一代青年前进的道路"，更增强了他对新闻记者这个职业的向往。③斯诺因撰写《红星照耀中国》而被称为"一代记者的风骚"，它的十几名中文译者也多半是记者（编辑）出身，如胡愈之、胡仲持、傅东华、梅益、吴景崧、冯宾符、邵宗汉和倪文宙等，其中胡愈之和胡仲持兄弟是沪上名记者，傅东华是名编辑、翻译家。这种"记者写记者（编辑）译"的模式并不必然带来接地气的译作，使姚北桦成长为一名进步记者的力量，源于《西行漫记》和斯诺，但胡愈之们发挥了重要的传导作用。

出版《鲁迅全集》这项工程当时被称为出版界的"空前巨业"。《鲁迅全集》问世前后，人在国外的陶行知利用自身影响力为其推销不少。他称《鲁迅全集》的出版"为中国出版史之奇迹"，并在回国后专门赋诗一首，题为《〈鲁迅全集〉出版祝》："满地荆棘满天云，前路先生认得清。点起火把六百万，照人创造到天明。"④此诗意在肯定和赞扬鲁迅，但其后两句也可用来隐喻《鲁迅全集》出版在文学上的意义。1939年2月，当冯雪峰收到《鲁迅全

---

① 张小鼎：《〈西行漫记〉在中国的流传和影响》，《图书馆学通讯》1988年第3期。

② 华君武：《崇敬和感激》，中国史沫特莱·斯特朗·斯诺研究会编：《〈西行漫记〉和我》，北京：国际文化出版公司，1991年，第106页。

③ 姚北桦：《记者生涯的引路人》，中国史沫特莱·斯特朗·斯诺研究会编：《〈西行漫记〉和我》，北京：国际文化出版公司，1991年，第113页。

④ 陶行知：《祝贺〈鲁迅全集〉出版——致张宗麟》（1938年6月24日），《陶行知全集》第11卷（补遗一卷），成都：四川教育出版社，1998年，第571页。

集》后，反复称赞复社作出"了不起的贡献"①。《鲁迅全集》普通本的预约
发行在上海热卖，纪念本仅胡愈之一人在香港、广州和汉口就推销了数万元
预约券，远远超出了周作人、马裕藻和王云五等人的预想。由于战争和交通
的缘故，虽然《鲁迅全集》满足了沪、港等少数大城市读者的购书需求，但内
地各省读者"鲜有购得者"，在上海租界和香港失守后该书"更成珍品"，"鲁
迅先生纪念委员会"遂商请峨眉出版社（生活书店的副牌）在重庆重印《鲁
迅全集》单行本，以满足大后方读者对于《鲁迅全集》的阅读需求。② 以上史
实都从不同侧面反映了《鲁迅全集》出版的价值及影响。

　　郑振铎还说过，复社解散后"立即烟消云散，声息俱绝"。这当然是指复
社的解散系秘密进行，干净利落，以致敌人没能发现它的任何踪迹。复社的
影响是历史的，也是当代的。它的"光芒万丈"穿透层层历史，迄今仍清晰可
见，"跳拥"的海涛活力不减。关于复社版《西行漫记》的成书过程现载于新
闻传播史、文学史、中国革命史乃至中共党史的各种教材、论著、辞典和志
书，无论是通史、专门史还是上海地方史，不提及复社和《西行漫记》者少。
多年来，国家教育部一直指定《西行漫记》（《红星照耀中国》）为初中语文统
编教材（八年级上）配套阅读图书，2018 年人民教育出版社为此还专门再版
了复社版《西行漫记》（《红星照耀中国》）。对于复社版《鲁迅全集》编辑和
出版过程的记载，也常见于中国现代文学史、出版史和中共党史的各种论著
和教材。自新中国成立以来，先后推出过三种版本的《鲁迅全集》，它们中的
每一种在编辑和出版过程中都考察、参考过复社版《鲁迅全集》。

　　历史上，复社是公开的，它在《西行漫记》《续西行漫记》《鲁迅全集》（纪
念本）等图书上一度醒目地打出了"复社"招牌，甚至在《申报》（香港版）、香
港《文艺阵地》和《新华日报》等报刊上多次"广而告之"。用郑振铎的话说，
当时知道复社的人不少。历史上，复社也是秘密的，上海租界当局不了解它
的地址，敌人也不知道它处于何方。公开而又秘密的复社留下了很多谜。
新中国成立后，不仅学界所发掘的有关复社的档案资料偏少，就连多数复社
社员也鲜少公开谈及复社，如周建人、许广平、郑振铎等，胡愈之、胡仲持、王
任叔和黄定慧等人虽然忆及过复社，但往往都比较简略或一笔带过。复社
的影响今犹在，但在学术上还有诸多问题待解，其中包括一些基础性的问
题，如复社的具体成立过程和经营管理过程等。

---

　　① 《冯雪峰得到全集的时候》，北京鲁迅博物馆鲁迅研究室编：《鲁迅研究资料》第 15 辑，天
　　　　津：天津人民出版社，1986 年，第 64 页。
　　② 《文化动态》，《时事新报》1942 年 7 月 30 日第 3 版。

参 考 文 献

中文图书

[1] 阿英等:《阿英全集》附卷,合肥:安徽教育出版社,2006 年。

[2] [美]埃德加·斯诺:《西行漫记》,董乐山译,北京:中国人民解放军战士出版社,1979 年。

[3] [保]安吉尔·瓦根施泰:《别了,上海》,余志和译,上海:上海三联书店,2021 年。

[4] 巴人:《巴人全集》第 13 卷,北京、宁波:清华大学出版社、宁波出版社,2017 年。

[5] 白槐:《金仲华传》,上海:文汇出版社,2013 年。

[6] 北京鲁迅博物馆鲁迅研究室编:《鲁迅研究资料》第 15 辑,天津:天津人民出版社,1986 年。

[7] 北京鲁迅博物馆鲁迅研究室编:《鲁迅研究资料》第 16 辑,天津:天津人民出版社,1987 年。

[8] 北京市教育科学研究所编:《怀念老教育家陈鹤琴》,成都:四川教育出版社,1986 年。

[9] 北京印刷学院、韬奋纪念馆编:《〈店务通讯〉排印本》(上),上海:学林出版社,2007 年。

[10] 蔡若虹:《长夜星火:上海回忆录》,长沙:湖南美术出版社,2022 年。

[11] 陈宝良:《中国的社与会》(增订本),北京:中国人民大学出版社,2011 年。

[12] 陈福康编著:《郑振铎年谱》,北京:书目文献出版社,1988 年。

[13] 陈福康编:《郑振铎日记》(上),北京:商务印书馆,2018 年。

[14] 陈光磊、陈振新:《追望大道》,上海:复旦大学出版社,2020 年。

[15] 陈虹:《陈鹤琴与活教育》,长春:东北师范大学出版社,2010 年。

[16] 陈红民等:《南京国民政府五院制度研究》,杭州:浙江人民出版社,2016 年。

［17］陈漱渝：《许广平传》，北京：人民日报出版社，2011 年。

［18］陈秀云选编：《我所知道的陈鹤琴》，北京：金城出版社，2011 年。

［19］陈秀云、陈一飞编：《陈鹤琴全集》第 6 卷，南京：江苏教育出版社，
2008 年。

［20］陈一鸣：《我的心在高原——陈一鸣文集》，南京：南京师范大学出版
社，2014 年。

［21］陈予欢编著：《黄埔军校将帅录》，广州：广州出版社，1998 年。

［22］陈元芳编著：《中国会计名家传略》，上海：立信会计出版社，2013 年。

［23］戴承元主编：《三沈研究》，西安：西北大学出版社，2008 年。

［24］戴文葆编：《胡愈之译文集》（下），南京：译林出版社，1999 年。

［25］邓秉元编：《周予同教育论著选编》，上海：复旦大学出版社，2019 年。

［26］丁侠波：《翰墨春秋——沙孟海先生纪念集》，杭州：西泠印社出版社，
1995 年。

［27］董瑞兴主编：《文以载道：金性尧先生纪念集》，上海：上海古籍出版
社，2008 年。

［28］［美］杜威：《杜威教育哲学》，金海观、郭智方、张念祖、倪文宙笔记，
上海：商务印书馆，1923 年，第三版。

［29］范泉：《斯像难忘》，长沙：湖南教育出版社，2007 年。

［30］范用编：《存牍辑览》，北京：生活·读书·新知三联书店，2015 年。

［31］范用等：《"三联"忆旧》，贵阳：贵州人民出版社，2010 年。

［32］范用：《泥土 脚印：续编》，北京：生活·读书·新知三联书店，
2005 年

［33］方汉奇、张之华主编：《中国新闻事业简史》，北京：中国人民大学出版
社，1995 年。

［34］方汉奇、李矗主编：《中国新闻学之最》，北京：新华出版社，2005 年。

［35］方梦之、庄智象主编：《中国翻译家研究》民国卷，上海：上海外语教
育出版社，2017 年。

［36］方明主编：《陶行知全集》第 4、12 卷，成都：四川教育出版社，
2005 年。

［37］复旦大学新闻系研究室编：《邹韬奋年谱》，上海：复旦大学出版社，
1982 年。

［38］福州市地方志编纂委员会编：《郑振铎志》，福州：海潮摄影艺术出版
社，2006 年。

［39］［日］高桥君平编：《留日学生名簿》，东京：太田印刷所，1933 年。

[40] 葛剑雄编:《谭其骧日记》,上海:文汇出版社,1998 年。

[41] [爱尔兰]格雷戈里·布拉肯:《上海里弄房》,孙娴、栗志敏、吴咏蓓译,上海:上海社会科学院出版社,2015 年。

[42] 顾执中:《报海杂忆》,北京:中国文史出版社,1986 年。

[43] 广西日报新闻研究室编:《国际新闻社回忆》,长沙:湖南人民出版社,1987 年。

[44] [美]海伦·斯诺:《我在中国的岁月——海伦·斯诺回忆录》,安危、杜夏译,北京:中国新闻出版社,1986 年。

[45] [美]海伦·斯诺:《延安采访录》,安危译,北京:北京出版社,2018 年。

[46] [美]海伦·斯诺:《旅华岁月——海伦·斯诺回忆录》,华谊译,北京:世界知识出版社,1985 年。

[47] 韩石山:《李健吾传》,北京:人民文学出版社,2016 年。

[48] 郝时远、杨兆麟主编:《梅益百年纪念文集》,北京:社会科学文献出版社,2014 年。

[49] 湖北省志地方志编纂委员会编:《湖北省志人物志稿》,北京:光明日报出版社,1989 年。

[50] 胡山源:《文坛管窥——和我有过往来的文人》,上海:上海古籍出版社,2000 年。

[51] 胡适:《胡适精品散文集》(上),南昌:二十一世纪出版社,2017 年。

[52] 胡序威主编,胡序威等编:《胡愈之文化现象研究》,北京:生活·读书·新知三联书店,2016 年。

[53] 胡愈之:《胡愈之文集》第 4、6 卷,北京:生活·读书·新知三联书店,1996 年。

[54] 胡愈之编:《苏联革命与中国抗战》,上海:生活书店,1937 年。

[55] 黄慕兰:《黄慕兰自传》,北京:中国大百科全书出版社,2016 年。

[56] 黄乔生主编:《台静农年谱简编》,郑州:海燕出版社,2015 年。

[57] 黄书海主编:《忘不了的岁月——印尼苏岛华侨抗日斗争"九·二〇"事件六十周年暨华侨爱国民主运动纪念特辑》,北京:世界知识出版社,2003 年。

[58] 贾树枚主编,《上海新闻志》编纂委员会编:《上海新闻志》,上海:上海社会科学院出版社,2000 年。

[59] 贾植芳、苏兴良、刘裕莲等编:《文学研究会资料》(上),北京:知识产权出版社,2010 年。

［60］姜德明主编，倪墨炎选编：《倪墨炎书话》，北京：北京出版社，1998年。

［61］江陵县政协文史资料委员会编：《江陵文史资料》第1辑，荆州：荆州市翔羚印刷有限公司，2004年。

［62］晋阳学刊编辑部编：《中国现代科学家传略》第1辑，太原：山西人民出版社，1982年。

［63］老舍著，徐德明、易华注疏：《老舍自述》，北京：现代出版社，2018年。

［64］兰州城市学院、路易·艾黎研究中心编：《艾黎自传》，兰州：甘肃人民出版社，2016年。

［65］雷洁琼：《雷洁琼文集：1994—2003》，北京：开明出版社，2004年。

［66］李浩编绘：《许广平画传》，上海：上海社会科学院出版社，2008年。

［67］李今主编，罗文军编注：《汉译文学序跋集》第4卷（1925—1927），上海：上海人民出版社，2017年。

［68］李维音编：《李健吾书信集》，太原：北岳文艺出版社，2017年。

［69］李维音：《李健吾年谱》，太原：北岳文艺出版社，2017年。

［70］连晓鸣主编：《台州革命文化史料选编》，台州：台州印刷厂，1992年。

［71］《林焕平文集》编辑委员会编：《林焕平文集》第6卷，桂林：广西师范大学出版社，2000年。

［72］林伟：《唐弢年谱新编》，杭州：浙江大学出版社，2016年。

［73］刘晨：《立达学园史论》，北京：团结出版社，2009年。

［74］刘国铭主编：《中国国民党百年人物全书》（上），北京：团结出版社，2005年。

［75］刘季平著，张彦博等编：《刘季平文集》，北京：北京图书馆出版社，2002年。

［76］刘力群编：《纪念埃德加·斯诺》，北京：新华出版社，1984年。

［77］刘勇、李怡总主编：《中国现代文学编年史》第6卷，北京：文化艺术出版社，2017年。

［78］刘晓纪念文集编辑组编：《肃霜天晓——刘晓纪念文集》，北京：中共党史出版社，2008年。

［79］柳和城：《挑战和机遇——新文化运动中的商务印书馆》，北京：商务印书馆，2019年。

［80］卢广绵等编：《回忆中国工合运动》，北京：中国文史出版社，1997年。

［81］卢学志主编：《廖承志的一生》，北京：新华出版社，1984年。

［82］鲁迅研究资料编辑部编：《鲁迅研究资料》第1辑，北京：文物出版社，

1976 年。

[83] 鲁迅著,陈漱渝、王锡荣、肖振鸣编:《日记全编》(下),广州:广东人民出版社,2019 年。

[84]《鲁迅文集全编》编委会编:《鲁迅文集全编》第 2 册,北京:国际文化出版公司,1995 年。

[85] 罗尔纲:《师门五年记——胡适琐记》,北京:生活·读书·新知三联书店,2014 年。

[86] 罗叔章:《罗叔章文选》,北京:人民出版社,1992 年。

[87] 马海平编著:《上海美专名人传略》,南京:南京大学出版社,2012 年。

[88] 马光仁主编:《上海新闻史(1850—1949)》,上海:复旦大学出版社,2014 年。

[89] [美] 马克·格兰诺维特:《镶嵌——社会网与经济行动》,罗家德译,北京:社会科学文献出版社,2007 年。

[90] 马祖毅等:《中国翻译通史(现当代部分)》第 4 卷,武汉:湖北教育出版社,2006 年。

[91] 茅盾、韦韬:《茅盾回忆录》(上、中),北京:华文出版社,2013 年。

[92] 南京市档案馆编:《民国珍档:民国名人户籍》,南京:南京出版社,2013 年。

[93]《南大百年实录》编辑组编:《南大百年实录:中央大学史料选》上卷,南京:南京大学出版社,2002 年。

[94] 倪墨炎、陈九君:《许寿裳文集》下卷,上海:百家出版社,2003 年。

[95] 聂其良:《宗教研究理论与实践》,北京:宗教文化出版社,2021 年。

[96] 宁波帮博物馆编,李碱编撰:《近代上海甬籍名人实录》,宁波:宁波出版社,2014 年。

[97] 宁波市档案馆编:《〈申报〉宁波史料集》(六),宁波:宁波出版社,2013 年。

[98] 钮长耀编著:《合作社》,上海:商务印书馆,1937 年。

[99] 欧阳淞主编:《中国共产党人的故事》第 1 辑:报国为民卷,北京:中国方正出版社,2017 年。

[100] 千仞、梁俊祥编:《生活报的回忆》,广州:世界图书出版公司,2013 年。

[101] 钱文斌编:《林淡秋研究专集》,杭州:浙江文艺出版社,1991 年。

[102] 钦鸿编:《范泉编辑手记》,北京:中国文联出版社,2004 年。

[103] 清华校友总会:《校友文稿资料选编》第 7 辑,北京:清华大学出版

社,2001 年。

［104］裘克安编集：《斯诺在中国》,北京：生活·读书·新知三联书店,
1982 年。

［105］全国政协文史和学习委员会编：《沙千里回忆救国会》,北京：中国文
史出版社,2015 年。

［106］全国政协文史资料研究委员会编：《文史资料选辑》第 89 辑,北京：
文史资料出版社,1983 年。

［107］全国政协文史资料研究委员会编：《文史资料选辑》第 92 辑,北京：
文史资料出版社,1984 年。

［108］全国政协文史资料研究委员会《文史资料选辑》编辑部编：《文史资
料选辑》第 4 辑,北京：中国文史出版社,1985 年。

［109］萨沄：《萨空了》,北京：群言出版社,2014 年。

［110］桑兵：《学术江湖：晚清民国的学人与学风》,桂林：广西师范大学出
版社,2017 年。

［111］上海立信会计学院校志编纂委员会编：《上海立信会计学院 80 周年
校志》,上海：立信会计出版社,2008 年。

［112］上海鲁迅纪念馆编：《郑振铎纪念集》,上海：上海社会科学院出版
社,2008 年。

［113］上海鲁迅纪念馆编：《巴人先生纪念文集》,北京：人民文学出版社,
2001 年。

［114］上海韬奋纪念馆编：《生活书店会议记录》(1938—1939),北京：中
华书局,2019 年。

［115］上海鲁迅纪念馆、人民文学出版社编：《楼适夷同志纪念集》,北京：
人民文学出版社,2005 年。

［116］上海社会科学院历史研究所编：《"八一三"抗战史料选编》,上海：
上海人民出版社,1986 年。

［117］上海社会科学院《传统中国研究集刊》编辑委员会编：《传统中国研
究集刊》第 20 辑,上海：上海社会科学院出版社,2019 年。

［118］上海市保险业党史资料征集组编：《上海市保险业职工运动史料
(1938—1949)》,上海：中共上海市委党史资料征集委员会,1987 年。

［119］上海市金融业党史资料征集组编：《上海"银联"十三年(1936—
1949)》,上海：中共上海市委党史资料征集委员会,1986 年。

［120］上海市政协文史资料工作委员编：《文史资料选辑》第 3 辑,上海：上
海人民出版社,1980 年。

[121] 上海市政协文史资料委员会编:《上海文史资料选辑》第 81 辑,上海:上海市政协文史资料委员会,1996 年。

[122] 上海市政协文史资料委员会编:《上海的宗教》,上海:上海市政协文史资料编辑部,1996 年。

[123] 上海市政协文史资料委员会、中国民主同盟上海市委员会、上海市继光(麦伦)中学校友会编:《沈体兰纪念文集》,上海:上海市政协文史资料编辑部,1999 年。

[124] 上海市政协文史资料委员会上海政协之友社编:《血肉长城》,上海:上海人民出版社,1995 年。

[125] 商务印书馆编:《商务印书馆九十年——我和商务印书馆》,北京:商务印书馆,1987 年。

[126] 商务印书馆 110 年大事记编写组:《商务印书馆 110 年大事记:1897—2007》,北京:商务印书馆,2007 年。

[127] 邵力子著,傅学文编:《邵力子文集》上册,北京:中华书局,1985 年。

[128] 邵黎黎、孙家轩:《我的祖父邵力子》,南京:河海大学出版社,2000 年,第二版。

[129] 邵全建:《绿叶的事业》,台州:台州师专印刷厂,1998 年。

[130] 绍兴鲁迅纪念馆编:《鲁迅与他的乡人三集》,杭州:西泠印社出版社,2016 年。

[131] 浙江省绍兴县政协文史资料工作委员会编:《绍兴文史资料选辑》第 10 辑,绍兴:浙江省绍兴县政协文史资料工作委员会,1991 年。

[132] 沈雨梧:《浙江师范教育》,天津:天津古籍出版社,2002 年。

[133]《生活书店史稿》编委会编:《生活书店史稿》,北京:生活书店出版有限公司,2013 年。

[134] 生活·读书·新知三联书店香港分店编:《生活·读书·新知三联书店成立三十周年纪念集》,香港:三联书店,1978 年。

[135] 世界知识出版社编:《世界知识创刊五十周年纪念集》,北京:世界知识出版社,1984 年。

[136] 宋应离、袁喜生、刘小敏编:《20 世纪中国著名编辑出版家研究资料汇辑》第 2、4 辑,开封:河南大学出版社,2005 年。

[137] 宋原放主编:《中国出版史料(现代部分)》补卷:1919 年 5 月—1937 年 7 月(中),济南:山东教育出版社,武汉:湖北教育出版社,2006 年。

[138] 苏平:《雷洁琼》,沈阳:辽宁人民出版社,1995 年。

[139] 孙宝根:《袁殊传记》,北京:中国社会科学出版社,2020 年。

[140] 孙冶方:《孙冶方文集》第 3 卷,北京:知识产权出版社,2018 年。

[141] 陶海洋:《〈东方杂志〉(1904—1948)研究》,合肥:合肥工业大学出版社,2014 年。

[142] 陶行知:《陶行知全集》第 11 卷(补遗一卷),成都:四川教育出版社,1998 年。

[143] 韬奋基金会、上海韬奋纪念馆编:《韬奋全集》(增补本 9),上海:上海人民出版社,2015 年。

[144] 唐景芸编:《唐景阳、周玉兰纪念文集》,北京:中国经济出版社,2006 年。

[145] 唐弢:《唐弢文集》第 10 卷(书信卷),北京:社会科学文献出版社,1995 年。

[146] 天津市政协文史资料委员会、中国银行股份有限公司天津市分行合编:《卞白眉日记》第 2 卷,天津:天津古籍出版社,2008 年。

[147] 王垂芳:《洋商史——上海:1843—1956》,上海:上海社会科学院出版社,2007 年。

[148] 王德滋主编:《南京大学百年史》,南京:南京大学出版社,2002 年。

[149] 王纪华纪念集编审委员会编:《为革命事业奉献终生》,北京:华龄出版社,1995 年。

[150] 王寿南编:《王云五先生年谱初稿》第 1 册,台北:台湾商务印书馆,1987 年。

[151] 王涛等编:《商务印书馆一百一十年(1897—2007)》,北京:商务印书馆,2009 年。

[152] 王文彬编:《报人之路》,上海:三江书店,1938 年。

[153] 王效文编著:《公司法》,上海:商务印书馆,1929 年。

[154] 王学哲、方鹏程:《商务印书馆百年经营史(1897—2007)》,武汉:华中师范大学出版社,2010 年。

[155] 王尧山:《王尧山文稿选》,上海:上海科学普及出版社,2000 年。

[156] 王云五:《王云五全集》第 20 卷,北京:九州出版社,2013 年。

[157] 王芝琛:《一代报人王芸生》,武汉:长江文艺出版社,2004 年。

[158] 汪家明编:《范用存牍》,北京:生活·读书·新知三联书店,2020 年。

[159] 吴大琨:《白头惟有赤心存——风雨九十年琐忆》,北京:中国人民大学出版社,2005 年。

[160] 吴孟庆主编:《文苑剪影》,上海:上海辞书出版社,2006 年。

[161] 吴丕、刘镇杰编著:《北大精神》,北京:现代出版社,2016 年。

[162] 吴小鸥:《启蒙之光——浙江知识分子与中国近现代教科书发展》,杭州:浙江工商大学出版社,2016年。

[163] 武在平:《潘汉年全传》,天津:天津人民出版社,1985年。

[164] 西北大学鲁迅研究室编:《鲁迅研究年刊》(1975、1976年合刊),西安:西北大学鲁迅研究室,1977年。

[165] 夏永岳:《风雨阳光720》,上海:上海大学出版社,2015年。

[166] 晓蓉主编,上海韬奋纪念馆编著:《书韵流长——老三联后人忆前辈》(上),北京:生活·读书·新知三联书店,2015年。

[167] 谢德铣:《周建人评传》,重庆:重庆出版社,1991年。

[168] 熊月之主编,潘君祥、王仰清:《上海通史》第8卷:民国经济,上海:上海人民出版社,1999年。

[169] 熊月之主编,罗苏文、宋钻友:《上海通史》第9卷:民国社会,上海:上海人民出版社,1999年。

[170] 熊月之主编,许敏:《上海通史》第10卷:民国文化,上海:上海人民出版社,1999年。

[171] 熊月之主编:《晚清新学书目提要》,上海:上海书店出版社,2007年。

[172] 熊月之、周武主编:《上海:一座现代化都市的编年史》,上海:上海书店出版社,2009年。

[173] 徐雪寒:《徐雪寒文集》(增订版),北京:生活·读书·新知三联书店,2006年。

[174] 学林出版社编:《编辑记者一百人》,上海:学林出版社,1985年。

[175] 燕京研究院编:《燕京大学人物志》第1辑,北京:北京大学出版社,2001年。

[176] 杨瀚主编,全国政协文史和学习委员会编:《西安事变历史资料汇编:回忆录》(中),北京:中央文献出版社,2017年。

[177] 杨立新主编:《中国百年民法典汇编》,北京:中国法制出版社,2011年。

[178] 杨生国主编:《历史的记忆——纪念中共遵义县委成立75周年》,贵阳:贵阳快捷印刷有限公司,2011年。

[179] 杨元忠主编,中共甘肃省委党史研究室、甘肃省党史纪念馆编:《甘肃党史资料选编》第1辑:甘肃党组织的创建及其活动,兰州:甘肃文化出版社,2015年。

[180] 阳鲲:《翻译中的博弈与历史书写——〈红星照耀中国〉汉译研究》,

广州：中山大学出版社,2019年。

[181] 印江土家族苗族自治县政协文史资料委员会编：《印江文史资料》,
印江：印江土家族苗族自治县政协文史资料委员会,1989年。

[182] 尹韵公主编：《中国新闻界人物》,北京：中国人事出版社,2002年。

[183] 袁鹰、姜德明编：《夏衍全集——文学》(下),杭州：浙江文艺出版
社,2005年。

[184] 虞和平主编：《中国抗日战争史料丛刊》(515)：经济、金融和财政,
郑州：大象出版社,2016年。

[185] 俞子林主编：《书的记忆》,上海：上海书店出版社,2008年。

[186] 运城市政协文史资料研究委员会编：《运城文史资料》第8辑,运城：
运城市政协文史资料研究委员会,1989年。

[187] 张承宗主编：《金仲华纪念文集》,上海：上海市政协文史资料编辑
部,1997年。

[188] 张宝明主编：《〈新青年〉百年典藏》3：语言文学卷,郑州：河南文艺
出版社,2019年。

[189] 张劲夫：《思陶集》,北京：华夏出版社,1994年。

[190] 张铭洽：《张铭洽学术论集》,西安：三秦出版社,2018年。

[191] 张廷银、刘应梅编：《王伯祥日记》第2—8册,北京：中华书局,
2020年。

[192] 张元济：《张元济日记》第7卷,北京：商务印书馆,2008年。

[193] 章华明主编：《刘湛恩纪念集》,上海：上海交通大学出版社,
2011年。

[194] 章立凡选编：《章乃器文集(政论杂著编)》下卷,北京：华夏出版社,
1997年。

[195] 章雪峰：《中国出版家章锡琛》,北京：人民出版社,2016年。

[196] 赵畅主编：《上虞文史资料选粹》,北京：中国广播电视出版社,
2008年。

[197] 赵景深：《文人剪影 文人印象》,太原：三晋出版社,2015年。

[198] 赵朴初：《赵朴初大德文汇》,北京：华夏出版社,2012年。

[199] 赵守兵编著：《仰望百年——中国保险先驱四十人》,北京：中国金融
出版社,2014年。

[200] 浙江省上虞县政协文史资料委员会编：《上虞文史资料：纪念胡愈之
专辑》第6辑,上虞：浙江省上虞县政协文史资料委员会,1991年。

[201] 浙江省社科院《巴人文集》编委会编：《巴人文集·回忆卷》,宁波：

宁波出版社,1997年。

[202] 浙江省绍兴市政协文史资料委员会编:《绍兴文史资料》第4辑,杭州:浙江人民出版社,1988年。

[203] 郑尔康:《星陨高秋——郑振铎传》,北京:京华出版社,2002年。

[204] 郑尔康:《郑振铎》,北京:北京交通大学出版社,2008年。

[205] 郑厚博:《中国之合作运动》,杭州:农村经济月刊出版社,1936年。

[206] 郑振铎:《郑振铎全集》第2卷,石家庄:花山文艺出版社,1998年。

[207] 中共上海市委党史资料征集委员会主编:《上海人民与新四军》,北京:知识出版社,1989年。

[208] 中共上海市委党史资料征集委员会编:《抗日战争时期上海学生运动史》,上海:上海翻译出版公司,1991年。

[209] 中共上海市委统战工作史料征集组编:《统战工作史料选辑》第2辑,上海:上海人民出版社,1983年。

[210] 中共上海市委党史研究室编:《上海党史资料汇编》第2编:土地革命战争时期(上、下),上海:上海书店出版社,2018年。

[211] 中共上海市委党史研究室编:《上海党史资料汇编》第3编:全民族抗日战争时期(上),上海:上海书店出版社,2018年。

[212] 中共上海市委党史研究室编:《上海党史资料汇编》第5编:党史人物,上海:上海书店出版社,2018年。

[213] 中共上海市委党史资料征集委员会主编:《中共上海党史大事记(1919.5—1949.5)》,北京:知识出版社,1988年。

[214] 中共上海市委党史研究室编:《上海党史知识读本——建党100周年(1921—2021)》,上海:上海人民出版社,2021年。

[215] 中共天津市委党史资料征集委员会、天津市妇女联合会编:《邓颖超与天津早期妇女运动》,北京:中国妇女出版社,1987年。

[216] 中共"一大"会址纪念馆、上海革命历史博物馆筹备处编:《上海革命史资料与研究》第5辑,上海:上海古籍出版社,2009年。

[217] 中共中央党史研究室编:《中共党史资料》第40辑,北京:中共党史出版社,1992年。

[218] 中共中央宣传部出版局编:《编辑家列传(二)》,北京:中国展望出版社,1988年。

[219] 中国蔡元培研究会编:《蔡元培全集》第17卷,杭州:浙江教育出版社,1998年。

[220] 中国出版工作者协会编:《我与开明》,北京:中国青年出版社,

1985 年。

［221］《中国共产党简史》编写组编著：《中国共产党简史》，北京：人民出版社、中共党史出版社，2021 年。

［222］中国基督教三自爱国运动委员会编：《吴耀宗先生逝世十周年纪念文集》，北京：中国基督教三自爱国运动委员会，1989 年。

［223］中国人民大学新闻系编：《中国新闻事业史教学参考资料（新民主主义革命时期）》下册（校内用书），北京：中国人民大学新闻系，1981 年。

［224］中国人民解放军《中国人民解放军高级将领传》编审委员会、中国中共党史人物研究会《中国人民解放军高级将领传》编撰委员会编：《中国人民解放军高级将领传》第 18 卷，北京：解放军出版社，2013 年。

［225］中国人民救国会纪念文集编辑组编：《爱国主义的丰碑——中国人民救国会纪念文集》，北京：群言出版社，2002 年。

［226］中国社会科学院近代史研究所编：《黄炎培日记》第 10 卷，北京：华文出版社，2008 年。

［227］中国史沫特莱·斯特朗·斯诺研究会编：《〈西行漫记〉和我》，北京：国际文化出版公司，1991 年。

［228］中国韬奋基金会韬奋著作编辑部编：《韬奋全集》第 4、9、10 卷，上海：上海人民出版社，1995 年。

［229］周海婴编：《鲁迅、许广平所藏书信选》，长沙：湖南文艺出版社，1987 年。

［230］周海婴：《直面与正视——鲁迅与我七十年》，北京：作家出版社，2019 年。

［231］周洪宇、刘大伟：《陶行知年谱长编》第 3 卷，北京：人民教育出版社，2021 年。

［232］周恩惠：《走近新中国法学大家》，北京：中国人民公安大学出版社，2009 年。

［233］周林、李明山主编：《中国版权史研究文献》，北京：中国方正出版社，1999 年。

［234］周天度、孙彩霞编：《救国会史料集》，北京：中央编译出版社，2006 年。

［235］周天度、孙彩霞：《救国会史》，北京：群言出版社，2008 年。

［236］周巍峙主编：《夏衍全集——懒寻旧梦录》，杭州：浙江文艺出版社，

2005 年。

[237] 朱善九、凌惠良、姜惠民:《共商国是海宁人——陈巳生、陈震中》,北京:中国文史出版社,2019 年。

[238] 卓如编:《冰心全集》第 2 册,福州:海峡文艺出版社,2012 年。

[239] 邹嘉骊编著:《韬奋年谱》中卷(1933—1937),上海:上海文艺出版社,2005 年。

[240] 邹嘉骊编著:《忆韬奋》,北京:生活·读书·新知三联书店,2015 年。

报刊文章

[1]《本报筹备发行申报月刊》,《申报》1932 年 6 月 5 日第 18 版。

[2]《本刊第一次座谈会启事》,《申报》1939 年 3 月 20 日第 8 版。

[3] 本刊记者:《访〈钢铁是怎样炼成的〉译者梅益》,《中国翻译》1983 年第 1 期。

[4] 编者:《上海文化界救亡协会的成立》,《文化批判》1937 年第 4 期。

[5]《长征二万五千里》,《申报》1939 年 4 月 28 日第 11 版。

[6] 陈福康:《郑振铎与雷洁琼》,《新文学史料》2019 年第 4 期。

[7] 陈巳生:《青年会与我》,《上海青年》1937 年第 37 卷第 16 期。

[8] 褚银:《中国犯罪学研究的先驱严景耀》,《新华文摘》2000 年第 5 期。

[9]《东方编者》,《东方杂志》1934 年第 31 卷第 1 期。

[10]《发起会友星二聚餐会》,《上海青年》1937 年第 37 卷第 29 期。

[11] 风:《西行漫记译本出版》,《上海人》1938 年第 1 卷第 10 期。

[12] 复生:《鲁迅全集刊行的经过》,《新华日报》1938 年 10 月 19 日第 4 版。

[13] [美]海伦·斯诺:《卢广绵——中国工合的先驱》,李伟译,《宝鸡社会科学》2020 年第 3 期。

[14] 鹤:《彭德怀印象记》,《每日译报》1938 年 1 月 30 日第 3 版。

[15] 胡序介:《胡仲持与〈世界知识〉》,《世界知识》2000 年第 7 期。

[16] 胡咏骐:《宁波青年会筹备会之原起及其经过》,《青年进步》1918 年第 13 期。

[17]《胡咏骐先生》,《保联》1939 年第 1 卷第 8 期。

[18] 胡愈之:《伟大的不平凡的斗争的一生——忆潘汉年同志》,《人民日报》1983 年 7 月 14 日第 8 版。

[19] 胡愈之:《〈西行漫记〉中译本翻译出版情况》,《读书》1979 年第 1 期。

［20］《沪战发生以来救济经费已达二百万元》，《申报》1937 年 12 月 2 日第 5 版。

［21］黄超：《复社的红色文献和史料价值研究》，《图书与情报》2023 年第 3 期。

［22］黄加平：《陈已生与中国共产党人的交往》，《团结报》2022 年 6 月 16 日第 7 版。

［23］《晋益制版所被抄 罚停业一个月》，《申报》1939 年 6 月 4 日第 15 版。

［24］梁士纯：《同余先生在美国几个月的追忆》，《上海青年》1936 年第 36 卷第 13 期。

［25］梁志芳：《翻译·文化·复兴——记上海"孤岛"时期的一个特殊翻译机构"复社"》，《上海翻译》2010 年第 1 期。

［26］《列宁选集开始预约 优待会友》，《上海青年》1938 年第 38 卷第 18 期。

［27］老夫：《郭沫若重视胡愈之》，《社会日报》1938 年 7 月 25 日第 2 版。

［28］刘作忠：《钱纳水：奋战在"孤岛"的新闻斗士——钱江潮先生访谈录》，《湖北文史》2014 年第 1 期。

［29］《鲁迅全集预约展期》，《大美报》1938 年 5 月 31 日第 7 版。

［30］《鲁迅全集预约展期》，《每日译报》1938 年 6 月 1 日第 6 版。

［31］《鲁迅全集预约截止 只有今天了》，《新华日报》1938 年 7 月 1 日头版。

［32］陆士雄：《忆念胡咏骐先生》，《人寿季刊》1941 年第 30 期。

［33］茅盾：《在香港编〈文艺阵地〉》，《新文学史料》1984 年第 1 期。

［34］梅丽红：《"孤岛"时期上海的"洋旗报"》，《档案与史学》1996 年第 5 期。

［35］《民族复兴会筹备会议》，《大公报》（上海版）1937 年 7 月 14 日第 7 版。

［36］《民族复兴协会昨开第二次筹备会议》，《大公报》（上海版）1937 年 7 月 16 日第 7 版。

［37］《青年会陈已生临别演讲》，《申报》1920 年 9 月 30 日第 10 版。

［38］上海市档案馆：《有关复社的两件史料》，《历史档案》1983 年第 4 期。

［39］《上海青年会今日举行卅五周年纪念大会》，《时事新报》1935 年 3 月 16 日头版。

［40］《上海文化界百余人决定组织救国团体》，《大公报》（上海版）1937 年 7 月 11 日第 7 版。

［41］《上海文化界昨日成立救亡协会》，《申报》1937 年 7 月 29 日第 10 版。

［42］《上海新立译书公会章程》，《湘学报》1897 年第 21 册。

[43]《上海著作人公会成立》,《新闻报》1927 年 2 月 18 日第 3 版。

[44] 沈濯:《关于鲁迅先生纪念委员会的史料及辨析》,《上海鲁迅研究》1991 年第 1 期。

[45]《生活书店最新发行三大杂志》,《申报》1934 年 9 月 16 日头版。

[46] 叔衡:《西行漫记(*Red Star Over China*)》,《集纳》1938 年第 1 期。

[47]［日］石川祯浩:《〈红星照耀中国〉各国版本考略》,乔君编译,《中共党史研究》2016 年第 5 期。

[48]［日］石川祯浩:《〈红星照耀中国〉各国版本考略(续)》,乔君编译,《中共党史研究》2016 年第 6 期。

[49]《世界巨著列宁选集开始预约》,《华美》1938 年第 1 卷第 27 期。

[50]《斯诺西行漫记增订本出售》,《时论丛刊》1939 年第 1 期。

[51]《斯诺西行漫记发售特价三个月》,《时论丛刊》1939 年第 2 期。

[52] 陶尚文:《孤岛上文化界的动态》,《大众言论》1939 年第 3 期。

[53] 王克平:《郑振铎与王任叔》,《新文学史料》1989 年第 4 期。

[54] 王克平:《王任叔(巴人)传略》,《晋阳学刊》1985 年第 4 期。

[55] 王晓乐、赵波:《民国时期公共关系的布道者与践行者:梁士纯生平考述》,《新闻与传播研究》2019 年第 7 期。

[56]《文艺简报》,《抗战文艺》(选刊)1938 年第 1 卷第 8 期。

[57]《文学研究会记事》,《文学旬刊》1922 年第 43 期。

[58]《维尔斯续西行漫记开始预约》,《民族公论》1938 年第 2 卷第 1 期。

[59] 微妙:《记"西行漫记"》,《大地图文旬刊》1938 年第 1 卷第 5 期。

[60] 吴承琬:《我国第一部〈鲁迅全集〉是怎样出版的? ——记胡愈之同志一席谈》,《人物》1985 年第 2 期。

[61]《吴耀宗君放洋》,《同工》1936 年第 157 期。

[62]《吴耀宗在美工作情形》,《同工》1937 年第 164 期。

[63]《吴耀宗先生返国》,《上海青年》1938 年第 38 卷第 6 期。

[64] 谢德铣:《周建人同志小传》,《绍兴师专学报》1983 年第 1 期。

[65]《协会近讯》,《同工》1932 年第 116 期。

[66]《新任董事就职》,《上海青年》1935 年第 35 卷第 13 期。

[67]《新潮杂志社启事》,《北京大学日刊》1918 年 12 月 3 日第 2 版。

[68]《星二聚餐会气象万千》,《上海青年》1937 年第 37 卷第 32 期。

[69] 邢科:《关于"孤岛"时期上海复社的几个问题》,《中国出版史研究》2021 年第 3 期。

[70]《续西行漫记预约》,《申报》1939 年 3 月 8 日第 12 版。

［71］姚小涛、张田、席酉民：《强关系与弱关系：企业成长的社会关系依赖研究》，《管理科学学报》2008 年第 1 期。

［72］叶兆言：《北大是个浙江村》，《三峡文学》2005 年第 8 期。

［73］《一九三八年第一部好书 斯诺西行漫记》，《华美》1938 年第 1 卷第 3 期。

［74］宜闲：《西行漫记（*Red Star Over China*）》，《集纳》1938 年第 5 期。

［75］余越人：《胡适与〈鲁迅全集〉的出版》，《新文学史料》1991 年第 4 期。

［76］袁志成：《文人结社与晚清民国地域文学传统的建构》，《文学评论》2016 年第 4 期。

［77］袁志成：《晚清民国文人结社的组织类型及其特点》，《湖南社会科学》2015 年第 1 期。

［78］张明养、郑森禹、杨学纯：《深切怀念冯宾符同志》，《新华文摘》1987 年第 3 期。

［79］张小鼎：《〈西行漫记〉在中国的流传和影响》，《图书馆学通讯》1988 年第 3 期。

［80］张小鼎：《鲁迅著作出版史上的三座丰碑——二十世纪〈鲁迅全集〉三大版本纪实》，《出版史料》2005 年第 2 期。

［81］《章雪村先生关于店史的报告》，《出版史料》1986 年第 6 期。

［82］哲生：《西行漫记》，《集纳》1938 年第 6 期。

［83］郑森禹：《关于〈世界知识〉的若干史料》，《世界知识》1994 年第 18 期。

［84］铮伟：《续西行漫记》，《译报周刊》1939 年第 2 卷第 2 期。

［85］《中华民族的火炬 鲁迅全集 鲁迅先生纪念委员会编译》，《申报》（香港版）1938 年 6 月 18 日头版。

［86］《中华民族的火炬 鲁迅全集发售预约》，《新华日报》1938 年 5 月 20 日头版。

［87］周而复：《孤岛上的文化》，《文艺突击》1939 年第 2 期。

［88］周海婴：《上海"鲁迅全集出版社"历史补遗》，《上海鲁迅研究》2008 年第 4 期。

［89］周建人：《〈周建人同志小传〉补记》，《绍兴师专学报》1983 年第 3 期。

［90］《周建人同志的生平》，《新华社新闻稿》1984 年第 5304 期。

［91］周楠本：《关于朱安写给许广平的出版委托书》，《鲁迅研究月刊》2010 年第 5 期。

［92］《租界失业人数约有六十万名》，《时报》1939 年 8 月 1 日第 3 版。

索　引

Z